KB185617

이근배

육성회고록

독립유공자의 아들,
모국어의 혼불로
시를 피우다

이근배

육성회고록

독립유공자의 아들,
모국어의 혼불로
시를 피우다

스타북스

독립유공자의 아들로 한글둥이가 되어

자서전을 대신하여

어린 날 할아버지 댁에
외톨로

머리를 숙인다. 나를 돌아보는 글쓰기에 붓이 들리지 않는다. 나는 어디서 왔으며 살아오면서 세상에 남길 만한 것이 있는가. 먼저 고개가 들리지 않는다.

나는 충남 당진시 송산면 삼월리 209번지, 할아버지 댁에서 유년기를 살았다. 당진읍에서 25리 떨어지고, 바다가 십 리 안쪽으로 가까운 농촌 마을이었다. 할아버지 품속에서 똥오줌을 가리며 아버지 어머니 누이들의 얼굴도 모른 채 할아버지께 천자문을 읽었다.

광복 다음해인 1946년 송산국민학교에 들어갔다. 교과서가 없던 때라 선생님이 칠판에 백묵으로 ㄱ, ㄴ, ㄷ, ㄹ, ㅏ, ㅑ, ㅓ, ㅕ를 써서 한글을 가르쳤다. 뒤에 알고 보니 이 나라가 오천년 역사에, 나는 첫 한글 공부를 한 한글둥이였고 모국어의 원년 세대였다.

할아버지 할머니는 7남매를 두셨는데 큰아들인 아버지는 어머니와 온양에 분가하여 사셨다. 둘째아버지는 결혼 후 자식도 없이 돌아가셨으며 셋째아버지는 온양 병원에서 일하셨다. 큰고모는 진천으로 출가를 했고 작은고모와 넷째, 다섯째 삼촌, 그리고 부엌일은 셋째어머니가 맡아 하셨다.

마을에서는 조금 큰 농사처라 머슴이 있었다. 모 심고 가을걷이할 때는 일군들을 보태서 했다. 밭 맬 때는 이웃마을에서 열 명씩 불러와서 품을 팔았다. 무명과 삼베 명주까지 길쌈을 하시는 할머니는 밤이면 등

잔 밑에 얘기책을 쌓아놓고 읽으셨다. 삼국지, 구운몽, 춘향전 등 장날이면 얘기책 장수에게 책을 사고 바꿔가며 읽으셨다. 대여섯 살 어린 나에게 할머니는 "너는 장학사의 외손자요 이학사의 손자라"고 말씀해 주셨는데, 다 자라서야 그 뜻을 새길 수가 있었다.

할아버지는 내가 중, 고등학교를 다닐 때 꾸중을 하실 때마다 "저놈은 즈이 애비를 꼭 닮았어" 하고 야단을 치셨다. 나는 꾸중을 들으면서도 속으로는 "할아버지 제가 애비를 닮았다고요? 제가 어떻게 애비 발뒤꿈치나 닮았겠어요?" 하고 속으로는 칭찬보다 고맙게 새기고 있었다. 자세한 것은 몰랐으나 어린 나도 아버지는 신동으로 공부를 잘했고, 결혼 후 스무 살 때부터 항일 독립운동에 몸 바치다 서울 서대문형무소에서 3년 형을 사셨다는 얘기를 어렴풋이 들었고, 아버지 어머니와 떨어져 할아버지 댁에 외톨이로 떨어져 사는 까닭을 알고는 있었다.

충청도에서는 이름이 알려진 유학자였던 할아버지는 일제강점기에 조선 유림의 큰 어른이셨던 홍성의 장후재張厚在 학사 댁에 자주 가셨다. 그 댁 셋째따님이 혼기가 된 것을 알고 내게도 공부 잘하는 큰아들이 있다고 청혼하셨단다. 장후재 학사는 할아버지의 인품을 잘 보셨는지, 그러면 한번 데리고 와 보라고 해 열다섯 살 아버지를 그 댁에 데리고 갔고, 장후재 학사가 과거 시험을 치듯 논술과 문답을 치른 뒤에 셋째딸을 허락해 주셨다는 것이다. 집안의 품격이나 가세나 부족한 처지에 대가 집과 혼사를 맺게 됐고 그렇게 태어난 나를 할머니는 바른 사람이 되도록 일러 주신 것이다.

내가 열 살 때 아버지는 어머니와 다섯 살 위인 누이와 네 살 아래 여

동생과 함께 할아버지 댁으로 들어오셨다. 간혹 어머니는 여동생 근철이를 등에 업고 할아버지 댁으로 들어오는 것을 보았지만, 내가 아버지의 얼굴을 바로 본 것은 그것이 처음이었다. 할아버지는, 스무 살 남짓부터 항일 독립투쟁을 하다가 왜경에 두 차례나 체포되어 구금, 폭행, 투옥 등 심신에 골병이 든, 큰아들이 광복이 되어서도 바른 일자리를 잡지 못하고 있는 것을 어렵게 설득하여, 고향에 와서 농사짓고 건강도 회복하라고 합가合家하게 된 것이다.

열 살이 되어 한 가족이 된 아버지, 어머니, 누이들이었으니 기쁘고 행복해야 했는데, 나는 아버지가 어려웠고 아버지도 나를 어여삐 여기시는 일은 없었다. 할아버지는 대청마루도 있는 건넛집과 논과 밭을 새

외할아버지 장후재 학사

아버지(왼쪽)와 어머니

로 사서 우리 식구를 분가해 주셨다. 아버지는 농사를 짓고 마을에 중학교를 못 다니는 아이들을 가르칠 준비도 하시면서, 모처럼 단란한 가정을 꾸리시는 일에 뜻을 기울이고 계셨다.

그 첫해 농사가 푸르러가던 유월 스무닷새 일요일, 나는 건너 할아버지 댁에서 삼팔선이 터졌다는 소식을 들었다. 다음날 월요일 송산국민학교 조회 시간에, 홍맹선 교장 선생님께서 조회대에 오르시더니 어제 우리나라에 무슨 일이 있었느냐 물으셨다. 모두 손을 들었고 5학년 반장인 나는 앞에 서 있다가 손을 들었는데, 교장이 나를 지목하셨다. 나는 "예, 삼팔선이 터졌습니다!"하고 대답했다. 와아~, 물정 모르는 학생들의 웃음소리가 쏟아졌다. 그 육이오 전쟁이 난데없이 우리 집안에 폭풍으로 몰아쳤고 내 앞길은 어둡고 차가운 모래바람이 불어 왔다.

7월 초 열흘, 당진에도 인민군이 내려와서 조선민주주의인민공화국의 깃발이 올라가는 인공人共 시대가 열리게 되었다. 할아버지 댁은 대문에서부터 붉은 딱지가 붙고 집안 가구나 논밭까지도 차압 고지서가 내리게 되었다. 할아버지와 할머니는 급히 덕산 친척 댁으로 몸을 피하셨다. 아버지는 할아버지 할머니가 안전한 것을 아시고 항일투쟁기에 농촌 살리기와 독립운동을 하시던 온양 쪽으로 나가셨다.

1935년 9월19일자 동아일보에 아버지의 경성고등법원에서 2년형 판결 기사가 크게 실렸다. 「아산 적농赤農 사건 일심으로 동양 언도」라는 부제에 "동무에게 주의를 선전"이 붙어 있었다. 온양에는 아버지의 옛날 동지들이 있으리라고 찾아간 것이었는데, 맥아더 장군의 인천상륙작전으로 전세가 뒤집혀서 당진으로 돌아오지 못하고 소식이 끊기게 되었다. 겨우 남들처럼 남편과 두 딸과 외동아들이 단란하게 사는

牙山赤農事件
一審同樣으로言渡
동무에게主義를宣傳

천지들에게 공산주의를 선전하는 한편으로 불경의 내용을 포함한 그림을 그렷다는 사실로 작년 十一월 초순경에 공주 지방법원(公州地法院)에서 징역二년내지 八개월의 언도를 받고 즉시 불복 공소한 충남아산군 도고면 향산리(牙山郡道高面鄕山里)에 사는 이선준(李銑濬)등 三명에 관한치안유지법 위반과 불경죄등에 관한언도 공판은 十七일 오후에 경성 복심법원 형사부법정에서 개정되엇는데 지전(池田)재판장으로부터 一심판결과 같이 각피고들에게 언도 하엿다。

피고들의 범행사실은 재작년十二월 경에 그들은 향리인 아산에다 아산적색농민조합(牙山赤色農組)을 조직하고 작년一월경 까지 수차에 긍한 비밀회합이잇게 되엇다。그때 마다 동무들에게공산주의를 선전하며 차후 운동방침에 대하야 토의하게 되엇으며 불경의 내용이 포함한 그림을 그려가지고 피고 이선준의 집 방벽에다 부쳐놋는등 이외에 민족주의사상을 고취하야 여러방면으로 동지를 획득하려고 노력하든사건이라는데 피고들에대한 언도는다음과같다。

▲李銑濬(二五)懲役二年▲韓明植(一九)懲役一年▲宋昌燮(二二)懲役八月

1935년 9월19일자 동아일보

날을 맞았던 어머니는 갑자기 쏟아져 내린 검은 장벽 앞에 몸을 바로 세우기도 어려웠다.

내가 6학년이 되어 중학교에 가야 할 텐데, 어머니는 학교에 보낼 형편이 안 된다고 했다. 할아버지께서 건너오셔서 "아랫집을 헐어라!" 하고 호통을 치셨다. 어머니는 아랫마을 갯바람이 날아오는 대청마루가 있는 아랫집을 헐어 나를 중학교에 보내셨다. 5학년 2학기쯤, 1년 선배 오동수 형이 내게 와 중학교 입시공부를 같이 하자고 고마운 제안을 했다. 하지만 나는 아버지가 안 계셔서 중학교에 갈 수 있을는지 모른다며 그 제안을 받을 수가 없기도 했었다. 중학교 시험은 전국 학력고사로 내가 360 몇 점인가를 받았다. 훨씬 뒤에 소문을 들으니 서울 경기중학교 커트라인이 300점이었다니, 아버지가 계셨으면 나도 서울 유학을 할 수 있었던 것이다.

외할아버지의
황룡 꿈을 타고

내가 태어난 것은 1939년, 기묘己卯년 음력 8월29일이었다. 만삭인 어머니는, 당대 조선 유림의 가장 큰 어른이셨던 면암 최익현의 문하생인, 친정아버지 장후재 학사의 환갑을 맞아 홍성군 구항면 신곡리 자구실에 가서 전국에서 오시는 유림들의 회갑년 준비로 부엌에서 일하는데, 갑자기 산고가 있었다. 급박한 상황에 어쩔 수 없어 한 마을에 있는 외할아버지의 작은댁으로 가서 외아들인 나를 출산했다. 외할아버지는 황룡이 달려드는 용꿈을 꾸시고 작은댁께서 아들을 얻으리라 하셨는데, 당신 환갑날 셋째딸이 와서 용꿈을 꾸었던 방에서 아들을 낳고, 작은댁 쪽에서는 끝내 소식이 없으니 황룡의 태몽은 외손자의 것이라고 믿게 된 것이다. 30여 년 전 우연히 만난 석성우 스님(현 불교방송 이사장)이 태몽을 묻기에 말해 드렸더니, 「태몽」이라는 책에 써 주시기도 했다. 아무튼, 조선 유림의 대덕大德과 나는 생일이 같은 날이고 홍성의 만해 한용운韓龍雲(1879~1944) 스님도 외할아버지와 생년월일이 같으니 이 또한 기연이라 하겠다.

아버지의 두 차례 투옥과 체포, 구금 등으로 할아버지는 구명 운동과 재판 등에 몸과 마음, 그리고 재산을 크게 바치셨다. 그러면서도 큰아들이 나라로부터 무슨 공훈을 받기는커녕 사상적 따돌림을 받는 것에 너무 큰 충격을 받으셨다. 그 때문에 손자인 나도 엇길을 걸을까 해서 "저 놈은 즈이 애비를 꼭 닮았어" 하고 꾸중을 하셨던 것이다. 어머니는 끝내 따로 생활을 못해서 할아버지 댁으로 합솔合率하였고, 내가 당진 중고등학교를 마칠 수 있었던 것, 서라벌예술대학 문예창작과에 갈 수 있었던 것은, 할아버지가 밀어 올린 것이었다.

1960년 3월, 나는 서정주 선생의 서문을 받아 첫 시집 『사랑을 연주하는 꽃나무』를 출간했는데, 아주 덜 익은 습작들이어서 귓부리가 붉어진다.

1960년 4월18일 오후 5시 무렵, 나는 광화문에서 고대생 몇 십 명이 국회의사당(현 서울시의회) 앞에서 머리띠를 두르고 "자유! 정의! 진리!"

를 외치며 농성을 하는 것을 보았다. 그때 고려대 선배인 이철승 의원이 나와서 귀가를 권하는 연설을 하는 것도 목격했다. 다음 날 아침 조선일보, 동아일보 1면에 '고대생 피격사건'이 가득 실렸었다. 내가 남대문 삼촌 댁에서 사촌 동생을 안고 나와서 보니 동에서 서에서 데모대원들이 구름처럼 밀려들고 있었다. 길에는 반공청년단 단원들이 허리에 방망이를 차고 지켜 서 있었으나 막을 길이 없었다. 나는 생각할 틈도 없이 사촌 동생을 집안에 주고 뛰쳐나와, 그저 밀려드는 데모대에 휩쓸려 나가고 있었다. 광화문 중앙청에서는 경찰이 최루탄을 던지고 있었는데, 떨어지면 연기가 칙칙 나는 것을 데모대는 다시 담장 안쪽으로 던지고는 했다. 전차 한 대가 땅 위에 서 있었는데, 데모대는 전차 위에까지 올라가 있었다. 데모대는 그곳에서 길을 꺾어 삼일당을 지나 경무대 앞으로 가고 있었다.

경무대 앞에는 아주 커다란 바리케이트가 쳐 있었고, 경찰들이 무장을 하고 대기하고 있었다. 소방차가 나타나서 붉은 물을 뿌려대는데, 데모대가 소방차를 뺏어 진격하자 총소리가 터지기 시작했다. 나는 전방에서 한 30m 뒤처져 있었는데 총소리에 놀라 땅에 급히 엎드렸다. 내 앞에는 동성중학교 3학년 학생이 있었는데, 궁둥이가 어찌 낮던지 총소리가 멎고 엎드려 돌아보니 길은 검은 옷으로 드리워 있었다.

누군가 앞에서 뛰기 시작했다. 나도 따라서 이웃집 쪽 대문 작은 구멍에 머리를 들이밀었다. 먼저 들어온 머리들과 엉켜 있었다. 궁둥이에 총알이 날리는 것 같아 겨우 문 안으로 들어가 바로 안방으로 들어갔다. 시어머니와 며느리가 장판방에서 바느질을 하고 있었다. 밀려들어 온 데모대가 집안을 꽉 채웠다. 밖이 조용해서 하나 둘 나가기에 따라 나갔더니, 연세대 국문과 김명섭이가 시체를 날랐노라고 피 묻은 손으로 내 손목을 잡았다. 흰 가운을 입은 가톨릭의대생들이 총상을 입은 사람들을 돌보고 있었다. 이미 총성은 끝나고 사람들은 뿔뿔이 흩어지기 시작했다.

광화문까지 내려오니 국제극장 앞 광화문 파출소가 데모대의 투석에 쫓겨나고 거리는 이미 무법천지로 변해가고 있었다. 점심을 먹고 명동 향지원 다방에 나갔다가 윤석진과 종로를 한 바퀴 돌았다. 사람들이 어디서 났는지 트럭을 타고 자유당 타도를 외치며 달리고 있었다. 경찰서는 투석에 마비되고 있었다.

오후에 공초 선생님을 뵙고 나는 이튿날 당진으로 내려갔다.

신춘문예
최다 당선 기록

나는 서라벌예대 문예창작과에 들어가서 문학 천재들을 많이 만났다. 그때까지 『학원』지도, 소월 시집도 못 읽고 겨우 교과서와 삼촌이 빌려오는 소설책 읽기를 학교 공부보다 더 열심히 했다. 초등학교 4학년 여름방학 때 집에서 가까운 세 마지기 논에서 새를 쫓았는데, 머슴이 뽕나무에 가마니로 텐트를 쳐주고 집에 있는 동남아산 대나무 의자에 책상을 놓고서 박화성 작가의 두꺼운 장편소설 『백화』를 읽었던 것이 떠오른다. 당진중학교에 들어가면서는 읍내 조선일보, 동아일보 보급소에 하학下學 후 들러 신문꽂이에서 뽑아오면서 한문투성이 기사를 읽으면서 한자를 퍼즐 퀴즈로 짚고 넘어갔었다.

대학에 입학할 때 소설 전공을 목표로 했는데, 소설은 이미 앞서 나간 천승세, 송상옥 등에게 밀렸다. 시는 문학의 밤에서도 동아일보 등 독자 투고 원고료도 받고 하면서 정지용, 서정주 시집에 꽂혀 그런대로 잘 써지는 느낌이었다. 나는 나도 모르는 새 슬그머니 시로 돌아서고 있었다. 일요신문에 게재된 좀 긴 시 〈기적 이야기〉는, 내가 돌체음악실 문예창작회 동인들과의 시 낭송에서 정전이 되어 깜깜해졌을 때, 어떻게 그 긴 시가 외워졌는지 어둠 속에서 끝까지 낭독하여 박수를 받았었다.

1960년 가을 나는 당진에 내려와서 낫을 들고 혼자 콩 꺾기를 하면서 뽕나무 그늘에서 노트와 연필을 들고 신춘문예 응모작을 한두 편 써 나갔다. 내가 고등학교 때 교내 백일장에서 늘 1등 하던 것이 시와 시조였다. 특히 시조는 누구에게 배운 적도 없고 읽을 책도 없어서 몇 편 교과서에 실렸던, 앞선 신춘문예 당선작들의 시조를 읽었을 뿐이었다. 나는 그런 작품들을 다시 읽을 것도 없이 혼자 생각으로 노트에 끄적인 것을 원고지에 잘 정리해서 신춘문예에 투고했었다.

1960년 섣달 그믐날 밤 10시쯤, 다방 향지원에서 공초 선생과 몇몇 친구들이 시름없이 앉아 있었다. 4.19 날 경무대 앞에서 피 묻은 손과 악수했던 연세대 국문과 김명섭이 2층 향지원 다방으로 막 뛰어올라오면서 "너 사천, 신춘문예 당선했잖아!" 하고 소리치는 것이었다. 그때는 신춘문예가 새해 1월1일자에 발표되어 아무것도 모르는데 엉뚱한 소리를 내지르는 것이었다.

그때는 크리스마스 이브와 섣달 그믐날은 통행금지가 해제되어 장안의 청춘 남녀들은 누구나 외박의 기회를 얻어 명동과 광화문 종로통을 인산인해로 만원 버스 속처럼 사람들이 몰려다녔다. 뿔피리를 불고 가면을 쓰고 거리는 그냥 너, 내가 없이 가득 차서 밀려다니고 있었다. 그런 날 참 처량 맞은 내게 신춘문예 당선했다고 소리치는 친구가 나는 너무 미웠다.

"뭐? 야, 너 내려와!"

나는 김명섭을 끌고 바로 사람들이 밀려오고 가는 명동거리에서 치고받기를 시작했다. 김명섭은 좀 세게 밀쳤는지 "사천 너, 서울신문에 〈벽〉 당선했잖아!"하고 소리치는 것이었다. "너?" 나는 정신이 번쩍 들었다. 내가 서울신문에 시조 〈벽〉을 투고한 것을 지가 어떻게 알지? 나는 내지르던 주먹질을 멈추고 바로 서울신문사로 달려갔다. 신문사 건물은 문 닫았으나 뒤켠 1층에서 신문배차가 불을 켜고 있었다. 직원에게 신문 한 장 달라고 해서 펴보니 "응모작 총 1000여 편에, 당선작은 시조부의 〈벽〉으로 당선작"이라는 기사가 이병기, 이태극 선생의 심사평과 함께 실려 있었다. 나는 신문을 손에 들고 다시 뛰어 향지원 다방으로 돌아왔다. 먼저 공초 오상순 선생께 보고 드렸더니 기뻐하시면서 손을 굳게 잡아주셨다. 친구 윤석진은 내 손등에 뜨거운 눈물을 떨어뜨렸다.

그 후 나는 서라벌 문창과 같은 반이었던 윤석진, 김중태를 데리고 삼촌이 사는 남대문 남산한의원에 와서 난로에 불을 켜고 의자에서 잤다. 날이 밝자 신문사 게시판을 돌아다녔다. 두 친구는 당, 입선 소식이 없는데, 나는 경향신문에 시조 〈묘비명〉이 이희승 선생의 심사로 당선되고, 다시 조선일보에 시조 〈압록강〉이 이희승 선으로 가작으로 입선됐다. 3관왕의 축하를 받게 된 것이다. 세 군데 다 이사천이라는 필명으로 발표가 났는데, 사천沙泉은 공초 선생께서 『청동문학』에 쓸 필명으로 지어 주신 호였다.

나는 다음 해인 1962년에 동아일보에 시조 〈보신각 종〉이 조지훈 선생 심사로 당선되었고, 조선일보에 동시 〈달맞이꽃〉이 가작 당선으로 윤석중 선생의 심사로 발표됐다. 같은 일간지에 시조 〈바위〉가 일석 이희승 선생의 심사로 발표되었다. 다시 1963년에는 문화공보부가 제정한 신인예술상에서 시 〈달빛 속의 풍금〉이 시부문 수석상으로, 시조 〈산하일기〉가 시조부문 수석 상으로 뽑혀 또 한 번 이름을 얻었다. 그리고 다음해인 1964년 마침내 자유시가 동아일보에 〈꽃과 왕령〉이, 한국일보에 〈북위선〉이 당선되었다. 하지만 응모할 때 필명 이학목으로 이름이 같아서 두 신문사가 서로 양보하라고 다툼이 있었는데, 1월1일 발표 전에 한국일보사에서 오라고 해서 갔더니 문학담당 기자 손기상 씨가 "동아일보 당선보다 한국일보 당선이 좋다"고 하면서 "상금도 동아일보보다 배가 많다"는 것이었다. 그래서 동아일보는 취소되고 한국일보에 〈북위선〉이 당선되었다. 김종길 선생은 심사평이 아닌 한국일보 문화면에 「북위선의 사이즈」라는 글을 발표하셨고 사설에도 「신춘의 꽃과 시」가 실리기도 하였다.

자유시 등단으로 나의 신춘문예 투고 벽이 끝난 줄 알았는데, 1964년 4월인가 신촌서 같은 하숙생이던 연세대 국문과 이전영이 영천 하숙집으로 찾아왔다. 신인예술상 투고 작품을 봐 달라는 것이었다. 나는 그때 신춘문예 동인지 『신춘시』에 발표할 생각으로 써놓았던 시 〈노래여 노래여〉가 마침 있었다. 나는 순간적으로 무엇에 홀린 듯 "그럼 이것도 갖다 내 줘!"하고, 나와 한 방 하숙생인 이선규 이름으로 건네주었다. 당선과 입선은 생각도 못하고 있었는데, 일간지에 제3회 신인예술상 문학부 특선작으로 〈노래여 노래여〉가 이선규 이름으로 발표되었다. 나는 놀랐다. 대개 특상작은 소설이 차지했는데, 심사위원 모윤숙 선생이 소리 높여 읽고 양주동 등 당대 대표 시인들이 손뼉을 쳐서 환호성을 울렸다는 것이다. 결국 수상작 〈노래여 노래여〉는 일간지에 작품이 발표되었다.

1966년 중앙일보가 창간 후 첫 신년호를 냈는데, 신춘문예 시부 당선작 조상기의 〈밀림 이야기〉가 헤드라인으로 크게 실렸다. 나랑 『신춘시』 동인인 조태일 등 동인들은 신문사에 〈노래여 노래여〉의 표절이라고 당선 취소를 요청해서 풍파가 일었다. 당시 심사위원들은 서정주, 이어령 이런 분들이었다. 예용해 문화부장이나 한국일보사에 있던 손기상 문학담당 기자도 아는 사이여서, 나를 불러 묻기에 취소를 원치 않는다고 대답했다. 까닭은 조상기가 나와 서라벌예대 동기였으며 신문사에서 다른 때 같으면 즉시 취소할 것인데, 창간 첫 신년호에 크게 빛을 낸 작품을 취소하면 이병철 회장에게 면목이 없어 망설이고 있었기 때문이었다. 이때 주간한국이 〈노래여 노래여〉와 〈밀림 이야기〉를 신문 양면에 실어 대조하면서 "표절이냐 아니냐"하는 기사를 크게 실었었다.

나는 신춘문예 일곱 번과 신인예술상 세 번을 합쳐서 문단에서는 '신춘문예 10관왕'이라는 그리 달갑지 않은 이름을 붙이기도 했었다. 〈노래여 노래여〉는 몇 번 더 표절되고 해서, 나는 이름이 나서 1964년 『주간예술』 창간할 때 편집차장으로 부름을 받기도 했었다. 아무튼, 내 신춘문예 투고 벽은 조금 시끄럽게 끝이 난 것이다.

항일독립유공자의 아들로

달력에는 11월17일이 붉은 글씨로 '순국선열의 날'로 적혀 있다. 2020년 그날, 나는 대한민국 정부 문재인 대통령 이름으로 주는 아버지의 훈장증을 받았다.

"고 이선준. 위는 대한민국 자주독립과 국가건립에 이바지한 공로가 크므로 대한민국 헌법에 따라 다음 훈장을 추서합니다"라는 훈장증을, 외아들인 내가 대신 받았다. 또 하나는 「국가 유공자」 증서인데, "고 이선준. 1911.12.07. 우리 대한민국의 오늘 국가 유공자의 공헌과 희생 위에 이룩된 것이므로 이를 애국정신의 귀감으로 삼아 항구적으로 기리기 위하여 이 증서를 드립니다. 2021년 1월 28일 대통령 문재인"으로 증서가 내려졌고, 외아들인 내게는 「국가 유공자증」이 내려왔다. 뿐

제 5904 호

훈 장 증

고 이 선 준

위는 대한민국의 자주독립과 국가 건립에 이바지한 공로가 크므로 대한민국 헌법에 따라 다음 훈장을 수여합니다.

건국훈장 애족장

2020년 11월 17일

대통령 문 재 인

국무총리 정 세 균

이 증을 건국훈장부에 기재합니다.

행정안전부장관 진 영

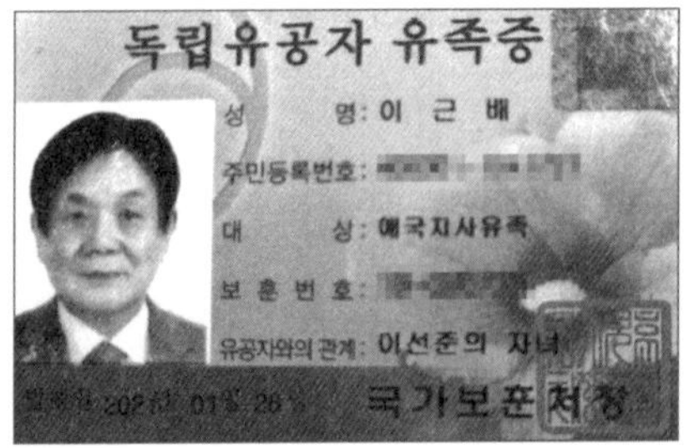

독립유공자 유족증

성 명: 이 근 배

주민등록번호:

대 상: 애국지사유족

보 훈 번 호:

유공자와의 관계: 이선준의 자녀

국가보훈처장

아버지의의 훈장증(왼쪽)과
이근배 시인의 국가 유공자 유족증

만 아니라 내게는 매월 국가보훈회에서 상여금이 오고 있다.

아버지한테는 세뱃돈도 용돈도 학비도 한번 받아본 일이 없는데, 웬 이런 영광이 쏟아져 오는 것인가. 할아버지도 할머니도 어머니나 누이들도 삼촌과 고모들, 나를 아는 세상사람 누구도 20대 초반에 일찍 항일 독립운동에 몸 바쳐 싸우다 왜경에 체포, 서울 형무소에서 1년 그리고 2년을 징역살이한 것이 오늘 대한민국 건국에 위대한 공헌을 한 것임을 깨닫지 못했고, 하마터면 그냥 묻혀 버릴 수 있는 것을 이렇게 당당하게 국가로부터 훈장과 상여금을 받게 될 줄은 생각도 못했을 것이다.

나도 철없이 넘기다가 안동 대구의 강정기 같은 독립운동가들이 사회주의자들이었으면서도 훈장을 받았다는 사실을 알고, 용기를 내서 당시 활동자료와 일간지에 실린 신문기사, 조선총독부의 사형선고 증서 등을 정리해서 보훈처에 신청했다. 이미 1995년에 보훈처가 아버지의 수훈을 위해 찾았으나 주소불명과 자녀들 연락처도 몰랐다는 이야기도 있었다. 아버지와 함께 일한 한명식 씨가 8개월 형을 받았음에도 이미 오래전에「건국훈장 애족장」을 받았다는 사실을 알게 되었다. 그렇다면 아버지는 더 높은 훈장을 받아야 했겠는데, 역시「건국훈장 애족장」만으로도 감사한 일이었다. 이 너무나 감격스럽고 영광스러운 아버지의 훈장으로 할아버지가 그토록 아프게 여기시던 큰아들의 독립투쟁이 가문을 빛나게 했다. 가족과 친자식을 돌보지 않던 그 고통스럽고 힘겨웠던 일이 역사 위에 이름을 얻게 되었다. 이제 하늘도 땅도 기뻐하실 일이 아닌가.

나는 부끄럽고 부끄럽다. 할아버지는 "애비를 꼭 닮았다"고 꾸중하셨으나 어디 털끝만치도 아버지를 따를 게 없으니 제게 주신 영광이 너무도 크고 무겁기만 하다. 제가 신춘문예에 여러 번 당선하고, 한국시인협회 회장이 되고, 대한민국예술원 회원이 되고, 예술원 회장이 될 수 있었던 힘도 모두 아버지가 주신 것이라고 생각한다. 서울예술대학, 재능대학, 신성대학, 중앙대학서 교수를 하게 된 것도, 『한국문학』『민족과 문학』『문학의 문학』 등의 잡지를 하게 된 것도, 가람문학상 한국시인협회상 심훈문학상 만해대상문학상 등 큰 상을 많이 받게 된 것도 아버지가 주신 것이었다. 내가 일찍 떠나기라도 했다면 아버지의 저 위대한 항일투쟁도 가문의 영예도 놓치고 말 것을 이렇게 늦게라도 찾아올렸으니, 기뻐라 하시고 용서하소서.

아버님께 올립니다. 아버님 저 외아들 근배는 아주 어릴 적부터

아버님을 존경하였습니다. 그래도 저 엄혹한 왜제倭帝의 포악과 형벌을 감당하신 아버님의 고통과 인내를 어찌 감내하셨으며 어떻게 스무 살 나이 때부터 그토록 치열한 투쟁을 하실 수 있었는지 어림할 수가 없습니다. 11월17일을 아버님의 제삿날로 어머니와 함께 모시니 기쁘게 받아 주소서. 아직 아버님을 우러르고 있는 근숙, 근철 두 딸과 외아들 근배를 사랑으로 받아 주소서. 저는 지금까지의 시 쓰기를 새로 하는 작업으로 아버지의 은혜에 보답하겠습니다.

순국선열의 날, 아버님 제삿날에
외아들 이근배 올림

K소설,
K시에 대한 생각

시인이자 소설가인 한강이 2024년 10월10일 한국인으로서는 처음 노벨문학상을 수상하였다. 오래 기다려왔던 일이고 벌써 왔어야 했는데, 늦었지만 너무도 반가운 소식이었다. 한국문학이 이제 세계문학의 앞자리로 나 앉게 된 것이다. 이미 고 은 시인이 강력한 후보자로 몇 해를 흥분시켰고, 김지하 황석영 같은 작가들도 언급되어 오기도 했었다. 김동리 황순원을 넘어서 박경리 이호철 등도 노벨문학상을 바라볼는지 모르는 일이고, 60년대 작가들로는 김승옥 이청준 황석영 조정래 등과 80년대 이후의 이문열 김 훈 이승우 등도 후보군으로 꼽히고 있었다. 건너뛰어서 90년대 작가인 53세의 작가 한강에게 어떤 예고도 없이, 주위의 관심도 없이 던져지자 한국 문단은 적잖이 놀라워했고 세계 문단은 신선하게 받아들였다.

한강 작가의 소설 『소년이 온다』 『채식주의자』 『작별하지 않는다』 등은 소설의 기법이나 문체에 있어서 이전의 작가들과 선명한 차별성을 가졌다. 그가 처음 시인으로 등단한 후 낸 첫시집 『서랍에 저녁을 넣어 두었다』도 이전의 시인들과는 시적 소재나 문체가 달랐다. 이것은 시적 공부가 남달리 깊었던 것이고, 자기의 독창적인 문체를 창안할 만한 노력과 사유의 결과였다. 한강 작가가 노벨문학상을 수상함으로써 K소설과 K시는 이제 새 길을 얻었다. 여기 갈림길이 되어 이전의 문학과 이후의 문학이 빛나는 차별을 갖게 된 것이다.

소설 『소년이 온다』는 저 1980년 5.18이라는 광주에서 일어난, 입에 담기조차 어려운 군인들의 무자비하고 난폭한 군중 살해와 폭행을 소재로 담아낸 것이다. 지극히 차분하고 담백하게 그리면서도 소설의 깊이로 이끌어가는 힘이 치밀하고 아프다. 소설 『작별하지 않는다』는 여러 작가들이 길게 써왔던 서사의 펼치기가 아니라 간결한 서정으로 상황을 인식해 나가고 있다. 소설 『채식주의자』 등으로, 한강 작가는 이미 "나는 내 방식대로 써요" 하고 독립선언을 한 것이다. 번역을 통해서도 세계의 독자들은 한국의 현대가 겪어야 했던 치명적 소재를, 작가가 어떻게 서사와 서정의 갈피를 자기 문체로 완성시켜 나가고 있는가를

백두대간 길 이화령에 세워진 시비 앞에서

읽게 되었다.

앞으로 K소설은 보다 새로운 문체의 경쟁으로 한국적이면서 세계적인 소재와 스토리를 재구성하기에 치열한 작업을 치르게 될 것이다. 아시아에서 유일하게 시인이 노벨문학상을 받은 사람은 인도의 타고르였다. 그는 인도가 영국의 식민지 시대에 인도어가 아닌 영어로 시를 써서 받은 것이었다. 그의 수상은 1913년이니 111년 전 일이고, 모국어로 쓴 시가 아니기에 빛이 덜해진다.

한글로 쓰는 K시는 소설 못지않게 우수성을 뽐내고 있다. 그러나 김지하가 거론된 것처럼 그냥 좋은 시가 아니라 한국적 고뇌와 한국인만이 쓸 수 있는 현실적 상징성을 담아내야 한다. '한국어에 의한, 한국인을 위한, 한국의 시'가 나올 때 세계를 극복할 것이다. K소설은 번역으로도 감동하지만 시는 스토리텔링이 아니고 보다 은유적이며 상징과 내포가 있어야 하기에, 서사처럼 쉽게 이해되거나 감동하기는 어렵다.

그렇지만 K시는 그냥 좋은 시가 아니라 모국어의 정신과 깊은 울림을 향해 더욱 정진해야 할 것이다. 나라 밖에서는 시가 저물고 있는데, 우리의 경우 시인의 숫자도, 시집 발행 부수도 나날이 늘어가고 있으며 시 낭송가라는 새로운 영역까지 놀랍게 확대되고 있어 한국이 '시의 나라'라고 가슴을 펴는 까닭은 충분히 있는 것이다.

차례

28

이어령은 한 시대 새벽을 깨운 '빛의 붓'이었다

29

'감성의 천재' 고은

30

'한국의 사포' 사랑의 시인 김남조

31

시 쓰기는 뒷전, 평생 옛 벼루에 홀렸다

01

한글둥이로 태어나다

한글로 시와 시조 쓰는 한글 원년세대

나는 '한글둥이'입니다.
광복 이듬해 국민학교에 입학해
한글로 정규학교 교육을 받은 1기생이지요.
그래서 나의 한글사랑은 남다릅니다.
'신춘문예 10관왕'이란 전무후무한 대기록을 세운 것도
우리말 사랑이 가슴에서 터져 나온
결과라고 볼 수 있습니다.
스물한 살 때인 1960년에 첫 시집을 낸 뒤
시력詩歷만 환갑이 넘은 지금,
한국 시단詩壇과 문단의 역사를 정리해 보고자 합니다.

한글둥이가
2부 수업한 사연

내가 고향인 충남 당진의 송산국민학교에 입학한 것은 광복된 이듬해인 1946년 봄이었어요. 그해는 세종대왕이 훈민정음을 반포한 지 꼭 500년 되는 해였지요. 우연의 일치인지는 모르겠지만, 바로 그해부터 학교에서 정식으로 한글을 배웠어요.

그러니까 내가 이 나라 5000년 역사에서 '정규한글교육 1기생'입니다. 한글과 함께 태어났다는 뜻으로 한글둥이라는 말을 쓰고 있지요. 1년만 먼저 태어났더라면 1학년 때 일본어만 배우고, 한글은 구경도 못했을 테니, 모국어의 원년세대, 한글둥이라는 데 큰 자부심을 갖고 살고 있지요.

내가 1980년대에 한국문단을 대표해서 그리스에 가서, 그쪽 문인들과 미팅을 하는데, 한 사람이 아주 거만하게 이러더군요.

"너의 나라도 글이 있느냐, 당신들은 어떤 언어로 시를 쓰느냐."고요.

그러길래 벌떡 일어나 크게 말했지요.

"대한민국은 세계에서 가장 과학적이고 21세기 정보화시대에 가장 적합한 글자인 한글이 있다. 대한민국 시인과 소설가 등 문학인들은 당연히 한글로 문학작품을 쓴다. 그 가운데에는 700년도 넘은 정형시인 시조도 있다. 그렇게 훌륭한 언어와 문학이 있는 대한민국을 알지 못하고, 우리를 얕잡아 보는 것은 당신이 스스로 무식하다고 드러내는 부끄

송산초등학교에서

러운 짓이다."라고요.

내가 그렇게 당당하게 얘기하니 그 사람은 당황해하면서도 미안하다며 정식으로 사과하더군요. 내가 그날 그렇게 당당하게 말할 수 있었던 것도 국민학교 때부터 가슴 속 깊이 자리 잡고 있는 '한글둥이'란 생각 덕분이었습니다.

한글둥이라고는 하지만, 그때는 배우는 환경이 열악했어요. 교과서도 없었고, 선생도 한글을 모르고…. 그래도 한글을 가르쳐야 하니까 칠판에다 백묵으로 'ㄱ ㄴ ㄷ…' 이렇게 쓰고 또 '아야어여…' 쓰면서 배웠지요. 나는 입학 전에 가갸거겨 아야어여도 쓰고 내 이름도 쓸 줄 알았지만, 그게 한글을 깨친 거겠어요? 지금도 한글을 완전히 못 깨쳤는데… 그마저도 2부수업을 했어요. 시골에 갓쟁이들이 있잖아요? 충청도 갓쟁이들이 아이들에게 일본학교에 가서 일본어 배우지 말고 서당에 가서 한문 읽고 장가도 가고 그랬단 말이에요. 그리고 그때는 여자는 학교도 보내지 않고 열여섯, 열일곱 되면 시집 보내고 그랬는데, 이제 광복됐으니 학교에 가라, 그러니까 교실이 갑자기 모자라는 거예요. 장가든 애도 우리 반에 들어오고, 우리 집 머슴하고 함께 다녔어. 그러니 2부수업을 할 수밖에요..

그렇게 공부하다가 6.25전쟁이 터졌지요. 전쟁 중에도 국민학교를 졸업하고 1952년에 중학교에 들어갑니다. 그때 상황을 내 시 〈자화상〉에 표현해 놓았지요.

> 너는 장학사張學士의 외손자요
> 이학자李學者의 손자라
> 머리맡에 얘기책을 쌓아놓고 읽으시던
> 할머니 안동김씨는
> 애비, 에미 품에서 떼어다 키우는
> 똥오줌 못 가리는 손자의 귀에
> 알아듣지 못하는 말씀을 못박아주셨다
> 내가 태어나기 전부터
> 나라 찾는 일 하겠다고
> 감옥을 드나들더니 광복이 되어서도
> 집에는 못 들어오는 아버지와
> 스승 면암의 뒤를 이어

〈자화상〉을 쓰다

조선 유람을 이끌던 장후재 학사의

셋째 딸로 시집와서

지아비 옥바라지에 한숨 마를 날 없는 어머니는

내가 열 살이 되었을 때

겨우 할아버지 댁으로 들어왔다

그제야 처음 얼굴을 보게 된 아버지는

한 해 남짓 뒤에 삼팔선이 터져

바삐 떠난 후 오늘토록 소식이 끊겨있다

애비 닮지 말고 사람 좀 되라고

-비례물시非禮勿視 하며

비례물청非禮勿聽 하며

비례물언非禮勿言 하며

비례물동非禮勿動 하며…

율곡栗谷의 격몽요결擊蒙要訣을

할아버지는 읽히셨으나

나는 예 아닌 것만 보고

예 아닌 것만 듣고

예 아닌 것만 말하고

예 아닌 짓거리만 하며 살아왔다

글자를 읽을 줄도 모르고

붓을 잡을 줄 모르면서

지가 무슨 연벽묵치硯癖墨癡라고

벼루돌의 먹 때를 씻는 일 따위에나

시간을 헛되이 흘려버리기도 하면서.

그러나 자다가도 문득 깨우고

길을 가다가도 울컥 치솟는 것은

– 저 놈은 즈이 애비를 꼭 닮았어!

할아버지가 자주 하시던 그 꾸지람

당신은 속 썩이는 큰아들이 미우셨겠지만

– 아니지요 저는 애비가 까마득히

올려다 보이거든요

칭찬보다 오히려 고마운 꾸중을

끝내 따르지 못하고 나는 오늘도

종아리를 걷고 회초리를 맞는다.

— 이근배, 〈자화상〉 전문

〈자화상〉을 어떻게 썼느냐 하면, 저 『시인세계』의 김종해가 쓰라고 해서, 미당의 자화상 같은 것 안 쓰겠다고 했더니, 부제를 달고서라도 쓰라고 해서 여기저기서 썼던 것을 그냥 옮겨 쓴 건데, 말하자면 나의 한 생애가 거기 들어 있는 거지요.

열 살 때 처음 본 아버지

열 살 때 그러니까 국민학교 4학년이었을 때, 나는 아버지 얼굴을 처음 봤어요. 저의 선친 이선준 선생은 브나로드(농촌으로)운동에 감화돼, 충남 아산 지역 주민들에게 민족주의 사상을 전파하고, 아산적색농민조합을 만들어 농민운동을 이끌다가 1933년 보안법 위반으로 체포돼 9개월 동안 옥살이하셨지요. 석방된 뒤에도 농민진흥회에 가입해 항일민족운동을 계속하다 1935년부터 37년까지 서대문형무소에 투옥됐고요.

그렇게 떨어져 살다가 열 살 때 아버지가 집으로 들어와 처음 보았는데, 그때 국방경비대에 끌려가서 고문당했다든가 해서 완전히 죽게 돼서 돌아온 거예요. 할아버지가 좋은 집과 밭과 논, 이런 것을 주시면서 분가시켰지요. 그래서 아버지와 어머니, 그리고 누나하고 여동생과 나

이렇게 다섯 식구가 함께 살았어요. 그런데 1950년에 전쟁이 일어난 거예요. 그래서 할아버지가 갑자기 반동분자로 지목받아 피신할 수밖에 없었지요. 그러자 아버지가 할아버지와 할머니를 피신시키고, 전에 활동하던 온양으로 나가시더라고요…, 우리 집은 빨간딱지가 붙고 압류 당했고. 그러면서 소식이 끊겼어요. 그게 마지막으로 본 것이고 지금까지 한 번도 보지 못했어요.

우리 할아버지는 당진에서 아주 대단하신 분이었어요. 내가 국민학교 1학년 때 학교 갔다가 집에 왔더니, 앞산에 큰 적토마가, 그러니까 할머니가 읽어주시던 그 옛날얘기 책 표지에 있는 그런 커다란 말이 서 있고, 안경 쓴 양복쟁이가 할아버지랑 술상을 놓고 얘기하고 있는 거야. 내가 비행기를 봤어? 오토바이를 봤어? 그런 말을 처음 본 거지. 할머니께 누가 오셨냐고 물어봤더니, 당진의 박명진 초대 군수가 왔다고 하시더라고요.

내가 지금도 박명진이란 이름을 기억해요. 그런데 나중에 당진군청에 가서 역대 군수를 살펴보니 박명진이란 이름이 없어! 그 사람이 월북했는지, 6.25때 어떻게 됐는지 모르지만, 1948년이 돼서야 정식 군수가 왔던 거지요. 아무튼 우리 할아버지는 군수가 부임하면서 인사하러 올 정도로 큰 인물이었습니다. 자유당이 결성된 뒤, 할아버지에게 감투를 주어 당진에서도 결성식을 연다고 할 때, 할아버지는 25리나 되는 길을 달려가 네놈들하고 자유당 안 한다고 막 야단을 치셨어요.

할아버지는 김구 주석과 뜻을 함께 했기 때문이었지요. 내가 어릴 때 백범께서 손수 서명한 『백범일지』를 받아오시곤 했거든요. 내가 『백범

당진 생가 터 앞에서

일지』를 여러 권 갖고 있는데, 백범께서 서명하신 그 책은 어디론가 가 버렸는지, 없어요. 참으로 안타깝게 생각합니다. 그러니 전쟁이 나자 피신할 수밖에 없었던 거지요.

내 본적이 충남 당진군 송산면 삼월리 209번지인데, 지금까지 한 번도 옮기지 않았어요. 아버지 사망신고도 하지 않았고요. 살아 계시는지 돌아가셨는지 모르는데 어떻게 사망신고를 할 수 있겠어요? 그전에는 좌익활동을 했으면 독립운동에 따른 서훈敍勳을 받을 수 없었는데, 일제강점기 때 한 좌익활동은 포상할 수 있게 바뀌었대요. 그래서 1995년에 선친에게 훈장을 주려고 했는데, 본인도 찾을 수 없고 후손도 접촉이 되지 않아 불발됐다는 것이에요.

뒤늦게 그 사실을 알고 나서 훈장 신청을 했더니 사망신고가 안돼서 어렵다고 하더군요. 친인척이 아닌 19세 이상 성인이 사망했다고 누군가가 보증을 서줘야 하는데, 이미 세월이 흘러 힘들었지요. 그래도 여러 사람이 도와줘서 간신히 할 수 있었어요. 동아일보와 조선중앙일보에 당시 감옥살이를 했던 수형受刑 사실이 보도될 정도로 명확했으니까요.

02

열여섯 살에 가출한 사연

문학의 힘은 상상력입니다.
상상의 힘은 자유를 먹고 자라지요.
사회에서 주어진 틀에 얽매이지 않고,
사람이라면 해볼 만한 가치가 있는 일에 도전해보는 것.
그런 자유는 아무에게나 있는 게 아닙니다.
열여섯 살에 세계적인 베스트셀러 소설을
쓰기 위해 가출할 수 있는 사람,
1년 동안 학교를 다니지 않고 농사를 지을 수 있는 사람,
학교 수업 시간에도 시와 소설을 읽을 수 있는 사람,
결정적 순간에 결단을 내릴 수 있는 사람이
바로 그런 사람입니다.

냉이꽃과 깃발에
스며 있는 아픔

『창비』에서 나의 시 특집을 했던 비슷한 시기에 『문학과지성』에서도 〈냉이꽃〉이란 시를 중점적으로 다룬 특집을 실었어요. 〈냉이꽃〉은 6.25전쟁 통에 아버지가 떠나고 난 뒤 어머니가 3남매하고 농사지으며 살아야 했는데, 어머니는 경제적 능력이 없는 여중군자라서 많은 어려움을 겪었던 상황을 쓴 시였습니다.

어머니가 매던 김밭의
어머니가 흘린 땀이 자라서
꽃이 된 것아

너는 사상을 모른다
어머니가 사상가의 아내가 되어서
잠 못 드는 평생인 것을 모른다

초가집이 섰던 자리에는
내 유년에 날아오던
돌멩이만 남고
황막하구나

울음으로도 다 채우지 못하는

내가 자란 마을에 피어난

너 여리운 풀은

— 이근배, 〈냉이꽃〉 전문

당시에 나는 『문지(문학과지성)』와 『창비(창작과비평)』 모두 가까웠어요. 그래서 나는 그 어느 쪽에도 기록되지 않았지요. 어느 쪽에도 들어가지 않고, 저기 뭐야? "아버지 깃발을 어디다 왜 숨기셨나요"하는 시를 쓰기도 했는데, 그게 벌써 50년이란 세월이 흘렀네요….

아버지는 깃발을 숨기고 사셨다

내가 그 깃발을 처음 본 것은

국민학교 5학년 때였다

해방 전부터 시작된 감옥살이에

몸이 상할 대로 상한 아버지는

할아버지의 석방 노력과 설득에

겨우 마음을 돌려

농사를 짓겠다고 나선 지

한 해도 못 되어 육이오가 일어났다

—너 재집이하고

 명룡이네 좀 다녀 오거라

인민군이 어디쯤 내려왔는지

아직 전쟁바람도 안 불고
태극기가 우리나라 깃발이던 어느 날
이웃집 재집이와 나는
재 너머 사는 명룡이 아버지가
집모퉁이 콩깍지동 속에서 꺼내주는
종이 깃발을 품속에 안고 돌아왔다
운동회날 하늘을 덮던
만국기들 속에서 보지 못했던 그 깃발
아버지는 언제부터 무엇에 쓰시려고
숨겨두고 계셨던 것일까
그 깃발의 세상이 오자
아버지는 온양으로 떠나셨고
오늘토록 돌아오시지 않는다
어머니와 우리 세 남매의
행복을 앗아간 깃발 하나
오래도록 내 안에서
입다문 슬픔으로 펄럭이고

— 이근배, 〈깃발〉 전문

어머니는 장학사 집안의 셋째 딸이라 어려움 없이 커 아무 경제적 능력이 없었어요. 당진에 사셨던 할아버지께서 홍성군 구항면 신곡리에 사시는 외할아버지댁에 가셨을 때, 할아버지가 문틈으로 어머니를 보시고, 아들이 있으니 혼인하자고 하셨대요. 외할아버지께서 그럼 아들을 데려와 보라고 하셨고, 열다섯 살 아버지를 데리고 가서 선을 보셨대요. 잘 생기고 신동 소리 들을 정도로 똑똑했던 아버지가 사윗감으로 마음에 쏙 들어, 셋째 딸을 주셨지요. 그때만 해도 사위가 감옥살이하고, 전쟁 통에 나가서 딸이 고생할 생각을 못하셨겠지요….

6.25만 없었으면
내 길도 바뀌었을 것

6.25만 안 일어났으면 나도 서울로 유학遊學 가서 이름 있는 학교에 다녔을 거예요. 국민학교 6학년 때인 1952년에 중학교 입학을 위한 전국 연합고사를 봤는데, 내 점수가 360점 정도는 되었던 것으로 기억해요. 400점 만점이니까 꽤 높은 점수라서 경기는 몰라도 경복이나 경동쯤은 갈 수 있었을 것이라고 생각했는데, 천만의 말씀이었지요. 6.25 전쟁이 터지고 피난 가고, 1.4후퇴 하는 등의 북새통에 공부를 제대로 할 수 없는 상황이었잖아요. 그래서 나중에 알고 보니 경기 합격선이 300점이었더라고요…. 그런데 어쩌겠어요. 당시만 해도 당진에서 그런 정보를 알 수 없었으니 그냥 당진중학교에 갈 수밖에요. 전쟁만 없었으면 아버지가 날 그냥 뒀겠어요, 그렇게 운명이 바뀌어 버린 거지요….

그런데 내가 참 미친놈이야. 제정신이 아니었어요. 전해권이라고 일제강점기부터 호랑이 선생으로 유명한 그런 선생이 5학년 담임이었는데, 나를 너무 편애하는 거야. 내가 반장이고 나중에 성찬경 시인의 부인이 된 애가 부반장이었는데, 반 애들에게 학교 앞 다리까지 뛰어 갔다 오라며 얼차려를 주면서, 나와 부반장만 제외시키는 거야. 애들이 "근배는 좋겠다" 이러면서 놀리고, 그래서 '이래선 안되겠다' 싶어, 내가 글씨도 잘 쓰고 문장력도 있잖아요, 어릴 때부터…, 집에 있는 양면 괘지에 탄핵원서를 써서 이상범 교장 선생님께 드리고 남학생들과 함께 교장실 앞에 세워놓고 시위를 벌였지요. 여학생들에게 사전에 얘기하면 일이 탄로날까봐 얘기하지 않고,

그런데 전해권 선생이 물러가기는커녕 6학년 때도 담임을 맡더라고요…. 속으로 내가 얼마나 미웠겠어요? 그래도 큰 내색하지 않고 지내시더군요.

세월이 흘러 정년퇴임 때 축시를 써 달라고 해서 내가 가서 낭독해줬지요. 무척 좋아하셨습니다. 나를 너무 사랑해줬는데, 내가 배반자였던 거지. 그래 내가 그렇게 엉뚱한 데가 있어요.

그러니까 우리 할아버지가 나를 야단칠 때는 꼭 그러는 거야.

"저놈이 지 애비를 꼭 닮았단 말이야."

나는 그 말을 들을 때마다, 내가 아무리 어린 애라도 소설 꽤나 읽고 잡지도 읽고 했으니, 우리 아버지가 독립운동을 했다는 것쯤은 알고 있었거든요. 마을 어른들도 우리 아버지를 나쁘게 얘기하는 사람이 없었고요. 나보고 독립운동 하라고 하면 정말 못할 것이고, 어떻게 하겠어? 스무 살 남짓에, 새장가 들고 얼마 지나지 않아, 어떻게 감옥을 가겠어

요? 그것도 한 번 갔다 온 게 아니고 두 번이나 갔다 왔잖아요? 그거 정말 못할 일 아닙니까? 나는 할아버지에게 그런 꾸지람을 들을 때부터 '할아버지! 제가 애비 발뒤꿈치라도 따르겠습니까'라고 속으로 반항하고 했는데, 그래도 할아버지는, 그렇게 야단치시면서도 나를 너무 편애하셨어요. 할아버지가 아니었으면 오늘 내가 없어, 말도 못해요.

어쨌든 할아버지는 당진 군내 사람들이 모두 벌벌 떨 정도로 무서웠어요. 할아버지 별명이 왜 (마하트마)간디였겠어요. 할아버지가 읍내에 가면 밤중에 군수의 관용차나 경찰서장 자동차로 집에 모셔다드리고 그랬어요. 여당도 아니고 야당인데도…, 여당의 쟁쟁한 국회의원을 물리치고, 이름도 없는 무슨 안과의사를 민주당 국회의원으로 당선시킬 정도였어요. 문제는 그렇게 대단했어도 마을 인심을 그다지 사지 못했던 거예요. 왜 그런 거 있잖아요? '자수성가한 고약한 노인네…' 땅을 경작하는 소작인들이 '옛날 생각하면서' 하는 말, 그거요.

할아버지가 1년에 두 번, 지서 순경과 면서기, 학교 선생님들 오라고 해서 술과 밥을 대접했어요. 또 생일이나 제사 때는 동네 사람들 모두에게 아침을 대접하고 그랬는데도, 진심으로 할아버지를 좋아하는 사람은 없었지요. 워낙 고약하니까, 말끝마다 원형이정元亨利貞을 내세우고 그러셨으니까요. 원형이정이란 『주역周易』 64괘 가운데 첫 번째인 중천건重天乾 괘(☰)의 괘사卦辭로 우주 만물의 기본원리를 단 네 글자로 압축한 것입니다. 동양사상의 핵심이라고 할 수 있지요. 그러니 보통 사람들이 원형이정을 내세우시는 할아버지를 어려워하고 무서워했던 것입니다. 그래서 6.25 때 몸만 피신하고 그랬습니다. 그놈의 6.25만 없었다면….

그래도 당진중학교 다닐 때 좋은 일도 있었습니다. 그때 교장실에 책이 가득한 책장과 책꽂이가 있었어요. 〈젊은 그들〉 〈소공자〉 〈소공녀〉 같은 책들이 있었는데, 그런 책들을 공짜로 읽을 수 있었던 거예요. 학과공부를 하지 않고 소설책 읽는 것을 할아버지가 싫어하셨기 때문에, 소설책을 살 수는 없었지만, 책장관리를 내가 하니까 아주 자유롭게 볼 수 있었던 겁니다. 내가 학교 문예반장이었거든요, 학교에서 나는 스타였지요. 국민학교 때부터 그랬으니까…. 수업 시간에 나는 소설책 보고 그랬어요. 다른 놈 같았으면 뺨 맞고 책 뺏기고 그랬는데, 내가 읽고 있으면 선생님들이 "뭐 읽니?" 그러면서 그냥 지나치셨지요. 선생님들이 모두 다 그럴 정도였습니다. 당시 당진중학교에 여학생이 한 반 있었는데, 여학생들이 책을 빌리려면 나한테 와서 부탁해야 했지요. 책장 열쇠를 내가 갖고 있었으니까요.

당시 당진에는 인문계 고등학교가 없었어요. 당진농고 예산농고 서산농고 등 주변에 모두 농고였는데, 당진농고에 농과와 축산과가 있었는데, 상과가 새로 생겨서 내가 1기로 들어간 겁니다. 당시 상고는 은행에 갈 수 있어서 인기가 높아 1등학과가 됐어요. 내가 상과에 8등으로 합격했어요. 입시공부도 그다지 하지 않았는데, 내가 기본기가 있잖아요.

이제 내가 가출한 얘기를 해야겠군요. 그렇게 당진상고를 다닐 때 나는 우리 집의 신문 배달원이었어요. 할아버지가 동아일보와 조선일보를 보시는데, 학교가 끝나고 신문사 지국에 가서 신문꽂이에 꽂혀있는 우리 집 신문을 빼서 할아버지께 가져다드린 거지요. 우리 집은 광복되고 라디오가 있었지만, 자꾸 고장이 나서 뉴스는 신문으로 보던 때거든요. 그렇게 신문을 배달하면서 하굣길에 읽기도 하고, 집에서도 읽었지요. 그러데, 당시 신문은 요즘과 달리 한문 투성이였어요, 동아일보에 '백광하의 단상단하'인가 하는 칼럼이 있었는데, 내가 한문을 어떻게 알겠어요, 그냥 읽었지요. 퍼즐 맞추듯이 읽는 거예요. 대충 김남조金南祚를 '김남작'으로 읽고, 월탄月灘을 '월난'으로, 신달자愼達子를 '진달자'로 그렇게 대충 읽었습니다. 그렇게 읽어도 잘못됐다고 따질 애들이 없었거든요.

그렇게 읽은 것을 학교 오가는 왕복 50리 길에서 애들한테 풀어놓았지요. 애들이 "근배 말은 너무 어려워 못 알아듣겠다"고 투덜대면서도, 자기들은 알지 못하는 얘기를 줄줄줄 하니까, 나는 또 스타가 됐지요. 가뜩이나 스타인데, 여학생들이 나를 무지 따라다녔어요. 여학생들이 방과 후에 운동장에서 고무줄 놀이를 하다가 내가 집에 가는 것을 보면 교문 밖으로 우루루 따라 나오곤 했다니까요. 다른 아이들이 얼마나 부러워했겠어요? 나는 늘 그렇게 '영 스타'였다니까요.

열여섯 살에 가출했다,
베스트셀러 쓰려고

내 가출 얘기는 이제 다 알려진 얘기이기는 하지만…, 그렇게 우쭐대며 지내던 어느 날 동아일보를 보는데, 10원짜리 동전 크기의 얼굴이 달린 기사가 났어요. 프랑스에서 나와 동갑내기인 열여섯 살 소녀, 프랑스아즈 사강이 세계적 베스트셀러 소설을 냈다는 거였습니다. 그 소설을 봐야겠는데, 할아버지에게 사달라고 하면 절대 사 주지 않을 테니까, 할 수 없어 꾀를 냈지요. 등 너머 마을에 차돌이라는 애가 있었는데, 국민학교 4학년 때 중퇴하고 당진 읍내에서 아이스크림 장사를 하고 있었어요. 걔한테 『슬픔이여 안녕』이란 책 이름을 적어주며, 이 책을 사서 하룻밤만 빌려달라고 했지요.

서점에서 출판사에 주문하고 배달되는 데 한 열흘쯤 걸리던 시대라, 그때쯤 갖다 주더군요. "부잣집 손자인 네가 사보지, 가난한 나한테 빌려달라고 하냐?"는 핀잔 한 마디 하지 않고 사다 줬으니, 참 착하고 좋은 친구였습니다. 아무튼, 숨도 쉬지 않고 읽어봤는데, 이게 연애소설이더군요.

그런데 당진 산골 촌놈이 어떻게 연애소설을 쓸 수 있느냔 말이에요? 5학년 때인가 소설을 읽는데 "앗! 코피, 코피가 엎질러졌다"는 대목이 나왔어요, '코피는 터지거나, 흐르는 것인데, 무슨 얘기를 하다가 갑자기 엎질러진단 말인가?' 이런 의문이 생겼는데, 누구한테 물어볼 수도 없고 답답해 죽을 뻔한 적이 있었거든요. 당진에서는 도무지 알 수 없는 일이었지요. 삼촌이 가끔 "서울 구경 시켜준다"며 두 손으로 얼굴 양 귀쪽을 쥐고 들어 올리는데, 아프기만 하지 서울이 보일 리가 없었지요. 베스트셀러를 쓰려면 무대가 서울이어야 된다고 생각한 뒤, 할아버지에게 "뜻한 바 있어 집을 나간다"는 편지를 남기고 집을 나섰지요.

그런데 진짜 가출을 하려면, 부산이든 영국이든 할아버지가 모르는 곳으로 가야지, 셋째 삼촌한테 간다고 행선지를 밝혔으니 당장 내려오라는 호통만 받고 집으로 되돌아갔지요. 그렇다고 완전히 미수로 끝난 건 아니고, 1년 동안 학교에 다니지 않고, 농사만 지었어요. 나름대로 반항한 거지요.

프랑스아즈 사강
〈슬픔이여 안녕〉
개정판 표지

학교에 가려고 해도 국어 선생님이 나한테 망신만 당할 정도라 배울 게 없으니 갈 수가 없었어요. 1년 내내 "서울에 간다" "못 간다" 하며 할아버지와 줄다리기를 했지요. 그러다가 겨울이 지나가고 새 학기가 시작되자, 할아버지께서 나를 학교로 데리고 가시더니, 2학년에 다니라고 하시더군요.

1년 동안 공부를 하지 않아 진도를 따라가기도 쉽지 않고, 친구들과도 서먹서먹했을 것 같았어요. 하지만 의외로 아이들이 반갑게 맞이해 주어 서먹서먹한 것은 없었습니다. 그런데 갑자기 이상한 일이 벌어졌어요. 마치 『걸리버 여행기』에서 난쟁이 나라에 들어간 거인처럼 애들은 물론 선생님까지 다 우습게 보이는 거예요. 1년 동안 농사일을 하면서 책도 읽고 쓰기도 한 것이 사실이지만, 그것보다는 인생에서 한 번 밖으로 빠져나왔다가 다시 들어가면서 삶을 객관화한다는 것이, 현장 속에 맞물려 돌아가는 것과 엄청나게 차이 난다는 사실을 깨달았지요.

그렇게 학교를 다니면서 동아일보를 보는데, 어느 날 서라벌예술대학에서 문예장학생을 모집한다는 광고를 보았어요. 신문을 보지 않았다면 제가 어떻게 서라벌예술대학이란 게 있는 줄 알았겠어요. 아마 담임선생님도 모르고, 교직원들도 몰랐을 거예요. 우리 고향에서는 서울대학은 몇 년에 한 명 가고, 잘 해야 고대 아니면 육사나 해사, 공사 이런 데 가던 시절이니까요.

할아버지는 공주사대를 가라고 하셨지만, 제가 떼를 썼지요. 제가 장학생이 될 테니 예술대학에 보내달라고요. 할아버지도 어쩔 수 없었던지, 아니면 장학생이 될 수 없다고 판단하셨는지, 장학생을 조건부로 허락하셨어요. 시험을 본 결과 장학금을 반만 받는 '을류 장학생'으로 선발됐어요.

그래서 서라벌예술대학을 다니면서 천승세 김민부 송상옥 김문수 홍기삼 유현종 김주영 같은 문학 천재들을 만나 본격적으로 창작의 길로 들어서게 됐습니다.

03

서라벌예술대학 문예창작학과에 '을류장학생'으로 입학하다

1995년 6월 21일, 김동리 선생님 영결식에서
북받쳐 오르는 슬픔을 억누르지 못하고
철철 울면서 헌시를 읽었지요.
미당未堂 선생은 2000년 크리스마스 이브
눈 오는 저녁에 영면하셨는데,
가족장으로 치렀지만,
저는 『현대시학』 1월호에 헌시 〈미당경전〉을 올렸습니다.
제가 스승님들께 받은 해와 같은 사랑과
달과 같은 은혜의 티끌 하나인들 사은할 길이 없사온데
헌시를 올리는 일 또한 참으로 자랑스러운 일이었습니다.

산문 〈아버지의 얼굴〉은 못 쓰고
시로 서라벌예대 을류장학생

내가 서라벌예술대학 을류乙流장학생이었잖아요. 그곳 장학생 선발 시험이 어떻게 됐냐면, 고등학교 성적이 100분의 15 이내여야 응시할 수 있었습니다. 아무나 장학생에 응시하는 게 아니었지요. 상위 15% 이내에 든 지원자들만 실기시험 자격을 주었지요. 미아리고개 너머에 서라벌예술대학 캠퍼스가 있었어요. 새 캠퍼스더군요. 그전에는 후암동에 있었나 봐요.

그 새 캠퍼스에 갔는데, 교실에 학생들이 가득한데, 모두 득의양양해요. 나는 아는 사람 한 명도 없어 움츠리고 있는데, 다른 애들은 다 서로 같이 부산 대구 청주 등에서도 여러 명이 오고, 동아리들이 함께 오고, 나는 산골짜기에서 혼자 왔으니까 외톨이잖아요. 그렇게 기다리고 있는데 김동리 선생이 들어오시더니 칠판에 백묵으로 '여섯 자'를 쓰는 거예요. 김동리 선생이 그때 학과장이었는데, 시험 당일에 처음 봤습니다. 그전에 본 적이 없었지요.

그 여섯 자가 바로 '아버지의 얼굴'이었어요. 이거는 산문 제목이고 시는 자유시제라고 하면서 나가시더군요. 나는 아버지 얼굴을 10살 때 처음 봤지 않습니까. 10살 때 처음 아버지 얼굴을 봤다는 스토리가, 그런 가족사적 스토리가 있으면 그거 남보다 훨씬 좋은 거 아닙니까. 맨날 보는 것보다, 그런데 그때까지 나는 산문이라는 걸 별로 써본 일이 없어요. 고등학교에서 백일장 열면 시, 시조는 무조건 내가 장원이었는

미아리 고개 너머에 있었던 서라벌예술대학 교사

데, 백일장 할 때 산문을 안 했거든요. 산문이 없으니까 내가 소설 지망생이지만 산문은 아직 써 본 적이 없었던 거지요.

'아버지의 얼굴'은 아주 좋은 글감인데, 그때만 해도 산문은 막막하니까 그냥 자유시를 써서 냈습니다. 그렇게 '을류 장학생'이 됐어요. 용케 점수를 많이 줬는지 아니면 시골에서 왔다고 뭐 편애를 한 건지 모르겠는데, 그렇게 서라벌예술대학에 들어갔지요.

서라벌예술대학에 들어가 보니까 아주 기라성 같은 천재 애들이 즐비했어요. 신춘문예 당선자가 셋, 고등학교 때 백일장 장원은 기본이고, 산문이나 시로 '학원문학상'을 받은 친구들도 많고, 중학교 고등학교 때 시집 낸 사람들도 있고. 그때 시집 내는 게 어디 쉬워요? 그러니까 전국에서 아주 그냥 천하장사들만 올라온 거야. "이 황소는 내 거야" 하듯, 무슨 소림사 무술대회 하듯 고수들이 즐비했던 거지요.

그런데 그때는 '문학의 밤'이라는 게 아주 많았어요. 우리 서라벌예술대 문창과에서도 명동에 있는 돌체음악실 같은 데를 통째로 빌려서 문학회를 하고 그랬어요. 그때는 갈 데가 없었으니까, 그때 무슨 돈이 있어 영화 구경 가겠어, 뭘 하겠어요. 그러니까 문학의 밤 이런 거 쫓아다니는 게 일이였습니다. 거기 가면 유명한 시인, 소설가들이 많이 나왔지요. 고등학교 문학의 밤이나 대학교 문학의 밤이나, 그렇지 않겠어요? 서울서 문예반장 학생들이 서정주 선생 집에도 가고, 박목월 선생 집에도 가서, "선생님 이번 우리 문학의 밤에 오셔서 좋은 말씀 해주세요" 하면서 함께 어울린 거지요.

공초 오상순 선생을
처음 뵙다

1958년 봄인데 친구들이 명동에 나가자는 거예요. 나는 명동이 어딘지도 모르면서 무조건 따라나섰지요. 미아리에서 명동까지 걸어갔어요. 그때는 걸어가는 게 아무것도 아니었지요. 미아리에서 명동까지 걷는다고 하면 지금은 먼 것 같아도, 시골에서 중학교 가는 데만 25리, 왕복 50리를 매일 걸어서 학교 다닌 나에겐 아무것도 아니었지요.

지금이야 내가 명동을 구석구석 다 알아, 누구든지 명동 그걸 보려면 나를 부릅니다. 연극하는 사람들이나, 문학연구 하는 사람들이 불러대거든요. 민윤기 서울시인협회 회장을 비롯한 시인들과도 문학기행으로 한 번 갔었고요. 어쨌든 친구들을 따라 골목에 있는 다방인가에 갔는데, '청동다방'이었어요. 그다지 크지 않은 자그마한 곳이었는데 금방 없어진 곳입니다.

그날이 토요일 오후였어요. 다방 문을 여니까 담배 연기가 자욱하더군요. 그땐 아무나 다 담배 피웠잖아요. 공초 선생만 피는 게 아니라 손님들이 모두 피워댔지요. 토요일 오후니까 별로 갈 곳 없는 사람들이 전부 명동으로 몰려들어 북적였습니다. 여기서 지금 같으면 A4 용지인데, 그때는 백노지라고 불렀는데, 그것에 구멍을 뚫어 까만 끈으로 묶어서 백지 노트를 만들었는데 그게 바로 『청동문학』입니다. 그거를 펴 놓고, 공초 선생이 그러시는 거예요. "반갑고 고맙고 기쁘다"고. 처음 만나는 사람은 누구든지 큰손으로 손을 탁 잡으면서 "반갑고 고맙고 기쁘다", 그렇게 말씀하셨습니다.

김초혜 시인 공초문학상 시상식

그땐 무심히 들었는데, 무엇 때문에 반갑고 고맙고 기쁠까, 그렇지 않습니까. 그런데 이제 생각해 보면, 물론 처음에 누구를 만났으니까 반가운 일이고 고마운 건 당연한데, 그러면 '누구한테 고마운가' 하는 것은, 이건 조금 종교적인 겁니다. 그렇지 않겠어요. 뭔가 너하고 나하고 만나게 된 것은, 어떤 인연이 있어서 고마운 일이 아니냐, 또 네가 와서 고맙기도 하고 뭐 여러 가지죠. 만나게 해줘서 고맙다는 겁니다. 고마운 건 또 제3자적 역할이겠죠.

공초 선생은 또 "앉은 자리가 꽃자리니라"라고도 말했어요. 구상 선생이 그 말을 갖고 시를 쓰셨지요. 〈꽃자리〉라는 제목으로 말입니다.

반갑고 고맙고 기쁘다
앉은 자리가 꽃자리니라

네가 시방 가시방석처럼 여기는
너의 앉은 그 자리가
바로 꽃자리니라

앉은 자리가 꽃자리니라
앉은 자리가 꽃자리니라

네가 시방 가시방석처럼 여기는
너의 앉은 그 자리가

바로 꽃자리니라

나는 내가 지은 감옥 속에 갇혀 있다
너는 네가 만든 쇠사슬에 매여 있다
그는 그가 엮은 동아줄에 엮여 있다

우리는 저마다 스스로의
굴레에서 벗어났을 때
그제사 세상이 바로 보이고
삶의 보람과 기쁨을 맛본다

앉은 자리가 꽃자리니라
네가 시방 가시방석처럼 여기는
너의 앉은 그 자리가
바로 꽃자리니라

— 구상, 〈꽃자리〉 전문

그러니까 많은 문학 독자들은 지금도 '앉은 자리가 꽃자리'라는 말을 구상 선생의 시인 줄 알아요. 근데 그게 아니에요. '공초 어록'을 구상이 시로도 쓰고, 동판으로도 만들고 해서, 그거를 선전하느라고 당신이 쓴 겁니다. 공초 선생 말씀을 사람들이 잘못 알고 있는 거지요.

그런데 '앉은 자리가 꽃자리'라니 그게 뭐냐 하면, 불교에서 '입처개

수유리 공초 묘소에서

진立處皆眞 수처작주隨處作主'라는 말과 같은 겁니다. 〈임제록〉에 나오는 것으로 '서는 곳마다 참되게 하고 가는 곳마다 주인이 된다'는 뜻이지요. 합천 해인사에 있는 팔만대장경에도 나옵니다.

그런데 들뢰즈(1925~1995)가 공초空超 吳相淳(1894~1963)보다 한참 아랫사람인데, 그 들뢰즈가 뭐라고 했냐면, "now and here!"라고 그랬어요. 그 말이 공초 얘기와 마찬가지입니다. 지금now 그리고 여기here! 그 다음에 니체가 "아모르 파티", "운명을 사랑하라"고 했지요. 가수 김연자가 그런 노래도 불렀지만…. 어쨌든 공초 어록, 그 말이 재밌잖아요. 네가 앉은 자리가 꽃자리야! 네가 지금 있는 이곳에서, 네가 주인이고 네가 최고야! 내가 아무것도 아닌데 이게 다 타고 난다고 하소연하지 말고, 너 있는 데서 최선을 다하라는 뜻이겠지요.

공초 선생은 손을 잡으며 "반갑고 고맙고 기쁘다"고 말한 뒤, "여기다가 한 마디 하라"고 백노지를 건넸습니다. 그러면 거기에 뭔가 즉흥시 같은 것, 소감 같은 것을 쓰곤 했지요. 이 어른이 그걸 저녁에 집에 들어가서 다 읽으신 것 같아요. 마음에 드는 글이 있고 안 드는 글 있잖아요. 근데 내 글은 특히 다 읽으신 것 같아요. "얘가 정말 착하니까(내가 착한 놈이 아닌데 공초 앞에서는 착한 척하고 다른 여자들한테 손찌검도 안 하고 거기 맨날 오는데)", 나를 예뻐하시는 거야. 밥도 사 주시고, 날 예뻐하셨지요.

내가 신춘문예에 당선했을 때는 서울신문에 데리고 가셔서 오종식 사장한테 가서 나를 소개하고, 또 경향신문 김팔봉 주필한테도 데리고 가서 소개했습니다. 그런 얘기는 아마 내가 볼 때, 공초가 생전에 처음 한 것 같아요.

공초와의 만남은 이렇게 1958년 봄부터 시작됩니다. 그때 공초께서 나한테 사천沙泉이라는 이름을 지어줬어요. 모래 사沙와 샘 천泉. 지금도 내가 사천을 쓰고 있지요. 현재 내가 '공초숭모회' 회장을 하지 않습니까. 공초를 하늘같이 떠받들던 구상 선생이 나한테 공초숭모회 회장을 맡긴 것도 그런 사연이 있는 것이지요.

동리, 미당 두 분 스승께 올리는 글월

이제 두 번째로 김동리金東里(1913~1995) 소설가와 서정주徐廷柱(1915~2000) 시인을 만난 얘기를 해야겠네요. 내가 2022년 10월에 '중대문학상'을 받았어요. 내가 중대를 졸업한 것은 아니지만 이제 중앙대와 서라벌예대가 하나로 합했으니까. 중대문학상 수상 소감문에서 두 분 스승께 바치는 글월을 넣었습니다.

감사합니다.

동리 선생님, 미당 선생님. 충청도 당진 산골 마을에서 소설책 몇 권 빌려 읽고는 소설가가 되어 보겠다고 서라벌예술대학 문예창작과 장학생 시험을 치러 간 지 올해로 예순네 해가 되었습니다. 소설과 시로 우리 모국어 문학의 백두 한라의 봉우리를 올리신 두 분 선생님 문하에서 겨우 까막눈을 뜨고, 문단에 첫발을 내디딘 지 예순한 해가 되어, 제가 오늘 중앙대 문학상이라는 큰 상을 받게 되었습니다.

아무리 생각해도 글도 사람도 갖춘 것이 하나도 없는 저에게 이 상이 내려진 것은, 동리 미당 두 분 스승님께서 "더 늦기 전에 정신 좀 차리고 글 쓰는 일에 전념하거라" 하시며, 옷깃을 여며 주시고 머리를 쓰다듬어 주시는 일이라 생각하니, 가슴이 먹먹하고 눈시울이 뜨겁습니다.

그러셨습니다. 두 분 스승님은 비록 대학 강의실에서뿐만 아니라 우리 시대 한국 문단의 큰 어른으로 따르는 문재文才들이 한둘이 아니었지만, 저를 각별하게 편애하셨습니다. 제게 미당 선생님은, 1960년 저의 못 미치는 시로 첫 시집을 낼 때, 서문을 써주신 일로부터 1981년 세계 여행을 떠나시면서 동국대 시 창작 강의를 제게 주고 가셨습니다.

동리 선생님은 어렵게 창간하신 월간 『한국문학』을 제게 맡겨 주신 일 또한 제 생애에 다시없는 홍복弘福이었지요. 두 분 스승의 가르침과 보살핌이 있었기에 제가 기를 펼 수 있었으며, 가진 것도 없으면서 괜히 어깨를 으쓱대며 살아왔습니다.

1995년 6월 21일 동리 선생님 영결식에서 북받쳐 오르는 슬픔을 억누르지 못하고 철철 울면서 헌시를 읽었지요. 미당 선생님은 2000년 크리스마스 이브 눈 오는 저녁에 영면하셨는데, 가족장으로 치렀지만, 저는 『현대시학』 1월호에 헌시 〈미당경전〉을 올렸습니다. 제가 스승님들께 받은 해 같은 사랑, 달 같은 은혜의 티끌 하나인들 사은할 길이 없사온데 헌시를 올리는 일 또한 참으로 자랑스러운 일이었습니다.

동리 미당 선생님, 그리고 오늘 두 스승님은 제게 중앙대 문학상을 가슴에 안겨주셨습니다. 이 상에 담긴 뜻 깊이 새기어 받들고 따르겠습니다. 저 높은 하늘에서도 지켜보고 계시겠지요. 저뿐 아니라 이 자리를 마련하고 함께하는 제자들에게도 큰 사랑 내려 주십시오.

2022년 9월 29일 문하생 이근배 삼가 올립니다.

서라벌예술대학은 내가 입학했을 때 정교수가 동리하고 미당이었어요. 지금도 그렇지만 우리 문단에서 소설은 김동리가 대통령이고 시는 서정주가 총리 아닌가. 우리 '시의 정부'가 다 그러니까요.

서라벌예대 교수였던
소설가 김동리

내가 서라벌예술대학에 들어가서 시 창작 첫 시간에, 작품을 써냈어요. 써내라고 하니까요. 〈창과 꽃밭〉이라는 시를 써냈는데, 지금 같으면 노트 어딘가에 써놨을 텐데, 그러지 못해 없어져 안타깝지만, 강의 첫 시간에 미당이 그걸로 창작 강의를 하셨습니다. 학생들이 깜짝 놀랐지요. 그리고 또 하나 이상스러운 거는, 내가 지난번에 왜 1년 동안 농사짓고 학교로 돌아가 1년 동안 다 까먹었는데도, 학교에 갔더니 마치 이 난쟁이 나라에 온 키다리 거인처럼 애들이 다 그렇게 보이더라고. 선생님도 다 손바닥 위에 있는 것 같다고 했습니다.

그게 참 이상한 일인데, 그렇게 촌놈인데, 내가 서라벌예술대학에서도 센터가 된 겁니다. 내가 그때부터 주역 격으로 나댔어요. 1958년 봄, 명동 돌체에서 문예창작과 문학의 밤 행사를 하는데, 내가 사회를 봤지요. 내가, 그 촌놈이, 글도 못 쓰고 아무것도 없는 놈이, 왜 그랬는지 모르겠는데, 사회자가 됐어요. 지금 같으면 "오늘 미당 선생님이 오시니까, 이 어른은 말하자면 뭐라고 뭐라"고 레토릭을 준비할 거 아니에요. 근데 그땐 그런 경험이 없었으니까, 마이크를 탁 잡고 "한국의 시성詩聖 서정주 선생님을 모시겠습니다"라고 말했지요. 그때는 아직 미당이라는 호를 쓰지 않을 때였어요. 미당이라는 호는 한 1970년대 후반쯤부터 쓰기 시작했고, 그때는 서정주였어요. 그냥 그렇게 말해 버렸더니, 서정주 선생이 마이크를 잡더니 (이근배 시인이 한 미당의 전라도 사투리를 흉내 내며) "내가 제자를 잘못 가르쳐서 근배가 망발을 혔네", 그러시는 겁니다. 하지만 속으로는 기뻐하셨겠지요. 시성이라니, 그래 그런 말을 내가 어떻게 경솔하게 하느냐고, 이상하다고 할 수밖에요.

04

소설은 포기, 시로 돌아서다

나는 시를 많이 외었습니다.
동서고금을 가리지 않고,
대가들의 시 700여 편을 암송할 수 있지요.
어느 시인, 어느 소설가라고 이름만 대면
그와 관련된 삶도 술술 풀어낼 수 있습니다.
신춘문예 10관왕은 거저,
하늘에서 뚝 떨어지는 게 아닙니다.
머리에 들어 있는 시를 수없이 되뇌며
시 쓰는 힘으로 삼았습니다.
김동리 소설가가 쓴 시 〈명동의 달〉을 암송할 때는
"'쓸개 빠진 달'에 대한 소설을 쓰고 싶다"는
열정을 불사르기도 했습니다.

김동리의 시 〈명동의 달〉

김동리金東里(1913~1995) 선생님도 돌체다방에서 열린 문학의 밤에 오셨어요. 동리 선생님은 딱 그래요, 키가 참 작으셨어요. 오시더니, 무슨 인사고 할 것도 없이 탁 마이크를 잡으시고는 〈명동의 달〉, 이러면서 "형제와 원수가 어깨를 스치며 지나가는 명동 거리에서 나는 오늘도 또 하루의 피곤한 황혼에 불을 켜야만 한다.", 이렇게 시작하는 겁니다. 암송이에요, 암송! 나는 그때까지, 김동리 선생이 소설가인 줄만 알았지 시인인 건 몰랐거든요.

지금 같으면 얼마나 대단한 현실 시냐. 그렇지 않아요? 시작을 이렇게 하는 거예요. "형제와 원수가 어깨를 스치며 지나가는", 그게, 전쟁 속에 누가 빨갱이 적인지, 아군인지 모르잖아요. 누가 형제인지 원수인지 몰라. "명동 거리에서 나는 오늘도 또 하루의 피곤한 황혼에 불을 켜야만 한다." 불이 들어오니까 세월이 흐르고, 사람들이 살아야 하는 거지. 그런데 끄트머리, "개와 취객이 나란히 더불어 오줌을 갈기는 내 조국 내 서울의 허물어진 벽돌담에 회한悔恨 같은 창백한 웃음을 칠해 주는 머리 위에 높이 뜬 오, 쓸개 빠진 달이여", 쓸개 빠진 달이라는 말, 나 지금도 그런 소설 하나 쓰고 싶어요. 쓸개 빠진 달 〈명동의 달〉!

형제와 원수가
등을 스치며 지나가는 명동거리에서

오늘도 나는 또 하루의

피곤한 황혼에 불을 켜야만 한다

세월이여 사양없이 흐르라

참과 거짓이 자리를 뒤바꾸고

옳고 그름의 길이 도시 헷갈렸어도

내 그대의 슬기로운 침묵에 붙여

참고 기다리기를 또한 헤아리지 않으리니

개와 취객이 나란히 더불어 오줌을 갈기는

내 조국 내 서울의 허물어진 벽돌담에

회한 같은 창백한 웃음을 칠해주는

머리 위에 높이 뜬

오, 쓸개 빠진 달이여

— 김동리, 〈명동의 달〉 전문

참으로 김동리만이 쓸 수 있는 명시라고밖에 할 수 없을 정도로 감탄을 자아냅니다. 당시에 나는 학교 다니면서 소설은 못 쓰고, 막 문학의 밤에 가서 장시를 읽고 그랬어요. 내가 주로 읽었던 시집은 미당의 『귀촉도』하고, 1956년에 정음사에서 나온 『서정주 시선』이었습니다. 그걸 닳도록 읽었어요. 그때는 다 외웠지요. 지금도 몇 편은 다 외우지만, 거기에 나오는 시 〈무등을 보며〉는 "가난이야 한낱 남루襤褸에 지나지 않는다/ 저 눈부신 햇빛 속에 갈맷빛의 등성이를 드러내고 서 있는/ 여름 산 같은/ 우리들의 타고난 살결 타고난 마음씨까지야 다 가릴 수 있으랴"고 노래하고, 〈국화 옆에서〉와 같은 신작시가 1부고, 2부는 두 번째로 40년대에 나왔던 『화사집』, 3부는 『귀촉도』에서 뽑은 겁니다. 그 한 권이면 그냥 서정주의 시는 다라고 할 수 있지요. 지금 읽어도 그거 이상, 그거 이하도 없어요.

그거를 다 읽고 정지용鄭芝溶(1903~1950) 시집을, 또 누가 줘서, 지금은 천만 원이 넘는데, 누가 줘서 그냥 읽고 누구 줬을 겁니다. 시 〈카페-프란스〉에 "이 놈은 루바슈카 또 한 놈은 보헤미안 넥타이"란 표현이 나와요. 이와 관련해 내가 한 가지 얘기를 하면, 내가 지용문학회 회장도 했잖아요. 한국일보에서 신문주간 표어를 모집했는데, 그때 내가 1등으로 당선됐습니다. 그래서 만환의 상금을 받았어요. 지금 돈으로 1000원이지요. 근데 1959년 1000원은 나로서는 처음 생긴 큰돈이었어요. 그때는 우리가 옷이 없었잖아요. 교복이라는 건 그때는 전부 다 남대문시장에 가서, 군복을 염색해서 입은 게 유니폼이었지요. 근데 나는 만환이 생겼거든요.

〈카페 프란스〉 읽고 루바슈카를 맞춰 입다

그때는 백화점도 없고 기성복도 없고 할 땝니다. 양복점에 가서 만환을 주고 '이놈은 루바슈카 또 한 놈은 보헤미안 넥타이'란 정지용의 표현에 따라 루바슈카를 사 입고 싶었습니다. 그래서 공초 선생에게 "선

시 〈카페 프란스〉 등장 패션 루바슈카를 입고 도봉산에서

생님 루바슈카라는 옷이 어떤 겁니까?"하고 물었지요. 이 양반은 1913년, 일본에 유학 갔던 분이거든요, 도시샤 대학! 그러니까 정지용보다 10년 앞서서 입학했어요. 그랬더니 (공초 선생이 담뱃대를 물고 두 손으로 루바슈카 모양을 가슴에 대고 그리는 모습을 흉내 내며) "이렇게 요새 맥그리거 반코트처럼, 이렇게 이렇게 이렇게 단추가 왔다 갔다 한 거 있어. 러시아 병

정 옷 같은 거….". 그래서 대충 그려서, 양복점에 가서 맞춰, 그걸 입고 다녔어요. 그거를 누구한테 증거할 수 없잖아요?

그런데 증거가 나왔어요. 1958년에 나랑 가깝게 지내던 친구가 있었는데, 선린상고를 졸업한 남궁석南宮晳(1938~2009)이라고, 삼성 사장도 하고 초대 정보통신부장관과 국회의원도 지낸 친구입니다. 그 남궁석을 오랜만에 만났는데, 그 친구가 바로 그 사진을 가져온 겁니다. 그때, 그러니까 1959년 봄에, 그 옷을 입고 도봉산에 갔었는데, 영국 사람이 찍어준 사진을 보관하고 있었던 거지요.

그 친구는 마렉 플라스코가 쓴 『제8요일』에 꽂혀 소설을 쓰겠다고 하던 문학청년이었어요. 내가 『한국문학』할 때 삼성전자 판매부장으로 있으면서 광고로 많이 도와줬지요. 10년 전이었어요. 내가 중앙대 대학원에서 강의할 때, 공부하겠다고 해서 나를 차로 태워다 주면서 열심히 했는데, 하루는 병원에 간다고 그러더니 그냥 죽었어요. 암이었다네요. 나한테 뭔가 할 말이 있다고 그랬는데….

또 오장환吳章煥(1918~?) 시인이 예세닌이라는 러시아 시인의 시집을 번역한 게 있는데, 그 시집도 아주 닳도록 읽었지요. 〈모스크바 주점〉, 그게 예세닌의 대표작입니다. "그렇다! 누가 다시 돌아가느냐/ 아름다운 고향의 산과 들이여/ 이제 그러면 신작로 가의 포풀라도/ 내 머리 위에서 잎새를 흔들지 아니하니라// 추녀 얕은 내 옛집은 옛날에 기울어지고/ 사랑하던 개마저 벌써 저 세상으로 가버렸다/ 모스크바 이리 굽고 저리 굽은 길바닥 위에/ 내가 죽는 것은 아무래도 전생의 인연인 게다// 아, 너무나 크게 날려던 이 날개/ 이것이 나의 타고난 크나큰 슬픔인 게다”

이게 〈모스크바 주점〉이거든요. 그리고 재밌는 게 또 하나 있어요. 뭐냐 하면 훈장입니다. ‘조선 1945년 8월 15일’이라고 쓰여 있는 훈장! 북한에서 만든 거지요. 이 훈장과 관련된 내용이 오장환 시에 나옵니다. 『붉은기』라는 시집인데, 우리나라에는 없어요. 이게 북한에서 나왔거든요. 이 시집 가운데 〈시베리아〉라는 시를 보면 “새 나라의 우리들이 보내준 조선 해병 기념장” 이런 내용이 나오는데, 이 훈장이 바로 소련 군인들이 고향으로 돌아가면서 가슴에 달았던 겁니다. 이 훈장을 내가 구입했는데, 그런 시집 내용을 모르면 이걸 구하겠어요? 이까짓 거를…. 이 훈장을, 해방기념으로 달고 소련군들이 돌아갔다는 내용인 겁니다.

오장환 시집
〈붉은 기〉 표지

예세닌 시에 〈어머니께 드리는 편지〉가 있는데 “철 늦은 헌 옷 꺼내 입으시고 노을 깔린 신작로 가로 신작로 가로 나오신다고요 나오지 마시옵소서”라고 하는 시입니다. 예세닌은 이런 시를 쓰고, 이사도라 던컨하고 연애하다가 자살했잖아요. 소련에서. 그가 자살한 호텔 가봤어요. 상트페테르부르크 이삭성당 앞에 있는 아스토리아 호텔. 그가 죽자 소련 정부가 국장을 지내줬지요.

그건 그렇고, 이제 서라벌예술대학이 어떤 학교인지 얘기해 볼까요. 홍기삼이란 친구가 동국대 총장을 했어요. 우리랑 같이 다녔는데, 그 친구가 서라벌예술대학을 졸업하고 동국대 국문과에 편입하니까, 배울 게 없더라는 겁니다. 커리큘럼이…. 김동리가 얼마나 완벽해요. 김동리 선생은 대학 다닌 경험이 없는 사람 아닙니까? 그런데도 온통 서울 장안의 유명한 사람을 다 끌어다 강사 시키는 거예요.

소설 첫 시간에 최정희崔貞熙(1912~1990) 소설가가 들어왔어요. 첫 시간에 딱, 예쁜 여자가 생글생글 웃으면서요. 최정희는 파인 김동환金東煥(1901~?) 시인의 둘째 부인이잖아요. 그런데 파인이 납북당해서 북으로 간 뒤였습니다. 강의 들어왔을 때 최정희는 53세쯤 됐을 겁니다. 그래도 젊어 보였어요. 교수로 들어온 게 아니라, 김동리 선생이 "와서 학생들하고 얘기 좀 하라"고 해서 그냥 들어온 거지요. 문창과 학생들하고 첫 시간에. 그때 수염도 덥수룩한 한 학생이 이렇게 질문한 겁니다.

김동리 선생은 소설가 최정희도 서라벌예대 교수로 초빙하였다

"선생님! 파인 선생이 북으로 납치당하시기 전의 고독과 파인 선생이 북으로 납치당한 이후의 고독을 말씀해주세요."

지금 같으면 미투지요. "너 지금 남편하고 같이 잠자리할 때의 고독과 남편이 없을 때의 고독이 어떻게 다른지 얘기해 달라"는 거니까요. 아주 사나운 질문이었어요. 근데 최정희는 참 작가더라고요, 생글생글 웃으면서 이러는 겁니다. "파인이 납치당해 가서 생기는 고독이라면 파인이 돌아오는 날 해결되는 고독 아니겠는가. 그러나 인간의 고독이라는 것은, 그렇게 어떤 조건으로 변화되는 고독은 아니다"라고요. 이렇게 생글생글 웃으면서 대답을 하더라고요. 그런 일도 있었고 어쨌든 서라벌예술대학 애들하고는 참 재미있었어요. 2년이 금방 지나가더라고요.

"너는 당진 가서
농사짓는 게 낫겠다"

서울에 올라와서 생활할 때 몇 가지 추억이 있었어요. 그 중 김상훈이라고 잊지 못할 친구가 있었습니다. 김상훈이 누군가 하면, 내가 국민학교 5학년 때 6.25가 났는데, 그때 김상훈이 어머니하고 둘이서 우리 동네로 피난을 왔어요. 우리 동네로 피난 온 뒤 국민학교를 졸업하고 52년에 당진중학교에 들어갔지요. 53년에 휴전이 되니까 어머니와 함께 다시 서울로 올라갔어요. 그리고 편지왕래만 하다가 서라벌예술대학에 입학해서 서울에 와서 만나보니, 선린상고 3학년이더라고요.

근데 그것이 참, 지금 생각하면 이상한 게, 지금처럼 핸드폰도 없고 서울 지리도 모르는데, 어떻게 만날 수 있느냐 말입니다. 아무것도 모르잖아요. 어디에 무엇이 있는지도 모르고, 동서남북도 모르는데, 그때 그렇게 용케 만난 게 참 신기하지요.

아무튼 그 김상훈이란 친구를 만나니까, 그 친구가 나를 데리고 서울 구경을 시켜줬습니다. 그때가 봄이니까 갈 곳도 많고, 아마 그 친구가 선린상고 야간을 다녔나 봐요. 신문 문화면 단신에서, 어디서 시 낭송회를 한다, 어디서 무슨 문학강연회가 있다, 이런 기사가 나면, 그 친구가 나를 그런 장소에 안내했습니다. 그런 문화행사에 가서 사람 구경을 했지요. 모윤숙도 보고, 김광섭도 보고, 김관식도 보고, 거기서 합평회 하는 것도 보고….

한 번은 시 낭송회를 한다고 해서 갔는데, 어디냐면 USIS(미국문화원) 빌딩이었는데, 시청 바로 옆, 예전에 포항제철이 있었던 곳입니다. 거기 3층인가에서 시 낭송회를 하는데, 김남조 시인과 여러 시인이 함께 하더군요. 그렇게 그 친구가 안내해 준 덕분에 촌놈이 서울 생활을 시작하는 데 많은 도움이 됐습니다.

또 하나는 '당진학사'에요. 서울에 처음 올라와 생활하는데, 마침 당진의 자유당 국회의원이던 인태식이라는 사람이, 나중에 공화당 국회의원도 했는데, 그분이 당진에서 올라온 학생들을 위해서 학사學舍 그러니까 밥하는 아줌마를 두고 학생들이 숙식할 수 있는, 공짜가 아니라 밥값을 조금만 내고 먹는 기숙사 2개를 해줬어요. 하나는 신문로 한글학회 쪽으로 올라가 인왕산 쪽 기상대 앞에 있는 '신문학사'고, 다른 하나는 '마포학사', 두 군데 학사에서 중고등 학생들 혹은 대학생들이 그곳에 입소하면, 밥을 세끼 먹을 수 있고 잠을 잘 있었는데, 하숙비를 좀 냈지요. 그때 자취하는 비용보다도 아주 싼, 말하자면 그때 밥 해 주는 아줌마들의 인건비가 그렇게 비싼 것도 아니고 그러니까, 거기서 먹고 자고 얼마 동안 지냈지요. 거기서 미아리에 있는 서라벌예술대학으로 통학했습니다.

당시의 학생잡지『학원』

그렇게 '신문학사'에 조금 있다가 학교에서 가까운 미아리에 방을 얻었어요. 미아리고개 넘어가 다리 건너면 길음시장인데, 시장에 가면 담도 없이 그냥 문짝만 있는 집 있잖아요. 문만 있고 아궁이만 있는 방 그거 하나 얻었지요. 그리고는 자취를 시작했지요. 그때 이재령이라고, 문경에서 올라온, 문학 신동과 함께 했습니다. 그가 얼마나 대단했느냐 하면, 중학교 2학년 때『학원』표지에 얼굴이 나온 사람입니다. 난『학원』구경도 못했는데, 중학생 때『학원』표지에 나왔으니 얼마나 대단해요.

그런데 그 친구는 토요일만 되면 200자 원고지에 글씨도 예쁘게 시를 써서, 실로 예쁘게 묶어서 옆구리에 끼고 나간단 말입니다. "너 어디 가니?" 그러면 "공덕동!" 그래요. 공덕동은 미당 서정주 선생님 댁이 있는 곳이잖아요. 그러니까 작품을 써서 미당의 추천을 받으려고 찾아다닌 거지요. 나는 아직 꿈도 꾸지 않았을 땐데 말입니다.

재령이가 참 착하긴 했지만 좀 도도했어요. 내가 소설을 쓴다고 원고지를 놓고 책상에 엎드려 있으면, 왜냐하면 점수를 받아야 되니까요. 안 그래요? 창작 실기로 작품을 내야 되잖아요. 그런데 그 친구는 이미 전국구였습니다. 옛날에는 잡지마다 독자란, 독자문예란, 펜팔란이 있었잖아요. 전국의 문학청년은 이미 그를 다 알아요. 마산에 누가 있고, 광주에 누가 있고, 부산에 누가 있고, 다 알아요. 그러니 그가 보기에 저 촌놈이 안 되겠거든, 그러니까 눈으로 얘기하는 거예요. "소설 그렇게 쓰는 거 아닌데, 당진 내려가서 농사짓는 게 낫겠다"고 말입니다. 말로 해주면 고마웠을 텐데, 안됐다는 듯이 얘기하는 거야 눈으로만. 근데 그 친구는 끝내 신춘문에도 안 되고, 또 누구 추천 등단도 안 됐습니다. 자비로 〈수밀도〉라는 시집 하나 출간했을 뿐입니다. 내가 『한국문학』 할 때, 작품 발표도 해 주고, 내가 동화출판사 주간으로 있을 때 거기 와서 교정도 보고 했습니다. 세상에 그런 천재들은 다 어디 가고…. 또 한 명 대천재 김민부 같은 사람 대단했지요.

하여간 그렇게 해서 나는 시를 쓰게 됐어요. 문학의 밤에 가면 시를 써야 하고, 동아일보 같은데 시를 투고하면 실어줘요. 소설은 안 되니까, 시로 돌아선 거죠. 그 사강의 〈슬픔이여 안녕〉을 읽고 세계적인 베스트셀러 작가가 되겠다고 한 꿈은 사라졌지요. 단편소설을 한두 편 썼지만, 그냥 시만, 그때부터 시로 완전히 돌아섰지요. 그러니까 이게 말이에요. 궁둥이가 무거워야 하거든 소설은. 나는 틀렸어요. 사람이 가볍고 그냥 촐랑촐랑 다니면서 시 쓰니까요. 그게 재밌거든. 그래서 시로 돌아선 것입니다.

05

'현대의 아성亞聖' 공초 오상순 선생과 교유하다

사람의 인연은 참으로 오묘합니다.
아무런 관련이 없는 사람이
우연한 만남을 계기로 평생의 지기가 되곤 하지요.
당진 문청文靑이었던 내가
고희를 바라보는 공초空超 선생을 만난 게 그렇습니다.
1958년부터 1963년까지 5년 정도 짧게 만났지만,
아름다운 인연은 생사를 넘어 60년 가까이 이어지고 있지요.
"네가 앉은 자리가 꽃자리"라는 가르침을 평생 교훈으로 삼아,
후배 시인들과의 좋은 인연으로 이어가고 있습니다.
'공초 오상순 시인의 삶과 시'는 틀림없이
21세기를 기록하는 문학인들의 나침반이 될 것입니다.

김대성이
불국사를 지은 이야기

공초 선생은 "앉은 자리가 꽃자리니라"라는 말을 자주 했어요. 네가 앉은 자리가 꽃자리라는 말이지요. 여기가 제일 좋은 자리라는 말씀이야.

불국사 탄생설화를 보면, 김대성이란 인물이 나오는데, 그는 두 번 태어납니다. 첫 번째는 어떤 대감 집, 아주 잘 사는 부잣집에 머슴으로 태어나요. 어느 날 흥륜사興輪寺라는 절에서 점개漸開 스님이 이 부잣집에 시주받으러 왔어요. 흥륜사에서 무슨 불사를 하는데 시주를 받으려고 한 거지요. 김대성이 보니까, 자기가 구경도 하지 못했던 피륙이며 보화들을 시주하는 겁니다. "왜 이렇게 귀한 물건을 스님한테 주느냐?"고 그랬더니 스님이 하는 말이 "하나를 시주하면 만을 얻는다"는 거였어요.

김대성이 곰곰이 생각해 보니 남는 장사거든요. 만 원을 시주하면 1억 원을 준다는 말이니까요. 김대성이 집으로 달려가 급하게 어머니를 부르면서 "어머니, 어머니! 우리도 시주해요"라고 하자, 어머니가 하는 말이 "우리 집에 뭐가 있니? 네가 머슴살이해서 모은 것으로 조그만 뙈기밭뿐인데, 그거라도 가져간다면 시주하려무나" 그랬다네요. 그래서 다시 스님에게 뛰어가 "스님! 우리 어머니가 밭 시주한다고 오시래요" 하니까, 스님이 김대성에게 법문을 주었지요. 아주 유명한 겁니다.

욕지전생사欲知前生事

금생수자시今生受者是

욕지내생사欲知來生事

금생작자시今生作者是

무슨 뜻이냐 하면 "전생의 일을 알고 싶다면 지금 대접받는 삶이 그것이고, 내세에 어떤 대접을 받을까 하는 것은 지금 네가 하는 일이 바로 그것"이라는 겁니다. 나는 종교도 모르고 아무것도 모르는데, 난 이거보다 더 좋은 말은 없다고 생각해요. 어느 종교도 이 법문에 비춰보면 다 해당된다고 할 수 있는 거지요. 바로 이것, this거든요. 네가 왕으로 대접받고 싶으면 왕 같은 일을 하고, 네가 도둑질을 하면 도둑질을 당한다는 겁니다. 이것보다 합리적인 말이 어디 있겠어요? 모든 종교의 핵심이 여기에 있는 거지요.

한 시대를 풍미한 천문학자 스티븐 호킹이 무신론자예요. 그 사람이 왜 무신론이냐 하면, 자기가 암만 생각해도 이 우주 만물의 모든 섭리와 나고 죽고 하는 것, 신이 아무리 위대해도 그런 것을 모두 관장할 수는 없다는 거지요. 그렇잖아요? 저 밑 땅속에 있는 벌레들, 계절에 맞춰 피고 지는 꽃들, 이태원 참사도 정말 하느님이 계시다면 일어날 수 있는 일이 아니겠지요. 그러니까 호킹은 신이 아무리 전능해도 그 모든 걸 나고 죽게 할 수는 없고, 모든 것이 자생으로, 자연 스스로 하는 것이지 신이 할 수 없다고 생각한 거지요. 그는 "내생이 있다는 것은 동화童話와 같은 얘기"라고 했어요. 내생은 없다는 거지요. 결국 흥륜사 점개

스님의 법문은 이 모든 것을 다 말해 주고 있다고 생각해요.

내가 공초 선생 얘기를 하다 여기까지 왔는데, 공초 선생의 "앉은 자리가 꽃 자리다"는 말과 일맥상통하는 거지요. 내가 있는 이곳이 바로 전생이기도 하고 곧 나의 내생이기도 하다는 것이지, 그렇지 않습니까?

공초 선생은 늘 백노지A4 용지 크기의 빈 종이) 100장 정도를 까맣고 두꺼운 표지를 덧대 묶어서 다녔어요. 그것을 꺼내 놓고, 다방에 앉아서 사람들이 오면 "한 마디 해라!" 하고 즉흥으로 나오는 생각이나 싯귀 같은 것을 쓰게 했어요. 공초 선생은 좌선하듯 앉아서 쓰는 것을 지켜보시면서 한 마디 불쑥불쑥 던지는 게 모두 법문이었던 거지요. 그게 〈청동문학〉이라고 불리는 것이었는데, 펄 벅도 와서 썼어요. 펄 벅은 '사슴' 담배를 사 들고 왔어요. 공초 선생이 담배를 좋아한다는 소리를 들었나 봐요. 이은상도 쓰고 서정주도 쓰고, 오는 사람들은 모두 썼지요. 그것을 모두 모아서 만든 책이 바로 『詩와 그림이 있는 '청동문학' 노우트-흐름 위에 보금자리 친 나의 영혼』이에요. 이 시집에 내가 쓴 〈108호에 부쳐〉라는 시도 있어요.

108 번을 깎고 닦고

108 번을 닳고 핥고

108 번을 돌고 돌고

108 고개 넘고 넘고

108 번뇌 지고 안고

108 백지를 넘기고서

108 진리를 깨우치고

108 덕을 쌓고 쌓아

108 번 비고空 넘어超

108 사랑 얻었구나

108 담배 피웠구나

108 손길 잡았구나

108 말씀 하셨구나

108 염주 빛나누나

108 하늘

108 땅과

108 해와

108 별들

108 청동에 피었구나

108 겁을 살겠구나

— 이근배, 〈108호에 부쳐〉 전문

공초 선생은 그렇게 노트에 쓴 글을 집에 가서 다 읽어보셨지요. 오후 3시쯤에 나오니까, 밤과 오전 사이에 읽는 거지요. 어제 왔던 수많은 문청들 가운데 나를 좋게 보신 것 같아요. 내가 충청도 촌놈이고, 한학漢學하는 할아버지 밑에서 자라 어른들 앞에서 공손한데다, 귀티가 나서 그랬나 봐요. 또 나는 글을 쓸 때 짧게는 안 쓰고 길게 쓰는데, 그것을 공초 선생은 마음에 들어 한 것 같아요.

공초 선생을 찾은 사람 중에 김준연 국회부의장도 있었어요. 그분은 올 때마다 이름 없는 담배를 갖고 왔어요. 이름은 없는데 금박으로 무궁화 하나가 박혀 있는 담배였어요. 청와대에서 각료나 국회의원들에게 주는 선물이었던 것 같아요. 그 담배가 나오면 공초 선생에게 주려고 김 국회부의장이 온 거지요.

구상이 공초 선생을 '무위이화의 구도자'로 부른 이유

공초 선생께서 1963년 6월3일에 돌아가셨는데, 돌아가시기 3일 전인가 적십자병원에 입원하셨을 때 문병갔습니다. 갔더니 구상具常 선생께서 모시고 계시더군요. 구상 선생의 첫 시집이 〈시집 구상〉(1951)인데, 그 시집 표지 글자를 공초 선생이 붓으로 써주었지요. 구상 선생은 서울에서 출생해 원산에서 자라고 활동하다 '응향凝香 사건'으로 월남한 분이지요. '응향 사건'이란 강홍운 구상 서창훈 이종민 노양근 시인이 광복을 기념하기 위해 시집 〈응향凝香〉을 출간했는데, 이 시집 표지를 이중섭 화가가 그렸습니다. 함경

〈시집 구상〉 표지.
공초 오상순이 제자를 썼다

남도 원산문학가동맹(위원장 박경수)이 이 시집에 실려 있는 시 가운데 일부가 애상적이고 허무한 정서를 담고 있다며 '퇴폐적 반인민적 반동주의적인 것으로 규정'하면서 번진 필화사건이지요. 구상 선생이 가톨릭 신자니까 탄압받았을 거예요. 이 사건이 알려지면서 김동리 조연현 곽종원 임긍재 등 문인들이 반론을 발표하기도 했지요.

구상 선생은 월남해서 대구에 정착합니다. 의사인 부인은 왜관에서 병원을 개원하고, 구상 선생은 대구에서 종군작가단을 만들어 활동했지요. 구상 선생이 대구에서 활동하다 어느 다방에서 공초를 뵙자마자 멘토로 삼고 그때부터 깍듯이 모셨다고 합니다.

공초 선생은 1894년 서울에서 태어나서 1913년 일본 교토京都에 있는 도시샤同志社대학교 종교철학과를 졸업했습니다. 10년 뒤에 정지용 시인이 도시샤대학 영문학과에 입학하고 20년 뒤에 윤동주도 도시샤대학에 다녔으니 도시샤대학과 우리 시 문단과 인연이 꽤 깊다고 할 수 있네요. 1913년은 3.1만세운동도 일어나기 전이니까 얼마나 선구자입니까? 대단하죠. 조선일보 정경부장과 조선중앙일보 편집국장을 지낸 이관구 씨와 염상섭 소설가 등과 소 타고 놀았다고 전해지기도 하지요. 공초 선생이 종교철학과를 나왔는데 〈기독청년〉이라는 잡지의 제호를 당신이 지었다고 그러더군요.

구상 선생은 공초를 그냥 위대한 시인이 아니라 '무위이화無爲而化의 구도자'라고 표현합니다. 공초 선생이 아무것도 하지 않음으로써 뭘 만드는, 노자 정신을 삶에서 실천하는 구도자라는 거지요. 맹자를 공자에 버금가는 성인이라며 아성亞聖이라고 부르는 것처럼, 공초 선생은 '현

공초 오상순 시인

대의 아성'이라고 부르기도 했어요. 설창수 시인은 공초 선생을 가리켜 '우주의 컨덕터'라고 불렀어요. 우주를 지휘하는 사람이라는 뜻이지요.

구상 선생이 공초 선생을 더 높이 치는 이유는 또 있었어요. 광복이 되자 사람들이 한 자리 차지하려고 난리였지요. 누구는 대학 총장, 누구는 신문사 사장이 되고, 누구는 장관이 되는 등, 친일한 자들도 한 자리씩 차지하고 있는데, 공초 선생은 친일도 안 하고 학력과 능력이 있는 분인데 아무것도 탐내지 않는 거예요. 비유해 보면, 강을 건너기 위해 배를 타는데 사람들이 한쪽으로만 몰리는 거야. 벼슬도 높고 돈도 있는 쪽으로만 쏠리고 다른 쪽은 텅 비어 있으니 배가 뒤집힐 지경에 빠지게 되죠. 그 빈자리를 공초 선생이 혼자 지키는 모습을 구상 선생이 본 것입니다. 그렇게 균형을 잡고 있으니, '무위이화의 구도자'요 '현대의 아성'이라고 부른 겁니다.

구상 선생은 공초 선생을 자주 모시기도 했어요. 공초 선생이 명동 서라벌다방에 앉아 계시는데 저녁때가 되면, 사람들이 공초 선생님을 만나러 옵니다. 그냥 뵈러 오는 사람들이 아니라 모시고 가려는 사람들이지요. 요즘은 저녁 대접한다고 하면 좋은 식당에 가서 식사와 술을 사는 것이지만, 그때는 집으로 모시고 가서 저녁을 대접하고 주무시게 한 뒤 아침까지 따뜻하게 한 상 차려드리는 것이었어요. 그렇게 공초 선생을 대접한 사람이 구상 서정주 양명문 등이었는데, 구상 선생이 자주 모셨지요.

구상 선생은 그때 장충동에 사셨어요. 내가 1965년쯤 구상 선생 댁에 갔었는데 장충동의 적산가옥이더군요. 일본인이 살던 적산가옥이라서 다다미방이 있더군요. 그때 구상 선생이 그러더라고요. “여기서 박첨지가 한 달 숨어 있었네”라고요. ‘박첨지’가 누구냐면 바로 박정희 대통령입니다. 그가 5.16을 모의할 때 민주당에서 사전에 알고, 김영선 재무장관에게 조사시켰는데, 그가 박정희를 만나보니까 쿠데타를 할 만한 인물이 아니더라고 했다는 얘기가 있었지요. 그런데 민주당 정권, 장면 총리는 가톨릭 아닙니까? 그래서 가톨릭 신자인 구상 선생 집으로 숨어든 거지요. 등잔 밑이 어둡다는 속담처럼 구상 선생 집에서 한 달 동안을 숨어서 지냈다고 합니다.

공초 장례식 두 달 만에 추모시집 『청동』 발간

사람은 가도 인연은 남습니다. 떠난 사람의 공백을 새로운 인연으로 메우지요. 공초空超 선생이 떠나자, 공초 선생을 ‘무위이화의 구도자’로 추앙했던 구상 선생이 박정희 최고회의 의장을 움직여 국장처럼 장례식을 치르고, 수유리 빨랫골에 유택幽宅도 마련했습니다. 나는 구상 시인의 뒷받침으로 공초선생 추모시집 『청동青銅』을 만들었고요. 삶과 죽음이 엇갈렸어도 아름다운 시연詩緣은 사람에서 사람에게 계속 이어지

編輯後記

韓國文學 初創期의 「廢墟」同人으로 詩文學의 新領域을 開拓하신 空超 吳相淳先生님께서 지난 六月三日 幽界로 떠나셨다。

空超님은 詩人으로서기 보다 求道者로서 「靑銅山脈」의 쌓였는 사슴을 기르시는 牧者 이셨기에 이제 세상 우리는 風樹之歎와 追慕의 情을 禁할길 없다。

여기에 「靑銅」이라 題하여 첫 詩集을 엮어 냈은 「靑銅」에 因緣 眞實을 맺은 이들끼리 가신 空超님의 그 길을 따르고 追慕하며 스스로의 너진을 마련하여 언덕위길에 잠드신 空超님의 靈前에 바치는 작은 精誠인것이다。 (民)

× ×

焦燥한 가운데 編輯을 하느라고 미처 請託치 못한 先輩、同人諸位께 深深한 惠諒있으시기 바라며 多忙한속에 玉稿를 주시고 聲援을 다하신 先輩同人들께 깊은 感謝를 드림과 아울러 未洽한 點에 對해서는 뜨거운 鞭韃을 바랍니다。

× ×

앞으로 月刊 아니면 季刊으로 이 「靑銅」은 꾸준히 나올 것이다。執筆陣은 亦是 空超先生을 追慕하는 先輩文人諸位와 門弟、門生들이 될 것이다。

그리고 原稿가 늦어진 關係로 생긴 序列上의 錯誤와 다 收錄치 못한 점 널리 살피시기 바랍니다 (浙)

1963年 7月25日 印刷
1963年 7月30日 發行

發行所 自由文化社
登錄番號 1963. 5. 3 서울 (가) 1173番
編輯人 朴 虎 準
主幹 李 根 培
定價 三拾원
印刷處 昇一印刷株式會社

— 52 —

청동 판권. 주간 이근배

고 있는 겁니다.

내가 1963년 제2회 문공부 신인문학상에서 시 〈달빛 속 풍금〉과 시조 〈산하일기〉로 시와 시조 양 부문에서 수석상을 타게 되었어요. 공초 선생이 입원하고 계신 서울적십자병원 병실로 찾아가 말씀드렸더니, 내 손을 꼬옥 잡고 "아암, 그래야지" 하시면서 반겨주셨어요. 그리고 3, 4일쯤 뒤에 돌아가셨지요.

그때 공초 선생이 조계사에서 숙식하시고 계셔서, 조계사에 빈소가 차려졌어요. 지금은 조계사가 번듯하지만, 당시만 해도 초라했었지요. 그때 내가 노산 이은상 선생한테 가서 조시弔詩를 받아왔어요. 그 조시를 보고 〈바위고개〉를 작곡한 이흥렬 선생이 곡을 붙였는데, 조계사 대웅전 안에 있는 풍금을 치면서 나보고 노래를 부르라는 하더군요. 이흥렬 선생을 따라 불렀지요. 지금도 그 가사를 기억하고 있지요.

고독은 그의 지기知己 공허는 그의 동반자
조용히 입을 다물고 침묵의 법문 외우면서
영원한 미소를 띠고 공초 먼 길을 가다

칠십 년 인연집착 단숨에 뱉아 버리고
해와 달과 별들 빛나는 금보장金寶藏 세계를 찾아
신비의 궁전 속으로 공초 먼 길을 가다

운무 자욱한 속에 주인은 인 곳 없고
'아세아의 밤' 시지詩紙 조각 바람에 펄럭일 뿐
달려와 빈상殯床을 만지며 선화仙化한 공초를 그리다

— 이은상, 〈공초 먼길을 가다〉 1963. 6. 4, 전문

그때 내가 노산 선생께 "빈상殯床을 그냥 빈상으로 하는 게 낫지 않습니까?"라고 했더니, "그래도 되지" 그러셨는데, 나중에 공초 추모시집인 〈청동〉(자유문화사, 1963)을 출간했을 때는 '빈상殯床'이라고 그냥 놔두었더군요.

그때 아마 5일장을 했을 거예요. 장례식이 끝나면 공초 선생을 모실

북한산자락 빨래골에 있는 공초 오상순 묘소

묘지를 마련해야 하는데, 공초 선생이 생전에 마련해 둔 게 없었거든요. 그때 구상 선생이 나섰지요. 당시 박정희 국가재건최고회의 의장이랑 친했으니까요.

공초 선생이 돌아가셨을 때 박정희 의장이 케네디 대통령을 만나러 미국에 갔었는데, 구상 선생이 청와대에 공초 선생께서 돌아가셨으니 의장께서 돌아오시면 전해달라고 알렸지요. 그러자 박정희 의장이 김포공항에 도착하자마자 구상 선생에게 전화를 걸어 필요한 게 무엇이냐고 물어보았더군요. 내가 그 전화 받는 것을 직접 봤지요. 그러자 구상 선생이 "공초께서 수유리 빨랫골에 갔을 때, '나 죽으면 물도 좋고 산도 좋은 이런 데 묻혔으면 좋겠다'며 혼잣말처럼 했다"며 "그곳에 묘지 쓸 땅 좀 달라"고 그러더군요. 박 의장이 "그럼 한 1000평 내 주겠다"고 하자 구상 선생이 "100평만 달라"고 해서 그곳에다 무덤을 잘 썼지요. 구상 선생 참 대단한 분이지요. 1000평은 나중에 반드시 문제가 생긴다는 것을 내다 본 것이잖아요.

묘지가 해결되고 나서 영결식을 치렀는데, 장소가 어디였는지 아세요? 지금 서울시의회 빌딩 있잖아요, 그게 당시 국회의사당이었거든요. 박 의장이 닫혀있던 국회의사당 문을 열라고 해서 거기서 영결식을 했어요. 거의 국장國葬처럼 지낸 거지요. 박 의장 아니었으면 어림 반푼어치도 없는 일이었지요.

그렇게 장례식을 치르고 나서 내가 발 벗고 나서서 '공초 추모시집'을 만들었지요. 『청동』 1963년 제1집. 제호 글씨는 월탄 박종화 선생한테, 내가 가서 받은 것입니다. 공초 선생 추모시집 〈청동〉 제일 앞에는 공초 선생의 유고시 〈잡는다 머물 세월이면〉이 실렸습니다.

잡는다
머물 세월이면
먼 세월 밉지 않고
올 세월 달가울 것 없어라

문틈으로
사립을 지키며
간 곳 아들을 기다리는
어진 어버이의 귀를

싱거운 마을개가 어지럽히듯

이 밤이

서러워서는 못 쓴다

노란 젊음들이

피로 쓴 글자들이 거품되게 않고

슬기로운 용맹이

휘황한 꽃으로 망울진…

서럽잖은 세월임에

손 모아

눈을 감고

이 세월을 보내자

잡는다

머물 세월이면

간 세월 밉지 않고,

올 세월 달가울 것 없어라

— 오상순 유고시, 〈잡는다 머물 세월이면〉 기축己丑 세모, 전문

『청동』에는 박종화 모윤숙 이상로 설창수 이정호 심재신 김지향 시인 등도 추모시를 냈고, 나도 〈우계산조雨季散調〉라는 제목으로 연작시 3편을 냈지요. 김석향 윤경남(윤석진) 이이화 강정중 김원래 오해림 이

탄 이수화 이세방 문경자 박덕매 양인숙 등도 참여했어요.

공초 선생이 돌아가신 게 1963년 6월3일이고 〈청동〉이 나온 게 7월 30일이니까, 불과 두 달도 안 돼 이런 추모시집을 냈으니 대단한 거지요. 이것 하나만 봐도 공초 선생과 나의 인연이 얼마나 깊은가를 알 수 있지요. 요즘처럼 이메일로 주고받는 것도 아니고, 일일이 찾아다니며 원고를 받았으니까요.

추모시를 낸 신입춘 시인은 이대 총장을 지낸 신인령이에요. 공초가 입춘이라는 필명을 지어줬지요. 동명여고를 졸업한 문학소녀로 본명이 신춘자였는데, 또 신인령으로 바꿨네요. 손숙도 마찬가지인데, 그때는 내가 어미 닭처럼 문학소녀들을 데리고 다녔어요. 진명여고를 나온 문정희도 마찬가지고요. 내가 문학소녀 사이에서 발이 넓었지요. 신춘문예를 막 석권했으니, 내가 잘생긴 것도 아니고 돈도 없었지만요.

구상이 추천한
이효상 시인 국회의장 지내

『청동』 판권을 보면 '주간 이근배'라고 나옵니다. 갓 등단해 새파랗게 젊은 내가 '주간'이라는 높은 자리를 맡았지요. 그러니까 구상 선생이 나를 그렇게 아끼고 맡긴 것이지요. 구상 선생께서 나를 왜 그렇게 아꼈느냐 하면, 구상 선생이 이런 말씀한 적이 있어요.

"공초 옆에 있는 사천沙泉을 보면 요한처럼 보여~"라고요. 나는 기독교의 얘기는 잘 모릅니다. 성경을 아주 안 읽은 것은 아니어서 상식적인 얘기는 알지만 제대로 공부하지는 않았지요. 그래서 요한하고 예수하고 어떤 사이인지 잘 모르겠는데, 내가 예수의 요한처럼 늘 그렇게 공초 옆에 있었다는 겁니다. 그렇게 본 거지요. 그래서 구상 선생이 공초 선생 제사를 모시고 할 때는 늘 나를 챙겼지요.

시간이 흘러 1980년대 말쯤인가, 구상 선생이 어느 날 갑자기 당신께서 '공초숭모회 회장'이라는 거예요. 공초숭모회라는 걸 만든 일도 없고 정관도 없고 회원도 아무도 없는데, 당신 혼자서 공초숭모회 회장이라는 거지요.

구상 선생이 어떤 사람이냐 하면, 1961년에 박정희를 숨겨주고 박정희 대통령과 가까우니까, 박정희가 죽고 난 뒤 비문도 쓰고 그랬어요. 당시 구상 선생보고 문인협회장이나 시인협회장 같은 것을 추대하려고 하면 하나도 맡지 않았어요. 박정희 의장이 민정이양을 하고 대통령에 출마해 당선된 뒤 구상 선생에게 국회의원으로 출마하든지, 신문사 사장을 하든, 장관을 하든, 무엇이라도 하라고 하는데 일체 받지 않았어요.

대신 누구를 추천했느냐면, 4.19혁명이 일어난 뒤 진주에서 참의원으로 당선된 설창수 시인이었어요. 설 시인은 '개천예술제'를 만드는데 큰 역할을 했고, 구상 선생하고 의형제를 맺을 정도로 가까운 관계였어요.

개천예술제는 경남 진주시에서 매년 10월에 개최하는 지역문화축제입니다. 1949년 대한민국 정부수립을 기념하기 위해 개천절에 시작한

설창수 시인(왼쪽)과
이효상 전 국회의장(시인이다)

뒤 1950년 6.25전쟁과 1979년 10.26사태를 제외하고는 한 해도 거르지 않고 매년 현재까지 이어지고 있습니다.

파성 설창수 시인은 국회의장도 충분히 할 수 있는 사람이니까, 구상 선생이 추천한 거지요. 그런데 파성이 무엇이라고 했느냐 하면, 내가 구상 선생에게 직접 들은 얘긴데, "나는 덴노헤이까, 육군 중위한테 충성하기 싫다. 난 그런 거 안 한다"며 거절하고, 글씨와 그림을 그려서 이 지방 저 지방 돌아다니며 시화전을 열었어요.

구상 선생이 다음에 추천한 사람이 한솔 이효상 시인이었습니다. 구상이 대구에서 활동했으니까, 대구 사람으로 가톨릭 신자인 이효상 시인을 추천한 거지요. 이효상은 나중에 6, 7대 국회의장을 지내는 등 공화당 시절에 잘 나갔지요. 10.26 뒤에 은퇴했어요.

이런 일도 있었다고 합니다. 확인되지 않은 얘기이기는 하지만, 한번은 육사 8기생 하나가 권총을 빼 들고 구상 선생을 찾아왔대요. "당신이 뭔데 각하 말을 안 듣느냐?"며 협박 겸 간청 겸 했다는 거예요. 나라를 좀 더 잘 살게 하겠다는데, 각하가 그렇게 당신에게 좋은 자리를 준다는데, 당신이 뭔데 그렇게 뻣뻣하게 구느냐는 것이었겠지요.

김낙준 금성출판사 회장 덕분에 공초문학상 제정

1992년 어느 날 구상 선생이 나한테 전화했어요.

"사천! 나한테 두 가지 소원이 있네."

"무슨 소원이세요."

"하나는 이중섭미술상을 만드는 거고, 하나는 공초문학상을 만드는 건데, 이중섭미술상은 조선일보랑 했고, 이번에 서울신문하고 공초문학상을 만들기로 했네. 그래서 사천이 좀 나서줘야겠네!"

그러시는 거예요. 심부름을 좀 해달라는 거지요. 공초숭모회는 회장인 당신 혼자여서 일할 사람이 없었으니까요. 그래서 내가 심부름을 했지요. 그때 서울신문 전무가 김소선 씨였어요. 나중에 흥사단 이사장도 한 사람인데, 김소선 전무가 좋다고 하면서 공초문학상 상금을 마련하기 위한 바자회를 준비해주었어요. 바자회에 나온 전시품은 아는 화가와 문인 및 서예가들에게 그림과 글씨를 찬조받은 것들이었지요. 그런데 나온 작품들이 그다지 상품성이 높은 것이 아니어서 별로 인기를 끌지 못했어요.

김낙준 금성출판사 회장

구상 선생 생각으로는 프레스센터 1층에 전시장을 만들어놓고 바자회를 열면 친한 정주영 회장을 비롯해서 재벌급 인사들이 찾아와서 몇 억 원 내고 한꺼번에 살 것이어서 기금을 마련할 수 있을 것이란 거였지요. 이어령 문화부 장관도 와서 축사하면서 유명기업에게 적극 추천하겠다고 했고요. 그런데 세상일이 생각대로 됩니까? 전시회 2주일이 다 지나고 마감이 이틀 앞으로 다가왔는데도 기금은 기대만큼 모이지 않았어요. 뒤에 문화일보 회장이 된 이병규 비서가 왔어요. 정주영 회장 심부름이라면서 1,000만원을 내놓더군요. 그러자 구상 선생이 "한 점씩은 안 팔겠다"며 거절했어요. 정말 발등에 불이 떨어졌지요.

그때 궁하면 통한다고 금성출판사 김낙준 회장이 떠오르더군요. 나보다 10살 정도 많은데, 내게 잘 해 주시는 분이었어요. 2020년에 돌아가셔서, 내가 가서 조시를 읽고 그랬지요. 이분이 그때도 돈이 많았어요. 이상하게도 마당발이던 구상 선생이 김낙준 회장은 모르시더군요. 그런데 김낙준 회장은 구상 시인을 대구 시절에 서점에서 자주 뵈었으니까 존경하고 있었어요.

그래서 내가 꾀를 냈어요. 내가 김낙준 회장에게 전화를 걸어 구상 선생을 바꿔드리려고 했지요. 내가 전화해서 김낙준 회장과 연결되자 구상 선생을 바꿔줬지요. 구상 선생이 얼마나 카리스마가 있습니까?. 전화기를 받자마자 대뜸 "어이, 김 회장! 잠깐 나 좀 봐야 되겠어!", 그러니까 김 회장이 비서를 데리고 금세 달려왔지요. 그리고 1억3000만원을 냈어요. 그중 전시 비용 1500만원을 제외하고 1억1500만원을 서울신문에 위탁해서 공초문학상을 만든 겁니다.

구상 선생의 고민 가운데 하나는 공초 산소를 관리하고 기일 때마다 제사 지내는 일이었어요. 공초숭모회에서 해야 하는데 사람이 없잖아요. 게다가 비용도 나가야 하고요. 그래서 공초 문학상을 만들면서 서울신문과 계약을 맺었어요. 상금은 500만원으로 하고, 산소를 관리하며, 제수를 차려 제사 지낼 것 등을 포함 시켰지요. 처음에는 이자 갖고 이 일을 모두 할 수 있었어요.

그런데 김소선 전무도 떠났고, 1998년에 IMF위기가 왔잖아요. 구상 선생이 돌아가시고 난 뒤 서울신문 사장이 날 좀 보자는 거예요. 갔더니 남은 돈을 찾아가라는 거였습니다. 신문사 경영이 어려워 공초문학상을 지속할 수 없다면서요. 내가 그랬지요. 다른 신문사는 기금이 없어도 5천만 원짜리 문학상을 만드는데 5백만 원이 없어서 못 하느냐고요. 다른 건 내가 모두 할 테니까 당신은 상만 주라고요. 그래서 오랫동안 공초 산소관리와 제사 지내는 것을 내가 했어요. 그러다가 고광헌 시인이 서울신문 사장으로 왔어요. 부인도 시인이어서 부부 시인이지요. 고광헌 사장이 내가 하던 산소관리와 제사 등을 다시 맡아줬어요. 참 고맙지요.

그런 인연으로 구상 선생이 공초숭모회를 나한테 맡기고 가셨지요. "예수 옆의 요한처럼 공초 옆에 사천이 있다"고 하신 말씀을 들은, 저는 그 일을 하면서 무척 기쁩니다. 생각해 보세요. 우리나라에 월탄 박종화, 이은상 김광섭 박목월 조지훈 박두진 등 기라성 같은 분들이 많잖아요. 그런데 1963년서부터 지금까지 거의 60년 동안 한 해도 거르지 않고 제사를 지낸 게 공초 선생일 겁니다. 제사 때마다 산소를 찾아가는 산소는 문인 산소 중에는 없을 겁니다.

내가 공초 선생의 능참봉인 셈이지요. 내가 공초 선생과의 인연은 1958년부터 63년까지 5년 정도인데, 공초 선생께서 나를 잘 대해줬고

공초 오상순 묘비

구상 선생과도 인연을 맺게 됐지요. 공초 산소에 가면 비碑가 있습니다. 디자인은 박고석 씨가 했고 글씨는 여초 김응현 선생이 썼는데, 나는 이 비석이 전 세계 시비 랭킹 1위라고 생각합니다.

06

문학의 보스 '대한민국 김관식'을 만나다

시대를 앞서서 사는 사람이 있습니다.
시대를 앞서고 역사를 뛰어넘는 천재가 그들입니다.
천재는 보통사람들이 생각하지 못하는 일들로 고민하지요.
드라마 '재벌 집 막내아들'의 미래에서 온 사람처럼
기상천외한 아이디어를 제공합니다.
보통사람들은 천재를 제대로 이해하려고 노력하지도 않은 채,
기인奇人이라고 부릅니다.
정신이 이상한 사람이라고 손가락질까지 합니다.
서른일곱 살에 요절한 김관식 시인도 그런 사람이지요.
'대한민국 김관식'이란 명함을 만들어
장면 총리와 용산 갑구에서 맞붙은 그의 기개를
제대로 보지 않고 말입니다.

모 여사도 죽으면
못등이 아름다울 거외다

김관식(1934~1970) 시인은 강경상고를 졸업하고 충남대 토목공학과, 고려대 건축공학과, 동국대 농과대학을 다니다 중퇴했습니다. 서울상고에서 교사를 하던 1955년 『현대문학』에 〈연蓮〉 〈계곡에서〉 〈자하문밖〉 등이 서정주 시인의 추천을 받아 등단했습니다. 그의 등단 시 〈연〉은 다음과 같은 시입니다.

수천만 마리
떼를 지어 나는 잠자리들은
그날 하루가 다하기 전에
한 뼘 가웃 남짓한 날빛을 앞에 두고 마지막 타는 안스러이 부셔지는 저녁 햇살을…
얇은 나래야 바스러지건 말건
불타는 눈동자를 어지러이 구을리며
바람에 흐르다가 한동안은 제대로 발을 떨고 곤두서서
어젯밤 자고온 풀시밭을 다시는 내려가지 않으리라고
갓난애기의 새끼손가락보담도 짧은 키를 가지고
허공을 주름잡아 가로 세로 자질하며 가물가물 높이 떠 돌아다니고 있었다

— 김관식, 〈연〉 제1연

내가 김관식 시인의 얼굴을 처음 본 것은 1958년 3월 초순쯤이었어요. 서라벌예술대학에 입학한 뒤 한 문학 행사에 갔을 때였지요. 요즘은 신문에 문화 단신이 잘 안 나오지만, 그때는 신문 단신란에 문학 행사가 여러 개 나왔지요. 동아 조선 한국일보 등 일간지 문화면에요. 그것만 보면 언제 어디서 어떤 문학 행사가 있는지 알 수 있었지요.

김관식 시인

전에 얘기했던 대로 6.25전쟁 때 내 고향 동네로 피난 와서 함께 살았던 김상훈이라는 친구가 날 데리고 여러 문학행사에 다니고 그랬는데, 그때 문화단체총연합회(문총)에서 시 합평회가 있었어요. 문총이 어디 있었냐 하면, 광화문 조선일보 뒤쪽 골목 건물에 있었어요. 오양수산인가 하는 회사가 입주한 곳이었는데, 나중에 아리스다방이 있던 건물입니다.

문인단체인 한국문학가협회와 한국자유문학자협회 가운데 문총 산하에 있던 것이 한국자유문학자협회였어요. 김광섭 모윤숙 백철 이하윤 김용호 양명문 시인 등이 자유문학 계열이고, 『현대문학』을 중심으로 활동하며, 박종화 김동리 등이 한국문학가협회를 대표하고 있었지요. 그날 문총에서 한국자유문학자협회에서 시 합평 대회를 열었어요. 30여 명이 들어갈 수 있는 1층 회의실에 가 보니 자리가 없어서 뒤쪽에 서서 보았지요. 김광섭 선생이 사회를 보고, 박성용 시인이 『문학예술』에 발표한 〈유방〉이라는 시에 대해 합평하는 자리였는데, 60년도 더 지난 일이 지금도 생생하게 기억납니다. 시 가운데 '묘 등과도 같은'이라는 구절이 나옵니다. '묘 등', 그러니까 묘의 봉분을 가리키는데 유방乳房을 비유한 것이지요.

바로 그때 말하자면 판을 깨는 것처럼, 애교스럽지만 큰 소리로 "거 왕소군도 죽으면 묫등이 아름답고 양귀비도 죽으면 묫등이 아름다운데, 모 여사도 죽으면 묫등이 아름다울 게외다"라고 말하는 소리가 들렸습니다. 왕소군王昭君은 중국 한나라 때 오랑캐에게 볼모로 보내져 '봄이 왔어도 봄 같지 않다'는 춘래불사춘春來不似春의 고사와 관련된 미인이었고, 양귀비는 잘 알려진 것처럼 당 현종 때 경국지색이었지요. 춘추전국시대 오나라를 멸망케 한 월나라의 서시西施와 한나라 말기에 동탁과 여포를 이간시킨 초선과 함께 중국 4대 미녀로 유명한 사람이지요.

모 여사는 모윤숙 시인이지요. 그러니까 사람들이 크게 웃었습니다. 그렇잖아요? 진지하게 시 낭송을 하는데, "모윤숙 시인에게 죽으면 묫등이 아름다울 거다"라고 말했으니까요. 모윤숙 시인을 왕소군이나 양귀비에 빗대 칭찬하는 것 같으면서도 뭔가 비꼬는 느낌이 들잖아요. 사회를 보던 김광섭 선생이 웃으며 "김관식 시인 오셨구먼~"이라고 하더군요. 그래서 김관식 시인의 얼굴을 처음 본 거예요. 그날 처음 봤으니까 인사는 하지 못했지요.

당시 김광섭 선생이 세계일보 사장이었고 김관식 시인은 세계일보 논설위원이었어요. 세계일보가 바로 남대문에 있었습니다. 대한상공회의소가 있는 남대문 로터리 쪽, 일요신문사랑 같이 세계일보사가 있었어요. 내가 그때 남대문 삼촌 댁에서 살았는데, 세계일보랑 가까워서 자주 놀러 다녔어요. 문총 행사 뒤에 명동의 돌체다방인가에서 김관식 시인을 만났는데, 김 시인께서 신문사로 놀러 오라고 해서 자주 갔지요.

당시 내가 동아일보 같은 데에도 익명으로 시를 투고하면 발표됐어요. 시가 나간 뒤에는 원고료도 받고 그랬는데, 원고료가 문제는 아니고, 세계일보 등에 시나 꽁뜨를 보내면 실을 정도가 됐다는 게 중요하겠지요. 1958년에 김관식 시인을 알게 된 뒤부터 자주 찾아뵙곤 했는데, 김관식 시인은 『현대문학』 출신 아닙니까? 서정주 선생의 동서(김관식 시인 부인이 서정주 선생 사모님의 동생)고요. 『현대문학』은 한국문학가협회 쪽이고, 김광섭 선생은 한국자유문학자협회 쪽으로, 서로 '로미오와 줄리엣'처럼 돼 있잖아요. 그런데 김관식 시인이 한국자유문학자 쪽에 가서 논설위원을 하고 있었지요.

김관식 시인 만나러 갔다가
고은, 박희진 시인 처음 만나

1959년 봄, 3월인 것으로 기억해요. 어느 날 김관식 논설위원 방으로 들어갔더니, 머리에 고깔모자를 쓰고 회색 중 옷을 입은 스님과 지팡이를 쥐고 있는 사람이 앉아 있더군요. 내가 들어가니까 김관식 시인이 서정주 선생의 말투를 흉내 내면서 "근배야! 내가 좋은 시인 소개해 주지~", 그러는 거예요. 알고 보니 고깔모자 쓴 사람이 고은 시인이었습니다.

고은 시인은 1958년 『현대문학』 10월호에 등단했으니까, 당시만 해도 등단한 지 몇 달 되지 않는 갓 신출내기였지요. 그것도 어떻게 등단했냐 하면…, 그때 시는 3회, 소설은 2회 추천을 받아야 등단할 수 있었거든요. 그 추천을 못 받은 사람이 중앙대학교를 졸업한 김 모씨였어요. 그 사람은 김동리에게 1회 추천받고 2회 추천 안 해준다고 술 먹고 "에이 ×××아!" 하고서 끝난 사람입니다. 나중에 시집 내고 그랬는데, 3회와 세 편은 틀리지 않습니까? 『현대문학』에 고은이 추천받는데, 그게 〈다도해〉 등 시 세 편이었습니다. 서정주 시인이 "이걸로 추천을 완료함세." 그랬어요. 요즘 그랬다면 아마 인터넷에서 난리났겠지요.

또 지팡이 쥐고 있던 사람은 박희진 시인이었어요. 박 시인은 결혼도 하지 않고 늦게까지 총각으로 살다가 돌아가셨는데, 그분은 1955년 『문학예술』로 등단했으니 당시는 신인이었지요.

박희진 시인은 불교 정서가 좀 있었던 것 같아요. 박 시인은 동성고등학교 국어선생을 했는데, 1956년 역시 『문학예술』에 등단한 성찬경 시인과의 우정이 남달랐어요. 어느 정도냐 하면 지금은 두 분 모두 타계하셨지만, 말년 어느 날, 성찬경 선생 댁에서 회식이 있었어요. 박희진 시인이 "나는 언제라도 성찬경 형을 위하는 일이라면 목숨을 내놓을 것"이라고 말씀하셔서 깜짝 놀랐어요. '막역莫逆'이라는 말은 친구의 부탁은 어

1954년 창간한 『문학예술』

떤 일이라도 거역하지 않겠다는 말인데, 나는 살아오면서 그 막역지우를 처음 봤어요. 두 분은 구상 선생과 함께 1979년 〈공간시낭송회〉를 시작해 올해 500회를 기록하는 우리나라 시낭송의 새 역사를 쓰는 전통을 세우기도 하셨지요.

어쨌든 박희진 시인하고 그때는 인사만 나누었어요. 당시는 내가 신춘문예에 당선되기 전이었으니까요. 그래도 늘 의문이 하나 있었어요. 그때 박희진이 서른 살쯤 됐을 텐데, '젊은 사람이 왜 지팡이를 짚고 다닐까?' 하는 의문이었지요. 궁금증을 마음속에 품고 다니다가 나중에 고은 시인에게 물어봤어요. 그랬더니 "조지훈!" 딱 그러는 거예요. 조지훈 시인은 1920년생이니까, 50년대 말이면 30대 후반이잖아요, 그런데도 지팡이를 짚고 다녔거든요. 조지훈 시인이 고려대 교수였고, 박희진 시인도 고대를 다녔으니까, 지팡이를 짚고 다녀야 시인처럼 보인다고 생각한 거지요. 성찬경 시인도 그 무렵 지팡이를 짚고 다녔다니까요.

50,60년대 문학계 보스
김관식

김관식 시인은 1955년 『현대문학』 등단이니까 박희진 고은 시인보다 앞섰지요. 나이로 보면 박희진 시인이 31년생, 고은은 33년생, 김관식은 34년생이니까, 나이는 김관식이 제일 어리지만, 등단은 제일 먼저 했어요. 요즘은 등단 1~2년 차이는 아무것도 아닌 것 같은데, 그때는 엄청난 차이였어요. 특히 김관식은 약간 조지훈급으로 행세했지요. 그러니 신인 고은과 박희진 시인이 의기양양한 김관식 시인에게 인사하러 다녔던 거지요. 김관식은 말하자면 당시 보스였어요.

나도 김관식 시인의 나이가 많은 줄 알았는데, 나중에 알고 보니 1930년생인 천상병 시인보다도 4년 아래더군요. 그럼에도 당시 문단에서는 김관식 시인을 한문의 대가일 뿐만 아니라 육당 최남선의 수제자로 알고 있었지요. 우리가 알기에 최남선은 우리 문학계의 대단한 석학 아닙니까? 그런 육당의 수제자로 한시를 수천 편이나 외우는 대단한 사람이라는 게 김관식 시인에 대한 중평이었지요. 김관식 시인은 실제 나이와 문단 나이보다도 굉장히 어른 행세를 했고, 문단에서도 받아들여진 거지요.

김관식은 누굴 만나도 이름 뒤에 '군君'을 붙여 불렀어요. 이은상 군, 조연현 군, 김동리 군, 서정주 군…. 이렇게 대선배들을 군이라고 부르니까, 버르장머리가 없다는 얘기를 들었지요. 그런데 그거는 사실과 다른 거예요. 이 '임금 군君'은 조선 시대에 군이라고 하는 최고의 벼슬이거든요. 광해군 연산군처럼 왕의 아들인 왕자와 흥선대원군처럼 왕의 아버지, 즉 로얄패밀리를 가리키는 호칭이었잖아요? 지금도 윗사람을 뵙고 '선생님 이근배 군입니다'라고 하면 망발이지요. 군이라는 건 상대에 대한 최고의 호칭이야. 선생님도 마찬가지고, 형도 마찬가지지요.

김관식은 시인은 또 육당의 수제자라고 보기엔 무리가 있을지 몰라도, 육당한테도 배우고 정인보 오세창 이런 분들하고 교류했거든요. 그분들과 다니면서 경서 공부를 했고, 가람 이병기와는 서예를 논하면서

공초 오상순과 김관식 시인

중학교용 교과서도 쓰고 했지요. 그러니까 김관식 시인은 고등학교 때부터, 서울에서 대한민국을 대표하는 최고 지성들은 따라다니며 교류를 했으니, 아주 조숙했던 거지요.

07

김관식 시인 출마해 장면 박사와 용산에서 붙다

사람은 겉으로만 봐서는 제대로 알지 못합니다.
한두 번 잘못된 인상으로 굳어진 편견으로는
올바로 판단할 수 없습니다.
최남선 오세창 정인보 선생 등과 교류하고,
'대한민국 김관식'이란 명함 한 장으로
장면 총리와 대결할 정도로 자부심이 강했던 김관식 시인.
그는 교만하고 오만방자한 '기인奇人'이란
주홍글씨를 안고 살았지요.
현실을 그대로 받아들이는 대신
새로운 길을 만들기 위한 고군분투는
세인世人들의 외면과 오랜 병마病魔만을 초래했습니다.
뒤늦게 '김관식문학상'이 제정됐으나,
여전히 '김관식문학관' 건립이란 과제를
남겨 놓고 있습니다.

서정주 추천 받아라,
서정주가 질이다

김관식 시인이 누구랑 결혼했습니까? 서정주 부인의 동생과 했잖아요. 그것도 전설 같은 얘기지만, 〈서동요〉에 나오는 '선화공주와 서동薯童'처럼 구두닦이들한테 연애편지를 등사로 돌려 결혼했다고 알려졌지요. "결혼하지 않으면 죽어버리겠다"며 자살소동도 벌였다고 하고요…. 사실인지는 확인되지 않았지만, 어쨌든 아름다운 러브스토리 아닙니까?

김관식 시인이 나를 아주 좋게 보고 잘 해 줬어요. 김 시인 고향이 논산이고 나는 당진이니 같은 충청도에다, 나도 학사의 손자고 하니까 그랬던 것 같다고 생각합니다. 김 시인이 나보고 "뭘 읽었느냐?"고 물어서 "격몽요결을 좀 읽었습니다"라고 했더니, 그냥 줄줄 외더군요. "비례물시非禮勿視하며 비례물청非禮勿聽하며 비례물언非禮勿言하며…", 예가 아니면 보지를 말고, 예가 아니면 듣지도 말고, 예가 아니면 말하지 말라는 뜻이지요. 이런 식으로 시경이면 시경, 서경이면 서경, 논어면 논어, 맹자면 맹자, 막힘 없이 술술 읊었어요. 그러니 공부를 얼마나 많이 했는지 알 수 있었지요. 그런 분이 나를 예뻐했으니, 나는 그냥 호강한 거지요.

한 번은 명동의 돌체음악실에서 김관식 시인을 만났는데, 대뜸 나에게 그러는 거예요. "근배야, 서정주 추천을 받거라! 서정주가 질이다"고요. 당시는 서정주의 호인 미당이 아직 없었을 때고, '질이다'는 '제

김관식 시인의 결혼사진

일이다'는 전라도와 충청도 사투리지요. 그러니까 서정주가 제일, 최고라는 거였어요. 당신이 서정주의 동서이기 때문이 아니라, 당신도 서정주의 추천을 받고 등단했고, 이런저런 말이 있지만, 서정주가 당시 대한민국 시계詩界에서 최고이니, 서정주에게 추천받아야 이근배의 앞날도 있다는 뜻이었겠지요. 김관식 시인이 다른 사람들이 알고 있는 것처럼 오만방자한 사람이라면 나에게 그런 말을 했겠어요? 아니면 나에게만 특별대우를 해준 거겠지만….

한시를 많이 공부한 김관식 시인은 청록파 시인들이 한시를 응용해 시를 썼다고 봤어요. 박목월 시인도 "강나루 건너서/ 밀밭 길을// 구름에 달 가듯이/ 가는 나그네…"로 쓴 〈나그네〉에 대해 그렇다고 인정했

고요,

1960년에 4.19혁명이 났지요. 4.19가 난 뒤 6월 하순이나 7월 초쯤 됐을 거예요. 명동의 돌체 앞에서 우연히 김관식 시인을 만났는데 서정주 말투를 흉내 내며 그러는 거예요. "근배야.. 나 용산 갑구에서 장면 군과 대결하기로 혔다"고요. 그때 용산은 갑구와 을구가 있었는데, 4.19가 끝난 뒤 국회의원 선거를 하는데 용산 갑구에서 장면 민주당 대표와 대결하기로 했다는 거예요. 깜짝 놀라서 말도 못하고 쳐다보니 "나 지금 석계향 집에 정치자금 받으러 가는 길이다"라고 덧붙이더군요. 석계향은 당시 이름 있는 여류시인이었는데, 한국자유문학자협회 계열이었고 아주 여장부였어요. 계수나무 계桂자에 향기 향香 자, 상당한 부자였나봐요.

그런데 생각해 보세요. 김관식 시인이 세계일보 논설위원이지만 객원논설위원이었을 텐데, 당시 실세 중의 실세인 장면과 대결하겠다고 하니 놀랄 수밖에 없었지요. 장면이 누구냐 하면, 4.19혁명 뒤에 헌법을 고쳐서 대통령제에서 내각책임제로 바뀐 뒤 총리를 한 사람이잖아요? 구파인 윤보선이 국가원수인 대통령이 되고, 실질적인 통치권자인 총리는 장면이 된 거지요. '윤보선 정권'이 아니라 '장면 정권'인 것이었어요. 그런데 김관식 시인이 "장면 군과 맞붙는다"는 거예요. 실제로 출마했어요. 그 유명한 '대한민국 김관식'이란 명함을 이때 탁 찍어서 사용했어요. 용산 갑구에 9명이 출마했는데, 김관식 시인은 7등을 했어요. 장면 총리와 대결한다고 하니 쟁쟁한 사람들이 몰렸는데, 그래도 7등을 한 것이지요.

김관식 시인은 1950~60년대에 명동의 우두머리, 보스였어요. 서로 나이는 모르지만, 육당의 수제자요, 정인보 오세창 등 독립지사 등과 교류를 하면서 맞상대했으니, 김관식의 위세가 대단했지요. 1961년에 5.16이 일어나지 않았습니까? 그 뒤 문화 사회 정치단체가 모조리 해산됐습니다. 국회까지 해산됐고, 문학단체가 없어졌지요. 그때 구상 선생이 나섰습니다. 그는 '박첨지'를 5.16 직전에 한 달 동안이나 숨겨준 생명의 은인 아닙니까? 노산 이은상, 월탄 박종화 등과 함께 구상 선생이 박정희 국가재건최고회의 의장에게 문학단체를 빨리 살리라고 했지요.

두 단체를 통합하려면 통합단체 이름을 먼저 지어야 했지요. 박종화 양주동 이은상 서정주 김동리 황순원 박목월 등이 갈채다방에서 모였고, 동방싸롱에선 다른 단체 소속 문인들이 모였습니다. 해산된 한국문인협회 단체를 하나 만드는 데 이름을 어떻게 할 것이냐 해서 토론을 벌였지요. 미술 음악 연극 무용 등은 한국미술협회 음악협회 연극협회 무용협회 이렇게 나가잖아요? 그러니까 문학단체도 '한국문학협회'로 해야 한다는 의견이 나왔어요. 그런데 한국자유문학자협회 쪽 사람들이 '안 된다, 그건 한국문학가협회에서 '가'자 하나만 뺀 것 아니냐'며 반대해서 결국 '한국문인협회'로 하기로 결정됐어요. 그때까지 대한민국에서는 '문인'이란 말은 잘 안 썼어요. 그런데도 '한국문인협회'로, 다른 단체 이름과 돌림자가 다르게 된 사연입니다.

김관식 시인은 기인이 아니라 참된 선비였다

1961년 12월30일, 수도여사대(현 세종호텔) 4층 강당에서 한국문학가협회와 한국자유문학자협회를 통합하는 총회가 열렸을 때입니다. 우여곡절 끝에 이름이 결정됐으니 이제 회장을 뽑을 차례지요. 그때 200~300명의 문인이 모였고, 나도 1961년에 등단했으니까 당연히 참석했지요, 이쪽(한국문학가협회)은 박종화도 있고 김동리도 있고 박목월 서정주 조연현 박화성 등이 있고, 저쪽(한국자유문학자협회)도 김광섭 모윤숙 백 철 정인섭 이하윤 등 많이 있잖아요. 그런데 서로 견제하느라, 모두 안 된다고 했지요. 그래서 무색투명한 전영택 목사가 초대 한국문인협회 회장으로 선출된 것입니다. 이 과정에서 교통정리를 한 사람이 누구인가 하면, 바로 김관식 시인이었습니다. 지팡이 하나를 휘두르며, 조자룡 헌 칼 쓰듯 모세의 지팡이 휘두르듯 하더라고요. 김관식 시인이 좀 카리스마도 있고, 보스 성격도 있으니까 그런 역할을 맡았던 거지요.

김관식 시인이 1970년에 돌아가셨는데, 내가 그분을 마지막으로 뵌 것은 1966년 가을이었습니다. 지금의 명동예술극장(옛 국립극장)에서 충무로 쪽으로 가다 중간쯤에 '송옥양장점'이 있었어요. 당시 우리나라 패션 메이커였지요. 그 송옥양장점 2층에 문학인들의 사랑방 역할을 하던 '금문'다방이 있었어요. 그 건물 3층이 '송원기원'이었고요. 송원은 조남철 국수의 호입니다. 그때는 조남철 선생은 바둑계의 대통령 같은 분이었지요. 그분 문하생들이 조훈현 김수영 사범 등이었으니까요. 물론 송원기원도 문인들이 많이 찾는 사랑방이었습니다. 돈 많이 안 들이고 친목하면서 시간 보내기 좋은 곳이니까요.

나는 그때까지 아직 이렇다 할 직업도 없이 실업자여서 송원기원에서 바둑을 두고 있었어요. 그런데 김관식 시인이 들어오시더라고요. 병석에 누워 있다가 오랜만에 명동에 나왔는데, 금문다방에 갔더니 아무도 없어서 3층 송원기원으로 지팡이 짚고 올라오신 거지요. "아이고, 선생님 나오셨습니까?"하고 인사를 드렸는데, 마침 그때 주머니에 대

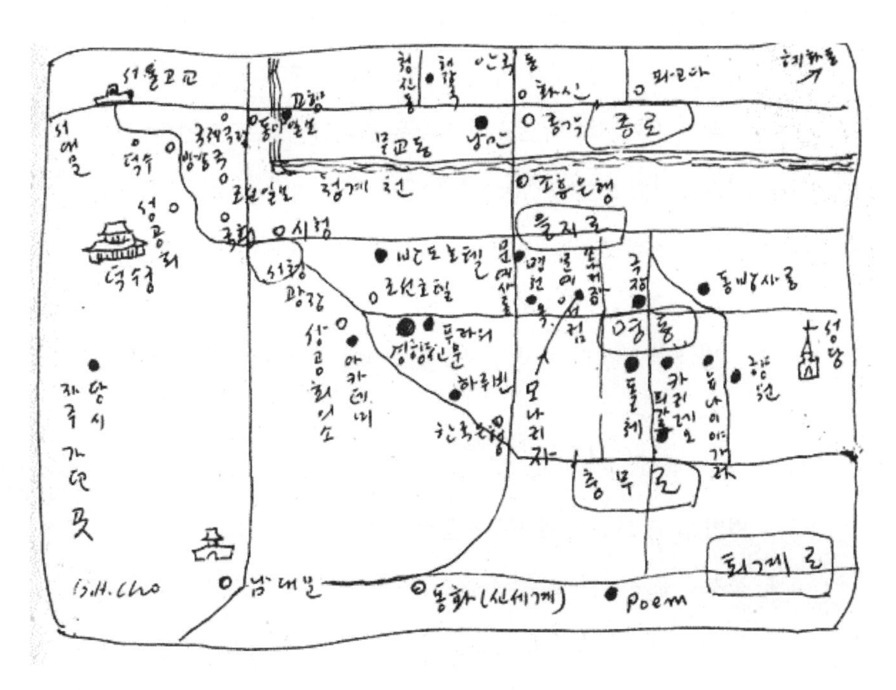

조병화 시인이 그린 1960년대 명동 지도

폿값이 있었어요. 이추림李秋林(1933~1997) 시인과 최일수 평론가가 바둑을 두고 있더군요.

최일수(1924~1995) 평론가는 1955년 조선일보 신춘문예에 평론 〈현대문학과 민족의식〉으로 등단해 이름을 날리던 평론가로, 이어령 평론가가 1956년 한국일보에 발표한 〈우상의 파괴〉라는 글에서 "미몽의 우상 김동리, 사기사의 우상 조향, 우매의 우상 이무영, 영아의 우상 최일수"라고 거론했던 사람이지요. 이추림(1933~1997) 시인은 서라벌예술대학 문창과를 졸업하고 1955년 장시 〈태양을 화장하고〉가 〈자유문학〉에 추천돼 등단한 유명한 시인이었고요.

그래서 김관식 최일수 이추림, 그리고 나 넷이서 대폿집을 갔습니다. 가서 찌개 같은 거 놓고 내가 대접했어요. 놀라운 것은 김관식 시인이 내가 신춘문예에 당선한 시조를 다 외우는 것이었어요. 그러면서 그러시는 거예요. "가람 노산 초정(김상옥) 다음은 사천 너다"라고요. 마지막으로 나한테 덕담을 해 준 거지요. 그 뒤에 한 번도 찾아뵙지 못한 채 돌아가셨지요. 그가 1970년 〈창작과비평〉에 발표한 시 〈병상록病床錄〉은 병으로 고단해진 자신의 처지와 아들딸들에게 남긴 유서와 같은 시입니다.

> 병명病名도 모르는 채 시름시름 앓으며
>
> 몸져 누운 지 이제 10년.
>
> 고속도로는 뚫려도 내가 살 길은 없는 것이냐.
>
> 간 심 비 폐 신肝心脾肺腎 …

오장이 어디 한 군데 성한 데 없이
생물학 교실의 골격표본처럼
뼈만 앙상한 이 극한상황에서…
어두운 밤 턴넬을 지내는
디이젤 엔진 소리
나는 또 숨이 가쁘다 열이 오른다
기침이 난다
머리맡을 뒤져도 물 한 모금 없다
하는 수 없이 일어나 등잔에 불을 붙인다
제멋대로 그저 아무렇게나 가로세로 드러누워
고단한 숨결은 한창 얼크러졌는데
문득 둘째의 등록금과 발가락 나온 운동화가 어른거린다
내가 막상 가는 날은 너희는 누구에게 손을 벌리랴
가여운 내 아들딸들아,
가난함에 행여 주눅 들지 말라
사람은 우환에서 살고 안락에서 죽는 것,
백금 도가니에 넣어 단련할수록 훌륭한 보검이 된다
아하, 새벽은 아직 멀었나 보다

— 김관식, 〈병상록〉 전문

김관식문학상 제정,
김관식문학관도 만들어야

다행히 2023년에 논산시에서 '김관식문학상'을 만들었는데, 제1회 수상자는 오세영 시인이었습니다. 시상식 때 내가 가서, 축사하면서 그 분에 대해 잘못 전해지고 있는 것들에 대해 바로잡아 주었어요. 김관식 시인을 무슨 기인처럼 얘기하는데, 그건 아닙니다. 김관식 시인이 기인 행세한 건 아무것도 없습니다. 그렇잖아요? 아니 선비가 말이지, 국회의원 선거에 나가서 지금 같으면 대통령 될 사람하고 한 번 겨뤘는데 그게 무슨 크게 잘못된 일인가요? 그러면 국회의원 출마한 사람들은 다 이상한 사람들이냐, 그렇지 않잖아요.

그러니까 '대한민국 김관식'이 용산 갑구에서 '장면 군'과 대결한 것은 자신감을 나타낸 것이지, 기인은 아니라는 것입니다. 세검정 상명여

새로 제정된 김관식문학상 공모 포스터

대 뒷산 공터에 집을 짓고 살다가 거기서 돌아가셨는데, 신경림 조태일 시인도 거기에서 살았던 적도 있고요. 나도 거기 가봤는데 거기에 집 짓고 사는 것은 당시에 하나도 이상할 것 없는 곳이었어요.

그는 고등학교 다닐 때부터 육당 최남선을 찾아다니고 오세창 정인보 등 이름 있는 큰선비들은 찾아다니면서 공부도 하고 토론도 한 조숙한 천재였습니다. 그는 '도상'이라고 불렀던 서울상고에서 국어 선생을 하면서 문학청년들을 많이 길렀어요. 세계일보 논설위원도 했고, 책도 많이 출간했지요. 그러니까 기인이라고 부르는 천상병 이현우 심재언 시인과는 달리, 김관식 시인은 선비 정신도 있고 자기 주체성이 강하며 한국 문단에도 기여했습니다. 논산에 박용래 시인과 박범신 김홍신 소설가 등이 있는데, 김관식 시인은 그동안 잊혀가고 있었어요. 참 안타깝지요.

이제 하루 빨리 '김관식 문학관'이 세워져야 한다고 생각합니다. 김관식 시인이 〈다시 광야曠野에〉라는 시를 지었는데 이 시는 이런저런 일을 하다 경제적 궁핍을 이겨내지 못한 채 병을 얻어 서른일곱이라는 젊은 나이에 죽은 천재 시인의 절규라고 느껴집니다.

> 저는 항상 꽃잎처럼 겹겹이 에워싸인 마음의 푸른 창문을 열어 놓고 당신의 그림자가 어리울 때까지를 가슴 조여 안타까웁게 기다리고 있습니다.
>
> 하늘이여,

그러면 저의 옆에 가까이 와 주십시오.
만일이라도… 만일이라도…
이승 저승 어리중간 아니면 어데든지 당신이 계시지 않을 양이면

살아 있는 모든 것의 몸뚱어리는
암소 황소 쟁기결이 날카론 보습으로
깔아헤친 논이랑의 흙덩어리와 같습니다.

따순 봄날 재양한 햇살 아래
눈 비비며 싹터 오르는 갈대순같이
그렇게 소생하는 힘을 주시옵소서.

— 김관식, 〈다시 광야에〉 전문

08

서라벌예술대학 58학번 천재들

천재는 천재가 알아봅니다.
큰 진리를 들으면 둔재는 무시하고
보통사람은 긴가민가 하며
천재만이 빙그레 웃음 짓는다고 합니다.
천재는 고독한 천재를 알아보고,
일반인은 받아들이지 못하는
독특한 점을 발견해 기꺼이 받아들입니다.
사람들이 받아들이지 못해 하늘이 일찍 데려가는 천재를
천재가 알아보고 사람들에게 알려줍니다.
그렇게 천재는 천재가 됩니다.
제가 비록 천재는 아니지만,
자칫 잊힐 천재들을 알리는 데 노력을 많이 했습니다.

김민부 천승세 박이도 김주영 홍기삼 등 40명 등단

서라벌예술대학은 1953년에 설립돼 1972년 중앙대학교에 인수될 때까지 20년 동안 문학인들과 배우들을 많이 키워낸 산실이었습니다. 설립 당시 교사校舍는 용산구 후암동에 있다가, 1956년 성북구 돈암동으로 옮겼어요. 미아리고개 길음시장이 내려다보이는 곳이었지요. 내가 서라벌예술대학에 을류乙流장학생으로 입학한 1958학번은 문예창작과 100명, 연극영화과 80명, 음악과 60명, 미술과 60명 등 총 300명이었습니다.

서라벌예술대학 문창과 100명 중에 문단에 나온 사람이 40명 정도 됩니다. 환갑 때와 최근에까지 등단한 친구들이 있습니다. 소설만 하더라도 김주영 송상옥 유현종 김문수 백도기 오찬식 등 열 명 정도가 짱짱했습니다. 시도 박이도 오재철 조상기 김민부 박경용 등 여러 명 있고, 평론은 홍기삼이 유명합니다. 또 학교 교사를 하면서 또 무슨 장학관 이런 거 해서 그런 쪽으로, 문단은 아니고 또 그런 쪽으로 나간 사람들도 있고 또 아동문학 쪽도 많고 희곡 쪽도 있어요. 40명이 등단했으니까, 기네스북에 올릴 일이죠.

서라벌예술대학이 그렇게 많은 문학인을 배출한 가장 큰 요인은 좋은 스승 덕분이었지요. 누구보다도 김동리나 서정주라는 두 분의 역할이 컸습니다. 당시 소설은 김동리, 시는 서정주가 한국문단을 꽉 잡고 있었으니까요. "훌륭한 장수 아래 약한 병졸이 없다強將手下無弱兵"는 말

서라벌예대 입학동기들과 함께. 홍기삼 천승세…

처럼, 대가大家 스승들을 닮으려고 학생들이 열심히, 열심히 노력했지요. 물론 스승도 훌륭하지만, 재능 많은 천재들이 서라벌예술대학으로 몰린 것도 요인이겠지요. 당시 문창과들이 그다지 많지 않아 다른 곳으로 갈 데도 없었으니까요.

서라벌예술대학만의 장학금 제도도 영향을 많이 주었구요, 서라벌예술대학에서 문예장학생을 모집한 뒤에 많은 학교에서도 도입했어요. 이대 동대 경희대 원광대 등에서 문예 장학생 제도를 도입했지요. 그래서 고등학교 때 백일장에서 장원하고 이러면은 특기생으로 시험 안 보고 그냥 들어갔어요. 문정희 시인이 동국대를 가고, 안도현 시인이 원광대학에 간 것도 문예 장학생으로 간 거지요. 박범신도 마찬가지고요.

'육사 8기생'이라는 게 있고, 11기생도 있지 않습니까. 그게 무슨 사주팔자와 토끼띠(이근배 시인은 1939년 기묘생 토끼띠)니 뭐니 하는 것과 관계가 있을지 모르지만, 우주적 서클로, 그때 어떻게 탄생하는 사람들이 가지고 있는 것 같아요. 그건 중고등학교도 마찬가지예요. 중고등학교도 몇 기는 장관도 나오고 국회의원도 나오고 사업가도 나오고 그러잖아요. 농사짓다 보면 대추가 많이 열리는 해가 있고, 안 열리는 해가 있지 않습니까. 하여간 그때의 어떤 그런 것들이 아주 타이밍이 잘 맞았던 것 같아요.

서라벌예술대학 58학번에는 그야말로 천재들이 많았어요. 대표적인 사람이 김민부(1941~1972)와 천승세(1939~2020)지요. 김민부는 부산고등학교 출신이에요. 서울대 상대에 떨어져서 서라벌예술대학으로 왔는데, 그 친구가 고등학교 2학년 때인 1956년 동아일보 신춘문예에 시조 〈석류〉로 입선했고, 1958년에는 한국일보 신춘문예에 〈균열〉이라는 시조로 당선합니다.

한국에 시인이 있느냐?
김민부 데려와라!

김민부의 〈균열〉을 내가 어디서 낭송을 했더니 미당이 그러는 거야. "근배야! 그건 누구 시냐? 참 좋다"며 탄복하셨어요. 내가 시 심사를 한 100번 가까이 한 것 같은데 지금도 그런 시는 못 봤어요.

"바람 불어 아무렇게나 그려진 그것들의 의미는 저승인가 깊고 깊은 바위 속에 울음인가 더구나 내 죽은 후에 이 세상에 남겨질 말씀쯤인가." 그런 시 요새는 못 써요. 천재예요. 문학계에 계급이 있다면 나는 일등병, 김민부는 4성장군 같은 존재라고 할 수 있지요.

달이 오르면 배가 곯아
배 곯은 바위는 말이 없어
할 일 없이 꽃 같은 거 처녀 같은 거나
남몰래
제 어깨에다
새기고들 있었다

징역 사는 사람들의
눈먼 사투리는
밤의 소용돌이 속에 파묻힌 푸른 달빛
없는 것,
그 어둠 밑에서
흘러가는 물소리

바람 불어 아무렇게나
그려진 그것들의
의미는 저승인가 깊고 깊은 바위 속 울음인가

더구나

내 죽은 후에

세상에 남겨질 말씀쯤인가

— 김민부, 〈균열〉 전문

아니, 16살 먹은 어린 것이, 등단 작품에 "내 죽은 후에 이 세상에 남겨질 말씀쯤인가"라고 쓰는 건 안 되죠. 그 자존심 강하고 천재라고 까불던 친구도, 나중에 부산 내려가서 부산MBC 스크립트가 됐어요. 글재주가 탁월하니까. 작곡가 장일남이 살아있을 때 나보고 뭐라고 했는지 알아요?

"대한민국에 시인이 있느냐? 김민부 데려와라! 김민부를!"

그럴 정도로 김민부는 아주 천재였어요. 〈기다리는 마음〉 있잖아요. "일출봉에 해 뜨거든 날 불러주오/ 월출봉에 달 뜨거든 날 불러주오/ 기다려도 기다려도 님 오지 않고/ 빨래 소리 물레 소리에 눈물 흘렸네" 하는 가곡, 그것도 김민부가 쓴 시입니다.

그런 정도로 천재인데, 이 친구가 나중에 서울 와서 정동 MBC에 있었어요. 나는 북창동에 있었고. 어느 날 시집 『나부와 새』를 가지고 날 찾아왔지요. 그 자존심 강한 민부가. 그래서 다방에서 만나 차를 마시며, 우리 몇 사람 만나서 밥이라도 먹자고 그랬는데, 그렇게 부부싸움 한 뒤 가 버렸지요. 겨우 서른한 살에 말이야…

김민부가 부인하고 부부싸움을 했는데, 문을 잠그고 석유 난로를 발길로 차서 불이 나는 바람에 화상으로 죽었지요. 부인은 어떻게 밖으로 나와 겨우 살았어요. 나중에 나를 찾아왔는데, 모자를 얼굴까지 눌러 쓰고, 마스크를 썼더군요. 와서 하는 말이 배명숙의 그 노래, 그것 좀 찾아달라고 해요. 배명숙이 드라마 작가인데 김민부가 쓴 시 〈창밖의 여자〉를 가지고 자기가 작사한 것처럼 해서 조용필이 노래 부르는 거를 바로잡아야 한다'면서요. "창가에 서면 눈물처럼 떠오르는 그대의 흰 손"으로 시작하는 노래에 나오는 '그대의 흰 손'이 바로 그 친구예요.

창가에 서면 눈물처럼 떠오르는 그대의 흰 손
돌아서 눈 감으면 강물이어라
한줄기 바람 되어 거리에 서면
그대는 가로등이 되어 내 곁에 머무네
누가 사랑을 아름답다 했는가
누가 사랑을 아름답다 했는가
차라리 차라리 그대의 흰 손으로
나를 잠들게 하라

— 배명숙 작사, 조용필 작곡, 조용필 노래, 〈창밖의 여자〉

부산 천재 김민부, 목포 천재 천승세

김민부가 얼마나 천재인가를, 내가 아니었으면 누가 알겠어요? 내가 기회 있을 때마다 신문과 잡지에 김민부에 대해서 썼어요, 김민부가 천재라고요. 신을 천천히 발음하면 시인, 시인을 빨리 발음하면 신! 그럼 천재의 시인은 왜 일찍 죽느냐?. 신이 질투해서, 너무 많이 알면 다쳐! 그러고 빨리 데려간다고, 내가 늘 그런 얘기를 하거든요. 그래서 내가 김민부 얘기를 쭉 쓴 겁니다.

그런데 순복음교회 조용기 목사 바로 밑의 동생으로, 조용우라는 사람이 있어요. 그 사람이 민부랑 부산중학교 동기동창입니다. 그도 문예반이었는데 민부 때문에 '나는 시 안 쓰겠다'고 그랬다는 겁니다. 그가 나중에 국민일보 창간하면서 사장이 되고 출판사업도 했어요. 〈새들은 제 이름을 부르며 운다〉는 베스트셀러도 냈는데. 그가 김민부 시집을 내야겠다며 나에게 부리나케 연락한 겁니다. 김민부의 딸을 찾아서 김민부 자료를 모두 가져오라고 해서 보니까, 어떤 대학 교수가 신문과 잡지에 김민부가 나오는 걸 다 모아서 복사해 줬다는 하면서요. 그런데 필자가 모두 이근배야. 그래서 나한테 연락해서 만나자고 했다고 하더군요. 그 사람이 김민부의 작품을 모아서 〈일출봉에 해 뜨거든 날 불러주오〉를 출간했지요.

그래서 지금 문단에서 김민부가 천재라는 걸 알게 됐습니다. 내가 참 그 친구한테 친구 노릇을 한 번 한 거지요. 그 친구는 처음에 나 같은 건 사람으로도 안 봤을 겁니다. 그런데 나중에 나한테 찾아오고, 아마 직접 시집 들고 와서 준 건 나 하나일 겁니다.

천승세도 대단한 천재였어요. 그의 집이 어디냐면 종로 4가 네거리에 있던 정신여고 앞의 하얀 타일 2층집이었어요. 생각해 보세요. 그때 내가 서울에 처음 왔을 때, 서울에서 제일 높은 게 9층짜리 반도호텔이었어요. 서울 장안에서 유일하게 엘리베이터가 있던 곳이지요. 거기에 외국인 상사들이 들어와 있고, 나는 친구 김상훈 덕분에 반도호텔에 가서 엘리베이터를 타고 오르락내리락 해봤지요. 그럴 때 종로4가에 하얀 타일 2층집이라면, 지금의 '타워 팰리스'가 문제가 아니죠. 우리야 어떻게 그런 집에 살아, 미아리에서 자취했는데 말입니다.

김민부 시인(왼쪽)과 천승세 소설가

그런데 천승세가 날 좋아했어요. 아주 친하게 지냈지요. 천승세가 소설가 박화성의 아들이고, 삼형제인데 위는 천승준이고 밑은 천승걸이었죠. 박화성은 이은상 양주동하고 동갑내기입니다, 그러니까 김동리한테 10년 연상이지요. 김동리가 1913년생이거든요. 김동리 선생도 박화성이라면 깍듯이 할 정도였습니다. 그 아들이 천승세 아닌가?. 조운은 1900년생이고 김소월이 1902년생, 정지용도 1902년생이니까, 다 선구자들이지요. 그러니 천승세가 얼마나 껄떡거렸겠어요.

천승세는 천재죠. 서라벌예술대학에 입학하기 전인 1958년 동아일보 신춘문예에 〈점례와 소〉가 가작으로 뽑혀 등단했고, 1964년 경향신문 신춘문예에 희곡 〈물꼬〉가 당선됐지요. 아주 천재 작가인데 작고했어요. 나하고 친했는데, 그 부인이 이철진이라고 서라벌예술대학 연극

영화과 학생이었는데, 연애할 때도 내가 늘 승세랑 같이, 돈암동 자취집에도 가고 그랬거든요. 철진이가 승세 마누라인데 연극영화과 스타였어요. 그가 죽었을 때 내가 문상가서, 옛날얘기 한참 했네요.

박이도에게 팬레터 보낸 김광균 시인

유현종은 1961년, 〈뜻 있을 수 없는 이 돌맹이〉라는 소설로 『자유문학』에서 등단합니다. 그런데 유현종의 그때 필명이 '유고劉故'예요. 프랑스의 빅토르 위고를 딴 것이지요. 그 친구는 뭐냐면은 장타자입니다. 이광훈이란 평론가가 유현종을 늘 "문호! 문호!"라고 불렀어요. 왜냐하면 연재소설을 몇 개씩 썼기 때문이지요. 동아일보에 〈연개소문〉이라는 걸 연재할 때 박정희가 한 번 불렀습니다. 그때만 하더라도 박정희 같은 사람들이 신문소설 애독자였지요. 연개소문이라면 우리가 다 아는 고구려의 대장군이니까, 너무도 감동을 받아 청와대로 불러, 육사에 가서 강의하라고 했지요. 연개소문은 장군이고, 박정희도 장군이니까.

김주영은 1970년에 『월간문학』에 등단합니다. 김주영은 나중에 〈객주〉를 써서 대형 작가가 됐죠. 송상옥은 마산고등학교 재학 때 이제하 등과 함께 〈백치〉 동인으로 활동했고, 1959년 동아일보 신춘문예에 〈검은 이빨〉이 입선하고, 〈제4악장〉이 『사상계』에 추천되어 등단했지요. 그가 소설을 쓸 때 이어령 선생이 월평에서 그가 한국소설의 새 희망이라고 그랬어요. 김문수는 1961년 조선일보 신춘문예에 소설 〈이단부흥〉이 당선됐지요.

박이도 시인은 1962년 한국일보에 〈황제와 나〉가 당선했는데 김광균 시인이 너무 감동해서 편지를 보냈어요. 팬레터를 보낸 거지요. 좀 오라고 해서 나하고 몇 사람이 함께 찾아갔더니, 〈와사등〉이라는 시집도 서명해 주고 차도 대접했지요. 그런 선배가 없지요. 내가 당선할 때만 하더라도, 신춘문예 당선되면 신문에 대서특필하고 그랬어요. 당선된 뒤 명동 나가면요. 내가 이름만 알던 시인들이 날 불러서 뽀뽀해주고 술 사 주고 그랬어요. 요새는 신춘문예 했다고, 누가 쳐다나 봅니까. 그때만 해도 고작 문예지는 『현대문학』 하나고, 읽을 게 뭐가 있습니까.

홍기삼 평론가는 학교 다닐 때, 창작 쪽보다는 공부를 잘했어요. 시험 보면 아마 1등을 하고 그랬을 겁니다. 공부를 열심히 하고, 아주 학구적인 친구입니다. 그래서 나중에 곽종원의 추천으로 평론으로 등단했지요. 그랬는데, 『문학사상』을 창간할 때, 이어령 선생과 제가 자주 만났어요. 〈문학과 사상〉에서 '과'를 빼라고 했고요. '사상'이란 말이 들어가서 등록증이 안 나와서 애를 먹었는데, 그것도 해결하고…, 그때 편집장을 구해달라고 해서 김승옥을 불렀더니, 『샘터』의 김재순과 옵션이 걸렸다고, 2년 묶였다고 그래서 홍기삼을 추천해서 『문학사상』 창간호 편집장으로 했지요. 그런 뒤에 동대 총장까지 했습니다. 대단히 능력 있는 친구입니다.

09

신춘문예 10관왕은 전무후무한 대기록

나는 '신춘문예 10관왕'이란 기록을 갖고 있습니다.
두 신문사에서 당선작으로 뽑혔다가
이름이 같아 한 곳에서 취소되기도 했습니다.
그것도 1961년에서 64년까지
4년이란 짧은 기간에 이룬 일입니다.
신춘문예는 많은 문학청년文靑들의 꿈입니다.
당선의 기쁨을 안는 문청이 많지 않은 현실에서
'희망고문'일 수도 있는 달콤한 꿈이지요.
하지만 지금도 나는 여든여섯의 나이에
아직도 신춘문예에 도전하겠다는 꿈을 갖고 있습니다.

서울신문 1961년 신춘문예
시조 〈벽〉 당선

1960년 12월31일이 됐어요. 요즘 신춘문예는 적어도 12월20일 정도면 대부분 당선자 발표가 납니다. 공식발표 전에 본인에게 통보해 주는 거지요. 연락 안 오면 떨어진 거고요. 하지만 그때는 사전 통보가 없고, 1월1일 자 신문을 봐야만 알 수 있었어요. 그게 그러니까, 내가 개똥이란 이름으로 투고했으면 개똥이라는 이름으로 발표가 되는 거지요.

1960년 12월31일 밤, 공초 선생님과 명동의 '향지원' 다방에 있었어요. 거기가 어디냐 하면, 지금 명동예술극장에서 충무로 쪽으로 한 50m쯤 가다 보면 오른쪽에 있는 2층 다방이었어요. 그날 밤은 공초 선생님도 일찍 들어가시지 않았어요. 섣달그믐을 '청동가족'과 같이 하셨지요. 그날 밤 10시쯤 됐을 거예요. 김명섭이란 친구가, 그 친구도 공초 가족이었어요. 키가 조그마한데, 그 친구가 헐레벌떡 들어오더니 대뜸 "야! 사천, 사천이 너 신춘문예 당선했잖아!" 그렇게 말하는 거예요.

그 말을 듣고 나는 처음엔 놀리는 줄 알았어요. 그러잖아요? 내가 신춘문예에 투고는 했지만, 아직 나한테 아무런 소식도 오지 않았는데, 당선했다는 하니까요. 그래서 "야! 이 새꺄. 너 좀 이리로 내려 와!"라며 밖으로 끌고 내려왔지요. 애인도 없고 하니까 그냥 객기를 부린 거지요. 그때 내 별명이 '땡고'였거든요. 내가 왜 '명동 깡패' 흉내를 내냐면요, 당시 돌체다방 앞은 우범지대여서 깡패들이 많았는데, 깡패 세계에서는 먼저 치는 놈이 장땡입니다. 벽돌이든지 뭐든지. 그놈들 속에서 내가 살았으니까 폼을 잡은 거지요. 김명섭은 나한테 힘이 딸리거든요. 그 친구가 겁먹어서 급하게 한마디 하는 겁니다. "너 사천! 서울신문에 〈벽〉 당선하지 않았어?" 아니 그 친구가, 내가 서울신문에 〈벽〉이라는 작품을 응모했다는 사실을 알 까닭이 없잖아요.

그래서 싸우려다 말고 막 뛰어서 서울시청 뒤 서울신문사로 뛰어갔지요. 서울신문사가 4.19 때 불타서, 4층짜리 가건물을 쓰고 있었는데, 신문 나오는 곳으로 가서 1961년 1월1일자 지방판을 샀어요. 그것도 여러 장을 산 것도 아니고 딱 한 장, 10원인가 주고요, 요새 돈 같으면 1000원인가 하겠지요, 신문을 사서 쫙 펴니까, '응모 천몇백 편 중에 당선작은 시조부의 벽'이라고 대문짝만하게 보이는 거예요. 시조만 당선작이 있었던 겁니다. 소설, 평론, 시, 희곡 아동문학 이런 거는 당선자가 없거나 가작이었고, 그 당선작은 시조에서만 나온 거지요. 〈벽〉은 다음과 같습니다.

> 향수의 꽃이파리 핏빛 피어 눈에 감겨
> 어머니! 외마디 지르고 고지에 올라서면
> 저기 저 조국의 가슴을 찢어 줄기져 간 철조망
>
> 응시凝視 눈빛을 거둬 문득 작은 돌을 본다
> 입 다물어 굳었어도 품고 있는 슬픈 증언
> 자유를 사랑한 병사의 비문 없는 묘석인걸

눈 쌓인 사각에서 불붙이던 정열이랑
신화의 골짝마다 스며진 젊은 피도
역겨워 하늘을 외면해서 풀꽃으로 피었는가

가슴에 손 짚으면 심장은 파닥이고
의지는 총탄처럼 아득히 달려가도
못 뚫어 마주 서 보는 비원悲願의 문, 벽이여!

세월이란 날개 속에 봄은 또 오리란다
피 모아 쌓은 열망 그날엔 끊어지리
무너져 강하가 되면 배를 질러가야지

— 이근배, 〈벽〉 전문

그때 시조 심사를 누가 했냐면, 가람 이병기 선생하고 이대 교수 이태극 선생이었어요. 내가 알기에 가람 선생은 일제강점기 때 동아일보 신춘문예에서 심사도 하고, 『문장』 잡지에서 김상옥 이호우 오신혜 이런 많은 시조 시인들도 뽑고 그랬거든요. 정지용은 조지훈 박두진 박목월 등 시인들을 뽑았고요. 가람 선생은 광복 뒤는 처음으로 신춘문예 시조를 심사하셨던 같아요.

서울신문 〈벽〉이 나의 '신춘문예 10관왕'의 시작이었어요. 내가 문학인으로 등단할 때는 세 가지 길이 있었습니다. 하나는 자비 출판으로 시집을 내는 것이었어요. 지금은 아무나 시집 내지만 그때는 시집 한

동아일보의 신춘문예 홍보 포스터. 이근배 시인을 비롯한
한국을 대표하는 문학인들이 여러 명 보인다

권 내기가 정말 어려웠지요. 김남조 선생님 같은 분도 1953년에 첫 시집 『목숨』을 출간하면서 본격적으로 활동했지요. 1950년 연합신문에 〈성수星宿〉 〈진상〉 등을 발표하긴 했지만, 등단은 〈목숨〉 출간이라고 할 수 있지요. 대학교 때 학보나 신문에 시를 발표했다고 해도, 그건 등단이라고 볼 수는 없잖아요.

두 번째는 『현대문학』이나 『자유문학』 같은 문학지에서 유명시인의 추천을 받는 것입니다. 당시에 『문학예술』은 폐간돼 나오지 않았어요. 김광섭 시인이 1956년에 『자유문학』을 창간했지만 『현대문학』만큼 크지 않았습니다. 그래서 『현대문학』에서 서정주 유치환 박목월 조지훈 박두진 김현승 같은 시인과 김동리 황순원 같은 소설가들이 추천위원으로 계시면서 신인을 발굴했지요. 평론은 조연현 곽종원 평론가가 활동했고요. 시는 3회 추천, 소설은 2회 추천받아 등단했지요. 박경리와 한말숙 이런 분들이 김동리 선생의 추천을 받아 등단한 것이 대표적인 예입니다. 또 『사상계』에서 신인문학상으로 등단한 시인 등이 있기는 하지만, 사상계 신인상은 1년에 한 번밖에 없으니까, 『현대문학』이나 『자유문학』이 등단하는 길이었지요.

세 번째는 신문사에서 하는 신춘문예에 당선하는 것이었어요. 당시 문학청년들이 가장 선호한 것은 역시 신춘문예였습니다. 동아일보에서 1925년에 신춘문예를 시작한 뒤에, 당시 5대 일간지인 동아 조선 경향 서울 한국 등에서 신춘문예로 신인 문인들을 뽑았지요. 이 땅의 많은 문청文靑들이 신춘문예에 목을 걸었습니다. 올해에 안 되면 1년을 기다리고, 또 기다리고, 될 때까지 계속 도전했지요.

1960년 3월 첫 시집 〈사랑을 연주하는 꽃나무〉 출간

나는 1960년 3월에 〈사랑을 연주하는 꽃나무〉라는 첫 시집을 출간했습니다. 시집 출간 등단인 셈이지요. 지금 보면 〈사랑을 연주하는 꽃나무〉에 실린 시들은 시라고 하기도 어렵지만, 그때는 그냥, 그냥 뭐 내가 본격적으로 야망을 가졌다기보다는, 습작한 게 너무 아까워서, 미당 선생께 서문을 받아서 시집을 낸 것입니다.

그렇게 시집을 내고 나니까 4.19가 일어났어요. 그때 나는 서라벌예술대학을 나와 남대문에서 한약방을 하는 삼촌 집에서 지내고 있었습니다. 삼촌도 자기 집이 아니라 셋 방 얻어 사는데, 거기 삼촌 집에서 얹혀 있었던 거지요. 그런데 4월 18일에, 윤석진이라고 하는 친구와 둘이서 남대문을 지나 조선일보 옆에 있는 국회의사당(현 서울시의회)까지 산책 삼아 걸어갔어요. 거기에 도착해 보니, 200명 정도 되는 학생들이 '부정선거 물러가라'라는 구호가 적힌 머리띠를 두르고 데모를 하고 있었습니다. 그러자 고려대 선배라면서 이철승 의원이 나와서 돌아가라고 설득하더군요. 학생들도 그 말을 믿었는지, 줄을 맞춰서 돌아가기 시작했지요. 그런데 그날 저녁에 일이 벌어졌습니다. 학생들이 고려대로 돌아가려고 종로 4가 네거리, 천일백화점 앞을 지날 때, 깡패들이 공격해서 학생들이 많이 다쳤지요.

평화롭게 학교로 돌아가던 대학생들이 깡패들에게 무참하게 맞으며 쓰러지는 모습이 다음 날 아침, 조선일보 동아일보 등 신문 1면에 크게 났습니다. 학생들이 무슨 죄가 있어? 폭력 시위한 것도 아니고, 그저 '으쌰 으쌰' 하면서 구호 외치고 그러면서 돌아가던 길인데…. 그런 학생들이 두들겨 맞았다는 것을 보고, 시민들이 한꺼번에 일어났지요. 4월19일 아침부터, 3.15 부정선거 때문에 타올랐던 열기가 정점으로 타올랐던 겁니다.

4월 19일 오전 10시쯤 됐을 때였어요. 어린 4촌 동생을 안고서 큰길에 나왔는데, 남쪽 한강로 쪽에서 중앙대 학생들이 몰려오고, 시청 앞 동쪽에선 동국대 학생들이, 서쪽에선 연세대 이화여대 학생들이, 북동쪽에선 서울대 고대 학생들이 동서남북에서 쳐들어오는 거예요. 파란 옷을 입은 반공청년단원들이 조그만 곤봉 차고, 접근하지 말라고 새끼줄을 쳐 놓았는데, 노도怒濤 같은 학생들의 물결을 막을 수 있겠어요. 나도 어린 4촌 동생을 얼른 삼촌 댁에 데려다주고 대열에 뛰어들었지요. 그렇게 광화문 네거리와 중앙청을 지나 경무대(현 청와대)로 향했습니다.

그때 광화문 앞에서 무슨 하수도 공사를 하는지 도로가 파헤쳐져 있었는데, 경복궁 담장 안에서 순경들이 자루 달린 최루탄을 던지자 학생들이 아직 터지지 않은 최루탄을 집어 담장 안으로 던졌어요. 또 땅 위로 다니는 전차가 있었는데, 데모대 때문에 움직이지 못하고 정차돼 있으니까, 그 위로 올라가서 시위하고 그랬지요. 경복궁을 돌아 진명여고 앞까지 나아가자 경무대 앞에 가시철조망이 쫙 쳐있고, 순사들이 기관총을 걸어놓고 있었습니다. 물자동차가 와서 물대포도 쐈는데, 성능이 좋지 않아 데모대들이 빼앗아 올라타고 앞으로 나아가려고 했지요.

그때 갑자기 총소리가 나더라고요. 다다다다! 총소리가 다다다다! 나자, 처음에는 공포탄인 줄 알았어요. 그런데 앞에 섰던 학생들이, 어린 학생 같은데 피 흘리는 애를 업고 나오는 겁니다. 나도 모르게 그 자리에서 땅에 바짝 엎드렸지요. 엎드려서 보니까 까만 잔디밭이더군요. 그냥 까만 잔디밭! 아스팔트 길 위에, 까만 동복을 입은 학생들이 납작 엎드린 모습이 까만 잔디밭으로 보인 겁니다. 그렇게 엎드려 있었더니 조금 뒤에 총소리가 멎었어요. 그러자 학생들이 후다닥 일어나 뛰더군요. 나도 벌떡 일어나 길옆에 있는 집 대문으로 무작정 뛰어들었어요.

옛날 집들은, 대문이 있으면 그 옆에 사람이 드나드는 작은 문이 하나 있잖아요. 이 작은 문에 얼굴을 집어넣었더니, 머리만 들이민 학생들이 많았어요. 한꺼번에 몰리니 어깨가 걸려 들어가지 못하고. 그 짧은 순간에 궁둥이가 간질간질하더라고, 총탄이 궁둥이에 박힐 것 같아서요. 그래서 억지로 몸을 뒤틀어 안으로 들어가 허겁지겁 마루를 지나 방으로 뛰어들었어요. 부엌 화장실 할 것 없이 학생들이 가득 차서 뛰어든 방이, 바로 안방이었습니다. 할머니하고 며느리가 조용히 앉아 바느질하고 계시더라고요. 그분들도 대낮에 총소리가 나고 학생들이 물밀듯이 쏟아져 들어오니까 많이 놀랐겠지만, 그다지 놀란 기색도 없이 차분하게 바느질을 하시더라고요. 참으로 품격 있으신 모습이었습니다.

경무대 앞에 엎드려
4.19총성을 듣다

그렇게 한참 있다가 총소리가 더 안 나서 나와보니, 학생들이 시체를 나르고 있더군요. 거기서 연세대 국문학과에 다니고 있던 친구 김명섭을 만났는데, 그 친구 손에도 피가 묻어 있어서, 피 묻은 손으로 악수했지요. 그렇게 현장에서 빠져나와, 그날 오후에 명동에 나가서 공초 선생을 만나 뵌 뒤, 이튿날 시골 고향으로 내려갔어요.

4월20일에….

이승만 대통령이 하야한 26일에 서울에 있었으면 좋았을 텐데 하는 아쉬움이 있지요. 4.19 그날 내가 현장에서 시간대별로 총 쏘는 장면을 생생하게 체험했어요. 데모대 일선에 섰으면 나도 총 맞을 뻔했지만….

그건 그렇고, 서울에서 일자리도 없어 고향에 내려가선 무엇을 했느냐? 농사를 짓는 거지요. 요새 같으면 무슨 '알바'라도 있었을 텐데, 알바도 없고, 군대라도 좀 갔으면 깔끔했는데 군인으로도 안 데려가고 해서 고향에 간 것이지요. 서울서는 배가 고팠던 겁니다, 그렇지 않습니까? 명동 나가면, 술을 마신다든가 무슨 카페에 갈 수 없어도, 뭐 짜장면이라도 먹어야 하고, 뭐 이런 거 있잖아요? 그런데 고향, 당진에 내려가면 보리밥이라도 실컷 먹지 않습니까. 우리 집 농사처가 있으니까. 거기 가면 잠도 편안하게 자고 밥도 먹고 누가 나를 탓하는 사람도 없고…

그래서 이제 원고지하고 만년필 하나를, 그때 만년필이라는 게, 지금은 좋은 만년필이 많이 있지만, 당시에는 주로 파카인데, 명동이나 종로에 가면 라이터 파는 조그만 노점에서 산 중고 파카 만년필을 들고 쓰고 싶은 것을 썼지요. 그때는 쓰고 싶은 게 참 많았어요. 소설도 쓰고 싶고, 희곡 같은 것도 쓰고 싶고, 시도 쓰고 싶고…. 이제 만년필 하나 사 들고 시골에 가서 원고지랑 씨름하려고 한 것이지요.

그런데 그게 또 마음처럼 잘 안되는 거예요. 한 달이나 두 달쯤 눌러앉아 쓰면 좋은데, 배고프고 쩔쩔매지만, 명동이 그리운 겁니다. 며칠 전에도 예술원 연극콘서트에서 손숙을 만났는데, 나는 손숙을 그가 고등학교 2학년 처음 만났습니다. 손숙이 풍문여고 2학년 때고 나는 대학생 때였지요. 그 명동에는 공초 선생님도 계시니까 자꾸 가게 되는 거지요.

참 배고프고 추운 세월, 따뜻한 고향에서 보리밥이라도 배불리 먹고 어머니가 계셔서 좋은데도, 마음이 끌리는 것은 어쩔 수 없는 일이었지요. 1주일을 못 버티고 오르락 내리락 했지요. 고향에 누가 있습니까. 텔레비전이 있습니까. 원고 쓴다고 앉았다가, 낮잠 자다가 이렇게 며칠 지나면, 궁둥이가 근질거려요. 서울 가고 싶어서…

그렇게 여름이 지나갔어요. 바쁜 가을이 왔지요. 할아버지는 서울 병원에 입원하시고, 할머니와 어머니가 밖에서 들일을 하시는데, 다 큰 사내놈이 집에 박혀 있을 수는 없지 않아요. 나도 콩 꺾는 일을 했지요. 그런데 내가 무슨 노동을 해봤습니까. 그래도 낫을 들고 장갑을 끼고 노트와 연필을 갖고 밭에 나갔지요. 가서 콩을 꺾다가, 뽕나무 그늘 아래 누워서 시조를 썼지요. 신춘문예에서 당선한 그 시조들이지요. 콩 꺾다가 뽕나무 아래에 누워서 상상력을 동원해 여러 편 쓴 겁니다. 물론 자유시도 썼겠죠. 자유시도 투고하고 그랬는데….

10

〈노래여 노래여〉로 한국시단의 중심에 서다

신춘문예에 당선한 사람은
남이 알지 못하는 비밀이 있습니다.
손목이 아프도록 썼다가 버리고 다시 쓴다든지,
애꿎은 담배를 빨고 술잔을 기울인다든지,
머리가 하얘지다 못해 한 움큼씩 빠진다든지….
나에게 '신춘문예 10관왕의 비밀이 무엇이냐'고 묻는다면
"열심히 썼다"고 대답할 것입니다.
다른 사람이 상상할 수 없는
고통의 시간을 보냈기 때문입니다.
기라성같은 천재들에게 밀리지 않고,
천재들보다 앞서 나가기 위해 남모르게 눈물도 흘렸지요.
이 세상에 공짜 점심은 없습니다.

1961년 신춘문예
3관왕으로

서울신문사에서 '신춘문예 당선작은 시조부의 벽'이란 기사를 보자마자, 신문을 움켜쥐고 다시 명동으로 뛰었습니다. 향지원에 가서 공초 선생님께 "선생님 제가 신춘문예에 당선했습니다"라고 말씀드리고, 신문을 드렸지요. 그랬더니 그 큰 손으로 악수를 하고, 어깨를 두드리며 "정말 잘했다"고 그러시군요.

근데 그 옆에 같이 앉았던 친구 가운데 윤석진이 있었는데, 이 친구는 고등학교 시절부터 '명랑소설' 작가였어요. 지금은 개그라고 불리는 것과 비슷한 게 명랑소설인데, 그때 천세욱 조흔파 이런 작가들의 명랑소설이 유명했지요. 성인들을 대상으로 하는, 조금 에로틱한 소설이었습니다. 가령 〈중계 키스에 이상이 있다〉 같은 거지요. 옛날에 판잣집 같은 게 많았잖아요. 그 판잣집에서 남녀가 처음에 아기를 사이에 두고 뽀뽀하다가, 나중에는 아이를 제쳐두고 둘이 뽀뽀한다는 줄거리 같은 거지요.

윤석진 그 친구는 고등학교 학생인데도 명랑소설 작가가 될 정도로 글재주가 있었습니다. 서라벌고등학교를 졸업한 뒤 서라벌예술대학 문창과에 작가로 들어왔지요. 명랑소설로 돈 벌어 여동생과 남동생을 키우고 자기 학비도 썼습니다. 나를 참 좋아했던 친구인데, 그 친구도 신춘문예에 응모했을 거 아닙니까. 그 친구가 신문을 보더니 내 손을 잡고 눈물을 떨어뜨리는 거예요. 나는 안 울었는데, 그 친구가 떨군 눈물이 내 손등에 떨어지더군요. 내가 너무 고생한 걸 본 거지요. 그러니까 자기가 울더라고요.

그 친구하고 김종태라고 하는 친구, 나중에 한양대 교수를 한 친구와 함께 남대문에 있는 셋째 삼촌 집에 가서 밤새 술 마시며 놀았어요. 통행금지가 없는 날이니까, 남산도 올라가고 밤을 꼬박 새워 새벽이 됐지요. 그래서 세 놈이 신문사 순례에 나섰습니다. 직접 신문사에 가서 홍보용으로 붙여놓은 신문을 보기 위해섭니다. 그랬더니 경향신문에도 〈묘비명〉이 당선됐더군요. 조선일보에는 〈압록강〉이 가작으로 뽑혔고. 순식간에 3관왕이 된 것입니다.

〈벽〉 〈묘비명〉 〈압록강〉은 모두 시조인데 서울신문은 가람하고 이태극 선생이 심사했고, 경향신문하고 조선일보는 일석 이희승 선생이 심사했어요. 일석 선생이 〈묘비명〉에 대한 심사평에서 "통곡을 금할 수가 없다"고 썼지요. 그런 심사평을 쓴 일석 선생이 〈압록강〉은 가작을 주었어요. 당선은 딴 사람을 주고, 내가 일석한테 '선생님, 같은 사천인데 왜 여기는 당선이고 저긴 가작입니까?'라고 물어보지는 않았지만, 아마 '이쪽은 당선 줬으니까 저쪽에서는 가작' 이러지 않았을까 하고 생각합니다. 안 주면 그만 아냐? 그래도 가작을 주신 거지요.

그래서 3관왕이 됐습니다. 왜 그러냐 하면, 신동엽申東曄(1930~1969) 시인도 신춘문예로 등단했지만, 당선은 아니었어요. 정진규 시인도 그렇고요. 천승세도 신춘문예 가작 등단이었지요. 당선은 아주 어려웠으니까. 정비석의 〈성황당〉이라는 소설도 당선작이 없이 '당선 이석'으로 당선했습니다. 당선을 두 사람 주는데 요건 일석이고 요건 이석이다

하는 건 말이 되는데, 당선 일석이 없이 당선 이석 그러고도 상을 준 겁니다. 그러니까 당선을 시키는데 좀 뭔가 2%가 모자란다, 그런 뜻 아니겠어요? 차라리 가작을 하든지 하지, 그런 때도 있었거든요.

1962년 신춘문예도 3관왕

나는 그때 자유시도 많이 썼어요. 그런데 자유시는 당선이 안 되는 겁니다. 그런데 그때는 전국의 학생들이요, 우리 문창과도 그랬지만, 지금처럼 다양한 게 없었습니다. 문예반이라는 게 있지 않습니까. 단지 문예반장들 출신이, 나는 충청도 시골의 문예반장이었지만, 앞에서 얘기한 이재령 같은 친구의, 문경만 해도 우리보다는 발달한 데 아닙니까? 그리고 부산 대구 광주 이런 큰 도시들이 있잖아요. 마산 이런 데는 서울이나 진배없었죠.

지금은 학생들이 악기도 만지고 스포츠도 하고 뭐도 하고 등산도 하는 등 다양한 것이 있었지만, 내가 국민학교 다닐 때는요, 산수 그거 100점 맞으면 체육도 100점 음악도 100점 무조건 그런 때였습니다. 그러니까 그때는 문예반밖에는 동아리가 없었어요. 그 문예반장들이 힘을 씁니다. 그 어떤 사람보다도 힘을 써요. 왜냐하면 등사판으로 교지도 내니까, 이를테면 학교에서는 동아일보 사장이 되는 거지요. 선배들도 와서 친한 척하면서, 나 좀 넣어 달라고 부탁하고요. 문예반장은 아마도 공부를 더 잘했을 겁니다.

주성윤朱成允(1939~1992)이라는 친구는 철도고등학교 나온 뒤 서라벌 예술대학 장학생 시험을 쳤는데 장학생이 안 되니까, 다음 해에 서울대에 합격했다더라고요. 요즘처럼 무슨 학원에 가거나, 고액 과외받은 것도 아닐 거 아닙니까. 집에서 혼자 공부해서 그렇게 됐지요. 그런 시대였습니다.

어쨌든 1961년에 신춘문예에 당선돼서 공초 선생께서 나를 경향신문 김팔봉 주필과 서울신문 오종식 사장에게 데리고 다니면서 취직시키려고 했지요. 하지만 1961년에 5.16이 일어났잖아요? 그러니까 언론사들도 힘을 쓰지 못했지요. 신문사들이 재정적으로도 어렵고, 서울신문은 4.19 때 불에 타기도 했고, 정권이 바뀌니까 더 힘들게 됐지요.

신춘문예에 당선됐다고 해서 원고청탁을 받는 것도 아니고, 그러니까 1961년에는 서울에 있다가 고향에도 갔다가 오르락내리락하면서 지냈습니다. 그때 알바 같은 것도 하긴 했던 것 같은데, 신춘문예에 당선되니까 이상한 신문사 같은 데서 일해달라고 해서 한두 달 가서 일하면 월급도 안 주고 그랬지요. 사기당한 줄 알고 안 나가면 다른 사람을 뽑아서 또 부려먹고 그런 때였지요. 그런 와중에도 시와 시조를 써서 여러 신문 신춘문예에 투고했지요.

그 가운데 시조 〈보신각종〉이 동아일보에서 당선됐어요. 그때 내가 일부러 그런 건 아닌데, 자유 정의 진리라는 표현을 썼어요. 그게 고대 학생들이 4.19 데모할 때 외치던 구호였습니다. 그게 아마 고대 교훈이었나 봐요. 근데 내가 그것을 무심코 〈보신각종〉에 넣은 겁니다. 자유

1962年1月5日

新春文藝當選作 時調

普信閣鐘

李根培

無窮의 소리듣고

無難한 表現力

淸純·산뜻한맛

신춘문에 당선작 〈보신각종〉. 1962.1.5. 동아일보

정의 진리… 그때 심사위원이 조지훈 선생이었어요. 당선되기 전까지는 심사위원이 누군지도 몰랐는데, 조지훈 선생이 그걸 뽑으셨습니다. 그리고 동시 〈달맞이꽃〉이 조선일보에 당선됐지요. 윤석중 선생이 심사해서 당선으로. 그리고 시조 〈바위〉도 조선일보에 가작이 돼서, 62년에도 세 군데를 거쳤지요.

그리고 63년에는 신춘문예는 아니고, 제2회 문공부 신인예술상에 시 〈달빛 속 풍금〉과 시조 〈산하일기〉가 각각 수석상으로 뽑혔습니다. 5.16이 일어난 뒤 저들이 문학에 서비스한다면서 62년부터 신인예술상을 뽑았는데, 1회는 응모하지 않고 2회 때 응모했는데 시 부문 수석과 시조부문에서도 〈산하일기〉로 수석을 차지했지요. 그때 상금도 꽤 많았는데 양 부문 수석을 차지했던 겁니다. '양과 합격'한 거지요. 그때 비로소 자유시를 했습니다. 난 자유시를 써야 되는데, 자유시 당선한 애들이, 겉으로는 드러내놓고 말은 안 하지만, "넌 자식아! 시조 정도나 되지 시는 이제 안 되는 거 아니야", 그러는 것 같아 약 오르잖아, 그래서 드디어 64년에는 자유시만 열심히 썼지요. 이제 시조는 더 갈 데가 없으니까요.

1964년엔 〈북위선〉 자유시로 신춘문예 당선

자유시를 열심히 써서 동아일보에 〈꽃과 왕령〉이란 시를 응모했지요. 한국일보에는 〈북위선〉이란 시를 냈고요. 그런데 뭐라고 했죠? 신춘문예 당선 여부는 1월1일자 신문을 봐야만 된다고 그랬잖아요.

그때는 신촌에서 하숙하고 있었는데, 하숙집에 술 먹고 밤늦게 들어갔습니다. 하숙집 할머니가 경상도 분이셨는데, 들어갔더니 대뜸 "네가 이학목이가?" 그러더라고요. 내가 이학목李鶴木이란 이름으로 응모했거든요. "네, 왜 그러세요?" 그러니까, "전보 왔었는데 이학목이라고 우리 집에 없다고 했더니 그냥 가져갔으니, 우체국에 가보라!"고 하시더군요. 그래서 신촌 우체국으로 뛰어갔습니다. 그랬더니 마침 우체국이 열려있더라고요. 그게 무슨 전보냐면 한국일보 문화부에서 오라는 내용이었어요. 당선됐다는 얘기로 알고 갔더니 손기상이라는 문학담당 기자가 맞이해 주었습니다. 손기상, 나중에 유명한 기자가 됐지요. 그때는 신출내기였지만….

손기상 기자가 그러는 겁니다. "동아일보도 투고하셨죠?" 그러더니 "동아일보는 떨어졌습니다"라고 하더군요. "우리 한국일보에 당선한 게 더 좋죠. 상금도 배가 많고요"라고 덧붙이더군요. 당시 동아일보 상금은 2500원, 한국일보는 5000원이었거든요. "왜 그러느냐?"고 물었더니 대충 얼버무렸지만, 뻔한 그림이 그려지더군요.

그때만 하더라도 신춘문예 심사위원들이 뻔했잖아요. 한국일보 심사위원과 동아일보 심사위원들이 심사 끝나고 만나서 술 한 잔 마신 모양입니다. 서로가 작품 좋다고 자랑하면서 시인이 누구냐고 했더니, 한국일보도 이학목, 동아일보도 이학목이거든요. 작품은 다르더라도 시인이 같으니까 양쪽에서 싸움이 난 거지요. 서로 양보하라고요. 그런데 한국일보 쪽이 워낙 좋다고 하니까 동아일보에서 양보하고 당선 취소했습니다.

김종길 시인이 나중에 심사평뿐만이 아니라 문화면에 따로 크게 쓰고 그랬습니다. 사설에서도 '신춘의 꽃'이라고 다뤘는데, 아마 신석초 선생이 쓴 것 같아요. 그때는 한국일보 문화부가 셌어요. 이어령도 한국일보에 〈우상의 파괴〉를 써서 일약 스타가 되었지요. 두 신문에 이름을 다르게 했으면 당선된 건데, 아깝게 됐지요. 그래서 내 작품은 취소되고 이탄 시인의 〈바람 불다〉가 당선됐지요. 한국일보 당선작 〈북위선〉 제2연과 3연을 소개하겠습니다.

2

한 마리의 후조候鳥가 울고 간

외로운 분계선

산딸기의 입술이 타던 그 그늘에

녹슨 탄피가 잠들어 있다

서로 맞댄 산과 산끼리 강과 강끼리

역한 어둠에 돌아누운 실재實在여

빈 바람이 고요를 흔들어가는

상잔相殘의 동구 밖에 눈이 내리고

어린 사슴의 목쉰 울음이

메아리쳐 돌아간 꽃빛 노을 앞에서

반쯤 얼골을 돌린 생명이여

사랑보다 더한 목마름으로

바라보아도 저기 하늘 찢긴 철조망

한 모금 포도주의 혈즙血汁으로

문질러도 보는 이 의미의 땅에서

병정이여

조국은 어디쯤 먼가

눈 먼 신화의 골짜기 나무는 나무대로

바람은 바람대로 소스라쳐 뒹굴던

뿌연 전쟁의 허리춤에서

성냥불처럼 꺼져간 외로운 자유,

그 이지러진 풍경 속에

오늘도 적멸의 눈이 내린다

3

누가 잃어버린 것일까
황토흙에 묻힌 군화 한 짝
언어도 없는 비명碑銘의 돌아선 땅에서
누가 마지막 입맞춤 마지막 포옹을
묻어두고 간 것일까
국적도 모르고 군번도 없는 채,
버리운 전쟁의 잠꼬대여
멀리 흐느끼는 야영夜營의 불빛은
검은 고양이의 걸음으로 벽을 오르고,
후미진 밤의 분계선 근처에
병정의 음악은 차게 흐른다
허나 돌과 나무 어느 하나도
손금처럼 따습게 매만질 수 없는
빙점의 북위선
작고 파닥이는 소조小鳥의 가슴처럼
피가 사위는 대안對岸이여
세계가 귀대이는 초소에서
오늘도 전단의 눈발을 맞는 간구懇求
그 목마른 안존安存 위에
떨리는 자유여 강하江河여
서투른 병정이 가늠한 두 개의 판도

검은 크레파스의 태양의 꽃밭의

싸늘한 시간 위에서

병정이여 여기는

북위선 몇 도의 어둠 속인가

눈이 내리는 찬 지경地境의

북위선 몇 도의 사랑 밖인가

〈노래여 노래여〉가 문공부신인문학상 특상으로

한국일보 〈북위선〉으로 61년부터 64년까지 5대 일간지, 서울 경향 동아 조선 한국, 신춘문예를 다 석권했지요. 사실 7관왕인데 기록으로는 6관왕이지요. 동아일보에 응모한 〈꽃과 왕령〉은 우여곡절 끝에 취소됐으니까요….

신춘문예가 끝나고 나니까 문공부의 신인문학상 계절이 왔어요. 5월이니까. 내가 그때 영천에서 대신중학교 3학년인 이선규라는 학생하고 같은 하숙방을 썼어요. 선규는 학교 가고, 나 혼자 집에 있는데 신촌에서 같이 하숙했던 고향 후배인 이전영이가 문공부 신인상 응모하러 간다고 하면서 나를 찾아왔어요. 참 그 시대는 말이죠, 참 이상하게도 핸드폰도 없고 전화도 없고 그랬는데 어떻게 그렇게 잘 찾아다녔는지…. 마침 그때 내가 〈신춘시〉 동인지에 발표하려고 쓴 〈노래여 노래여〉라는 시가 있어서, 대신 좀 갖다 내 보라고 했지요, 그냥 버릇처럼 던져본 겁니다.

1

푸른 강변에서
피 묻은 전설의 가슴을 씻는
내 가난한 모국어
꽃은 밤을 밝히는 지등처럼
어두운 산하에 피고 있지만
이카로스의 날개 치는
눈 먼 조국의 새여
너의 울고 돌아가는 신화의 길목에
핏금진 벽은 서고
먼 산정의 바람기에 묻어서
늙은 사공의 노을이 흐른다
이름하여 사랑이더라도
결코 나뉘일 수 없는 가슴에
무어라 피묻은 전설을 새겨두고
밤이면 문풍지처럼 우는 것일까

2

차고 슬픈 자유의 저녁에

나는 달빛 목금木琴을 탄다

어느 날인가, 강가에서

연가戀歌의 꽃잎을 따서 띄워 보내고

바위처럼 캄캄히 돌아선 시간

그 미학의 물결 위에

영원처럼 오랜 조국을 탄주彈奏한다

노래여

바람부는 세계의 내안內岸에서

눈물이 마른 나의 노래여

너는 알리라

저 피안의 기슭으로 배를 저어간

늙은 사공의 안부를

그 사공이 심은 비명碑銘의 나무와

거기 매어둔 피묻은 전설을

거기로 노래여

흘러가는 강물의 어느 유역에서

풀리는 조국의 슬픔을

어둠이 내리는 저녁에

내가 띄우는 배[舟]의 의미를

노래여, 슬프도록 알리라

3

밤을 대안對岸하여

날고 있는 후조候鳥

고요가 떠밀리는 야영野營의 기슭에

병정의 편애는 잠이 든다

그때, 풀꽃들의 일화逸話 위에 떨어지는

푸른 별의 사변思辨

찢긴 날개로 피 흐르며

귀소歸巢하는 후조의 가슴에

향수는 탄흔彈痕처럼 박혀든다

아, 오늘도 돌아누운 산하의

외로운 초병哨兵이여

시방 안개와 어둠의 벌판을 지나

늙은 사공의 등불은

어디쯤 세계의 창을 밝히는가

목마른 나무의 음성처럼

바람에 울고 있는 노래는

강물 풀리는 저 대안의 기슭에서

떠나간 시간의 꽃으로 피는구나

제목을 왜 〈노래여 노래여〉라고 붙였는지도 모르겠어요. 원고를 주면서 내 이름을 쓸 수 없으니까, 룸메이트였던 대신중학교 학생 이름, 이선규라고 써서 줬지요. 그런데 이게 1964년 신인 문학부 특상을 먹은 겁니다. 원래 문학부 특상은 소설이 타는데 그해는 내가 먹은 겁니다. 그때 모윤숙 양주동 박목월 등이 심사를 했는데, 모윤숙 씨가 박수 치면서 크게 읽고 난리를 쳤다는 겁니다. 〈노래여 노래여〉 시가 좋다고요. 그 작품이 나를 유명하게 만들어줬습니다. 신춘문예는 아니지만, 문공부 신인상까지 합하면 사실상 10관왕입니다.

시집 〈노래여 노래여〉

11

신춘문예 '당선하는 비법' 있어요

나는 신춘문예에서 시와 시조로
'10관왕'이란 기록을 세웠습니다.
이제는 소설로 신춘문예에 당선되는 꿈을
지금도 갖고 있지요.
열여섯 살 때 세계적 베스트셀러 소설을 쓰겠다며
가출까지 했던 꿈을,
아흔 살 쯤에 현실로 만들겠다는 도전입니다.
그러기 위해 오늘도 씁니다.
"쓰는 것이 스승, 쓰는 것이 천재다"라는 좌우명에 따라,
쓰고 쓰고 또 쓰는 겁니다.
하루도 쓰기를 그치지 않습니다.
나이는 숫자에 불과하고,
쓰는 열정은 60여년 전 문청 때와 다름없습니다.

〈노래여 노래여〉로 투고 행위 끝나다

〈노래여 노래여〉로 문공부 특상을 받은 것으로 나의 투고 행위도 일단 마무리됐어요. 1964년에는 '주간예술'이라는 신문에서 편집 차장 일도 했고, 이런저런 일거리가 생겼습니다. 나의 신춘문예는 1964년에 마감했는데, 후속편이 하나 있어요. 〈노래여 노래여〉가 1964년 문공부 특상에 뽑혔는데, 중앙일보가 1965년 9월에 창간돼서 신춘문예를 시작했어요. 1966년 첫 당선작이 〈밀림 이야기〉인데, 작가가 조상기 시인입니다. 나랑 대학 동기생, 서라벌예술대학 문창과 말입니다.

나는 가만히 있었는데, 친구들이 난리가 났어요. 신춘문예 당선작은 대부분 보니까요. 〈밀림 이야기〉가 이근배 시 〈노래여 노래여〉를 베꼈다는 겁니다. 당시 심사위원이 이어령 선생과 서정주 시인 등이었고, 중앙일보 문학담당 기자가 한국일보에 있던 손기상 기자고, 문화부장은 한국일보 문화부장 출신의 예용해였어요.

〈밀림 이야기〉 당선을 취소하는 게 당연한 것이었지요. 안 그렇습니까? 이건 누가 봐도, 그냥 확실한 표절이니까. 그런데 중앙일보에서 이병철 회장이 무서웠던 겁니다. 중앙일보가 발칵 뒤집혔지요. 문화부도 난리가 났고. 중앙일보 문화부에서 나를 만나자는 거예요. 내가 힘도 없고, 또 미당 선생이 심사위원인데 어떻게 합니까? 그래서 난 문제 삼지 않겠다고 했는데, 친구들이 난리쳤지요.

그런데 『주간한국』에서 특집으로 다뤘어요. 김성우라는 분이 부장이었는데, 한 번도 만난 적이 없었습니다. 그 김부장이 〈노래여 노래여〉와 〈밀림 이야기〉를 양면에 대조해서 실었어요. "이게 왜 표절이 아니냐?" 하는 식으로 다룬 겁니다. 김성우 부장은 통영 욕지도 출신으로 서울대학교를 졸업해서 나와는 학연 지연이 없는 데다, 아주 까다로운 분인데 그 일을 계기로 가깝게 지내게 됐지요.

나는 학력도 변변찮지만 학력 콤플렉스가 없어요. 내 아들은 서울대 합격하고도 카이스트로 가서 2학년 때 장영실상을 탔어요. 그 아들 덕분에 내가 카이스트 초대 부이사장을 했구요. 그 아들의 아들, 그러니까 큰 손자는 서울대 공대 대학원에서 잘 하고 있어요. 외손자도 서울대학교 다니고 있지만….

그런데 이근배가 예술원 회원이 되자, 서울대 출신들도 좀 놀란 표정이었어요. 내가 뭐 가진 게 있습니까, 밑천이 있습니까. 그래서 무시하려고 해도 내가 저만치 가고 있으니까 무시하지 못한 거지요.

김성우 부장이 얼마나 완벽주의자냐 하면요, 작품이 조금만 마음에 안 들면 두 번 다시 보려 하지 않았습니다. 틀려도 아예 사람 대접을 하지 않았어요. 그런데 〈노래여 노래여〉가 인연이 돼서 내가 1984년, 한국일보에 〈한강〉이라는 작품을 연재하게 됐지요. 미당도 있고 박두진 구상께서 계신데, 왜 나에게 연재기회를 줍니까. 〈노래여 노래여〉 하나 가지고 내가 이렇게 부자가 된 겁니다. 〈노래여 노래여〉는 중앙일보 신춘문예뿐만 아니라 여러 번 표절당했어요. 지방지 같은 데서 그냥 모른 척하고 지나간 것도 있고…

이우종 시인
신춘문예로 서울로 발탁

문학이라는 게 시대의 어떤 패러다임을 담고 있지 않습니까. 신경림 시인이 내가 동화출판사 주간일 때 5년 동안 편집장을 했거든요. 그 신경림이 신춘문예 당선자가 나오면 "또 이근배구먼…" 이러곤 했습니다. 그럴 수밖에 없지요. 신춘문예 하는 사람들은, 내가 당선한 작품들이 모범답안처럼 보였을 테니까요. 그러니까 흉내 내다보면, 알게 모르게 비슷해지는 거지요.

조상기趙商箕(1938~2000) 시인은 그 여파 때문인지 활동을 제대로 하지 못하고, 동덕여대 교수 하다 몇 해 전에 돌아갔지요. 본인도 참 힘들었을 겁니다, 시단에서도 제대로 빛을 못 보고…

신춘문예와 관련해 에피소드가 또 있어요. 이런 분이 있었습니다. 나랑 같은 해인 1961 동아일보에 당선한 분이 이우종 시조시인인데, 돌아가셨지요. 그분은 1925년 충남 아산 출신으로 나보다 열네 살이나 위로, 당시 안성에 있는 안법고등학교 국어 선생이었어요. 근데 동아일보 신춘문예에서 시조가 당선됐습니다. 이세정 진명여고 이사장이 그 기사를 보고 이우종 시조시인에게 전보를 쳤어요. 진명여고 국어 선생으로 특채했습니다. 문정희 시인도 그 선생에게 배웠고. 신춘문예 당선으로 엄청나게 벼락출세한 셈으로, 기적이 일어난 거지요. 서른여섯에 신춘문예에 당선돼서 신분이 확 바뀌었습니다.

왜 그 양반 얘기를 하냐면, 자기 부인에게 그랬다고 그래요. 신춘문예 응모 한 달여를 앞두고, "앞으로 한 달 동안 나한테 생활비다 뭐다, 시끄러운 소리를 일절 하지 말라"고요. 엄명을 내리고 시조를 썼다고 합니다. 그냥 머리 싸매고 시조에 올인하며 썼다는 거지요. 또 다른 소설가는 출판사를 다니다가 휴직계를 낸 뒤 소설 써서 당선했지요.

동아일보 신춘문예 소설로 당선된 사람 가운데 성학원이라는 작가가 있었는데, 신춘문예 당선작품집을 만들려고 하는데 이상하게 작품 안 주더라고요. 아마 그 소설이 당시에 정보부 같은 데서 무슨 문제로 걸렸던 게 아닌가 싶어요. 그런 뒤에 작품도 쓰지 않더라고요. 작품을 청탁했는데도 안 주고, 그 뒤로 소설도 안 쓰더라고요. 좀 미스터리한 게 있었어요. 또 신춘문예에 당선하고도 사라진 별들도 많았어요. 안타까운 일이지요.

신춘문예를 준비하려면 많이 써야 돼요. 눈을 좀 크게 뜨고 넓게 보면서 쓰는 게 중요하지요. 왜냐하면, 우리 한국문학이라는 게 이렇게 좁은 것 같아도 역사가 길고 깊으니까요. 나무가 있으면 뿌리가 있고 둥치가 있고, 가지가 뻗어야 꽃이 피고 열매가 맺잖아요. 꽃과 열매만 알고 뿌리와 둥치를 모른다면, 그거는 공부가 안된 거죠. 그러니까 말하자면 뿌리 공부를 많이 해서, 생각의 뿌리를 캐내야 합니다.

내가 서울예술대학에서 가르칠 때 보니까, 신춘문예 계절이 되면 경기도 마석 같은 곳에 10만 원 주고 방 하나 얻어서 틀어박힌 채 작품을 쓰더라고요. 공사판 등에서 막일을 해서 번 돈으로 라면하고 소주를 잔뜩 사서 들어가는 거지요. 그렇게 한 달이고 두 달이고 술 마시면서 쓰는 거지요. 신춘문예가 그렇게 쉽지 않습니다. 신문기자 되려면 언론고

시에 합격해야 하는 것처럼…, 신춘문예는 사실 확률로 보면 그보다 훨씬 더 어렵지요. 예전에 있던 사법고시보다도 경쟁률이 더 셌지요.

쓰는 스승,
쓰는 천재가 돼라

어쨌든 신춘문예에 당선하려면 많이 써야 해요. 예를 들어 문화센터 같은 데서 소설로 신춘문예를 준비한다고 하면, 가령 내가 홍찬선 선생한테 소설 써서 오라고 해서 제목과 도입부 문장 및 구성 등을 봐 주잖아요. 그렇게 한 번 두 번, 일 년 내내 공부하면 혼자 하는 것보다 훨씬 좋지 않겠어요. 어느 정도의 모범답안이 나오는 거지요.

물론 시인이나 소설가 같은 작가가 되려면 근본적으로 자기 역량을 길러야지요. 그러려면 어렸을 때부터 책을 많이 읽어야지요. 많이 읽고 또 많이 써야 합니다. 옛날 송宋의 구양순이라는 사람이 '시 잘 쓰는 비결이 무엇이냐'는 질문에 대해 '3다多'라고 했다고 합니다. 많이 읽고 많이 쓰고 많이 생각하라는 것이지요. 그러니까 저는 '쓰는 것이 스승, 쓰는 것이 천재다'라고 봐요. 또 하나 주목해야 할 것은, 시대적 패러다임이랄까 경향을 잘 살펴야 합니다. 시와 소설도 살아있는 것이기 때문이지요.

신춘문예는 그냥 문학지 추천과는 근본적으로 다릅니다. 문학지 추천은 자기 기록만 가지면 되지만, 신춘문예는 상대평가로 금메달을 따는 것이지요. 신춘문예 작품은 딱 하나가 내걸린다고 하는 거, 정말 환상이잖아요. 그렇게 당선되면 그게 어떤 이정표가 되기도 하고, 텍스트가 되기도 하는 거예요. 그러기 위해서는, 신춘문예라는 것은 이렇게 탑이 있으면 그 탑 위에 돌 하나를 올리고, 또 나무가 있으면 새순이 돋듯이, 말하자면 한국문학은 신춘문예를 통해서 한 걸음씩 진보되어 왔다, 그렇게 말할 수 있는 거예요. 그렇지 않습니까? 작년에 당선한 사람과 올해 당선한 사람, 내년에 당선한 사람들이, 신춘문예의 걸음걸이로서 한국문학과 한국의 현대문학이 발전해 온 거지요.

그러니까 '신춘문예 열병'을 앓는 것도 매우 중요한 일이에요. 다른 것으로 당선한 뒤 신춘문예를 부정하는 사람도 있기는 하지만, 나는 신춘문예를 그렇게 나쁘게만 평가할 건 아니라고 생각해요. 왜냐하면, 그렇잖아요. 내가 씨름꾼이라면 천하장사 샅바 끼고 한 번 가서 씨름판에 나가봐야죠. 그렇죠. 내가 신춘문예에 당선된 사람보다 더 오래 빨리 쓸 수 있고, 그런 사람 100명도 쓰러뜨릴 수 있다고 말하는 것은 아무런 소용이 없지요.

내가 학생들에게 "신춘문예에 당선하는 비결을 알려주겠다"고 하면 귀가 쫑긋해서 듣지요. 그럼 내가 말하지요. "신춘문예는 투고한 자만이 당선한다"고요. 그러면 '에이~' 하면서 실망스럽다는 표정을 지어요. 하지만 그게 진실이거든요. 한 번 응모했다가 떨어지면, 뭐 그런 거니까, 다른 것도, 스포츠 같은 것도 다 그렇지 않습니까. 이번에 내가 금메달 딸 줄 알았는데 못 땄잖아요. 그럼 뭐가 나한테 모자란 게 있을 거 아닙니까. 내가 공부를 모자라게 했기 때문에 당선되지 않은 것이거든요. 내가 작년, 재작년 기록을 가지고 덤비면, 그건 안 되죠. 그러니까 우리가 지금은 그런 말을 안 해도, 우리 때는 "기성의 벽을 넘는다"는 말이 큰 덕담이었어요. 기성旣成, 이미 만들어져 있는 그런 기성의 어떤 틀을 벗어나서, 자기만의 어떤 것, 그러니까 지금 하고는 다른 것을 찾아서 제시하는 것이 중요하지요.

한국 시는 서정시, 이런 것으로 오랫동안 전통적인 가락 등이 정착돼 왔기 때문에, 신춘문예 시들은 어떤 시사적인 것, 뭔가 현실적인 것을 쓰는 게 좋지 않을까 생각해요. 가령 조그맣게 짧고 굉장히 잘 농축된 완성된 작품보다는, 좀 볼륨이 있고 미래성이 있는 작품. 말하자면 어떤, 남의 아류 같은 것보다는 자기 자신에 대한 어떤 새로운 가능성을 제시하는 것 말입니다. 그리고 한국문학은 언어도 까다롭고 해서 레토릭, 문장력도 매우 중요하지요. 시든 소설이든 평론이든 뭐든, 일단 레토릭이 기본입니다. 피카소가 이상한 그림을 그리더라도 데생 능력을 부정할 사람이 없지 않습니까. 그렇죠. 한국어는 굉장히 까다로운데, 한국어는 어휘수도 많기 때문에 레토릭을 갈고 닦아야지요.

"위대한 시인은 자신을 써서 시대를 쓴다"

입담을 닦은 뒤에는 좋은 글감을 찾아 잘 조립해야지요. T.S 엘리어트가 그런 말을 했다고 그래요. "위대한 시인은 그 자신을 씀으로써 그 시대를 쓴다"고요. 위대한 시인은 누구나 다 그렇겠지만, 시대정신 같은 것을, 그게 꼭 무슨 정치적인 거나, 어떤 이념적인 것이 아니고, 말하자면 좀 더 자기답고 창조적인 것, 남이 하지 않은 것을 가지고 나가야 차별성도 있고, 독창성도 발휘할 수 있지 않겠어요? 그래서 어떤 새로움, 그러니까 과거 사람이 가지 않았던, 말하자면 돌 위에 돌 하나를 더 놓는 식으로 말이에요. 탑 위에, 우리가 지나가다 보면 돌탑 위에 돌 하나 더 얹어 앞으로 나아가는 것이지요. 바로 이거예요. 난 여기다가 요거 하나를 더 얹겠다, 이런 책임감과 독창성이 있어야 당선되는 겁니다.

내 제자 중에 장석남 시인이 있어요. 장석남 시인을 초청해서 학생들과 대담을 시켰어요. 그랬더니 학생들이 물었어요. 선생님은 얼마나 시를 쓰셨습니까? 난 장 시인이 술을 좋아해서 술만 먹고 그런 줄 알았더니, 이렇게 답하더라고요. "저는 매일 썼습니다. 제가 술 마시거나 먹지 않거나를 가리지 않고 매일 썼습니다"라고. 그러니까 내가 볼 때는 많이 쓰는 사람을 못 당하는 거야. 그냥 써서, 요즘 무슨 달인이니 뭐니 하는 것처럼, 스스로가 언어에 대한 기술자가 돼야 합니다. 특히 시 같은 거는. 언어 특히 우리 한국어는 참으로 묘해서 "아 다르고, 어 다르다"고 하잖아요. 그 언어를 많이 다뤄야 돼요. 고기도 먹어본 사람이 먹는다고. 그저 몇 편 써서 어떻게 운 좋게 당선할 수 있었다. 그런 기적 같은 게 있을지는 모르지만, 어쨌든 많이 써야 합니다.

장석남 시인

운이라는 것도 그래요. 운이라는 건 심사위

원을 잘 만나는 일입니다. 옛날에는 시적 성향이 같은 심사위원을 만나면 내가 당선되는 거고, 이런 걸 싫어하는 심사위원이 있을 거 아닙니까? 그러나 그건 걱정할 게 없어요. 신문이 여러 개 있지 않습니까. 신문이 모두 같을 수 없잖아요. 그렇죠. 그러면 내가 냈는데 내 작품을 좋아하는 심사위원이 따로 있는 게 아니고, 그중에 한 사람이 날 좋아하면 되는 것입니다.

나는 지금도 신춘문예에 투고하려고 준비하고 있어요. 소설을 한번 투고해볼까 하고요. 내가 한 참 신춘문예 준비할 때 소설가 김승옥하고 친했어요. 승옥이는 시를 투고하는데 안 되고, 나는 소설 투고도 안 했고, 나는 한 번도 소설 투고는 못 해봤어요. 못 해봤지만, 그때는 내가 열심히 일본의 아쿠다카와상 수상작이라든가 하는 작품을 읽었으니까 소설 구상이 되고, 또 그때는 월남전이 있고 해서, 어떤 소설가한테 내가 이런 것으로 신춘문예를 준비하면 어떻겠냐고 했더니 틀림없다고 하더군요. 내가 문장력이 좀 있고 그것을 뒷받침했으면 그냥 됐을 거예요. 그래서 기회가 되면 소설로 신춘문예에 도전해볼 생각입니다.

더 늦기 전에 세계적 베스트셀러 소설을 쓰겠다는 문청 때의 꿈을 현실로 만들고 싶은데, 이왕에 쓰려면 신춘문예에 도전해보자, 그런 생각이지요. 한번 소설을 써서, 나도 공모를 해서, 가령 내가 90살 됐을 때 응모를 했는데 당선했다고 하면, '아흔 살 먹은 할아버지 신춘문예 소설 당선' 이런 제목으로 신문에 대서특필할 거잖아, 괜찮지 않아요?

12

전쟁의 폐허 명동에서 문학과 예술을 꽃피운 '명동시대' 친구들

사막을 건너던 대상隊商이 물이 있는 초원을 만나지 못해
끝내 낙타와 함께 모래언덕에 쓰러져 숨을 거둘 때,
"아 오아시스다", 반짝 눈에 비쳤다 사라진다는
그 신기루였을지 모릅니다.
내 머릿속에도 환하게 불을 밝히고 있는 60년 저쪽의 명동을
나는 환상인 듯 떠올립니다….
지금은 '전후'라는 말을 잊은 지 오래지만,
우리 민족사에 앞에도 없었고 뒤에도 없어야 할,
문자로는 쓰지 못할 참혹한 전쟁을 치르고 난 뒤
서울은 겨우 입에 풀칠만 하기에 바빴습니다.
그 가난 속에서 오직 한곳 등불이 타고 있는 곳이 있었지요.
갈 곳 없는 날것들이 부나비 되어 몰려드는 곳이
명동이었습니다.

우리 문단의
명동시대

내가 명동에 첫발을 내디딘 것은 소설을 써보겠다고 문예창작과가 있는 서라벌대학의 문을 두드린 1958년 봄 3월 중순쯤이었습니다. 날씨가 따뜻했어요. 어느 날 문창과 친구들이 명동을 나가자고 그래요. 걸어서 명동에 갔지요. 난생처음 명동 땅을 밟은 겁니다. 을지로 내무부 자리(지금 하나은행 본점)을 왼쪽으로 끼고 직진하면 국립극장(현 명동예술극장)이 나옵니다. 거기서 충무로 쪽으로 가다가 코너를 돌아 골목으로 들어서면 '청동'다방이 있었어요. 그다지 큰 다방이 아닌데, 문을 열고 들어가니까 연기가 자욱하더군요. 토요일 오후 세 시쯤 됐었는데, 사람들이 바글바글한데 너나 할 것 없이 모두 담배를 폈으니까요.

자욱한 담배 연기를 헤치며 들어서니까, 노인 한 분이 점잖게 앉아 계시는 거예요. 머리카락이 하나도 없는 노인인데 아주 잘 생기셨더라고요. 눈도 매섭고요. 그날은 그냥 인사만 하고 나왔던 같아요. 그러고 시간이 좀 흘렀지요. 내 거처도 길음시장 쪽에서 남대문에 있는 우리 삼촌 댁으로 옮겼고요. 남대문하고 명동은 가깝지 않습니까? 남대문에서 신세계백화점을 지나 중앙우체국을 돌아서면 곧 명동으로 들어가지요. 그래서 명동을 자주 드나들었지요.

명동에 가면 돌체음악실도 있고, 청동다방과 은성주점 등이 있잖아요. 돌체음악실은 장안의 예술가 지망생들의 아지트였어요. 뒤에는 황석영 조해일 소설가나 배우 손숙 같은 후배들, 그리고 SS뮤직홀도 드나들었지요. 청동다방에서 공초 선생을 처음 뵈었는데, 청동다방이 좁은데 바로 맞은편에 서라벌다방이 새로 생겼어요. 그래서 나는 청동다방보다는 서라벌다방에 많이 드나들었지요. 공초 선생께서 계시니까 비교적 넓은 자리가 필요한데, 공초 선생이 한 번 오시면 금방 일어나지 않고, 공초 선생을 따라서 오는 사람들도 많은데 그 사람들이 차 마시고 금방 후딱 가는 것도 아니니까, 테이블이 몇 개 필요하잖아요. 청동다방은 좁으니까 자연스럽게 서라벌다방으로 옮겨간 것이지요.

공초空超 오상순吳相淳(1894~1963) 선생은, 고등학교 교과서에서 〈짝 잃은 거위를 곡하노라〉라는 명문장을 배웠던 터라, 처음 뵈었어도 낯설지가 않았습니다. 스님처럼 삭발한 머리에 봉황의 눈매며 파이프를 든 큰 손은 첫인상에도 여느 사람이 아니었지요.

〈짝 잃은 거위를 곡하노라〉는 "내 일찍이 고독의 몸으로서 적막과 무료의 소견법으로 거위 한 쌍을 구하여 자식 삼아 정원에 놓아 기르기

청동다방

십 개 성상이러니, 올 여름에 천만뜻밖에도 우연히 맹견의 공격을 받아, 한 마리가 비명에 가고 한 마리가 잔존하여 극도의 고독과 회의와 비통의 나머지, 식음과 수면을 거의 전폐하고, 비 내리는 날 밤, 밝은 밤에 여윈 몸 넋 빠진 모양으로 넓은 정원을 구석구석 돌아다니며, 동무 찾아 목메어 슬피 우는 단장곡은 차마 듣지 못할러라"로 시작해서 "아아, 이상도 할사, 내 고향은 바로 네로구나. 네가 바로 내 고향일 줄이야 꿈엔들 꿈꾸었으랴. 이 일이 웬일인가? 이것이 꿈인가. 꿈 깨인 꿈인가? 미칠 듯한 나는 방금 네 속에 내 고향 보았노라. 천추의 감격과 감사의 기적적 순간이여. 이윽히 벽력 같은 기적의 경이와 환희에 놀라 가슴 어루만지며, 침두에 세운 가야금 이끌어 타니, 오동나무에 봉이 울고 뜰 앞에 학이 춤추는도다. 모두가 꿈이요 꿈 아니요, 꿈 깨니 또 꿈이요, 깨인 꿈도 꿈이로다. 만상이 적연이 부동한데 뜰에 나서 우러러보니 봉도 학도 간 곳 없고, 드높은 하늘엔 별만 총총히 빛나고, 땅 위에는 신음하는 거위의 꿈만이 그윽하고 아름답게 깊어고녀- 꿈은 깨어 무엇하리"로 끝난 수필입니다.

그 이후로 나는 무엇에 홀렸는지 때 없이 명동으로 발길을 돌렸습니다. 1950년대의 끝에서 1960년의 끝까지 나의 명동 방황은 나의 글쓰기의 방황과 더불어 10년을 눈비 맞으며 젊음과 열정을 태웠던 것입니다.

60년대 명동은
문인과 예술가들의 사랑방

명동은 문인 화가 음악가 연극인 영화인 등, 예술가들의 사랑방이었습니다. 이른바 뭘 좀 한다는 쟁이들, 끼가 있는 사람들은 마치 고기가 물을 찾듯 명동에 나가야 지느러미를 흔들 수도 있고, 숨을 쉴 수 있기라도 한 듯이 너도나도 명동으로 모여들었지요. 메기가 뛰면 송사리도 뛴다던가, 나는 쟁이도 못되면서 끼도 없으면서, 마치 내가 꼬리를 칠 곳은 명동뿐이라고 달려들었습니다.

홍역처럼 앓았던 나의 명동 10년, 그 첫 장은 공초 선생으로 시작되었고 그 마지막 장도 공초 선생으로 써야 합니다. 공초는 검은 서류철 표지에 A4용지 백 장 묶음의 백지 노트를 만들어 명동에 나와서 다방의 테이블 위에 놓고 오고 가는 사람 가는 사람의 '한 마디'를 받았습니다. 찾아오는 이에게 "반갑고 고맙고 기쁘다"며 큰 손을 내밀어 손을 꽉 잡아주는 것으로 첫인사를 하셨지요.

"반갑고 고맙고 기쁘다"는 공초의 인사법은 나이가 들어 두고 생각할수록, 사람과 사람의 만남에 대한 깊고 아름다운 뜻을 빠짐없이 담겨 있는 공초의 화두였습니다. 그 다음은 "앉은 자리가 꽃자리이니라"는 말씀이었습니다. 우리는 언제나 내가 앉아 있는 자리는 일시적이요, 내가 앉을 자리는 보다 높고 화려한 금방석으로 생각하고 삽니다. 그러나 앉고 보면 지금 내가 있는 자리에서 최선을 다하고 행복을 찾는 것이, 사는 법임을 공초는 깨우쳐 주려 했던 것입니다.

"한 마디 해라." 공초 선생은 청동문학에서 청동산맥으로 옮겨간 백지 노트에 떠오르는 생각을 "한 마디" 적으라고 하셨습니다. 그 "한 마디"는 길어도 되고 짧아도 됐습니다. 공초는 "산아 무너져라 그 밖 좀 내다보자 바다야 넘쳐라 심심혀도 않으냐"고 "한 마디"를 쓰셨습니다. 세속의 들끓는 잡담 속에 앉아서 석굴암 대불의 저 넉넉한 개벽을 내다보았으니 우리는 그 분을 생불生佛로 부르기도 했지요.

전후 분단 한국을 보러 온 노벨상 수상 작가 펄 벅 여사는 어떻게 소문을 들었는지 '사슴' 담배 두 갑을 사 들고 명동 서라벌다방으로 공초를 찾아와서 "어둡다고 불평하기보다는 한 자루의 촛불은 켜는 것이 낫다"고 금싸라기 말 "한 마디"를 써놓고 갔습니다.

줄담배를 피워서 공초를 '꽁초 선생'이라 부르기도 했을 정도로, 공초 선생은 애연가라서 담배를 사드리는 것이 제자들의 큰 기쁨이었습니다. 나는 몇 갑이나 사드렸는지? 혹은 반 갑도 못 사 드린 것은 아닌지? 그 분께 커피요 담배를 늘상 받으면서도 대접 한 번 제대로 해드리지 못한 것이 안타까움으로 남아있습니다.

애연가 공초 오상순 시인에게 담배를 선물한 펄 벅

공초 선생은 자주 찾아오는 제자들에게 이름(필명) 하나씩을 지어주셨습니다. 나에게는 사천沙泉을 주셨지요. '사막의 샘'이라는 뜻이겠는데, 내가 사막의 샘처럼 많은 생명을 구하는 사람일 수는 없는 일이고 보면, 장차 '그런 일을 하거라'는 가르침을 주신 겁니다. 1961년 신춘문예에 '이사천'이라는 이름으로 응모를 해서 한꺼번에 세 일간지에서 당선이 되었으니 내 글솜씨가 좋아서가 아니라 지어준 이름 덕분이었다고 생각합니다. “사막은 왜 아름다운가? 어디엔가 오아시스가 있기 때문이다.” 생텍쥐페리가 남긴 말이 내가 신춘문예에 당선한 이름 사천에 얽혀 있다고, 나는 지금도 그 생각을 합니다.

명동 지도는 많이 바뀌었지만 나는 내 손금을 보듯 60년 저쪽의 풍경을 떠올립니다. ‘오후의 때’가 되면 ‘갈채’다방에는 박종화 양주동 김동리 서정주 조연현 한무숙 손소희 강신재 조지훈 박목월 박두진 등 『현대문학』을 중심으로 한 한국문학가협회 소속의 문인들이 모여들었고, ‘동방싸롱’ 쪽에는 김광섭 모윤숙 백철 이하윤 이무영 전숙희 김용호 등 『자유문학』을 에워싼 한국자유문학자협회와 가까운 문인들이 포진했습니다.

주거 환경도 열악했고 전화 등 통신수단도 많지 않아 소통이 어렵던 때라, 신문 잡지 출판의 원고 청탁을 비롯해 강의와 강연 등 문인들의 일거리와 품값이 명동에서 거래되었습니다. 문학시장이 날마다 섰던 것입니다. 문학뿐만이 아니고, 연극 영화 미술 음악 등도 명동에서 장이 섰습니다. 비록 가난하지만 막걸리 한 되, 빈대떡 한 접시, 감자국 한 그릇으로도 정을 나누고 예술을 논하고 인생을 얘기하고 시대를 꾸짖으며 작은 행복을 씹을 수 있었지요.

그리고 ‘돌체’음악실도 있었습니다. 갓 등단한 새내기 시인, 소설가들과 여타의 젊은 예술인들도 틈틈이 고전음악을 들으러 오는 곳이었지만, 돌체는 예비문학인들의 집합장소였습니다. 고등학교 다닐 때부

명동 시절의 박인환 시인과 친구들

터 이름을 날리던, 각 대학의 문학 스타들과 서울 시내 각 고교의 문예반 학생들이 책가방을 들고 돌체로 찾아들었지요. SP판에서 흘러나오는 차이코프스키, 베토벤, 쇼팽을 들으며 더러는 눈을 감고 음악을 감상하기도 했지만, 음악을 듣자고 오는 사람들보다 쉴 곳을 찾고 사람을 만나기 위해 더 많은 젊은이들이 어두컴컴한 지하실 계단을 밟고 오르내렸습니다.

'돌체' 하니 1959년에 있었던 문학의 밤이 생각납니다. 문학의 밤 행사 중에 내가 자작시 〈기적 이야기〉을 읽고 있었는데, 갑자기 불이 나갔어요. 지하실이라 캄캄하고 마이크도 꺼져서 소란스러웠지요. 하지만 나는 그런 와중에서도 〈기적 이야기〉를 끝까지 암송했습니다. 박수를 엄청나게 받았지요.

명동에서 태어난
박인환의 〈세월이 가면〉

신춘문예의 계절이 되면 서로의 눈빛이 달라졌습니다. 겉으로는 빈둥대는척하면서도 이를 악물고 원고지를 메워 이 신문, 저 신문에 투고를 해놓고 정월 초하루를 기다렸지요. 지금은 신춘문예 당선통지가 섣달그믐이 오기 전에 본인에게 날아오지만, 1960년대 전까지만 해도 1월1일자 신문을 보고서야 당락當落을 알았습니다. 지방에서 올라온 대학생들은 신춘문예 결과를 보고 가려고 하숙비를 한 달치 더 내기도 했지요. 정초가 되면 돌체에 나오는 몇몇 얼굴은 웃음이 가득하고 몇몇은 고개가 꺾였습니다. 그렇게 해마다 '돌체 사람들'은 신춘문예 혹은 문예지 추천으로 자리를 잡아갔습니다. 거리에서 만나는 선배들은 새내기 후배들을 따뜻하게 감싸주었지요. 볼에 입을 맞추기도 하고, 술을 권하기도 하면서 시 소설 평론 희곡이란 장르를 넘어서고 선후배를 넘어서서 한 가족이 된 것입니다.

그런 돌체가 5.16 이후 강제로 문을 닫았고, 1960년대 중반의 명동은 문인들이 자주 가는 금문다방과 은성술집 등으로 명맥을 이었습니다. 은성에는 이봉구 김수영 박연희 박봉우 천상병 등이 단골이어서 해 저물녘에 은성 문을 열면 명동백작 이봉구 선생이 참선하듯 술잔을 앞에 놓고 꼿꼿이 앉아 있었고, 머리가 헝클어지고 눈이 깊은 김수영은 언제나 열띤 웅변을 토해냈습니다.

막걸리 집 은성주점은 배우 최불암(본명 최영한)의 어머니 이명숙 씨가 하던 곳입니다. 박인환朴寅煥(1926~1956) 시인은 1956년 3월 어느 날 저녁, 명동 지하주점에서 시 〈세월이 가면〉을 썼지요. 작곡가 이진섭이 이 시를 보고 즉석에서 작곡했고, 가수 나애심이 노래를 불러 유명해진 바로 그 시입니다.

지금 그 사람 이름은 잊었지만
그 눈동자 입술은
내 마음에 있어

바람이 불고
비가 올 때도
나는 저 유리창 밖
가로등 그늘의 밤을 잊지 못하지

사랑은 가도
과거는 남는 것
여름날의 호숫가
가을의 공원
그 벤치 위에
나뭇잎은 떨어지고

나뭇잎은 흙이 되고

나뭇잎에 덮여서
우리들 사랑이 사라진다 해도

지금 그 사람 이름은 잊었지만
그의 눈동자 입술은
내 가슴에 있어
내 서늘한 가슴에 있건만

— 박인환, 〈세월이 가면〉 전문

이상李箱(1910~1937)을 존경했던 박인환은 4월17일에 죽은 이상이 3월17일에 죽은 것으로 착각해, 이상을 추모한다며 〈세월이 가면〉을 쓰고, 잘 마시지도 못하는 술을 3일 연속 마신 뒤 집에 가서 쓰러진 뒤 3월 20일 죽었지요. 서른 살에 요절했으니, 참으로 아까운 시인을 잃은 것은 한국문단으로선 매우 큰 손실이었습니다.

내게 있어 명동은 네온사인으로 반짝이는 간판들이 아니라 거기서 만나고 헤어진 사람들이며, 그 이름들입니다. 특히 공초 선생부터 김관식 천상병 이현우 박봉우 김민부… 이런 이름들에 얽힌 이야기는 내게 명동의 불빛으로 오래 켜져 있습니다.

13

문단사에 이름도 남기지 못하고 해산된 '청년문학가협회'의 시작과 끝

청년문학가협회(청문협)를 들어본 적이 있나요?
이근배 김승옥 김지하 염무웅 조동일 김현 이청준…
4.19혁명 이후, 기라성 같은 문인들이 모여 만든 단체가
한국문단사에 이름도 남기지 못했습니다.
막 도약하려던 청문협은 '통일혁명당(통혁당)사건'이란
암초를 만나 좌초됐기 때문입니다.
나는 청문협 창립에 주도적 역할을 했는데,
'피기 직전에 해산된 청문협'을 생각할 때마다
안타까울 뿐입니다.

60년대 젊은 작가의 '청년문학가협회'

1960년 4월19일, 학생과 시민들의 항거로 자유당 독재가 무너진 뒤 젊은 문인들이 많이 배출됐습니다. 김승옥 김현 김지하 조동일 이청준 이문구 조태일 유현종…, 이른바 '4.19세대 문인'들이지요. 그런데 당시는 동아 조선 같은 신문사 신춘문예에 당선돼 문단에 나왔어도 작품을 발표할 데가 거의 없었습니다.

1955년 1월에 창간된 『현대문학』이 거의 유일한 문예지였지요. 『현대문학』은 2024년 11월까지 한 번도 거르지 않고 839호를 발행했습니다. 한국 문예지 사상 최장의 기록이지요. 조연현 김동리 서정주 등이 추천위원으로 있으면서 문인들을 많이 배출했습니다. 하지만 신문사 신춘문예 당선자들에게는 작품을 발표할 기회를 그다지 주지 않았어요.

1956년 5월에 창간됐던 『자유문학』은 1963년 8월에 70호로 종간됐습니다. 1953년 4월에 창간된 『사상계』와 1964년 8월에 창간된 『청맥』이 있었지만, 이런 잡지들은 시사 문제를 위주로 다뤘기 때문에 문인들이 접근하는 데는 한계가 있었지요.

'4.19세대 문인'들은 자구책으로 삼삼오오 모여 동인지를 만들었습니다. 1962년 한국일보 신춘문예에 소설 〈생명연습〉이 당선된 김승옥 소설가, 1962년 『자유문학』에 평론 〈나르시스 시론〉으로 등단한 김현 평론가, 1964년 조선일보 신춘문예에 시 〈빈약한 올훼의 초상〉이 당선된 최하림 시인은 동인지 『산문시대』를 1962년에 만들었습니다. 현실참여를 주장하는 조동일 임중빈 평론가들은 동인지 『비평작업』을 1963년에 만들었고요. 조동일 평론가는 1965년 『청맥』에 〈시인의식론〉을 발표해 등단했고, 임중빈은 1965년 동아일보 신춘문예에 〈닫힌 사회의 희화-김유정론〉으로 등단했습니다.

하지만 『산문시대』는 1964년에, 『비평작업』은 창간한 그해에 없어지고 말았습니다. 여러 가지 이유가 있었겠지만, 역시 '경제적인 문제가 컸던 것 아닌가' 하고 생각합니다. 당시 나는 소설가 김승옥과 친하게 지냈습니다. 김승옥과 비슷한 처지에 있는 젊은 문인들의 고민을 자주 나누었지요. 그렇게 젊은 문인들이 자연스럽게 모였습니다. 신문사 신춘문예에 당선돼 문학의 꿈을 펼치겠다는 뜻은 높은데, 작품을 발표할 지면이 없으니, 스스로 만들어 보자는 데 이심전심으로 통한 것이지요.

젊은 문인들이 의기투합해서 1967년에 만든 것이 바로 '청년문학가협회'입니다. 줄여서 '청문협'으로 불렀지요. 청문협은 간사 체제로 운영됐습니다. 이근배(1961년 경향신문 신춘문예 시조 당선으로부터 1964년 한국일보 신춘문예에 시 〈북위선〉 당선) 시인이 총무겸 대표간사를 맡았고 김승옥은 소설분과 간사, 이탄(본명 김형필, 1964년 동아일보 신춘문예에 〈바람 불다〉 당선)은 시분과 간사, 김현은 평론분과 간사로 활동했습니다. 또 임중빈 평론가가 섭외 간사, 조동일 평론가는 기획 간사, 염무웅 평론가(1964년 경향신문 신춘문예 〈최인훈론〉 당선)가 출판 간사, 김광협 시인(1965년 동아일보 신춘문예에 시 〈강설기〉 당선)이 권익 간사 등을 맡았습니다.

이밖에도 문학평론가로 김치수 김병익 등이, 소설가로는 서정인

(1962년 사상계 신인상에 〈후송〉 당선), 이청준(1965년 사상계 신인상에 〈퇴원〉 당선), 박태순(1964년 사상계 신인상에 〈공알앙당〉 당선) 등이 참여했습니다. 시인으로는 최하림, 이성부(1959년 전남일보 신춘문예 〈바람〉 당선), 정현종(1965년 『현대문학』에 〈여름과 겨울의 노래〉로 데뷔), 조태일(1964년 경향신문 신춘문예에 〈아침선박〉 당선) 등이 함께 했습니다. 1960년대 중후반부터 한국문학사를 만들어 온 쟁쟁한 문인들이 거의 모두 참여한 셈이지요.

청문협은 회원들이 발표한 작품으로 합평회를 열고, 등사판으로 자료를 만들어 공개 세미나도 몇 차례 열었습니다. 이런 일을 바탕으로 조만간 동인지와 문예지도 만드는 등 본격적인 활동에 나설 계획이었습니다. 하지만 1968년에 '통일혁명당(통혁당)'사건이 일어나면서 물거품이 됐습니다. 참으로 안타까운 일이었습니다.

청문협이
통혁당 지하조직?

앞에서 얘기한 잡지 『청맥』이 청문협의 때 이른 해체에 직접적 원인이 됐습니다. 청문협의 섭외 간사가 임중빈 평론가였습니다. 그는 성균관대 국어국문학과에 다닐 때인 1963년 1월, 대학생 예비평론가들의 동인 '정오평단'이 만든 문학평론동인지 〈비평작업〉을 주도하면서 참여문학론을 주장했습니다. 섭외에 홍보도 포함돼 있는데, 임 평론가는 언론에 정치와 관련된 성명서도 자주 발표했습니다. 『청맥』에 글도 많이 기고했고요.

『청맥』은 1964년 8월1일 창간된 진보성향의 월간지였습니다. 창간사는 "모든 지성과 양심의 나침반"을 자처하며 "이 땅의 고질인 빈곤과 후진성을 축출하고, 낡은 역사의 첨단에서 새로운 역사의 기치를 꽂는 사명을 담당하려 한다"고 밝혔습니다. 또"한결같은 염원은 조국통일과 빈곤으로부터의 해방으로 집약되지만, 자주 자립은 어의와 가치판단에 있어 치자와 피치자 간에 현격한 차이가 있다"고도 했습니다. 창간사는 김의환 대표 명의로 실렸으나 실질적 발행인은 김종태였어요. 김종태는 통일혁명당의 핵심인물로, 북한의 허봉학으로부터 공작금을 받아『청맥』을 발행하는 데 썼습니다. 주간은 김질락이었는데, 그는 김종태의 조카였지요.

문제의 잡지『청맥』

1967년 말인가 68년 초로 기억됩니다. 나는 그때 중앙출판공사의 편집장으로 근무하고 있었습니다. 어느 날 신사 두 사람이 사무실로 찾아왔습니다. '코로나'라는 검은색 승용차를 타고 왔더군요. "임중빈 '청문협 섭외간사'와 관련해서 할 얘기가 있다"며 1층에 있는 '88다방'에 가서 차 한잔하자는 것이었습니다. 나는 청문협 대표간사이니까, 거절할 수 없었습니다.

자세한 내용은 기억나지 않지만, "임중빈이 어떤 사상을 갖고 있느냐"는 게 질문의 골자였던 것 같습니다. 나는 "임중빈 간사가 1965년 동아일보 신춘문예에 당선될 정도로 똑똑하고 유능한 젊은 문인"이라

김광협 시인

고, 있는 그대로 답변했습니다. 그리고는 돌아갔지요. 머지않아 그 사람들이 또 찾아왔고, 며칠 뒤 김광협 동아일보 기자가 내 사무실로 급하게 전화를 걸었습니다. 김광협 시인은 서귀포 출신으로 1963년에 서울대 사대를 졸업하고 1965년 동아일보 신춘문예에 시 〈강설기降雪期〉가 당선돼 등단했습니다. 당시는 동아일보에서 문학담당 기자로 활약하고 있었습니다.

김 기자는 "지금 퇴계로에 있는 아스토리아호텔로 나오라!"라는 말만 하고 끊었습니다. '뭔가 일이 터졌구나'라고 생각하며 택시를 잡아타고 퇴계로로 갔지요. 도착했더니 파란 지프 차에서 김광협 기자가 고개를 내밀며 "타라"고 하더군요. "무슨 일이냐?"고 물어볼 겨를도 없이 올라탈 수밖에 없었습니다. 지프 차는 남산 쪽 비탈길을 올라가더니 몇 개의 둥근 지붕을 한 콘테이너 중 한 집에 우리를 내려놓더군요.

그곳에서는 이미 오치억과 김치규라는 중앙정보부 요원이 김질락 『청맥』 주간을 잡아놓고 조사하고 있었습니다. 김질락은 1968년 8월 24일에 발표된 '통일혁명당 사건' 주동자의 한 사람이었습니다. 김질락 옆에는 목포의 한 다방에서 마담을 하고 있다는 한 여자가 붙잡혀 와 앉아 있었습니다. 그 여자는 김질락의 삼촌인 김종태의 부인(임연숙) 또는 첩이었다고 합니다.

김질락에 대한 조사는 형식적이었고, 옆에서 보기에는 농담 따먹기로 느껴졌어요. 김일성이 진짜냐 가짜냐를 놓고 '말씨름'하는 것이었습니다. 오치억 요원이 "김일성은 가짜이며 김성주가 진짜"라고 하자, 김질락은 "이름이 무슨 상관이냐?"고 응수하더군요. "김일성이 보천보전투에서 영웅적인 성과를 거둔 사실이 중요하다"는 거지요. 그러자 오치억 요원은 "보천보가 무슨 큰 군사기지도 아니고 시골의 조그만 경찰서의 지서 같은 곳인데 보천보전투가 사실이라도 큰 의미가 없다"고 반박하더군요.

요원이 "조직원들에게 지령을 어떻게 내리느냐?"고 물었습니다. 김진락은 "김종태가 『청맥』 독자란에 가명으로 글을 올립니다. 글을 쓰면서 '다섯 자마다 한자씩 떼어내 문장을 만드는 방법'으로 한다"고 대답하더군요. 요즘은 그런 방법을 쓰지 않겠지만, 당시만 해도 그런 원시적 방법이 통했던 것 같습니다. 그러자 옆에 앉아 있던 목포 마담이 김질락을 보고 말하더군요. "김 선생은 공산주의를 좋아하는군요"라고요.

통일혁명당(통혁당) 사건은 김종태 김질락 이문규 세 사람이 북한에 가서 대남공작총책인 허봉학 조선노동당 남조선국장을 만나, 공작금으로 미화 7만 달러와 한화 2250만 원을 받았습니다(중정 발표). 그들은 이 돈으로 '통일혁명당'을 조직하고 기관지 〈혁명전선〉을 만들어 배포하고 대중잡지 『청맥』을 창간했습니다. 대학가에는 학사주점을 열었습니다. 이런 활동을 통해 박정희 정부에 반대하는 젊은이들을 포섭하고, 남한에서 혁명을 일으켜 남북통일을 이루기 위해 간첩 활동을 한 것입니다. 김질락은 김종태의 조카로 『청맥』을 통해 문인들을 다소 '포섭'하는 역할을 했으니 통혁당의 핵심이었습니다. 그래서 김종태 이문규와 함께 사형선고를 받았습니다.

그런데 김종태와 이문규는 사형이 곧바로 집행됐는데, 김질락은 1972년 7.4남북공동성명이 발표된 직후인 7월15일에야 사형이 집행됐습니다. 그가 1934년생이니까 39세였지요.

통혁당 사건의 핵심 중의 핵심인 김질락을 조사하면서 '농담 따먹기' 같은 조사를 하고, 사형집행도 늦춰졌던 것은 이해하기 어렵습니다. 다만 삼촌 김종태에 대해 불만이 많은 김질락을 회유해 김종태 등의 간첩 활동의 증거를 잡기 위한 것이 아니었나 하는 것이 당시의 분석이었습니다. 실제로 김질락은 사형수로 감옥에 있는 동안 〈주암산〉이란 수기를 썼습니다. 이 책은 나중에 〈어느 지식인의 죽음〉이란 제목으로 재출간됐습니다. 주암산은 평양을 둘러싸고 있는 산이라고 합니다. 제목에서 알 수 있듯, 여덟 살 위 삼촌인 김종태의 평양에서의 활동과 부적절한 가정생활 등을 폭로하고 있습니다.

내가 김질락과 『청맥』을 길게 설명하는 것은, 김질락과 『청맥』이 단명으로 끝난 '청년문학가협회(청문협)'와 밀접한 관련이 있기 때문입니다. 『청맥』의 주간은 김질락, 편집장은 이문규였거든요. 앞에서 얘기한 것처럼, 신춘문예 등으로 등단한 젊고 패기만만하며 능력 있는 문인들이 작품을 발표할 곳이 거의 없을 때 『청맥』이 문인들의 글을 실어주었습니다. 청문협이 『청맥』과 밀접한 관련이 있다는 오해를 받기 쉬운 상황이었던 것입니다. 실제로 중앙정보부에서 '통혁당 사건'을 발표했을 때 "청문협이 통혁당의 지하조직"이라고 했으니까요.

전예용 전 한은총재와 만남

내가 동아일보 김광협金光協(1941~1993) 기자와 함께 중정 콘테이너 박스에 잡혀간 뒤, 김 기자가 엄청나게 맞는 것을 직접 보았습니다. 요즘은 별로 없지만, 옛날엔 야전침대라는 게 있었습니다.

야전침대에서 빼낸 몽둥이로 김광협 기자를 두드려 패는 걸 보니 끔찍했어요. 『청맥』에서 등단한 조동일 평론가도 옆 콘테이너로 잡혀 왔는데, 거기에서도 매타작이 벌어졌지요. “짱, 탁탁, 짱, 타타닥… 몽둥이를 내리칠 때마다 비명 소리가 남산 자락을 가득 채웠습니다. 1962~64년 『현대문학』에서 시 〈황혼녘〉 등이 추천돼 등단한 주성윤 시인도 무지 맞았지요. 문인들을 포함해 130여명이나 되는 사람이 중정에 끌려가 치도곤을 당했는데, 나는 멀쩡했어요.

매 한 대도 맞지 않고, 구속되지도 않은 채 걸어 나온 뒤에야 그 이유를 알게 됐습니다. 임중빈 김광협 조동일 주성윤 등, 문인들이 좀 덜 맞으려고 김종필JP을 끌어다 댄 것입니다. 내가 JP와 친하고, 청문협 활동자금을 JP가 댔다고 말입니다.

JP가 청문협에 자금을 댔다는 소문도 있었는데, 아닙니다. 나는 JP에게 한 푼도 받지 않았습니다. 물론 가끔 청구동 자택으로 찾아뵙는 정도의 친분은 있었지요. JP 고향이 충남 부여고, 저는 충남 당진이라는 인연도 있었지만, 전예용 씨가 나를 JP에게 소개해 준 덕이 더 컸습니다. 물론 청문협 자금도 전예용 씨가 개인적으로 내게 도움을 주었으나, 청문협은 그분과 관계가 없습니다.

전예용 씨는 서울 출생으로 1930년 경성고등상업학교(현 서울대 경제학부)를 졸업하고 1933년 일본 큐슈九州제국대학 법대를 졸업했습니다. 경기도 광주군수, 조선총독부 학무국 사회과장 등을 지냈고 광복 후 미군정청 학무국장 보좌관, 외무부 통상국장, 서울시 부시장 등을 지냈습니다. 4.19 이후 허정 과도정부에서 부흥부 장관, 2공화국에서 한국은행 총재를 거쳐, 민주공화당 창당발기인에 참여한 뒤 건설부 장관을 역임했습니다. 동성고를 졸업하고 한국라이온스 초대 총재를 지낸 그는, 후배들의 사회진출에 많은 도움을 주었습니다.

전예용 총재는 한때 민주공화당 의장서리를 지낼 정도로 공화당에서 입지가 넓었습니다. 당연히 JP와도 친하게 지내던 사이였지요. JP는 1967년 제7대 국회의원 선거에서 재선됩니다. 같은 해 박정희 대통령도 재선됐지요. 제3공화국 헌법은 대통령의 3선을 금지하고 있었기 때문에 JP가 자연스럽게 강력한 후계자로 거론됐습니다. 박정희 대통령이 '3선개헌'을 추진하면서 JP와 알력을 생겼지요. '국민복지회사건'이 일어나자, JP는 당의장직과 국회의원직을 비롯한 모든 공직에서 물러나겠다고 선언합니다. 신문에서 '호외號外'를 발행하는 등 난리가 났지요.

국민복지회사건이란 민주공화당 당기위원회가 1968년 5월24일, 김종필계 의원들을 해당害黨 행위자로 규정해 제명한 사건입니다. 한국국민복지연구회는 1971년 대선을 앞두고 JP를 박정희 후계자로 추대하려고 만든 모임입니다. 회장 김용태, 부회장 최영두, 사무총장 송상남 등이었고, 이원만 예춘호 신윤창 이승춘 오원선 박종태 등이 시도책임자로 이름을 올렸습니다. 사건이 터지자 JP는 5월30일 모든 공직에서 물러나고 정계에서 은퇴하겠다고 발표했습니다.

바로 그날 나는 청구동에 있는 JP집을 방문했습니다. 당시 JP 집 앞에는 중정 요원들이 세탁소나 이발소 등에서 상주하면서 감시하고 있었습니다. 유력 정치인들이 JP와 연락하지 못하도록 한 것이지요. 나는 정치와 관련 없는 새내기 문학청년이기 때문에 별다른 제재 없이 갈 수 있었던 것입니다. 이런 사실을, 김광협 조동일 주성윤 등이 중정 조사 때 얘기한 것입니다.

결과적으로 JP 덕을 본 셈이기도 했어요. 내가 중정 요원들에게 맞지 않고 구속도 되지 않았다는 점에서 그렇다고 할 수 있습니다. 당시 JP는 젊은이들에게 인기가 있었습니다. 장기집권 야욕이 있는 박정희의 박해를 받고 있다는 동정론이 있었을 것입니다. 하지만 내가 구속을 피한 결정적 원인은 『청맥』에 글을 싣지 않았다는 사실이었습니다. 만약 내가 『청맥』에 글을 썼더라면, 'JP와의 친분'은 아무런 효과가 없었을 것입니다. 박정희 대통령의 지시를 받은 김형욱 중정부장이 JP를 무력화시키기 위해 노력하고 있었을 때이니, 내가 『청맥』 나아가 통혁당과 연결됐다는 시나리오가 만들어졌다면, JP에게도 부정적 영향을 끼쳤을지 모릅니다.

꽃도 피우지 못한 '청문협'에서의 노래

내가 중정에서 풀려나온 뒤 '청년문학가협회(청문협)'를 스스로 해산했습니다. 청문협의 몇몇 간사들이 『청맥』에 박정희 정부에 비판적인 글을 써 통혁당사건과 연루된 마당에 청문협을 계속 끌고 갈 수 없었습니다. 그래서 청문협은 한국문단사에 이름조차 남기지 못하고 없어지고 말았습니다. 참으로 안타까운 일입니다.

청문협 대표간사 시절에 발표해 회원들과 합평회를 가졌던 시 〈가장 어두운 지역의 어두운 나는〉은 이런 시입니다.

> 모진 바람이 불고 있는
> 내 불면不眠의 밑바닥,
> 목마른 풀잎처럼 아픈 뿌리를 뻗고
> 갈망하면서 나는,
> 여린 목숨을 허우적거리면서 나는
> 어둡고 깊은 공간空間을 일어선다.
> 사방에선 찢겨 흐르는
> 난파難破의 그 황량한 소리.
> 전신全身으로 때리던 현絃은 끊기고
> 나는 들판에 돌처럼 누워
> 바람의, 어둠의 함성喊聲을 듣는다.

역사의 최후를 바라보듯이

쓰거운 눈으로 현실을 가늠하며

그러나 끝내 나약한 목숨의 나는

흩어지고 붕괴된다.

온전한 세계의 온전한 빗물을

기다리던 나의 마른 이파리를

떨면서 이제는 눈을 부릅뜨면서,

눈물이 마른 땅, 불모不毛의 들판에서

마지막 숨을 몰아쉰다.

가장 어두운 지역의 어두운 나는.

— 이근배, 〈가장 어두운 지역의 어두운 나는〉, 전문

이 시를 지금 읽으면 '나도 이런 시를 쓴 때가 있구나'하는 생각이 듭니다. 1967, 68년이니까 정치와 경제는 물론 사회와 문화적으로도 어렵게 살던 때, 젊은이가 느끼는 삶의 부조리를 표현했습니다. 당시 한국은 북한보다도 못사는 후진국 중의 후진국이었으니 '가장 어두운 지역'으로 인식됐고, 곳곳에서 들리는 '난파의 황량한 소리' 때문에 잠들지 못하는 나도 어두울 수밖에 없었습니다. 그런 상황을 나는 〈현실〉이란 시로 읊었습니다.

1

내게 남은 최종最終의 악기樂器는 이것이다.

두드리면 아픔으로 충만充滿한 살
생활의 깊은 울음이 들리는, 나의
확실한 노래는 이것이다.
우수憂愁여, 내가 현실의 어둠 속을 헤맬 때
불타는 좌절을 눈물로 끄며
바라보던 꽃, 꽃의 배후에서
무너지고 있던 사랑을…
내가 소리치고 싶은 단절은
친구여, 우리 서로 잔을 드는 이것이다.

2
이제는 두드리지 않는다.
소리 나지 않는 건반
나의 기대가 끝난 다음의 시간을
그 최종의, 아아 뜨거운 별리別離를.
항시 불안의 처마 끝에 울던
새들을 모두 날려 보내고
이미 사랑을 상실한 쓸쓸한 실내에서
나는 두드리지 않는다.
떠나간 것들이 돌아올 수 없다는
하나의 이유만이 아닌 이 외침을
악기여, 더는 울어서는 안된다.

다시는 두드리지 않는다.

— 이근배, 〈현실〉 전문

나의 삶은 "두드리면 아픔으로 충만한 살"만 남은 "악기"여서 "우수憂愁"를 씹으며 "현실의 어둠 속을 헤맬 때"라도 "더는 울어서는 안 되기" 때문에 악기를 "다시는 두드리지 않는다"고 결심했던 시절입니다. 경제성장을 위해 투자하려고 해도 돈이 없어 가난에서 벗어나지 못하는 '빈곤의 악순환'의 고리를 끊기 위해 국군을 베트남에 파병했습니다. 그 피맺힌 현실을 〈동남아세아〉라는 시로 표현했습니다.

지금 어둠의 강을 건너는
목쉰 음성의 자유.
몇 닢의 지폐에 생명을 걸고
끝없이 시달려 온 산야에서
병정들은 피로하다.
저마다 고향과 애인은 있지만
이제 전쟁은
죽음보다 더 피로하다.

— 이근배, 〈동남아세아〉 제2연 부분

청문협에서 활동했던 문인들

한국의 근현대문학사를 되돌아보면 비극의 연속입니다. 만해 한용운, 공초 오상순, 김동리, 이육사, 윤동주, 빙허 현진건 등 일부를 제외하면 문인 대부분이 친일활동의 올가미에 걸려 있습니다. 광복된 뒤에는 좌우로 나누어 주도권 싸움을 벌이다 6.25전쟁을 만나 길고 긴 겨울을 견뎌야 했지요. 전쟁이 끝나고 1955년이 돼서야 신문사들의 신춘문예가 부활됐습니다. 그때부터 문학도 다시 활발하게 살아나기 시작했고요. 1955년 한국일보 신춘문예에 〈유예猶豫〉가 당선된 오상원 소설가가 50년대 중반부터 60년대 초반을 대표하는 작가입니다.

하지만 문인들이 맞닥뜨린 현실은 암담했습니다. 신춘문예에 당선돼도 작품을 발표할 지면이 거의 없었습니다. 제대로 된 일자리를 잡지 못해 경제적으로도 매우 어려웠습니다. 시집이나 소설집 같은 책을 낸다는 것은 언감생심이었지요. 그런 어려운 현실을 젊은 문인들이 힘을 모아 헤쳐 나아가자며 만든 것이 청문협이었습니다.

청문협이 '간첩활동을 한 통일혁명당 산하조직'이라는 억울한 누명을 쓰고 해산됐지만, 해산될 때까지 합평회와 세미나를 하면서 동인지 발간과 정식단체 등록 등을 위해 준비했습니다. 1963년 동아일보 신춘문예에 〈속솔이뜸의 댕이〉가 당선돼 등단한 이규희 소설가도 청문협에서 활발하게 활동했습니다. 그는 충남 아산 출신으로 이화여대를 졸업한 엘리트 작가였습니다.

1964년 경향신문 신춘문예에 〈아침선박〉이 당선된 조태일 시인도 청문협 활동에 적극적이었습니다. 조 시인은 나중에 월간 『시인』에서 이근배 이탄 시인과 함께 근무하며 1969년에 김지하 양성우 김진태 시인을 등단시키기도 했습니다. 김현 염무웅 임중빈 이청준 등 '청문협'의 인맥은 쟁쟁했습니다. 청문협이 '통혁당사건'으로 좌초되지 않았다면, 쟁쟁한 인맥을 바탕으로 한국문단사에 큰 발자취를 남겼을 것으로 확신합니다.

14

생면부지의 김광주 선생이 〈비호〉를 주시다

지극한 정성을 기울이면 하늘도 감동해
원하는 것을 이루게 한다고 합니다.
현대그룹을 일으킨 정주영 회장처럼
"해 보기는 했어?"라는 적극성은 불가능해 보이는 일도
현실로 바꾸는 '기적'을 만들어냈지요.
당진 촌놈이던 나도 기적 같은 일을 여러 번 이루었습니다.
그다지 잘 알지 못하던 이어령 평론가와
이영도 시인에게서 원고를 받아 출판까지 했으니까요.
생면부지인 김광주 작가에게서는
『비호飛虎』를 받아내 훨훨 날았고요.
젊음과 열정으로 어려운 현실을 헤쳐나가
역사를 만들었습니다.

조병화 시인 소개로
김광주 소설가 만나

나는 김광주 작가를 알지 못했습니다. 김동리 소설가도 알고 서정주 시인도 알고 이어령 평론가도 이미 내 시를 어디선가 좀 읽고 나에게 원고를 주었지만, (잠시 말을 끊고 이어령 선생과의 인연에 대해 말하며 이어령 선생 부인인 강인숙 영인문학관 관장에게 온 문자메시지를 보여준다. 큰아들 이승우 씨와 달개비에서 오찬을 하자는 내용이었다), 김광주 작가는 전혀 몰랐거든요.

그런데 가만히 보니까, 조병화 시인께서 날 좋아했어요. 내가 시를 쓰면 "야, 오장환의 〈병든 서울〉보다 네 시가 더 좋다야~", 그러면서 나를 이뻐했거든요. 그런데 무교동 '낭만'이라는 술집에서 조병화 시인이 김광주 작가와 "전우의 시체를 넘고 넘어…"라는 노랫말을 쓴 유호 작사가와 자주 만난다는 얘기를 들었어요. 내가 어쩌다 낭만에 들렀다가 조병화 시인을 만나면, 웨이터를 불러 "근배에게 맥주 세 병 갖다 줘라"고 한 적도 많았어요. 내가 김동리 선생과 서정주 선생은 물론 조병화 선생께도 버르장머리가 좀 없었어요. 조병화 선생한테 "선생님, 김광주 선생님하고 차 한 잔만 하게 해 주시면 안 돼요?"라고 했더니 "어, 그래라"라고 쾌락하셨어요.

그래서 배우 고은아 언니가 하던 '금문다방'(지금 영풍문고 자리)에서 조병화 시인과 함께 김광주 작가를 만났어요. 그때가 1968년 봄이었으니까, 내가 서른 살도 되지 않았을 때였지요. 삼성출판사 김봉규 사장은 빌딩도 있고 지프 타고 다니는데, 나는 아직 책 한 권 나오지 않은 동화출판공사 주간이었습니다.

그냥 사정했지요. “저 선생님! 삼성출판사는 돈 많은데 왜 거기 줍니까? 우리 젊은 사람들에게 맡겨주세요”라고요. 그랬더니 조병화 선생이 옆에서 “그려~ 근배 줘!”라며 거드시더군요. 이러니까 세상에! 김광주 선생이 그러시는 겁니다. “김봉규가 돈으로 내 양쪽 뺨을 때리는데(홀린다는 뜻으로 그 작가의 레토릭), 내 근배 줄게~” 이러시는 거예요. 세상에! 내가 그분을 처음 뵈었는데, 그렇게 나에게 주더군요.

“내, 근배 줄게~”라는 말을 듣자마자 사무실로 가서 임인규에게 빨리 계약금을 마련해오라고 했지요. 김광주 작가가 민중서관에 가서 “교정 볼 거 있다”며 스크랩북을 끼고 비호처럼 날아와서 우리에게 맡겼어요. 왈칵 쏟아지려는 눈물을 간신히 참았습니다. 그렇게 『비호』를 다섯 권으로 된 전집을 출판했는데 그야말로 비호같이 나가는 거예요. 그것도 가령 몇만 부 나간다는 게 1년 2년이 아니라 한두 달 새에 나갔어요. 내가 임인규 사장과 제본사에 가서 책 만드는 것을 독촉하고 있으면, 시내 외판업자들이 번호표 가지고 대기하고 있을 정도였지요. 그렇게 책 나오는 대로 팔려나갔습니다. 심지어 김봉규 삼성출판사 사장이 5000세트, 2만5000권을 한꺼번에 수표 끊어서 사 갔어요. 자기 출판사 영업직원들한테 늘 “우리가 비호한다, 비호한다” 이랬는데 다른 곳에서 나왔으니, 자존심 상하지만, 자기 직원들이 팔 수 있게 해주기 위해서였지요. 하

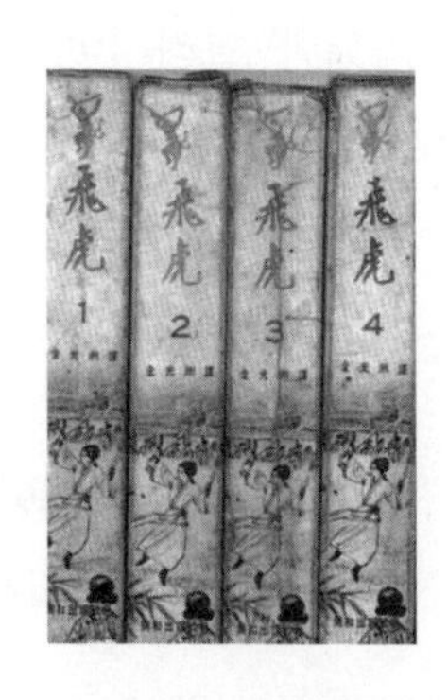

동아일보에 연재했었던
김광주의〈비호飛虎〉

루아침에 그냥 떼부자가 됐지요.

또 〈세계문학전집〉을 냈는데 그것도 불티나게 팔렸고, 〈이어령전집〉도 만들어 많이 팔았어요. 당시 책이 어느 정도 나갔냐 하면, 내 월급이 10만 원도 안 할 때 열 배도 넘는 인세를 한 달에 챙겨드렸으니까요. 평창동에 처음으로 집을 지으셨을 때, 김봉규 사장, 임인규 사장, 나를 초청해 "당신들 세 사람이 이 집을 사게 해줬다"고 감사하고 그러셨지요.

이어령 선생과는 그런 인연으로 맺어졌습니다. 이어령 선생과의 얘기는 여기서 『한국문학』과 연결됩니다. 1970년에 독서신문이 창간된 뒤, 김봉규 사장이 그것을 홍보한다고 전국을 돌아다니며 교양강의를 했어요. 강사는 이어령 선생과 안병욱 씨였어요. 강의를 다녀온 이어령 선생이 "이근배 씨, 잡지 하자, 잡지. 잡지 되겠어. 왜냐하면 인산인해야. 내가 미당과 최인훈 등과 광주에 강연하러 갔는데 강연장에 광주 사람만 온 게 아니라 목포 영암 등지에서 보따리 지고 강연 들으러 오더라니까" 그러시더라고요. 하지만 나는 잡지라는 게 무서워서 못하겠다고 했지요.

이어령 선생이
『문학사상』 등록증을 받아내다

이어령 선생은 자기가 하겠다고 그랬어요. 그래서 잡지 이름을 뭐라고 지었느냐고 했더니 '문학과사상'이라고 하더군요. 그래서 '과'자는 빼자고 했지요. 그랬더니 "아, 그래? 그러면 뭐라고 해?" 그래서 "그냥 '문학사상'이라고 그러죠" 했더니, "그럴까?" 하면서 『문학사상』으로 결정했어요. 그러면서 당신이 당시 윤주영 문공부장관과 친하니까 곧 등록증이 나올 것이라고 하더군요. 그런데 며칠이 지났는데도 등록이 안 나오더군요. '사상'에다 '문학'까지 붙었으니까요. 당시 문학도 골 때리고, 조세희 소설가가 2022년 12월에 사망했지만, 문학도 골 때렸잖아요. 사상계 때문에, 1970년 5월호에 김지하의 〈오적〉을 싣고 폐간됐으니까요. 자유당과 공화당이 얼마나 사상계 때문에 트라우마가 있어요? 사상 소리에….

『문학사상』 창간호

게다가 이어령 선생은 나중에 문화부장관도 하고 그랬으니 지금은 보수라고 생각하지만, 당시는 이어령을 어떻게 믿겠어요? 그렇잖아요. 남정현의 '분지사건' 때 증언도 하고, 첫 번째 평론집이 『저항의 문학』입니다. '저항의 문학'! 사상도 겁나는데 문학까지 붙였으니 장관도 마음대로 못하는 상황이었는데, 뭘 믿고 등록증을 내주냐고요?

당시는 김종필 씨가 국무총리를 할 때였어요. 1967년, 김종필 씨가 갑자기 정계은퇴를 해서 호외가 나오던 날, 나는 청구동에 갔어요. 낙백落魄시절에도 몇 번 갔었고요. 전예용 씨라고 JP(김종필)가 따르는 분이 계셨는데, 내가 그분께 얘기했지요. 『문학사상』은 사상과는 아무런 관계도 없는 순수문학지라고요. 그분이 JP에게 말을 해서 등록증이 나왔어요. 그리고 난 뒤 편집장을 구해달라고 해서 김승옥 소설가를 추천했더니, 좋다고 그랬어요. 하지만 김승옥 소설가가 『샘터』 편집장을 하고 있었는데, 김재순과 옵션을 맺어 2년 동안 못 나온다고 그래서 홍기삼을 추천했지요. 홍기삼 평론가는 당시 예총 기획실장을 그만두고 안동에 내려가 있었지요. 그래서 『문학사상』 첫 편집장을 홍기삼 평론가가 맡았어요. 그 뒤 이어령 선생은 틈만 있으면 나에게 『문학사상』을 가져가라고 그랬어요.

나는 처음엔 소설 쓰려고 서라벌예술대학에 입학했다가 미당 선생을 만나 시 쪽으로 돌아섰지만, 동리 미당 두 분은 잊을 수 없는 스승님입니다. 그러니까 김동리 선생은 앞에서 얘기한 것처럼 광복 직후에는 신인급이었지요. 그렇잖아요 뭘 했겠어요. 어디 뭐 대학학장을 했습니까, 무슨 공무원을 했습니까. 그런데도 조선청년문학협회를 만들었고, 6.25 이후에는 자기가 주도해서, 물론 형의 인맥이 있으니까 그랬지만, 대한민국예술원을 창립했고, 서라벌예술대학을 세워서 우리나라에서 처음으로 문예창작과를 만들었습니다. 미국 아이오와대학 문예창작과가 1920년에 만들어진 뒤 대한민국에서는 1952년에 처음 만들어진 것이지요. 글 쓰는 재주 있는 사람들은 서라벌대 문창과를 왔다는 것은 중요한 역사적 사실이지요.

김동리와 서정주가 있었으니까요. 김동리 선생이 얼마나 꽉 차게 커리큘럼을 짰는지, 홍기삼 평론가가 서라벌예대를 졸업한 뒤 동국대에 편입해 보니까 싱거워서 못 다니겠다고 그럴 정도였지요. 당시에 글 꽤

나 쓴다는 사람은 모두 서라벌예술대학 문창과에 강사로 나왔으니까요. 그만큼 김동리 선생의 힘이 장사였어요. 전에 한국문학가협회 하고 한국자유문학자협회의 통합을 얘기했잖아요. 처음에 의견조율을 하느라고 전영택 목사가 초대 회장을 하고 박종화 선생이 회장 하던 것을, 김동리 선생이 협회장을 이어받았지요.

김동리의 본명을 필명으로 쓰고 있는 제자 백시종 소설가

김동리 선생은 정말 대단하고, 위대한 분이지요. 그런 분이 계셔서 오늘의 한국문학과 한국문단이 있다고 생각합니다. 그 짝달막한 몸 어디서 그런 힘이 나오는지 참 존경스럽습니다. 김동리 선생이 돌아가셨을 때 내가 조시를 읽으면서 많이 울었습니다.

김동리가 키운 작가는 박경리 송상옥 이문구 김지연…

〈토지〉를 쓰신 박경리 선생의 본명은 박금이朴今伊인데, 김동리 선생이 박경리란 이름을 주셨지요. 박경리 작가가 1950년대 초 무렵에 김동리 선생과 인연이 있어서 시를 보여드렸는데, 시 원고를 받아보더니 "시는 안 되겠다. 소설을 좀 써 봐라"라고 해서 소설을 열심히 써서 김동리 선생께 보내드렸다고 합니다. 『현대문학』이 막 창간됐을 때인 1955년에 박금이 씨가 〈불안지대〉라는 소설을 김동리 선생께 보내드렸는데, 『현대문학』에 추천되었습니다. 박금이 씨는 자신의 소설이 추천된 것을 모르고 있다가, 한참 지난 뒤에 누가 현대문학에 당신 작품이 발표됐다고 해서 보니까 소설 제목이 〈계산〉, 작자는 박경리로 나온 겁니다.

백시종白始宗 소설가는 본명이 백수남白秀男이었습니다. '시종'이라는 이름은 김동리 선생이 본명을 준 겁니다. 시종始鍾에서 鍾을 宗으로, 발음은 같고 글자만 하나 바꾼 것이지요. 또 한말숙 이문희 백인빈 김춘복 소설가와 나와 동기인 송상옥 김문수 유현종 김주영 오찬식 백도기 이재백 등도 대단했지요. 송상옥 소설가는 이어령 평론가가 한국문학의 희망이라고까지 할 정도로 아주 유니크한 소설을 썼지요. 나중에 오정희 이문구 이동하 김원일 작가도 있었습니다. 이경자 김지연 김민숙 등 헤아릴 수 없을 정도로 많아요.

이문구 소설가는 참 대단한 사람입니다. 이문구 작가를 정말 존경해요. 김동리 선생이 돌아가셨을 때 장례식을 아주 크게 했습니다. 총리까지 나오고 그랬으니까요. 그때 이문구가 조사는 김주영, 조시는 이근배로 정리해서 제가 조시를 읽었잖아요.

이문구가 어떤 사람이냐를 잘 보여주는 일화가 있습니다. 박정희 유신시대 때, "김동리는 어용이다" 이런 비판이 나왔어요. 자유실천문인협회가 만들어지고 유신반대 투쟁을 할 때, 명동성당에 있는 한 강당에서 백낙청 이호철 남정현 등을 비롯, 많은 반체제 작가들 앞에서 이문구가 그랬습니다. "김동리는 저희 사부입니다"라고요. "너희들 김동리 욕하지 마라"는 뜻이었지요. 김동리는 앞에서도 말한 것처럼 첫째 친일을 안 했고, 또 자유당 정권 같은 데서도 아무런 협력을 하지 않았어요. 그분이 한 것은 말하자면 원형이정元亨利貞을 실천한 것이었지요.

이문구 소설가는 명절 때 김동리 댁에 가면 그냥 문가에 서서 방문객들을 안내했어요. 오는 사람 가는 사람 만나라면서, 앉아서 술 먹고 떠들지 않았지요. 장례식 때도 대소사를 직접 챙겼습니다. 김동리 선생을 따르는 큰 어른들이 많았고, 박경리 이호철 박재삼 이형기 등이 있는데도 김주영과 나를 지목해서 영결식 앞에 세웠습니다.

15

3대 필화사건과 문인간첩단 조작사건

문학은 시대의 반영입니다.
한국문학은 유신과 군사독재라는 험한 시대를 이겨내며
문력文力을 키워왔습니다.
〈분지糞地〉〈오적五賊〉〈욕망의 거리〉로 대표되는
3대 필화사건과 문인간첩단 조작사건처럼,
억울한 일로 어처구니없는 일을 당할 때마다
문학은 한 단계 뛰어오르며 거듭 태어났습니다.
역사는 잊어도 좋은 지난 일이 아닙니다.
역사는 지금 여기에 뜨거운 입김을 불어 넣는 현재이며,
좋은 앞날을 만들기 위해 하루하루 쌓아가는 미래입니다.

북한의 소설 〈분지〉 전재로 남정현 작가 반공법 위반 구속

남정현南廷賢(1933~2020) 소설가는 나의 당진중학교 선배입니다. 남 소설가는 충남 서산군에서 태어났는데, 당진군 정미면 매방리에서 자랐습니다. 온양초등학교 교장으로 부임한 부친을 따라 아산에서 국민학교와 당진중학교를 다녔습니다. 대전사범학교를 수석으로 입학하고 졸업한 뒤 학교장 추천으로 서울대 사범대에서 입학 허가를 받았는데, 강의를 듣고 실망해 진학하지 않았습니다. 후암동에 있던 서라벌예술대학에 다닌 적이 있는데, 강의를 듣기보다 혼자 공부하고 소설을 쓰면서 지냈다고 볼 수 있습니다.

그는 "전기와 전화기가 없는 집에서 살아보지 않았다"고 말할 정도로 경제적 어려움을 모르고 자랐다고 합니다. 하지만 그는 어렸을 때 죽을 고비를 여러 번 넘겼습니다. 두 살 때 높은 곳에서 떨어져 반년 정도 고생하다 겨우 살아났고, 네 살 때는 요람을 타다가 벽에 부딪치는 사고도 당했습니다. 국민학교 3학년 때는 어른들이 칡뿌리 캐는 것을 구경하다 곡괭이에 뒤통수가 찍혀 나흘 동안 의식을 잃었습니다. 집안에서 장례 준비를 했는데 기적적으로 살아났다고 합니다. 중학교 다닐 때는 폐결핵에 걸렸는데, 결핵균이 장과 임파선 등으로 전이됐습니다. 목만 13번 수술할 정도로 위중했지만, 위기를 잘 넘겼습니다.

그때 누워서 책만 읽었답니다. 당시 와세다早稻田대 철학과에 다니던 친구의 형 집에서 사회과학과 철학 번역서 300권을 빌려 읽었다는 얘기를 들었습니다. 그때 읽은 책이 후에 글 쓰는 네 많은 도움이 되었다고 합니다. 남 작가는 1958년에 〈경고구역〉과 〈굴뚝 밑의 유산〉이 『자유문학』에서 안수길의 추천을 받아 등단했습니다.

'분지사건'은 지금 생각하면 참으로 어처구니없는 일이었습니다. 소설 〈분지糞地〉가 처음 발표된 것은 『현대문학』 1965년 3월호였습니다. '똥의 땅'이란 뜻인 〈분지〉의 줄거리는 다음과 같습니다.

홍길동의 10대손인 홍만수洪萬壽의 가족은 매우 불우했다. 아버지는 항일투쟁에 나섰다가 행방불명 됐다. 어머니는 8.15광복 후 태극기와 성조기를 들고 환영대회에 나갔다가 미군에게 능욕당한 뒤 홧병으로 사망했다. 유일한 여동생 분이는 미군 스피드 상사의 첩이 되어 성적 학대를 당했다. 홍만수는 스피드의 본처, 미세스 스피드가 방한했을 때 복수를 준비했다. 그녀를 '향미산'으로 데려가 덮쳤지만, 그녀는 도망가고 미군이 그를 잡으러 향미산에 들이닥쳤다. 홍만수는 쫓기면서 홍길동의 뜻을 이어받아 억울한 한풀이를 하겠다 다짐했다.

이런 줄거리처럼, 〈분지〉가 발표됐을 때만 해도 아무런 문제가 되지 않았습니다. '똥의 땅'은 미국에 의해 자주권을 잃은 대한민국의 현실을 상징하고 '미국의 오만'을 비판하고 있지만, 허구적 상상력을 바탕으로 한 '소설'이라는 점에서 시비할 대상이 되지 않은 것입니다. 그런데 두 달 뒤인 5월 8일, 북한에서 〈분지〉를 조선로동당 기관지인 〈조국통일〉에 무단으로 전재轉載했습니다. 지적재산권 문제가 강화된 요즘

糞地

南廷賢

소설 〈분지〉(왼쪽)와
〈분지〉 작가 남정현

에는 있을 수 없는 일이겠지만, 당시만 해도 그런 제약이 없었던 데다, 〈분지〉의 주제가 '반미'라고 판단한 북한이 남정현과 아무런 연락도 하지 않은 채 〈조국통일〉에 실은 것입니다.

중앙정보부는 〈분지〉가 〈조국통일〉에 실리자 남정현을 '반공법' 위반으로 연행한 뒤 7월7일 구속했습니다. 반공법 4조에 따라 "남한의 현실을 왜곡 허위선전하며 빈민대중에게 계급 및 반정부 의식을 불식 조장하고, 반공의식을 해이케 하는 동시에 반미감정을 조성 격화시켜 한미유대를 이간함을 표현하는 용공소설"로 본 것입니다. 당시 수사관들은 '〈분지〉가 남정현이 쓴 게 아니라 북에서 써서 그에게 준 것이다. 언제 어디서 누구에게 받았는지를 털어놓으면 살아나갈 수 있다'고 회유했다고 합니다.

이항녕 김두현 한승헌 변호사 등이 변호를 맡아 구속적부심을 청구했는데 법원이 받아들여 남정현은 석방됐습니다. 석방된 뒤 그를 만났더니 중정에서 조사받던 상황을 얘기하더군요. 163cm의 자그마한 키에 50kg도 안 되는 조그만 체구로 몸서리쳐지는 당시의 상황을 떨리는 목소리로 얘기하더군요.

"남산의 독방에 끌려갔더니, 덩치가 나보다 두 배나 되는 거인이 웃통을 벌거벗은 채, 오른손에 쥐고 있던 커다란 몽둥이를 바닥에 쾅 소리가 나도록 내리치며, "나는 반공 투사다. 너 같은 빨갱이들을 자백시키는 데 이골이 났다. 좋은 말 할 때 술술 부는 게 좋을 거다"라며 겁을 주는데 겁나더라는 것이었습니다.

남 작가의 겁먹은 표정과 떨리는 목소리를 들으니 나도 소름이 끼칠 정도였어요. 얼마나 무서웠으면 그랬을까요… 남 작가는 불구속 상태에서 조사를 받고 1년 뒤에 불구속 기소됐습니다. 재판 과정에서 안수길 소설가가 특별변호인으로 참여했지요. 안수길은 노벨문학상을 받은 존 스타인벡의 〈분노의 포도〉가 나치의 반미 선전에 활용된 사례와 김동인이 소설 〈붉은산〉에 애국가 가사를 넣었는데도 일제의 검열을 통과한 뒤 일본어로 번역된 사례를 제시하며, 남정현의 무죄를 주장했습니다.

당시 〈저항의 문학〉으로 이름을 날렸던 이어령 문학평론가도 변호

인측 증인으로 나와 증언했습니다. 이어령은 "〈분지〉는 우화적 수법으로 쓴 것이므로 친미도 반미도 아니다. 이 작품이 북한 공산집단의 주장에 동조했다고 공격하는 것은 달을 가리키는 데 달을 보지 않고 손가락만 보는 격이다. 남정현 작가가 가리키는 달은 주체적인 한국문화이며 어머니로 상징되는 조국이다. 작품은 일반에게 발표된 뒤에는 작가만의 것이 아니며, 작품 속에 담긴 상징성은 그대로 존중되어야 한다. 병풍 속의 범을 진짜 호랑이로 아는 사람은 놀라겠지만, 그림으로 아는 사람은 놀라지 않는다. 〈분지〉는 신문기사가 아니다"는 증언을 남겼습니다. 장미의 뿌리로 파이프를 만들어 담배를 피웠다고 해서 장미 뿌리에게 책임을 물을 수 없다는 것이었지요. 험악한 당시 분위기에서 대단한 용기를 낸 것이었습니다.

법원은 "〈분지〉가 우리 민족의 주체성 확립이라는 염원을 소설로 표현해 북한과의 직접적 연관성은 부인했지만, 목적이 없다고 해도 독자에게 반국가단체에 호응하는 감동을 일으키는 걸 인식했다면 유죄"라면서 선고유예를 판결했습니다. 남정현과 검찰이 모두 항소했지만 2심 재판부는 모두 기각했고 상고를 포기, 선고유예로 종결됐습니다.

'분지사건'의 재판이 막바지였을 때인 1967년 5월26일, 조선일보는 사설에서 "우리의 민주주의를 스스로 창살 없는 감옥으로 만드는 우愚만을 절대로 범해서는 안된다"고 썼습니다. "대한민국에서 계급의식이 법적으로 배척될 근거는 전혀 없으며 반미감정을 어째서 불법으로 단속할 수 있는가? 북괴가 반미한다고 하여 대한민국 국민이 반미감정을 가져서는 안된다는 논법이 선다면, 지금 한창 반미노선을 걷고 있는 프랑스의 드골 대통령을 추켜 올려도 북괴동조라는 삼단논법이 성립되지 않겠는가?"라는 지적이었지요.

'분지사건'은 문학작품을 용공성으로 몰아 법정에 세운 최초의 사건이었습니다. 신문기사나 사설을 문제 삼은 것이 아니라 문학작품을 '반공법'에 건 것은 한국문학의 흑역사로 기록되고 있습니다. 이후에 불거진 필화사건을 예고편이라고도 할 수 있으니까요. 남정현 소설가는 '분지사건' 이후 1971년에 '민주수호국민협의회'를 만드는 데 참여했고, 1974년에 민청학련사건으로 6개월간 옥고를 치렀습니다. 석방된 뒤 자유실천문인협의회에 참여하고 소설 〈허허선생〉 연작을 발표한 뒤, 2002년에 제12회 민족예술상을 받았습니다.

『사상계』를 종간시킨 김지하 '오적사건'

1970년 5월 초로 기억됩니다. 김승옥 소설가와 김현 평론가, 그리고 김지하金芝河(1941~2022. 5.8)와 김지하 이모 등 4명이 나를 찾아왔어요. 김지하가 『사상계』에 〈오적〉을 발표하고 난 직후였지요. 그때는 내가 북창동에서 동화출판공사 주간을 하면서 잘 나갈 때라서, 글벗들이 자주 찾아오면 밥과 술을 사고 그랬습니다. 김지하 일행과 저녁을 하면서 내가 김지하에게 〈오적〉을 얼마나 오랫동안 썼느냐고 물어봤습니다.

"한 3,4일 걸렸나… 방에 들어앉아 신들린 듯이 열정적으로 썼지."

그러더군요. 그런 말을 나누고 사흘 뒤에 김지하가 잡혀갔습니다. 김지하가 〈오적〉을 쓰게 된 경위는 다음과 같습니다.

1970년 4월초, 『사상계』는 5월호를 준비하면서 '5.16군사정변 9주년 특집'을 내기로 했지요. 김승균 편집장이 여러 사람에게 원고를 부탁했는데 모두가 쓸 수 없다고 하더랍니다. 처음에 쓰겠다고 약속한 사람도 며칠 지난 뒤에 사정이 생겨서 쓸 수 없게 됐다고 고사했지요. 당시 사상계 전화를 도청하던 관계기관이 원고를 응낙한 사람에게 전화를 걸어, 쓰지 말도록 은근히 압력을 가했기 때문이었지요. 그래서 생각한 게 김지하였습니다.

김승균은 경북대 사대부고를 졸업하고 성균관대 동양철학과에 다닐 때 학생운동을 하다 5.16 이후 구속되는 등 평생 민주화운동에 투신한 사람입니다. 학생운동을 하면서 김지하와 알고 지냈지요. 김지하는 본명이 김영일金英一로 목포에서 태어나 원주에서 소년기를 보낸 뒤 서울 중동고를 졸업하고 서울대 미학과를 다녔습니다. 6.3한일굴욕회담 반대 항쟁에 참여했다가 수감된 뒤 7년6개월만에야 대학을 졸업했습니다. 1963년 3월, 『목포문학』에 김지하金之夏라는 이름으로 시 〈저녁 이야기〉를 발표하고, 1969년 11월 『시인』에 〈황톳길〉 〈비〉 〈녹두꽃〉 등의 시를 발표하면서 등단했지요. 『시인』은 '신춘시' 동인으로 활동하던 조태일 시인 및 이탄 시인과 함께 나도 편집위원으로 함께 참여한 시잡지였습니다. 1970년 5월이면, 김지하

『사상계』 발행인 장준하

는 새내기 시인에 불과했을 때였습니다.

김승균 편집장으로부터 원고청탁을 받은 김지하는 흔쾌히 응낙했습니다. 서울대 미학과를 졸업했지만, 폐결핵으로 병원을 오가고 있었던 데다 학생운동 경력으로 취직도 하지 못해 이런저런 불만이 많은 상태였습니다. '동빙고동은 도둑놈촌'을 을사오적과 연결한 시 〈오적〉을 단숨에 일필휘지로 썼습니다. 김지하는 〈오적〉으로 대시인이자 민주투사로 부상했습니다. 〈오적〉이 발표되자 『사상계』 초판 5000부가 금세 매진되고 재판을 찍으라는 요구가 거셌습니다.

박정희 대통령은〈오적〉을 읽고 격노했지만, 김계원金桂元(1923~2016) 중앙정보부장의 건의를 받아들여, 판매를 금지하고 서점에서 책을 수거하는 것으로 마무리하려고 했습니다. 그런데 당시 발행부수가 20만부에 이르던 신민당 기관지인 〈민주전선〉이 6월1일자 1면에 〈오적〉을 게재하면서 사건이 커졌습니다.

1971년 4월에 대통령선거가 있었는데, 재벌[狾獤] 국회의원[匊獪狋猿] 고급공무원[蛄䃨功無獂] 장성[長猩] 장차관[暲獇䃨] 등을, 대한제국을 일제에 팔아먹은 을사오적에 빗댄 〈오적〉을 그냥 둘 수 없다고 판단한 것입니다. 김지하는 재벌의 재를 미친개[狾]로, 국회의원의 회를 간교할 회[獪], 의를 으르렁거릴 의[狋], 원은 원숭이[猿]로, 고급공무원의 원은 돼지[獂]로, 장차관의 차는 미친개[獇]로 표기함으로써 당시 부패한 권력자들을 신랄하게 풍자했기 때문입니다.

중앙정보부와 경찰은 6월2일 〈민주전선〉 10만여부를 압수하고, 김지하 시인과 사상계의 부완혁 발행인(전 율산그룹 회장)과 김승균 편집장,

〈오적〉(왼쪽)과
죄수복을 입고 있는 김지하 시인

그리고 김용성 민주전선 주간을 반공법 위반혐의로 구속했습니다. 『사상계』는 1970년 5월호로 폐간당했고요.

김지하를 비롯한 4명은 모두 9월8일에 석방됐습니다. 김지하는 병보석으로, 나머지 3명은 1심에서 징역1년과 자격정지 1년을 선고받았으나 정상참작으로 선고가 유예됐습니다. 김지하는 4년 뒤인 1974년 민청학련사건으로 체포돼 '긴급조치 4호' 위반혐의로 군법회의에서, 〈오적〉 혐의까지 가해져 사형을 선고받았습니다. 사르트르 보부아르 등 전세계 문인들이 참여한 구명운동으로 무기로 감형됐다가 1975년 2월 형집행정지로 석방됐습니다. 하지만 인혁당 사건의 진상을 밝힌 죄로 다시 구속돼 무기징역에 7년형을 추가로 받았지요. 박정희 대통령이 10.26으로 서거한 이듬해인 1980년 12월 형집행정지로 자유의 몸이 되었습니다.

김지하는 2013년에 오적사건과 민청학련사건에 대한 재심을 청구해 민청학련사건에 대해서 무죄를 확정받았습니다. 김지하는 이를 근거로 국가에 대해 35억원의 손해배상소송을 청구해 15억5000만원의 배상판결을 받았지요. 오적사건에 대해선 수사과정에서 가혹행위나 불법구금 등의 증거가 없다는 이유로 재심에서 제외됐습니다.

한수산 연재소설 <욕망의 거리>가 필화를 당한 이유

한수산 필화사건은 정말 어처구니없는 군사정권의 불법적인 폭력이었습니다. 백번 양보해서 '분지사건'과 '오적사건'은 그나마 트집 잡을 꼬투리가 있었다고 볼 수 있습니다. 하지만 '욕망의 거리 사건'은 아무런 이유 없이 많은 사람들이 불법적으로 연행돼 구금 구타 고문을 받은, 있어서는 안 될 한국문단사의 비극이었습니다.

1981년 5월28일 오후 3시. 보안사령부 소령이라는 사람이 중앙일보 편집국 문화부장에게 전화를 걸었습니다. 제주도에 머무는 한수산 작가의 집 주소와 전화번호를 알려달라는 것이었지요. 이튿날 아침, 보안사령부 수사관들이 중앙일보 편집국에 들이닥쳐 손기상 편집국장 대리, 정규웅 문화부장, 허술 이근성 월간중앙 기자 등을 서빙고동에 있는 보안사 대공분실로 연행했습니다. 제주도에 머물던 한수산도 서울로 압송되고 출판사 고려원에 다니던 박정만 시인도 연행됐습니다.

이들은 4,5일 동안 구타와 고문을 당했습니다. 연행된 사람들을 고문해서 한수산과 가까운 사람을 대라고 하고, 이름이 나오면 그 사람을 잡아다가 고문하는 일이 벌어졌지요. 그때 잡혀갔던 이근성 기자가 내

소설가 한수산

사촌동생이었습니다. 그 동생이 "수사관이 자꾸 내 이름을 거론하니 조심하라"고 했습니다.

한수산 작가가 1980년부터 81년까지 중앙일보에 연재하고 있던 소설 〈욕망의 거리〉에서 전두환 대통령과 5공화국 최고위층을 모독하고 군부정권에 대한 비판의식을 담고 있는데, 그 배후를 대라는 것이었습니다. 〈욕망의 거리〉는 제목에서도 상상할 수 있듯이, 1970년대를 배경으로 한 남녀간의 사랑을 통속적으로 묘사한 대중소설이었습니다. 민세희 민경태 민정우 3남매의 욕망을 통해 1970년대 한국사회의 자화상을 그려낸 작품이었지요. 그런데 소설 중간 중간에 등장하는 군인과 베트남전쟁 참전용사에 대한 묘사가 신군부 세력들을 기분 나쁘게 만들었다는 것입니다.

보안사가 문제로 삼은 부분은 324회 연재였습니다. 바로 "월남전 참전용사라는 걸 언제나 황금빛 훈장처럼 닦으며 사는 수위는 키가 크고 건장했다. 그는 지금도 수위 복장에 대해서 남모를 긍지를 가지고 있는 듯했다. 그는 시간 나는 대로 자서전을 썼다. 그럴 때면 자신의 꼴 같지 않게 교통순경 제복을 닮은 수위 제복을 여간 자랑스러워하지 않는 눈치였다. 하여튼 세상에 남자 놈치고 시원치 않은 게 몇 종류가 있지. 그 첫째가 제복 좋아하는 자들이라니까. 그런 자들 중에는 군대 갔다 온 얘기 빼놓으면 할 얘기가 없는 자들이 또 있게 마련이지…" 이런 내용이었습니다.

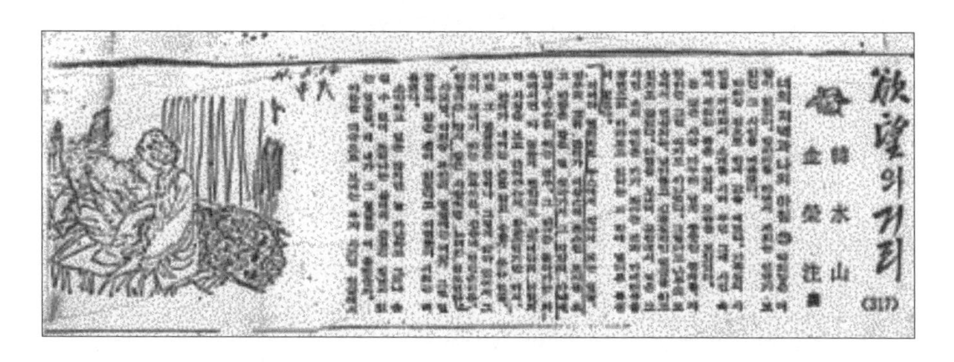
欲望의 거리 (317)
韓水山
金榮注 畫

중앙일보 연재소설〈욕망의 거리〉

읽어 보면 문제 될 게 하나도 없는 내용입니다. 그런데도 당시 노태우가 사령관이던 보안사는 소설가와 시인은 물론 언론사 기자와 간부를 불법적으로 연행하고 감금하고 구타하고 고문하는 만행을 저질렀습니다. 보안사는 그렇게 많은 사람들을 잡아다가 족쳤음에도 불구하고, 기소도 하지 못했습니다. 이곳에서 있었던 일을 발설하면 다시 잡아다 족치겠다는 협박과 서약서를 받고 석방했을 뿐입니다. 마음에 들지 않는 사람들을 잡아다 겁주어 신군부를 비판하지 말라고 윽박지른 것이었지요. 피해자들이 공포에 질려 입을 다물고, 당시 '보도지침'으로 언론을 통제하던 때라 '일어나지 않은 사건'으로 남았습니다.

정규웅 문화부장은 풀려난 뒤 고려병원(현 강북삼성병원)에 입원했습니다. 내가 문안 갔더니, 보안사에서 병원에 있지 말라고 해서 퇴원한다고 하면서 옷을 갈아입더군요. 환자복을 벗으니 온몸이 밤색과 갈색 멍투성이였습니다. 얼마나 맞았으면 그랬겠습니까. 그런 몸으로 치료도 받지 못한 채 은평구 집으로 가는 모습을 하릴없이 지켜봐야 했습니다.

박정만朴正萬(1946~1988) 시인은 더했습니다. 박 시인은 전북 정읍 출신으로 1968년 서울신문 신춘문예에 〈겨울 속의 봄 이야기〉가 당선돼 등단했지요. 박 시인은 나와 '신춘시' 동인으로 활동해서 친하게 지냈습니다. 당시 나는 인사동의 관훈미술관 2,3층에서 『한국문학』을 하고 있었고, 박 시인은 건너편 건물의 출판사인 고려원에서 근무했습니다. 고문이 얼마나 심했는지 석방된 뒤 걸음도 제대로 걷지 못하고 고통스러운 표정을 짓고 다녔습니다. 그는 그때의 고문후유증으로 1988년 10월2일 오후 다섯 시쯤, 서울올림픽 폐막 직전에 집 화장실 변기에 앉은 채 숨졌습니다.

박 시인은 고문의 통증과 치밀어 오르는 울화증을 다스리기 위해 폭음했습니다. 1987년 8월20일부터 9월10일까지 불과 20여일 사이에 300편 가까운 시를 썼지요. 그때부터 죽을 때까지 2년도 안돼 『무지개가 되기까지는』 『서러운 땅』 『혼자 있는 봄날』 『슬픈 일만 나에게』 등 7권의 시집을 쏟아냈습니다. 삶이 얼마 남지 않았다는 것을 직감하고 마지막 남은 생명을 시로 불태웠다고 할 수 있겠지요.

한수산 소설가는 이 일을 겪은 뒤, 노태우 보안사령관이 대통령으로 취임하자 일본으로 이주했다가 1992년에야 귀국했지요. 세월이 한참 흐른 뒤인 1996년에 에세이집 『이 세상의 모든 아침』에서 그때 겪은 일을 기록했습니다.

> 공항에서부터 눈이 가리운 채 나는 어디론가 실려 갔다. 세 명의 사내들에게 질질 끌려 들어간 캄캄한 지하실에서, 나를 향해

> 비치는 백열등 아래에서 알몸으로 벗겨진 채, 인간이 인간을 이렇게 구타할 수도 있구나 하는 경악 때문에, 오히려 내 몸을 내 몸 같이 느끼지 못하는 비현실감 속에서 첫 기절을 했다. 물고문과 전기고문 및 얼굴에 젖은 수건을 감싸서 질식시키기… 인간이 할 수 있는 모든 것을 동원한 비인간화 행위인 고문에 의해 나는 사람에 대한 모든 가능성과 아름다움을 잃어갔다.

말도 안 되는 이유로 기자와 작가를 불법적으로 잡아다가 고문한 그들은 잘 살고 있을까요? 다시는 그런 불행한 일이 일어나서는 안 될 것입니다.

이호철 장백일 임헌영 김우종 정을병이 간첩이라고?

군사독재시절에 문인들은 필화사건만 겪은 게 아니었습니다. 문인 5명이 간첩으로 몰린 '문인간첩단 사건'으로 고문 받는 일도 있었습니다.

서울지검 공안부 정명래 부장검사는 1974년 2월5일, '문인 및 지식인 간첩단'을 적발했다고 발표했습니다. 소설가 이호철, 문학평론가 임헌영, 경희대 교수 김우종, 소설가 정을병, 문학평론가 장백일(본명 장병희) 등 5명을 반공법 위반 및 간첩혐의로 구속했지요. 법원은 그해 6월28일 정을병 평론가는 무죄를, 나머지 4명은 징역 1년에 집행유예 3

년 및 자격정지 1년의 유죄를 인정했지만, 선고는 유예했습니다. 하지만 김우종 이호철 장백일 씨는 2011~2012년에, 임헌영 평론가는 2018년에 재심을 통해 무죄를 확정받았습니다. 사건이 발생한 지 44년 만에 누명을 벗은 것이지요. 누명을 벗었다고 해서, 12일 동안이나 영장 없이 불법적으로 구금돼 구타와 구금 등을 당한 억울함이 완전히 해소됐다고 하는 어려울 것입니다.

사실 '문인간첩단 사건' 자체가 완전한 조작이었습니다. 이호철 소설가 등 5명은 일본의 민단 쪽에서 발행하는 잡지 『한양』의 초청을 받고 동경에 가서 식사를 대접받고 『한양』에 기고한 글의 원고료 명목으로 약간의 돈을 받았다고 합니다. 『한양』은 1962년 3월, 동경에서 김인재가 발행인 겸 편집인이 되어 만든 종합교양지로 1984년 3.4월 합본호까지 통권 177호까지 발행됐습니다.

당시 정종鄭瑽(1915~2016) 동국대 철학과 교수가 김인재 발행인과 친분이 있어 『한양』의 '서울지점장'처럼 활동하고 있었던 것으로 기억됩니다. 정종 교수는 전남 영광이 낳은 불세출의 철학자로 이름을 날린 분입니다. 일본 도요東洋대학 철학과를 졸업하고 전남대 동국대 상명여대 성신여대 등에서 교수를 지냈습니다. 1998년에 귀향해 장서 2만여 권을 영광군립도서관에 기증하고 지역문화발전에 헌신하셨지요.

일본에서 발행되었던 잡지 『한양』

문여송文如松(1932~2009) 영화감독도 정종 교수와 함께 한국 문인들에게 『한양』에 실을 원고를 청탁하는 등 『한양』과 밀접한 관계를 맺고 있었습니다. 문여송 감독은 제주도 한림읍 출신으로 어렸을 때 가족과 함께 일본에 가서 일본대학 예술학부를 졸업하고 이와나미岩波영화제작소에서 근무했습니다. 1963년에 귀국해 1966년에 영화 〈간첩작전〉과 〈진짜 찐짜 좋아해, 미안해, 잊지마〉를 감독하기도 했지요. 문 감독은 김이연(1942~) 소설가의 남편이었습니다.

문여송 감독이 1973년 하순에 국군보안사를 찾아가 『한양』을 주시해야 한다고 제보했습니다. 『한양』이 한국의 유신체제에 대해 비판적인 글을 자주 싣는다는 것이었지요. 하지만 보안사는 문 감독의 제보를 접수만 하고 덮어놓았습니다. 『한양』이 미국정보국CIA 일본 지부와 한국정보부와도 관련돼 있어서 섣불리 문제 삼기가 어려웠던 사정이 있었을 것입니다.

그런데 문인들이 1974년 들어서부터 유신체제 비판에 나서기 시작했습니다. 박정희 대통령이 유신헌법에 따라 '긴급조치1호와 2호'를 발동했기 때문입니다. 1호는 '대한민국 헌법을 부정 반대 왜곡 비방하는 일체의 행위를 금하고, 이 조치를 위반한 자는 법관의 영장 없이 체포 구속 압수 수색하며 15년 이하의 징역의 처한다'고 규정했고, 2호는 '긴급조치를 위반한 자를 처벌하는 비상군법회의를 설치한다'는 것이었습니다.

문인들이 긴급조치 1,2호에도 불구하고 유신체제와 박 대통령에 대한 비판 활동을 이어가자, 그동안 덮어두었던 『한양』지와 관련된 문인 5명에게 '문인간첩단'이란 멍에를 씌웠습니다. 문인들의 군기를 잡자

문인간첩단 사건으로 재판받는 문인들.
소설가 이호철, 평론가 임헌영, 평론가 김우종, 평론가 장백일

는 것이었지요.

당시에 언론에서 대서특필했지만 재판 결과 선고유예로 끝난 것은 '문인간첩단사건'이 '조작됐음'을 반증하는 것이라고 할 수 있습니다. 세월이 흘러 재심을 통해 전원이 무죄 판결을 받은 사실에서도 알 수 있지요.

문인간첩단조작 사건은 자유실천문인협의회를 만드는 계기가 되었습니다. 문인 5명이 잡혀가자 문인들이 한국문인협회 빌딩에 모여 농성하면서 잡혀간 문인들을 조속히 석방하라고 요청하는 성명서를 발표했지요. 그전까지 『문학과지성』파였던 고은 시인이 『창작과비평』파로 변신했습니다. 나도 자유실천문인협의회를 만드는 데 참여했습니니

다. 그때 문인협회에서 농성하던 상황을 내가 쓴 시 〈귀가〉가 있습니다.

석유난로에 둘러앉아 우리들은
돌아오지 않는 친구들을 기다린다.
난로 속에서 타고 있는 것은
석유가 아니라 우리들의 설움
이글거리는 것은 우리들의 노여움
아침 출근을 하며
아무렇지도 않은 아내를 돌아보며
무심히 귀가할 수 없는 오늘을
예감하던 친구
빈처貧妻의 무엇은 고향이라고 떠들며
단칸방의 한밤중 새끼들의 눈을
피한다는 친구
내기 바둑을 두며 중국빵을 씹으며
돌아오지 않는 친구들을 기다리다
밤 11시 우리들은 광화문에 흩어졌다
몇몇은 수유리행 버스를 타고
통금 시간을 계산하며
몇몇은 술집으로 가고
그날 우리들의 귀가는 늦어졌다.

— 이근배, 〈귀가〉 전문

그러니까 자유실천문인협회가 결성되기 전, 처음 문인들의 광화문 데모에서 종로서에 끌려간 문우들을 석방해달라고 한국문인협회(지금 광화문 교보문고 자리) 6층 사무실에서 농성을 하고, 내가 이 작품을 써서 당시 『한국문학』 편집장이던 이문구에게 주었어요. 이문구는, 지금 보면 아무렇지도 않은 시인데, 복자伏字를 내서 실었어요. 복자란 책을 출간하기 위해 활판을 짤 때 소용되는 활자가 없을 경우 적당한 활자를 뒤집어 꽂아 검게 박거나, 밝히지 않을 부분을 일부러 비우거나 그 자리에 ○ × 같은 표를 찍는 것을 말합니다.

필화사건과 문인간첩단 사건은 일어나서는 안 되는 문단사의 비극이었습니다. 전에 말했듯이, 내가 주도해서 1967년에 만들었던 '청년문학가협회'가 문단사에 이름도 남기지 못한 채 1년 만에 해산된 것도 경직된 시대의 '간첩단 사건'과 연관됐기 때문이었습니다. 한국문학은 이런 비극을 거치면서 문력文力을 키워온 것이 사실입니다. 하지만 이 땅에서 이런 비극이 다시는 일어나서는 안 될 것입니다.

16

시인 생전에 출판된 천상병 유고시집 〈새〉

사람은 죽어서 이름을 남깁니다.
사람이 이름을 남기는 것은
그가 쓴 책과 그가 기른 사람(제자) 덕분입니다.
책과 제자가 없으면 사람은 죽어서
이름을 남기지 못하고 잊히기 쉽습니다.
우리가 공초 오상순 시인을 기억하는 것은,
구상 시인과 내가 공초문학상을 만들고
추모행사를 하고 있어서입니다.
천진무구한 웃음이 트레이드마크인 천상병 시인도
성춘복 시인 등과 내가 '유고시집'을 내고
그 에피소드를 기억해 전하고 있어 이름을 남긴 셈입니다.

천상병이 행방불명 된 정확한 사연

이제부터 '괴짜 시인'에 대해 말해볼까요! 심재언(1921~) 시인은 거지 중에서 상거지였어요. 오리지널 거지였지요. 나는 심재언 시인과 거의 매일 만났죠. 그는 명동 서라벌다방에 아침부터 나왔고, 나와서 테이블 하나 차지하고 있는 거예요. 뭐를 쓴다면서요. 요새는 카페 같은 게 있어서 학생들이 와서 쓰고 그러지만, 명동 다방 테이블도 몇 개 없는데, 그리고 행색도 남루하고 찻값도 내지 않고, 나중에 공초 선생한테 외상값을 떠맡기는데, 누가 그걸 좋아하느냐고요. 그런데 모윤숙 시인의 추천을 받았어요. '자유문학'에서요.

심재언은 모윤숙 집에 찾아가, 요 같은 것을 하얗고 깨끗하게 깔아놓으면 신발을 벗고, 발을 언제 닦았는지 모르게 시커먼 발로 요에 검은 발자국을 콱 찍고 그랬어요. 그런데 내가 심재언을 휘문출판사에 취직시켰지요. 안국동로터리에 있었습니다. 일어를 잘하고 소설도 쓰고 번역도 하고 그냥 닥치는 대로 했어요. 내가 그 대책 없는 사람을, 내 친구한테 소개하고 취직시켰으니 나하고 얼마나 가까웠겠어요?

유고시집 천상병의 〈새〉는 생전에 나왔다

심재언 시인하고 천상병 시인이 어떻게 다르냐? 심 시인은 어느 날 남동생하고 길을 가다가 잠바가 걸려 있으니까 그거를 그냥 입고 가다가 절도로 걸려 유치장에 들어갔다 왔어요. 근데 천상병은 남의 자전거 타고 가다가 붙들려서 성북경찰서에 갔는데 그냥 정신병원으로 간 거예요. 천상병 시인이 그렇게 사라졌다가 나중에 다시 나온 그 사연을, 부인인 목순옥 여사에게도 얘기하지 않았더군요. 나 외에 아무도 천상병 시인이 어떻게 행방불명되었는지를 아는 사람이 없더라고요. 그러니까 천상병 시인이 나한테만 얘기한 겁니다.

-어떻게 됐느냐? 천상병 시인의 시에 〈소릉조〉라는 게 있어요. 1970년 추석 즈음에 쓴 시입니다.

아버지 어머니는
고향 산소에 있고

외톨배기 나는
서울에 있고

형과 누이들은
부산에 있는데,

여비가 없으니
가지 못한다.

저승 가는 데도

● 시인 생전에 출판된 천상병 유고시집 〈새〉

여비가 든다면

나는 영영
가지도 못하나?

생각하느니, 아,
인생은 얼마나 깊은 것인가.

— 천상병, 〈소릉조-70년 추석에〉 전문

서정주 선생도 시 〈저무는 황혼〉에서 "저승 갈 노자도 내겐 없느니" 라고 쓰셨는데, 표절은 아니고 두 분이 같은 생각을 했다고 할 수 있겠지요. 다만 누가 먼저 썼냐면 천상병 시인입니다. 근데 천상병 시인이 나한테 돈을 달래러 올 때는 어떻게 하냐면, 『한국문학』 때는 탁자에 매일 일일 일기장 같은 일력日曆이 있었는데, 그걸 어디서 한 주먹 뜯어서, 한 편이 아니라 한 열 편쯤 시를 써와서 편집부에 가져다 놓고, 그리고 그 다음부터는, 내가 인사동 관훈미술관 2, 3층을 사무실로 썼는데, "이근배 씨!" 부르는 소리가 골목 밖에서부터 들려요. 저 끝에서부터 들어오면서 그래 "원고료!", 딱 그럽니다. 원고 줬으니까 원고료 내라 이거예요.

그런데 천상병 시인이 시처럼 부산을 간 겁니다. 누나를 못 만났는지 밥도 못 먹고 돈도 못 챙겼어요. 그래서 무임승차를 했지요. 다시 서울행 완행열차를 탄 겁니다. 타고 보니까 배가 고파서 도저히 서울까지

갈 수가 없었데요. 근데 이 사람 머리는, 어디 가면 누구 집이 있고 누구 집이 있으며 거기 가면 밥을 먹을 거라는 것이, 머리에 입력이 돼 있어요. 왜관에는 구상 선생님 사모님이 하는 병원이 있었지요.

'옳거니! 거기 내리면 밥도 먹고 잠도 잘 수 있겠다. 이것저것 좀 얻을 수 있겠다'고 생각하고 무작정 내렸답니다. 캄캄한 한밤중에 병원 이름도 모르는데, 구상 선생님 사모님 병원을 찾을 수가 없었지요. 한참 동안 헤매다, 다시 또 완행열차를 탔어요. 그렇게 서울역에 도착하니, 새벽 4시였답니다. 도착해 보니 어디 가서 밥을 먹느냐 이거예요. '돈암동이라면 김구용 선생 댁이 있지. 거기 가면 밥을 먹겠구나' 생각하고 걷기 시작했지요. 서울역 지나 광화문으로 해서 혜화동 넘어서 삼선교로 가는데, 아이고 세상에 고맙게도 빈 자전거가 한 대가 서 있었답니다. 그동안 다리가 얼마나 아팠겠어요. 밥도 못 먹고. 내 시에 〈하느님의 자전거〉라는 시가 있습니다. 빈 자전거가 있어 올라타고 페달을 몇 번 몇 번 밟고 갔는데, '저놈 잡아라!'고 소리치는 거야. 아마 신문 배달이나 우유 배달 같은 거 하느라고 잠깐 세워놓고 집집에 돌리는데 누가 타고 도망가니까 소리친 거지요. 그래서 돈암경찰서로 끌려갔지요. 심재언은 그냥 걸친 거 입었다가 절도죄로 들어갔다가 나왔고, 그것도 절도죄였습니다.

● 시인 생전에 출판된 천상병 유고시집 〈새〉

천상병, 자전거 훔쳐 타다 정신병원에

파출소에 끌려가도 형사를 잘 만나야 합니다. 날이 밝았는데, 배고프다고 그러니까 설렁탕 하나 시켜주더랍니다. "소주도 한 잔!". 소주는 안 줬겠지만. 이제 형사가 자꾸 물어보는 거예요. "너 왜 너 남의 자전거를 타고 훔쳐다 팔려고 했냐? 왜 그랬냐?"고 그랬더니 대답이 걸작이었지요. "나는 서울대 상대를 다녔고, 시인이다. 이런 사람인데, 걷다가 다리가 아픈데 빈 자전거가 한 대 있어서, 하나님이 자전거를 나한테 보내줬다고 생각하며 탔다"고 말입니다. 그러니까 형사가 도둑놈 같지도 않고, 정신이 이상하다. 들락날락하더니 나오라고 하더래요. 지금 같으면 경찰서에 차들이 얼마나 많아요? 근데 차가 없잖아요. 그래서 영업용 택시를 하나 불러서 타라고 하더랍니다. 아, 이제 구치소로 데려가나 생각하며 탔더니, 바로 응암동에 있는 정신병원으로 직행해서 갇혔답니다.

천상병 시인은 매일 일수를 찍었어요. 나한테도 매일 오는데, 1주일이 되도록 안 오는 거예요. 그래서 물어봤지요. 천상병 시인 어디에 있냐고요. 많은 사람들이 찾았지만, 나타나지 않았어요. 종적이 묘했지요. 그래서 성춘복 당시 한국시인협회장을 비롯한 지인들이 돈을 모아 〈새〉라는 유고시집을 냈어요. 살아있는 사람의 '유고시집'이 나온 거지요. 그런데 정신병원에 있는 것을 목순옥 여사가 찾아냈어요. 일반적으로 알려진 건, 정신병원 의사가 유고시집 나온 것을 보고 알렸다는

데, 사실과는 다른 것이지요.

천상병 시인은 일화가 많지요. 한 번은 1960년, 가을이었을 거예요. 돌체음악실 지하실 입구에서, 베레모 쓴 송상옥 얼굴이 있고, 송상옥 소설가는 마산고등학교 출신인데 이제하 시인하고 동기 동창입니다. 나는 송상옥 이제하 하고 58년 서라벌예대 동기동창인데, 그때, 서울 신촌에서 매일 '섯다'를 쳤습니다. 송상옥, 이제하, 송수남 등, 그러니 보통 친한 사이가 아니죠. 그런데 송상옥이 입대한다는 거예요. 그래서 거기다 포스터를 붙였지요. 오늘 저녁 입대 파티한다고요. 이제하가 그림을 그렸지요.

장소가 어디냐 하면, 중앙극장 있었잖아요. 그 뒤에 있는 건물, 2층인가 3층인가에 넓은 방이었지요. 스무 명 정도가 앉을 수 있는 넓은 공간을 얻었지요. 거기서 송상옥 입대 파티를 하는 거예요. 근데 입대 파티라는 건 뭐냐, 포도주도 좀 사다 놓고 국산 건빵 좀 놓고, 오징어 찢어 먹으면서 하는 거였지요.

밤 한 10시나 됐는데 밖에 비가 엄청 쏟아졌어요. 빗속에서 "이 형! 이 형!" 하는 소리가 들렸는데, 그게 천상병 목소리인 것을 우리가 다 알지요. 그런데 한 사람도 문 열고 나가지 않았어요. 천상병 시인이 들어오면 귀찮을 거라는 데 암묵적 합의를 본 거지요. 이제하 시인이 사는 곳이 어디쯤이라고, 천상병 시인이 아는데, 그 집이 정확히 어디인지는 몰랐어요. 그런데도 다른 데 가서 잘 데가 없으니까 빗속을 뚫고 온 거지요.

그렇게 30분 정도 지치지 않고 소리 지르니까, 누군가 나가서 들어

• 시인 생전에 출판된 천상병 유고시집 〈새〉

오라고 했지요. 우산도 없이 억수같이 쏟아지는 비를 쫄딱 맞았으니 정말 물에 빠진 생쥐 같은 몰골이었어요. 비를 한 30분 맞았으니까 춥기도 추웠겠지요. 그렇게 떨다가 들어와 보니 술 파티를 하고 있잖아요, 먹을 것도 있고…

우리 같으면 버럭 화를 냈을 겁니다. '이 나쁜 놈들아. 너희들 귀들 처먹었냐? 안에 있으면서 문도 안 열어주고, 니들끼리 술을 처마시고 있어?' 이렇게 말이에요. 그런데 천상병은 역시 천상병이었지요. 들어오자마자 얼굴이 활짝 펴지는 거예요. 자기가 좋아하는 술도 있고 먹을 것도 있으니까, 빗속에서 30분이나 소리 지른 거는 생각 안 하고…. 아, 그 표정이라는 게. '어머나! 가는 날이 장날이라 이보다도 좋을 수 없네'라면서 지은 표정을 내가 지금도 생생하게 기억하네요.

천진무구한 천상병 시인이 '동백림 간첩단 사건'에 연루되는 코미디가 연출됐어요. 천 시인이 명동거리를 걸어가다가 서울대 상대 친구, 강빈구를 오랜만에 만났지요. 천상병 시인은 아는 사람을 만나면 거의 무조건반사 비슷하게 손 내밀잖아요? 그 친구가 당시 500원인가 얼마인가를 줬나 봐요. 아무 생각 없이 좋아하는 막걸리 사 먹으라고 준 것이었지요. 그런데 그 친구가 동백림사건으로 중앙정보부에 끌려갔어요. 고문하면서 "한국에서 누구 만났느냐?"고 들볶으니까, 버티지 못하고 천상병 시인을 댄 거예요. 신문사에 있거나 정치하는 사람을 말할 수 없었을 테고, 천 시인은 그런 부담이 없으니까, 천상병 만났다고 하면 별 일 없을 것이라고 생각했겠지요.

그런데 그게 생각보다 만만치 않아요. 천상병 시인이 잡혀갔는데, 몽둥이를 들어 패려고 하면, 몽둥이가 몸에 닿지도 않았는데 "아고고~, 나 죽는다~"며 비명을 지르고 야단법석을 떨었다고 하더군요. 그러니까 때리려고 하다가 어이없어하면서도, 좀 때렸겠지요. 그렇게 얻어터져서 맛이 더 갔을 거예요. 그러다가 정신병원에 실려 가 감금당하게 된 것이고요.

나중에 천상병 시인이 나에게 정신병원에 가게 된 자초지종을 자세히 얘기하더군요. 그 얘기 들을 때만 해도 다른 사람들도 다 안다고 생각했는데, 부인인 목순옥 씨에게도 얘기하지 않았다고 하더군요.

17

한국의 '기욤 아폴리네르' 이현우 시인

신라의 천재 최치원은 생일만 있고 죽은 날은 없습니다.
언제 어디서 어떻게 죽었는지 알려지지 않았지요.
해인사 계곡을 타고 가야산으로 들어가
신선이 되었다는 전설만 남기고 있을 뿐입니다.
대명천지 20세기 대한민국에서 '기욤 아폴리네르'로 불렸던
이현우 시인도 몰년沒年을 알지 못합니다.
말년에 '거지 중의 거지'가 된 채로 어느 날 갑자기 실종됐지요.
초등학교 3학년, 열 살짜리 외조카에게
시 원고를 맡기고 잘 보관하라며 당부한 뒤 사라졌습니다.

인기작가 김말봉의 의붓아들
이현우 시인

이현우라는 시인이 있었어요. 이현우 시인은 어질 현賢자에 비 우雨인데, 김말봉의 의붓아들입니다. 이현우가 세 살 때 김말봉金末峰(1901~1962)이 이현우 친아버지와 재혼했어요. 김말봉이 살아있었을 때 이현우 집은 대단했습니다. 김말봉은 당시 한국의 여류 작가로 최고였지요. 신문에 연재소설도 썼고, 학력도 일본 교토의 도시샤同志社대학 영문학과를 다녔으니까요. 김말봉은 1901년생, 정지용은 1902년생으로 같은 시기에 도시샤 영문학과에 함께 다녔지요.

김말봉은 귀국해서 1932년 '보이'라는 별명으로 '주매일보' 기자로 활동하다가 전상봉을 만나 결혼했어요. 전상병과 사별한 뒤 이종하와 재혼했는데, 이현우는 이종하의 아들이었습니다. 이종하 씨는 울산에서 사업을 꽤 크게 했던 것 같아요. 김말봉도 한참 날릴 때니까, 의붓어머니의 영향력도 컸겠죠. 책도 많이 읽고, 어머니 원고 심부름으로 신문사에 다니면서요.

그런 가운데 이현우는 1958년 『자유문학』으로 등단했습니다. 그때만 해도 이현우는 부자였어요. 이현우는 명동에 나올 때 나비넥타이를 매고 등장할 정도였지요. 그러니까 김관식 시인이 부자인 이현우 시인에게 술을 뺏어 먹으려고 '작전'을 짰어요. 김관식 시인이 명동에서 이현우 시인의 등을 탁 때리며 "이현우, 너는 한국의 기욤 아폴리네르다!"라고 했어요. 이현우 시인의 시 가운데 〈끊어진 한강교〉가 있으니까, 기욤 아폴리네르(1880~1918)의 〈미라보 다리 아래 세느강이 흐르고〉를 빗대서 이현우의 기분을 띄운 거였습니다.

그때까지만 해도 파리의 미라보 다리를 직접 가 본 사람이 없었잖아요. 기욤 아폴리네르도 1918년 스페인 내전에 참가했다가 '스페인독감'에 걸려 사망했으니, 만난 사람도 없었고요. 아무튼, 이현우를 기욤 아폴리네르라고 하면 술을 살 것으로 생각했겠지요. 사실 기욤 아폴리네르는 시인이라기보다는 미술평론가로 더 알려졌지요. 그는 피카소(1881~1973)와 가깝게 지냈어요. 기욤은 어머니가 스페인인이고 아버지는 이탈리아인이었으며, 피카소도 스페인 사람이었으니까요. 피카소가 어느 날 아폴리네르를 보고 "야! 나 오늘 네 마누라 만났다"고 하자 기욤은 "나 마누라 없잖아"라고 그랬대요. 당시에 아폴리네르는 결혼하지 않았을 때거든요.

이현우의 유고시집
〈끊어진 한강교에서〉

피카소가 말한 '마누라'가 여류화가 마리 로랑생(1883~1956)이었어요. 그러니까 피카소가 기욤에게 마리 로랑생을 소개해 주었던 것이지요. 마리 로랑생은 1883년생이니까 세 살 차이 아닙니까? 아주 한참 꽃피는 화가였지요. 둘은 만나자마자 벼락처럼 연애를 시작했어요. 그런데 1913년에 루브르 박물관의 '모나리자 도난 사건'이 일어났습니다. 그때 주범으로 몰린 사람이 기욤 아폴리네르였지요. 아폴리네르는 프랑스 국적도 없는 데다, 그의 집에 드나들던 사람이 루브르 박물관에서

마리 로랑생(왼쪽)과 기욤 아폴리네르

도둑질한 전력이 있었기 때문이었지요. 지금은 어림도 없는 일이지만, 당시만 해도 박물관 지하에 있는 유물창고 같은 데 가면 해골바가지 같은 것도 있고, 이탈리아나 그리스에서 가져온 돌덩어리 유물들이 굴러다니고 있어, 그것을 슬쩍 집어다가 팔아먹고 그랬다는 것이었거든요. 1913년이니까…. 그런데 그 사람이 레오나르도 다빈치의 '모나리자'를 훔쳤으니, 아폴리네르가 용코로 걸려든 것입니다. 파리와 프랑스는 물론 전 세계가 발칵 뒤집혔지요.

당시 아폴리네르는 로랑생과 5년 동안 사귀고 곧 결혼하려고 할 때였어요. 그런데 로랑생 엄마가 반대했지요. 아폴리네르는 프랑스 국적도 아니고, 스페인 어머니와 이탈리아 아버지 사이의 사생아인데다, 미술평론가랍시고 왔다 갔다 하면서 모나리자 도둑으로 몰렸으니 반대하는 건 당연했겠지요. 로랑생에게 절교 선언을 당하고 나서 쓴 시가 바로 그 〈미라보 다리 아래 세느강이 흐르고〉라는 시예요.

미라보 다리 아래 세느강이 흐르고
우리네 사랑도 흐른다

내 마음 깊이 아로 새길까
기쁨 앞엔 언제나 괴로움이 있음을

밤이여 오라, 종아 울려라
세월은 가고 나는 머문다

손에 손 잡고 얼굴 마주 보면
우리네 발밑 다리 아래로
영원의 눈길을 한 지친 물살이
천천히 하염없이 흘러내린다

밤이여 오라, 종아 울려라
세월은 가고 나는 머문다

사랑은 흘러간다 이 물결처럼
우리네 사랑도 흘러만 간다

어쩌면 삶이란 이다지도 지루한가
희망이란 왜 이렇게 격렬한가

밤이여 오라 종아 울려라
세월은 가고 나는 머문다

나날은 흐르고 달도 흐르고

지나간 세월도 흘러만 간다

우리네 사랑은 가고 오지 않는데

미라보 다리 아래 세느강이 흐른다

밤이여 오라 종아 울려라

세월은 가고 나는 머문다

— 기욤 아폴리네르, 〈미라보 다리 아래 세느강이 흐르고〉 전문

이현우 이름을
기욤 아폴리네르로 지은 김관식 시인

기욤과 마리가 헤어지자 두 사람의 친구들이 연인관계를 회복하도록 많이 노력했어요. 하지만 로랑생은 한 파티에서 독일인 오토 폰 베첸 남작을 만났고, 베첸 남작이 구혼하자 마리도 승낙했어요. 1914년 6월, 두 사람은 결혼했는데 6일 뒤에 '사라예보 사건'이 터지고 1차 세계대전이 일어났지요. 결혼으로 독일 국적이 된 로랑생은 신혼여행이 끝난 뒤 파리로 돌아갈 수 없어 중립국인 스페인으로 망명했어요. 베첸 남작은 이 과정에서 술에 절어 살았고, 거의 방치된 로랑생은 외로움을 달래기 위해 편지와 시를 썼는데, 그때 쓴 시가 〈진정제〉입니다. 기욤의 시에 대한 일종의 답장이라고 볼 수 있는 시지요. 가장 불쌍한 여자

는 '잊힌 여자'라는 유행어를 유행시킨 바로 그 시입니다.

지루한 여자보다 더 불쌍한 건 슬픈 여자예요
슬픈 여자보다 더 불쌍한 건 불행한 여자예요
불행한 여자보다 더 불쌍한 건 아픈 여자예요
아픈 여자보다 더 불쌍한 건 버림받은 여자예요
버림받은 여자보다 더 불쌍한 건 잠 못 이루는 여자예요
잠 못 이루는 여자보다 더 불쌍한 건 쫓겨난 여자예요
쫓겨난 여자보다 더 불쌍한 건 죽은 여자예요
죽은 여자보다 더 불쌍한 건 잊힌 여자예요

–마리 로랑생, 〈진정제〉 전문

마리 로랑생이 이런 시를 쓰긴 했지만, 역시 시인이라기보다는 화가였지요. 1차 세계대전 후반 무렵 스페인에서 내란이 발생하자 기욤 아폴리네르가 참전했습니다. 로랑생과 헤어진 고통에다 프랑스 국적을 취득하기 위한 것이었다고 볼 수 있겠지요. 그런데 전투 중에 총상도 입었고, 그때 유행하던 스페인 독감에 걸려 1918년에 사망했어요.

로랑생도 베첸 남작과 이혼한 뒤 파리로 돌아와 다시 붓을 잡았고, 인기를 끌었어요. 많은 사람들에게 초상화를 그려달라는 주문을 받았는데, 코코 샤넬이라고 유명한 명품 샤넬 있잖아요?, 그 사람도 초상화를 그려달라고 주문했어요. 그런데 작품을 받아 본 코코 샤넬이 마음에 들지 않는다며 반품했어요. 그런데 지금 파리에 있는 '마리 로랑생 기

념관'에서 가장 인기 있는 작품이 '코코 샤넬 초상화'라고 하네요. 아이러니라고 할 수 있겠지요.

마리 로랑생은 1956년에 사망했으니까, 73세까지 살았어요. 그가 죽을 때 이런 부탁을 했다고 합니다. 하얀 웨딩드레스를 하나 맞추고, 하얀 장미꽃과 아폴리네르의 시 그리고 나한테 온 편지를 아폴리네르 무덤에 함께 묻어달라고요. 그러니까 영혼결혼식을 한 셈입니다.

김관식 시인이 이현우 시인의 어깨를 치며 "너는 한국의 기욤 아폴리네르"라고 했으니 이현우 시인이 술을 많이 살 수밖에 없었겠지요. 그런데 김관식 시인의 말이 완전히 근거가 없는 것은 아니었어요. 이현우 시인이 1958년 『자유문학』에서 등단할 때의 시가 〈한강교에서〉였으니까요.

그날,
나는 기억에도 없는 괴기한 환상에 잠기며
무너진 한강교에서
담배를 피우고 있었다

이미 모든 것 위에는 낙일落日이 오고 있는데
그래도 무엇인가 기다려지는 심정을 위해
회한과 절망이 교차되는 도시
그 어느 주점에 들어
술을 마시고 있었다

나의 비극의 편력은 지금부터 시작된다
취기에 이지러진 눈을 들고 바라보면
불행은 검은 하늘에 차고,
나의 청춘의 고독을 싣고
강물은 흘러간다

폐허의 도시 〈서울〉
아, 항구가 있는 〈부산〉
내가 갈 곳은 사실은
아무 데도 없다

죽어간 사람들의 음성으로 강은 흘러가고
강물은 흘러가고,
먼 강 저쪽을 바라보며
나는 돌아갈 수 없는 옛날을 우는 것이다

옛날,
오, 그것은 나의 생애 위에 점 찍힌
치욕의 일월日月
아니면 허무의 지표, 그 위에
검은 망각의 꽃은 피리라

영원히 구원받을 수 없는 나의 고뇌를 싣고
영원한 불멸의 그늘 그 피안으로
조용히 흘러가는 강

— 이현우, 〈한강교에서〉 전문

아폴리네르의 〈미라보 다리 아래 세느 강이 흐르고〉는 마리 로랑생에게 이별 통보를 받고 쓴 사랑의 시라면, 이현우의 〈한강교에서〉는 시대의 아픔을 노래한 시라서 느낌은 다르지요. 하지만 프랑스와 파리를 대표하는 것이 세느 강이고, 한국과 서울을 대표하는 것이 한강이니까, 김관식 시인이 이현우를 "한국의 기욤 아폴리네르"라고 부른 것은 어느 정도 근거가 있다고 볼 수 있는 거지요.

이현우의 시 〈사자의 가을〉은 시참

그런데 이현우의 시 가운데 〈사자死者의 가을〉도 있어요. 〈사자의 가을〉이란 죽은 사람의 가을이라는 거잖아요. 이게 시참詩讖이에요. 내가 늘 얘기하는 것처럼, 윤동주 시에 왜 처음부터 '죽는 날까지가' 나오냐고? 이게 바로 시참이에요. 참讖에는 말로 하는 언참言讖도 있어요. 사람이 하는 말대로 일이 된다는 거지요. 시참은 시 쓰는 대로 가는 거고요. 젊은 이현우 시인이 〈사자의 가을〉이라는 시를 쓴 것은 그의 불행을 예고한 것은 아니었을까 하는 생각입니다.

그의 의붓어머니인 김말봉 작가는 1962년에 사망했습니다. 김말봉 작가가 죽자 이현우 시인은 아무 대책도 없이 술만 빌어먹고 노숙자가 돼버렸어요. 그래서 천상병 시인처럼 거의 매일 나타나서 돈을 달라며 지냈지요. 내가 그를 마지막으로 봤을 것입니다. 내가 동화출판공사에 다닐 땐데, 천상병 시인은 나 때문에 찾아와서 돈 받아 갔지만, 이현우는 이규헌 소설가 때문에 찾아왔었지요. 이규헌 소설가는 이어령 선생이 소개에서 동화출판공사에 온 사람인데 〈역도〉라는 소설을 썼어요. 말을 더듬던 사람이었지요.

어느 날 출근했더니 현우가 왔어요. 두 거지랑 함께 왔는데, 나는 평생 그렇게 참혹한 몰골의 거지를 처음 봤어요. 벌써 눈이 벌겋고, 얼굴은 말할 것도 없이 새카맣고 더러웠습니다. 그게 마지막이었어요. 그 뒤 어디서 어떻게 죽었는지 아는 사람이 없어요. 그냥 사라진 거지요.

천상병 시인은 어느날 갑자기 행방이 묘연하게 사라져 유고시집 〈새〉를 낸 뒤에 다시 출현했지만, 이현우는 그게 끝이었어요. 그러니까 이현우 시인은 생년은 있고 몰년은 없는 최치원처럼 전설 같은 사람이 된 거지요. 다행히 1994년에 강민姜敏(1933~2019) 시인이 시문집 〈끊어진 한강교에서〉를 냈고, 2022년 2월 열린서원에서 이현우 시전집 〈끊어진 한강교에서〉를 다시 출간했네요.

18

나와 『한국문학』, 그리고 제자들

『한국문학』은 내가 시인으로 뿐만 아니라
문학잡지 발행인으로 활동하는 계기가 되었습니다.
시인과 소설가등 문학가들만이 아니라
음악인과 미술가 등과도 관계를 넓히는 좋은 경험이었지요.
『한국문학』의 경험을 살려
『민족과 문학』과 『문학의문학』을 한 것도,
제가 시인으로서는 조병화에 이어 두 번째로
대한민국예술원 회장이 되는 데 도움이 됐습니다.
서울예술전문대학을 시작으로 재능대학과 신송대학,
중앙대학교 등에서 시창작을 가르친 것도
나의 문학인생에서 아주 소중한 시기였습니다.

김동리의 『한국문학』을 인수하다

1975년 어느 날, 유주현 선생이 동화출판공사 사무실로 찾아왔어요. 『한국문학』을 좀 인수하면 어떻겠냐는 것이었습니다. 나는 내 친구인 임인규 사장에게 일언반구도 얘기 안 했어요. 이어령 선생도 『문학사상』을 가져가라고 했지만, 못 가져오는 데 『한국문학』을 떠맡기가 어렵다고 생각했지요.

그런데 임인규 사장이 어느 날 "야! 김동리 선생 한국문학이 어렵다던데…"라고 하더군요. "휘문출판사를 주관하던 최근덕에게 들어보니 한 달에 30만 원씩 밑진다는데 우리가 가져올 거 없이 30만 원씩 보내드리면 안 되냐?"고 덧붙이더군요. 임인규는 김동리와 아무런 관계가 없지만 나는 김동리 선생하고 사제지간이니, 그렇게 되면 얼마나 좋겠어요. 그래도 나는 앞에 나서지 않았어요.

그런데 어느 날 김동리 선생한테 전화가 왔어요. "이근배, 네 사장한테, 한국문학 작가상에 상금이 없으니 상금 좀 부탁해 다오"라고요. 다른 때 같으면 "선생님 우리도 좀 어려운데 제가 그런 얘기를 어떻게 합니까"라고 했을 텐데, 임인규 사장이 전에 30만 원을 보내 줄 수 있다는 얘기를 했으니, '한국문학상' 상금으로 30만 원을 보내주면 되겠다고 생각했지요. 그래서 임인규에게 말했더니 선뜻 "보내드려라"고 하더군요.

김동리 선생이 그것이 고마웠나 봅니다. 내가 1976년 양력 설날, 집에서 제사를 지내고 저녁 늦게, 김동리 선생댁에 세배갔을 때, "임 사장하고 저녁 좀 한 끼 먹으러 오라"고 하시더군요. 며칠 뒤 임인규랑 가서 된장국 저녁을 먹었는데, 딱 걸렸습니다. 임인규 사장이 "제가 하겠습니다"라고 했지요. 그래서 『한국문학』이 우리한테 온 겁니다.

『한국문학』
1976년 6월호

그렇게 인수한 뒤 1976년 6월호를 혁신창간호로 아주 멋지게 출간했습니다. 광고도 하고, 권두 중편소설 이청준의 〈잔인한 도시〉도 싣고…, 그러나 결손이 크게 났습니다. 그러자 임 사장이 나에게 떠맡겼지요. 동화출판공사를 그만두면서 받은 퇴직금으로 『한국문학』을 인수했습니다. 발행인이 된 것이지요. 나는 『한국문학』을 최고의 월간문학지로 만들기 위해 최선을 다했습니다. 우선 김동리 선생 때 도입한 '한국문학작가상'을 계속 시상했습니다. 1년에 한 번 최고의 시인과 소설가를 선정해서 수상하는 것입니다. 한국문학작가상과 관련해 박용래朴龍來(1925~1980) 시인이 생각납니다. 박용래 시인은 1980년 11월21일에 돌아가셨는데, 바로 그해에 제7회 한국문학작가상을 드렸습니다.

박용래 시인은 1962년에 나의 고향인 당진의 송악중학교에서 교편을 잡고 있었습니다. 1962년은 내가 동아일보 신춘문예에 시조 〈보신각종〉이 당선된 해입니다. 조선일보에서는 동시 〈달맞이꽃〉이 당선되고, 시조 〈바위〉가 가작으로 뽑혀 전년에 이어 신춘문예 3관왕이 됐지요. 그해 1월에 시상식을 마치고 고향에 가서 박용래 시인께 편지를 보냈습니다. 상금 받은 것도 있으니, 식사라도 대접하려고 했지요. 그때 송산면 소재지에서 가장 좋은 요릿집에 가서 요리와 함께 술을 사드렸습니다. 박용래 시인은 술을 주는 대로 마실 정도로 애주가입니다. 마침 그날 고등학교 후배의 결혼식이 있어, 요릿집에서 1차를 한 뒤 결혼 피로연에 가서 또 마셨습니다. 밤 10시가 넘었지만 문 닫은 술집의 문을 두드려서 들어가 또 마셨고요. 술을 많이 마신 박용래 시인이 노래도 하고 울기도 했던 기억이 어제 일처럼 생생하게 떠오릅니다.

1978년에 있었던 이청준 소설가의 중편소설 〈잔인한 도시〉(『한국문학』1978년 7월호)도 좋은 추억입니다. 나는 김동리 선생으로부터 『한국문학』을 넘겨받은 뒤 앞부분 권두卷頭에 중편소설을 싣는 데 중점을 두었습니다. 그래서 이청준에게 부탁했더니 〈잔인한 도시〉 원고를 주더군요. 이 작품은 원래 『문학사상』에 중편소설을 보냈는데, 『문학사상』에서 중편을 싣지 못하겠다고 해서 돌려받았다고 합니다. 이청준으로서는 아주 자존심이 상하는 일이었겠지요.

이청준의 〈잔인한 도시〉

이청준은 대작가로서 이름을 날리기 전까지, 자존심에 상처를 받는 일이 몇 번 있었습니다. 그는 1939년생이어서 1945년에 국민학교에 들어가야 했지만. 가정형편 등으로 인해 3년 늦은 1948년에야 입학했습니다. 당시에는 2,3년 늦게 입학하는 게 흔한 일이었지요. 하지만 머리 좋은 그로서는 대학에 들어갈 때까지 트라우마로 남았을 것입니다. 그는 이 상처를 공부로 이겨냈습니다. 명문 광주서중과 광주일고에서 전교 수석을 했고, 광주일고 3학년 때는 직선으로 뽑은 학생회장에 75%라는 압도적 득표율로 당선됐으니까요.

그는 서울대 법대에 들어갈 수 있는 실력이 있었음에도 독문학과를 선택했습니다. 판검사가 되어 가난한 집안 살림살이를 펴는 것이 당시 모든 학부모와 학생들의 상식이었는데, 그는 이 상식을 가볍게 버렸습니다. 판검사로는 뛰어넘을 수 없는 사회적 벽을 문학으로 극복하겠다는 깊은 뜻이 있었을 것입니다.

이청준은 1965년 말에 중앙일보 기자 시험에 응시했는데 떨어졌습니다. 그해 11월 『사상계』 신인상에 단편소설 〈퇴원〉이 당선돼 소설가로 등단했는데도, 낙방의 쓴맛을 본 것이지요. 그는 이에 대해 일언반구의 언급을 하지 않았지만, 속으로는 고향 때문이라고 여기지 않았을까 생각합니다. 자존심 상했던 그런 경험들을 그는 치열한 작가정신으로 작품에 승화시킨 것으로 보입니다.

어쨌든 이청준의 중편 〈잔인한 도시〉가 대박이 났습니다. 그는 이 작품으로 문학사상사가 주는 제2회 이상문학상(1978년)을 받았으니까요. 『문학사상』에서 '퇴짜' 놓았던 작가를 수상작으로 선정하는 아이러니가 벌어진 것이지요. 어쨌든 〈잔인한 도시〉로 나의 『한국문학』은 빛이 났고, 이청준은 영예와 상금을 얻었으니 서로 좋은 인연을 맺었습니다.

이청준 작가의 좋은 점 중의 하나는 거짓말을 하지 않는다는 것입니다. 한 번 맺은 인연을 소중히 여기고, 약속은 반드시 지킵니다. 『한국문학』과 이청준의 호연好緣은 또 있었습니다. 1979년 여름이었습니다.

이청준 작가가 〈살아있는 늪〉이란 단편소설을 썼는데 『한국문학』에 싣고 싶으냐고 묻더군요. 나야 이청준 작품이 있으면 있는 대로 싣는 게 좋으니까 무조건 싣겠다고 했지요.

그런데 이청준 작가가 그러는 거예요. "이 작품은 문학지가 아닌 어떤 기관지에서 원고료를 배로 주겠다고 해서 쓴 것"이라고요. 당시 문학지의 원고료는 200자 원고지 1장에 2500원 정도였는데, 그 기관지는 5000원을 주겠다는 거였지요. 이청준 작가는 그때까지만 해도 경제 사정이 넉넉하지 못했습니다. 당연히 5000원 주는 곳에 작품을 줘야 하는데, 무슨 사정이 생긴 것인지는 모르겠는데 나에겐 큰 도움이 됐지요.

한국문학신인상으로
김성동의 〈만다라〉 발굴

한국문학을 새롭게 시작하면서 '한국문학신인상'도 새로 만들었습니다. 잠재력 있는 작가를 발굴하기 위해 상금을 100만 원으로 책정했습니다. 지금이야 100만 원 하면 크지 않은 돈일지 모릅니다. 하지만 당시는 월간지 편집장 월급이 30만 원이었으니까, 100만 원은 매우 큰 돈이었습니다. 게다가 한국문학신인상에 당선되는 것은 커다란 영예였지요. 장석주 시인과 최승자 시인이 한국문학신인상에 응모했다가 당선되지 못하자, 떨어진 것을 자랑삼아 얘기했을 정도였으니까요.

한국문학신인상을 하면서 가장 보람 있었던 것은 김성동 작가의 중편소설 〈만다라〉를 발굴한 것입니다. 김성동金聖東(1947~2022) 소설가는 충남 보령의 유명한 유학자 집안에서 태어났습니다. 청산리대첩을 거둔 김좌진 장군과 갑신정변의 주역이었던 김옥균 등과 같은 집안입니다. 하지만 아버지가 좌익활동을 하다 처형된 뒤 연좌제로 어려움을 겪었습니다. 서울의 서라벌고등학교를 다녔지만, 3학년 때 중퇴하고 출가해서 지효智曉대선사의 상좌로 활동했지요. 1975년 『주간종교』에서 종교소설을 현상공모했을 때 단편소설 〈목탁조木鐸鳥〉가 당선됐습니다. 하지만 이 소설이 불교계를 악의적으로 비방하고 전체 승려를 모독했다는 이유로 승적을 박탈당했지요.

김성동 장편소설
〈만다라〉

김성동은 1976년에 하산해서 중편소설 〈만다라〉를 써서 1978년 한국문학신인상에 응모했습니다. 당시 기초심사를 홍기삼 평론가가 맡았는데, 〈만다라〉를 읽고 나에게 말하더군요. "야! 소설의 고은이 나타났다"고 말입니다. 당시에 고은 시인이 '감성의 황제'로서 평가받고 있었는데, 〈만다라〉가 그만큼 훌륭하다는 평이었지요. 김동리 황순원 최인훈 김승옥 소설가 등, 심사를 맡았던 분들도 〈만다라〉를 당선작으로 뽑는 데 의견이 일치했습니다.

그런데 어느날 김인金寅(1943~2021) 국수國手가 나를 찾아와서 "김성동 소설가가 〈만다라〉를 한국문학신인상에 응모했으니 당선시켜 주길

바란다"고 했습니다. 나는 비록 김인 국수와 친하게 지냈지만, 당선을 부탁하는 게 언짢아서 안 뽑으려고 했지요. 그런데 심사위원들이 만장일치로 당선시켜야 한다고 하니 어쩔 수 없었습니다.

임인규 사장은 〈만다라〉를 보더니 장편으로 다시 써서 출판하자고 했습니다. 김성동 작가도 동의해서 장편소설 〈만다라〉를 1979년에 출간했지요. 각 신문에 5단광고를 내면서 판매에 나서려는 데, 조계사의 이향봉 스님이 제동을 걸고 나섰습니다. 명예훼손에 해당하는 부분이 많아 판매해서는 안된다는 주장이었습니다. 〈만다라〉도 〈목탁조〉처럼 불교계를 비방하고 승려를 모독하는 나쁜 소설이라는 것이었지요. 그때 동아일보 문화부의 박병서 기자가 큰 도움을 주었습니다. 당시 최일남 문화부장에게 "이근배 장사를 시킵시다"고 해서 〈만다라〉가 좋은 소설인데 불교계에서 문제를 삼는다고 썼지요.〈만다라〉가 훨훨 날아 많이 팔렸습니다.

소설 〈만다라〉가 불티나게 팔리자 영화감독들이 찾아왔습니다. 이장호 감독도 그때 왔었지요. 하지만 실제로 영화를 만든 사람은 임권택 감독이었습니다. 화천공사라는 영화사에서 만들었지요. 촬영은 정일성 작가가 맡았고요. 임 감독은 당시까지만 해도 거의 알려지지 않았습니다. 내가 김성동 소설가와 함께 충무로에 있는 일식집에서 임권택 감독을 만났는데, '부도를 내지 않을 영화사'라는 말을 믿고 계약을 했습니다.

당시는 공모소설의 판권은 3년 동안 출판사에 있었습니다. 영화로 만들기로 계약하면서 받은 원작료 300만 원을 그 자리에서 김성동 작가에게 주었습니다. 아버지가 빨갱이로 처형당해 힘든 시절을 보냈고, 〈목탁조〉로 승적도 박탈당해 어려움을 겪던 김성동 작가에게 큰 도움이 됐을 겁니다.

부도 위기로 『한국문학』을 소설가 조정래에게 넘겨

〈만다라〉로 한국문학사는 큰 호황을 누렸습니다. 또 천재 이중섭李仲燮(1916~1956) 화가가 일본에 있는 부인 및 두 아들과 주고받은 편지를 모은 서한집 〈그릴 수 없는 사랑의 빛깔까지도〉도 인기를 끌었습니다. 하지만 회사를 단행본 출판사로 키우다 보니 경영이 어렵게 되었습니다.

사정은 이렇습니다. 〈만다라〉가 많이 팔리자 그에 맞춰 직원을 늘렸지요. 늘어난 직원에 맞게 '전집' 제작에 나섰습니다. 일이 꼬이느라고 전집 제작이 순조롭지 못해서, 전집 판권을 5000만 원에 다른 사람에게 넘겼습니다. 그런데 당초 계약한 작가들이 문제를 제기해서, 그 돈을 주고 다시 받아왔습니다. 하지만 돈줄이 막혀 부도 위기를 맞았지요.

어쩔 수 없이 알토란 같던 『한국문학』을 조정래 소설가에게 넘겼습니다. 그때 『한국문학』 발행부수는 3만5000부였습니다. 조정래 작가가 인쇄소와 제본소에 가서 직접 확인하고 계약했으니, 틀림없는 사실입니다. 매각대금으로 1억 원을 받아 경영정상화를 시도했지만 역부족이었습니다. 결국 부도를 내고 말았지요.

내가 『한국문학』을 김동리 선생에게 넘겨받아 1976년 6월호부터 발행하다가 1984년 11월호까지 내고 조정래 작가에게 넘겼습니다. 8년5개월 동안 발행인으로 지낸 것입니다. 그동안 문학잡지 가운데 서울에서는 『한국문학』이 가장 많이 나갔습니다. 영화배우 하길종 감독을, 영화인들과 함께 만난 적이 있는데, 이렇게 말할 정도였으니까요. "이근배 선생님 걱정하지 마세요. 저는 서점에 가서 '한국문학!' 하고 소리칩니다"라고요. 내가 『한국문학』에 좋은 소설을 많이 실었더니, 영화감독이라서 자주 본 모양이었습니다.

이런 일도 있었습니다. 한양대 교수를 지낸 윤재근(1936~) 작가가 그때 현대문학 주간을 맡고 있었습니다. 그 아래 편집장은 감태준(1947~) 시인이고요. 어느 날 윤재근 주간이 감태준 시인과 함께 한국문학사에 나를 찾아왔어요. 감 시인의 시를 『한국문학』에 실어달라는 부탁을 하더군요. 그만큼 『한국문학』이 문학인 사이에서도 높은 평판을 받고 있었지요. 당시 월간지로는 『현대문학』 『문학사상』 『월간문학』 등이 있었고 계간지로는 『창작과비평』 『문학과지성』 등이 인기를 끌었습니다. 하지만 늘어나는 문학인들이 자신의 작품을 발표할 지면이 많지 않았습니다.

중앙정보부(중정)와의 악연도 빼놓을 수 없겠네요. 요즘은 없어졌지만, 1980년대만 해도 중정에서 정부 부처나 회사에 담당을 지정해 감시했습니다. 『한국문학』도 잘 나가니까 당연히 중정의 감시망에 들어간 것이겠지요. 당시 반정부활동을 하던 고은 시인이 『한국문학』에 작

이근배 시인.
1980년경 사진이다

품을 발표하거나, 별책부록을 내곤 했는데, 원고료를 지급하면 그걸 트집 잡는 것입니다. 영장도 없이 툭하면 와서 회계장부를 보자며 괴롭혔습니다. 영장이 없다고 거부할 분위기가 아니었습니다. 한수산 필화사건 때 아무런 관련도 없는 박정만 시인과 나의 사촌인 이근성 등이 끌려가서 죽지 않을 만큼 맞던 시대였으니까요.

어처구니없는 좌우 이념투쟁이 강하게 벌어지는 와중에서도 해마다 송년회를 풍성하게 했던 기억이 남아 있습니다. 이호철 소설가나 김병익 평론가, 퇴직한 대학교수와 신부 등을 초청해 송년회를 했습니다. 그때 내가 정지용 시인의 시 〈향수〉를 암송하자, 언론인 송건호 씨가 참 좋다고 했던 적도 있었습니다. 그때는 정지용 시가 해금되기 전이었고, 〈향수〉라는 시가 잘 알려지지 않았을 때입니다.

『한국문학』은 조정래 작가가 홍삼화 씨에게 넘겨 지금도 나오고 있습니다. 내가 계속 냈으면 하는 아쉬움도 있지만, 아직까지 발행되고 있다니 다행으로 여깁니다.

서울예전 교수 시절 제자에
채호기 장석남 함민복 이진명…

1982년 연초에 장편소설 〈광장〉을 쓴 최인훈(1936~2018) 소설가가 한국문학사 사무실로 나를 찾아왔습니다. 서울예술전문대학에서 시창작 강의를 맡아달라고 부탁하더군요. 시창작 강의를 맡고 있던 정현종鄭玄宗(1939~) 시인이 갑자기 연세대 국어국문학과로 옮겨갔는데, 맡을 사람이 없다는 거였습니다. 정현종 시인은 서울에서 태어나 대광고와 연세대 철학과를 졸업한 뒤 1965년 『현대문학』에서 박두진 시인의 추천을 받아 등단했습니다. 정 시인은 석사나 박사 학위도 없었는데, 연세대 철학과 교수를 하다 전두환 대통령의 핵심 참모 중 한 사람으로 발탁됐던 이규호 씨의 강력한 입김으로 연세대 교수가 됐다고 들었습니다.

나는 그때 『한국문학』을 경영하느라 눈코 뜰 새 없이 바빴지만, 최인훈 소설가의 부탁이 간절해서 받아들였습니다. 바쁜 가운데서도 82학번의 채호기(1957~) 시인과 84학번의 장석남(1965~) 박형준 시인, 88학번의 함민복(1962~) 이진명(1955~) 시인 등 수십 명의 시인을 길러낸 것은 매우 보람 있는 일이었습니다.

서울예전에서 교수할 때 한국문학사가 부도났습니다. 그때는 기업이 부도가 나면 사장은 즉시 구속됐습니다. 나도 구속돼야 하는데, 대검찰청 중앙수사본부장 김두희 부장검사 덕분에 구속을 피하고 강의를 계속할 수 있었지요. 그 검사는 나중에 법무부 장관까지 지낸 분입니다. 1985년 신학기에 서울예전에서 강의를 해야 하는데 어쩝니까.

김두희 부장검사가 그때 법무부 검찰국장을 하고 있어서 과천 정부청사로 찾아갔습니다. 자수하겠다고 했더니 기다려보라고 하더군요. 서울지검 박성진 검사에게 전화하더니, 그 검사에게 가면 해결될 것이라고 했습니다. 서울지검으로 그 검사를 찾아갔더니, 자수서를 타이핑해주더군요. 그 자수서를 품에 안고 다니면서 서울예정 강의를 계속할 수 있었습니다.

내가 부도를 내고 수배를 당하자 나를 미워하던 사람들이 쾌재를 부르는 것 같았습니다. 신춘문예 10관왕이다, JP(김종필) 이어령과 친하다, 『한국문학』으로 거들먹거리던 "이근배는 이제 끝났다"는 분위기였던 것이지요. 인심이란 게 얼마나 바뀌기 쉬운 것인가를 그때 새삼 알았습니다. 그런데 구속은커녕 대낮에 돌아다니며 서울예전 강의를 계속하자 당황하는 기색이 역력했습니다. 게다가 수배중인 상태에서 KBS 생방송에도 출연했으니 어안이벙벙했겠지요. 서울예전 교수는 1988년에 마감했습니다.

1988년부터는 재능대학교 문예창작과 교수로 취임해 2006년 정년퇴직할 때까지 학생들을 가르쳤습니다. 가정 형편상 고등학교를 졸업한 뒤 곧바로 대학에 진학하지 못한 채, 사회생활을 하다 뒤늦게 문창과에 들어온 학생들이 많았습니다. 그런 학생들의 생생한 인생 이야기를 시로 표현하는 모습을 보면서 많은 것을 배웠지요. 가르치는 사람은 배우는 사람과 함께 발전한다는 교학상장教學相長의 뜻을 새삼 깨달았습니다. 정년이 지난 뒤 1년 동안 초빙교수로 있었는데, 다른 학과 교수들이 이의제기를 해서 그만두고 당진의 신성대학교로 옮겼습니다. 그곳에서 석좌교수로 11년 동안 학생들을 가르치면서 박물관도 만들어 박물관장도 지냈지요.

어느 명이라고 거역하겠어, 써야지!

대학교수를 하면서도 백화점 등에서 여는 문학강좌도 많이 다녔습니다. 그때 밀려드는 문학강좌의 일부를 정공채 시인 등에게 나눠주기도 했습니다. 그러다가 무역업을 하는 김광중 씨를 만나 『민족과문학』을 만들었습니다. 발행인은 김광중 씨였고 나는 편집을 책임지는 주간이었지요. 하지만 내 맘대로 할 수 없는 주간으로 일하는 것은 한계가 많았습니다. 『한국문학』 발행인으로 8년 5개월을 지냈는데 말입니다. 2년 정도 하다가 그만뒀지요.

내가 다시 한 문학지는 『문학의 문학』이었습니다. 나의 당진상고 동기동창인 임인규 사장과 함께 2007년에 만들어 주간으로 2010년까지 일했습니다. 『문학의 문학』을 창간하면서 기억에 남는 일이 적지 않습니다. 그 가운데서도 이청준 소설가와 박완서 소설가와의 인연이 고마운 추억으로 남아 있습니다.

내가 2007년에 계간 『문학의 문학』 창간작업을 할 때였습니다. 창간호에 유명작가의 작품을 싣는 게 홍보에도 좋으니, 이청준 작가에게 작품을 부탁했지요. 1960, 70년대에 매우 가깝게 지내다가 80년대부터

『민족과 문학』(왼쪽)과 『문학의 문학』

는 약간 교류가 적어졌을 때였습니다. 그래도 이청준 작가를 믿고 원고를 부탁했지요. 그랬더니 대뜸 이러는 거예요.

“어느 명이라고 거역하겠어, 써야지!”

참으로 고마웠습니다. 나중에 알고 보니, 그때는 이미 폐암 판정을 받을 만큼 건강이 좋지 않았을 때였습니다. 물론, 암 판정을 받았어도 활동은 하던 시기였기 때문에 이청준 작가도 기분 좋게 응낙했을 것입니다. 이청준 작가에게 받을 원고를 감안해서 창간호 제작을 준비하라고 편집자에게 말해 놓았지요. 그런 와중에 그에게서 전화가 왔습니다. 목소리에 힘이 없었어요. “이형! 내가 그 소설 못 쓰겠어, 병원에 가야 돼….”

그래서 내가 그랬지요. “병원에 가서 링겔 한 대 맞고 와서 쓰면 되지.”

이청준 작가는 1939년생 토끼 띠(기묘생己卯生)로 나와 동갑이라서 말을 거의 놓고 지낼 정도로 친했습니다. 둘이서 얘기할 때는 편한 말로 농담처럼 말했지요. 이청준 작가는 내가 『한국문학』을 할 때도 몇 번 작품을 받았는데, 약속을 어긴 적이 한 번도 없었습니다. 그런데 전화기로 들리는 그의 목소리는 심상치 않았어요.

"그래! 병원에서 퇴원하면 다음에 부탁할게."

전화를 끊고 부랴부랴 창간호 기획을 다시 했지요. 며칠 뒤 내가 일이 있어 통영에 갔을 때, 이청준 작가가 전화를 걸어왔어요. 목소리는 여전히 힘이 없었습니다.

"내가 힘들게 써놓았으니 가져다 실으려면 실어, 아마 그게 나의 마지막 작품이 될 것 같아."

"아니 무슨 말을 그렇게 해. 힘을 내서 퇴원한 뒤 좋은 작품을 더 많이 써야지."

"아니야, 내가 많이 힘들어…"

그 작품이 바로 〈이상한 선물〉(『문학의 문학』, 2007년 가을호)이었어요. 그의 말대로 〈이상한 선물〉은 이청준 작가의 마지막 작품이 됐습니다. 나에겐 참으로 고마운 선물이었습니다.

이청준의 마지막 소설
〈이상한 선물〉

〈이상한 선물〉은 선바우골 출신 황기태가 고향마을의 큰 인물을 길러낸다는 영험한 벼루 심지연心池硯을 떠맡게 되는 내용입니다. 황기태는 처음엔 심지연 떠맡기를 거부하지만, 도깨비 할배와 그림자 도둑처럼 마을 사람들이 모두 각자 한 가지씩 제 역할을 맡아 그 전설 안에서 살아간다는 얘기를 듣고 어쩔 수 없이 맡게 됩니다.

소설 끝부분에는 강진에 있는 무위사 벽화와 관련된 설화가 등장하는데, 부처의 눈에 마지막 눈동자가 칠해지지 않아 텅 비어 있다는 이야기입니다. 이 벽화 설화를 들은 황기태가 떠맡은 '심지연'을 열어보니 벼루가 아니라 숫돌판이었습니다. 하지만 황기태는 놀라지 않은 채 "내게 여기다 뭘 갈라는 것인구?"라며 중얼대는 것으로 소설이 끝납니다. 이청준은 암세포와 싸우며 마지막으로 완성한 〈이상한 선물〉을 통해, 아프고 각박한 현실이지만 각자의 꿈과 믿음을 갖고 의미 있는 삶을 살아가야 한다고 말하고 싶었을 것입니다.

〈이상한 선물〉은 그해 11월에 출간된 이청준의 마지막 창작작품집인 〈그곳을 다시 잊어야 했다〉(열림원)에 실렸습니다. 그해 12월6일, JW메리어트호텔에서 그를 위한 마지막 출판기념회가 열렸고, 39명이 참석해 대작가를 떠나보내는 이별사를 했습니다. 이청준이 은사로 존경했던 정명환 평론가는, 그 자리에서 면도한 뒤 바르는 로션을 선물했다고 합니다. 이청준이 며칠 전 "집에 있는 로션을 다 쓸 수 있을지 모르겠다"고 말한 신문기사를 보고, 정명환은 로션을 선물로 주면서 "이 로션까지 다 쓰라"고 했답니다. 이 말을 들은 이청준은 잠시 울먹였고 눈물도 조금 보였다고 하고요.

박완서 소설가에 대한 고마움도 생각납니다. 『문학의문학』을 창간할 때 박완서 작가에게도 원고를 부탁했어요. 그랬더니 "이근배 씨, 내가 요즘에 원고를 못 쓰고 있어. 근데 약속할게. 내가 소설 쓰면 맨 먼 저 이근배 씨에게 줄 거야"라고 말하더군요. 실제로 박완서 작가는 단편소설 〈갱년기의 기나긴 하루〉를 『문학의문학』 2008년 가을호에 보내주었습니다. 그것도 마지막 작품이었습니다. 내가 『한국문학』을 할 때 맺은 인연을 생각해서 원고를 보내주신 겁니다. 참 고마운 분이셨지요.

내가 『한국문학』에서부터 문학지를 하면서 겪은 기쁨과 슬픔은 대하소설입니다. 그러나 참 고맙고 기쁘게 생각하는 것은 저에게 용기를 주고 끝까지 사랑을 주셨던 모든 작가들입니다. 엎드려 절하고 싶습니다.

내가 직접 책을 처음 만든 것은 1963년 7월이었습니다. 공초 오상순 선생께서 돌아가셨을 때 만든 공초추모시집 『청동』이 그것입니다. 『청동』 판권에 '주간 이근배'로 나옵니다. 1963년은 내가 신춘문예로 등단한 지 2년밖에 안된 신인인데도, 큰일을 맡아 한 것이지요. 그 뒤 조태일趙泰一(1941~1999) 시인이 1969년에 창간한 월간 시전문지 『시인』의 편집위원으로 이탄 시인과 함께 활동했습니다. 조태일 시인은 1963년 경향신문 신춘문예에서 〈아침 선박〉이 당선됐고, 이탄(1940~2010) 시인은 1964년 동아일보 신춘문예에 〈바람 불다〉로, 나는 1964년 한국일보에 시 〈북위선〉이 당선됐지요. 『시인』은 '신춘시' 동인으로 만난 세 사람이 만든 시전문잡지입니다. 『시인』은 김지하 양성우 김준태 시인을 등단시킨 것으로 유명하지요.

내가 시인으로는 조병화 시인에 이어 두 번째로 대한민국예술원 회장을 할 수 있었던 것은 문학잡지를 만든 덕분이라고 할 수 있습니다. 『청동』 『시인』 『한국문학』 『민족과문학』 『문학의문학』을 만들면서 시인과 소설가는 물론 화가와 연극영화인들과 넓고 깊은 관계를 맺었습니다. 그런 관계를 통해 시인이라는 울타리에 머물지 않고 다른 예술 분야의 다양한 가치를 받아들일 수 있었지요. 문학잡지를 만들 때는 매우 힘들었던 때도 있었지만, 그런 고통이 나를 한 단계 높여주는 담금질 역할을 한 것입니다.

19

심훈과 당진, 그리고 나

민족은 혈통이 아니라 민족은 언어입니다.
『총균쇠』와 『대변동』을 쓴 제레드 다이아몬드는
"한국인이여 걱정하지 마라.
이 세상에 한글만한 글이 없다. 한글이 다 한다"며
"영어는 불완전하고 엉터리이며 한글이 최고"라고 했습니다.
한글을 사용하는 사람은 우리 민족 7000만 명 외에
외국인이 7000만 명이나 됩니다.
프랑스 대학교 한국어과 학생들은
한글로 시를 쓰고 있을 정도입니다.
심훈 선생의 시 〈그날이 오면〉은
노벨문학상을 충분히 받을만한 위대한 작품이었습니다.
심훈 선생은 그저 한 사람의 문학가가 아니라
배달겨레의 혼불을 살린 위대한 작가입니다.

심훈의 불후의 명작 〈그날이 오면〉은 노벨문학상 수상감

심훈沈熏(1901~1936) 선생은 그 누구와 비교하기 힘든 천재였습니다. 경성고보(현 경기고) 4학년 때인 1919년 3월5일 대한독립만세운동을 주도하다가 일제헌병에 체포당했지요. 그는 심문받을 때 "대한은 독립해야 한다"고 당당하게 맞섰고, 서대문형무소에 갇혔습니다. 그때 어머니에게 쓴 편지는 천하의 명문입니다. 한글을 체계적으로 배우지도 않았고, 감옥에는 사전도 없었는데 심금을 울리는, 200자 원고지 스무 장 분량의 편지를 쓰셨습니다.

> 어머님! 어머님께서는 조금도 저를 위하여 근심치 마십시오. 지금 대한에는 우리 어머니 같은 어머니가 몇 천 분이요, 또 몇 만 분이나 계시지 않습니까. 그리고 우리 어머님께서도 이 땅에 이슬을 받고 자라나신 공로 많고 소중한 따님의 한 분이시고, 나는 어머님보다도 더 크신 어머님을 위하여 한 몸을 바치려고 영광스러운 이 땅의 사나이외다.

심훈은 여섯 달의 징역살이를 끝내고 집행유예로 출옥한 뒤 북경 남경 상해를 거쳐 항주의 지강之江대학 극문학부에 입학했습니다. 그때 상해에서 이회영李會榮(1867~1932) 선생 등을 만나 독립운동을 어떻게 해 나아갈지를 배웠지요. 1924년에 귀국해 동아일보 기자를 하면서 애국애민의 정신을 다졌고요. 이듬해 동아 조선 시대일보의 사회부 기자들과 함께 언론운동단체인 '철필鐵筆구락부'를 만들어 임금인상 및 언론탄압에 항거하는 집회를 하다 동아일보에서 쫓겨났습니다.

하지만 그는 글쓰기를 멈추지 않았습니다. 1924년 동아일보에 번안소설 〈미인의 한〉 중 후반부를 썼고, 1926년 11월 동아일보에 영화소설 〈탈춤〉을 발표했습니다. 1930년에는 조선일보에 〈동방의 애인〉 〈불사조〉 등을 연재했고요. 하지만 일제의 검열로 연재가 중단됐습니다.

서울에서는 글을 쓰기도 어려웠고, 힘들게 쓴 글도 연재하거나 발표할 수 없어 당진으로 내려왔습니다. 처자식이 함께 밥을 굶게 됐으니 고향 큰집으로 쳐들어간 것이지요. 그는 어려움 속에서 소설 〈직녀성〉을 써서 받은 원고료로 손바닥 크기의 밭 한 뙈기를 사서, 직접 설계한 뒤 집을 짓고 필경사筆耕舍라고 이름지었습니다. 글로 밭 가는 집, 즉 글 쓰는 집이라는 뜻이지요.

심훈은 이곳 필경사에서 그의 대표작인 『상록수』를 썼습니다. 그는 서울 흑석동(현 흑석동성당)에서 태어나 계속 서울에서만 살았기 때문에 '쌀나무'를 몰랐을지 모릅니다. 하지만 동아일보 기자를 하면서 농촌의 현실을 알았고, 농촌소설을 쓰기로 마음먹었지요. 1931년부터 브나르도(농촌으로)운동이 일어난 것에도 영향받았을 것입니다.

동아일보가 1935년에 창간15주년을 기념해서 농촌소설을 현상공모했는데, 심훈은 응모작 16편 중에서 당선의 영예를 안았습니다. 『상록수』는 동아일보에 1935년 9월19일부터 1936년 2월15일까지 연재된 뒤 1936년 8월28일에 단행본으로 출판됐지요. 그는 표지를 꾸미고 원고를 교정하는 일에 몰두하다 장티푸스에 걸려 책이 나온 지 20일도 안 된 9월16일에 사망했습니다. 참으로 안타까운 일이었습니다.

『사해공론四海公論』 1936년 10월호는 '애도심훈'이란 글을 실었습니다. "소설가 심훈 씨가 세상을 뜨셨다. 이 슬픈 보도가 한 번 세상에 알니어지자 누가 그 튼튼한 체구 그 남성적인 심이 죽었다는 말을 그대로 믿으랴…"라는 추도사와 함께 심훈의 약력 및 최영수 김안서 이기영 등의 추모사를 함께 실었지요. 이메일과 핸드폰과 SNS가 없던 시절에 단 며칠 만에 연락해서 원고를 받은 뒤 추모 페이지를 만든 것을 보면, 심훈 선생이 당시 문단에서 어떤 위상이었는지를 짐작할 수 있습니다.

심훈은 1930년 3월1일 불후의 명시 〈그날이 오면〉을 썼습니다. 3.1 독립만세운동 11주년을 맞이하여 대한독립의 꿈과 의지를 노래한 시입니다. 〈그날이 오면〉의 전문은 다음과 같습니다.

> 그날이 오면 그날이 오면은
> 삼각산三角山이 일어나 더덩실 춤이라도 추고
> 한강물이 뒤집혀 용솟음칠 그날이
> 이 목숨이 끊기기 전에 와 주기만 할량이면
> 나는 밤하늘에 날으는 까마귀와 같이
> 종로의 인경人磬을 머리로 들이받아 울리오리다
> 두개골은 깨어져 산산조각이 나도
> 기뻐서 죽사오매 오히려 무슨 한이 남으오리까
> 그날이 와서 오오 그날이 와서

筆耕舍雜記

"最近의 心境을 적어 K友에게"

沈熏

잡지『개벽』에 실렸던 〈필경사잡기〉

육조六曹 앞 넓은 길 울며 뛰며 뒹굴어도
그래도 넘치는 기쁨에 가슴이 미어질 듯하거든
드는 칼로 이 몸의 가죽이라도 벗겨서
커다란 북을 만들어 들쳐 메고는
여러분의 행렬에 앞장을 서오리다
우렁찬 그 소리를 한 번이라도 듣기만 하면
그 자리에 거꾸러져도 눈을 감겠소이다

— 심훈, 〈그날이 오면〉 전문

심훈은 피를 토하는 마음으로 〈그날이 오면〉을 쓰고 시집으로 출간하려고 했습니다. 하지만 일제의 검열에 걸려 출간하지 못했지요. 노벨문학상을 충분히 받을 수 있는 위대한 명시지만, 일제의 속 좁은 검열을 넘어설 수 없었기 때문입니다.

영국 옥스퍼드대학의 C.M. 바우라 교수는 그의 저서 『시와 정치』(1966, 김남일 역, 전예원, 1983)에서 "심훈의 시 〈그날이 오면〉은 노벨문학상을 받은 러시아의 보리스 파스테르나크와 그리스의 G 세페레스와 당당히 어깨를 겨루고 있다"고 썼습니다. 이를 증명하기 위해 〈그날이 오면〉의 전문을 영어로 번역하고 싯구 하나하나의 의미를 분석했지요. "심훈이 꿈꾸는 것은 조국의 광복이며 나라와 겨레 모두가 억압에서 해방되는 일이다. 그것을 예감하는 것은 타오르는 기쁨에 젖는 일이며, 그것은 육체의 갑옷을 깨뜨리고 나올 만큼 강렬한 희열을 내뿜고 있다"고 밝혔습니다.

심훈은 1932년 한가위 이튿날 당진 향제鄕第에서 쓴 '머리 말씀'에 다음과 같이 썼습니다. "나는 쓰기 위해서 시를 써본 적이 없다. 다만 닫다가 미칠 듯이 파도치는 정열에 마음이 부대끼면 죄수가 손톱으로 감방의 벽을 긁어서 낙서를 하듯 쓴 것이다."라고요. 그렇게 목숨 걸고 쓴 시가 100여편 됩니다.

그는 1935년 『개벽』 신년호에 실린 '필경사잡기筆耕舍雜記'에서 "우리의 붓끝은 날마다 흰 종이 우를 갈며 나간다"의 시 〈필경〉의 첫 연을 꺼내 들고 "이것은 3년 전에 출판하려든 (오자부득이략五字不得已略) 시집 원고 중 〈필경〉이란 시의 제1연이다"라고 썼습니다. 일제 총독부의 검열로 〈그날이 오면〉을 출간할 수 없었던 데다, '그날이 오면'이라는 말 자체조차 쓰지 못한 채 '다섯 글자를 어쩔 수 없이 생략했다(오자부득이략)'고 밖에 쓸 수 없었던 그의 가슴은 고통으로 가득 찼을 것입니다.

일제강점기의 극히 억압된 상황에서 〈그날이 오면〉은 김소월이나 정지용, 그 누구도 쓰지 못한 시였습니다. 『상록수』와 함께 민족사에 영원히 남을 명작이지요. 〈그날이 오면〉은 한 편의 시가 아니라 2000만 겨레가 터뜨리는 천둥소리였습니다. 『상록수』도 한 권의 농촌소설이 아니라 겨레의 정신을 일깨워 백두대간에 영원히 잎이 지지 않는 늘 푸른 나무로 뻗어가고 있습니다.

'필경사'를 손수 지어
그 집에서 『상록수』를 쓴 심훈

심훈은 천재이며 창작기술자였습니다. 그는 55일 동안 『상록수』를 써서 동아일보 장편소설 공모에서 당선됐지요. 왜 당선됐을까요? 독자들은 문장이 뛰어나지 않으면 읽지 않습니다. 좋은 문학의 기초는 문장력이지요. 심훈은 기자 출신 시인으로 글 쓰는 훈련을 많이 했습니다. 앉으나 서나, 여행하면서 말을 만드는 기술자로서 단련된 것이었지요.

심훈은 불과 35여년 밖에 살지 못했습니다. 그 짧은 기간 동안 훌륭한 시와 수필과 소설을 남겼습니다. 〈그날이 오면〉과 『상록수』는 나라 사랑의 혼불입니다. 심훈 시들은 혼불을 쓴 것입니다. 김춘수 시인이 "우리나라에 좋은 시인은 많아도 위대한 시인은 없다"고 했지만, 심훈은 〈그날이 오면〉으로 위대한 시인이 되었습니다.

심훈은 손기정 선수가 베를린올림픽 마라톤에서 우승했을 때의 감격을 〈오오, 조선의 남아여-백림마라톤에 우승한 손, 남 양군에게〉라는 시를 썼습니다. 그는 이 시를 지은 뒤 일제경찰에 끌려가 모진 고문을 당했지요.

그대들의 첩보를 전하는 호외 뒷등에
붓을 달리는 이 손은 형용 못할 감격에 떨린다
이역의 하늘 아래서 그대들의 심장 속에 용솟음치던 피가
이천삼백만의 한 사람인 내 혈관 속을 달리기 때문이다

"이겼다!"는 소리를 들어보지 못한 우리의 고민은
깊은 밤 전승의 방울소리에 터질 듯 찢어질 듯
침울한 어둠 속에 짓눌렸던 고토故土의 하늘도
올림픽 거화炬火를 켜든 것처럼 화다닥 밝으려 하는구나!

오늘 밤 그대들은 꿈속에서 조국의 전승戰勝을 전하고자
마라톤 험한 길을 달리다가 절명한 아테네의 병사를 만나보리라
그보다도 더 용감하였던 선조들의 정령이 가호하였음에
두 용사 서로 껴안고 느껴느껴 울었으리라

오오, 나는 외치고 싶다! 마이크를 쥐고
전 세계의 인류를 향해서 외치고 싶다!
"인제도 인제도 너희들은 우리를

약한 족속이라고 부를 터이냐!"

— 심훈, 〈오오, 조선의 남아여-백림마라톤에 우승한 손, 남 양군에게〉 전문

심훈은 어떻게 살고 어떻게 글을 써야 하는지를 몸과 마음으로 알고 실천했습니다. 사상은 혼불로서 몸과 바꿀 수 없는 것입니다. 다 태우고 산산조각이 나더라도 쓰고야 만다는 굳센 의지가 느껴지지요. 당신이 심훈을 우연히 만난 게 아니라, 심훈이 당진에 온 것은 많은 것을 시사합니다.

오오, 조선의 남아여!

백림 마라톤에 우승한 손, 남 양군에게

그대들의 첩보를 전하는 호외 뒷장에
붓을 달리는 이 손은 형용 못할 감격에 떨린다!
이역의 하늘 아래서 그대들의 심장 속에 용솟음치던 피가
이천삼백만의 한 사람인 내 혈관 속을 달리기 때문이다.

'이겼다!'는 소리를 들어보지 못한 우리의 고막은
깊은 밤 전승의 방울소리에 터질 듯 찢어질 듯,
침울한 어둠 속에 짓눌렸던 고토의 하늘도
올림픽 거화를 켜든 것처럼 화다닥 밝으려 하는구나!

오늘 밤 그대들은 꿈 속에서 조국의 전승을 전하고자
마라톤 첨단 길을 달리다가 절명한 아테네의 병사를 만나보리라.
그보다도 더 용감하였던 선조들의 정령이 가호하였음에
두 용사 서로 껴안고 느껴 느껴 울었으리라.

오오, 나는 외치고 싶다! 마이크를 쥐고
전 세계의 인류를 향해서 외치고 싶다!
'인제도 인제도 너희들은 우리를
약한 족속이라고 부를 터이냐!

심훈은 동아일보에 손기정 선수 예찬 시를 발표하였다

밭으로 돌아갈 '필경사'를 살려내다

나는 우연한 기회에 밭으로 변할 뻔한 '필경사'를 지키는 행운을 잡았습니다. 내가 『한국문학』을 할 때인 1978년이었습니다. 젊은이들이 찾아와 문학기행을 하고 싶은데 좋은 곳을 추천해 달라고 했지요. 문학기행단을 모집해 동아일보와 일간스포츠 기자와 함께 버스 1대를 대절해 필경사에 왔습니다. 와보니 가관이었지요. 지붕에는 풀이 수북하게 나 있고 문짝은 떨어져 나간 채 방에는 개똥과 닭똥이 쌓여있었습니다. 사정을 알아보니 심훈 선생의 후손이 필경사를 이웃집에게 팔았다는 것입니다.

동아일보와 일간스포츠 기자가 "심훈이 상록수를 쓴 역사의 현장인 필경사가 사라질 위험에 처해 있다"는 고발기사를 썼지요. 이를 보고 KBS가 황인용 강부자의 '아침뉴스'에서 크게 다뤘습니다. 일이 커지자 심훈 선생 후손은 이웃집에 찾아가 필경사 매매계약을 백지화하고 되찾았다고 합니다. 당진군에서도 500만원을 들여 필경사를 보수했고요. 당진군은 또 필경사 앞의 논과 밭을 더 사들여 공원을 만들고 심훈 기념관도 건립했습니다.

최근 다른 나라에서는 문학이 죽고 있습니다. 하지만 한국만이 문학의 붐이 일어나고 있지요. 80대 할머니가 시인으로 등단하고, 시집이 100만부나 팔리는, 이런 나라는 없습니다. 일본도 문학은 맥을 추지 못하고 있고요. 외국의 한국어과 경쟁률이 90대1에 달한다고 합니다. 쉽고 아름다운 한글을 배워, 오스카상을 받는 한국영화와 BTS와 뉴진스의 K팝을, 한글로 즐기기 위해서입니다.

평론가 권영민 교수도 "미국인들도 한국이 문화국가인 줄 몰랐다며 깜짝 놀라는 모습을 보고 놀랬다"고 말할 정도입니다. 앞으로 10년 정도 지나면 한국과 한글 및 한국문학의 위상은 더욱 높아질 것입니다. 프랑스 등 외국에서 한글로 시와 소설을 써서 노벨상을 받는 시대도 올 것이고요.

당진은 심훈이란 엄청난 문화관광상품을 갖고 있습니다. 『상록수』 초판본과 〈그날이 오면〉 초판본 같은 문화재를 보유한다면 심훈기념관과 필경사는 더욱 인기를 끌 것입니다. 이제는 문화도 경제입니다. BTS는 우리말 노래로 재벌이 됐잖아요? 문화를 팔아야 할 시대입니다. 이제 세계에 팔아먹을 것은 문화입니다.

당진은 문화로 한 단계 더 발전할 수 있습니다. 나에게 그런 기회가 주어진다면 고향인 당진에 와서 봉사하겠습니다.

20

김동리는 위대한 사상가이자 지도자

역사를 만드는 사람이 있습니다.
일제강점기가 끝나고 새로운 질서를 만들어야 할 때
한국문학이 나아가야 할 길을 제시한 사람이 있습니다.
6.25전쟁 속에서도 대한민국예술원을 만드는
주춧돌을 놓은 사람이 있습니다.
한국 근대문학의 큰 물줄기를 세운
김동리 소설가가 그 사람입니다.
김동리 선생은 그냥 한 분의 소설가가 아니라
위대한 사상가입니다.
한 마디로 지도자였습니다.
문학이 이념에 좌지우지될 때 흔들리지 않고
중심을 잡아 문학을 지켜냈습니다.

김동리 한국문인협회 이사장을
장관이 복도까지 나와 영접했다

김동리 선생이 한국문인협회(문협) 이사장 하실 때 내가 부이사장을 했는데, 김동리 이사장이 문공부에 가면 이원홍 장관이 복도까지 뛰어나와 영접했어요. 요즘 문협 이사장이 문화관광체육부에 가면 과장이나 겨우 만난다고 들었습니다. 그 과장이 "선생님 죄송하지만 시입니까? 소설입니까?" 이럴 거 아닙니까. 참으로 격세지감을 느낍니다.

김동리 선생이 광복 이듬해에 '조선청년문학가협회'를 만들었습니다. 이건 아주 중요한 역사입니다. 그가 왜 조선청년문학가협회를 만들었는지는 대부분 모르는 이야기인데, 내가 김동리 선생께 직접 물어봐서 알게 된 것입니다. 광복 뒤에 '조선문학가동맹'이 생겼잖아요? 그러니까 한국의 대표적인 작가들이 다 그리로 몰려들었을 거 아닙니까. 그런데 김동리 선생 혼자서 그쪽에 참여하지 않고 조선청년문학가협회를 만들었습니다. 광복 이듬해, 그러니까 1946년 봄이었어요. 시인 소설가 평론가 등이 많았는데, 동리 선생한테 왜 조선청년문학가협회를 만들었는지를 물은 사람은 아무도 없었어요.

그런데 나는 물었어요. "선생님, 조선청년문학가협회를 뭐하러 만들었습니까?"

그렇잖아요. 당신은 당당하게 친일을 하지 않았습니다. 일제강점기 말기, 암흑기에 도망 다녔어요. 그래서 친일을 일절 하지 않은 사람입니다. 아주 대단한 사람이죠. 그러면 당연히 저쪽에 붙어야지, 왜 이걸 만들었느냐는 의문이 들었어요. 그래서 물어봤더니 말씀하시더군요.

(김동리 선생의 말투를 흉내 내며)

"재들이 친일파라고 안 끼워준 사람들하고 신인 몇 명 하고 한 것이다."

얼마나 솔직한 말씀입니까. 신인 몇 명이라고요. 그러면 신인 몇 명이 누구일까요? 내가 말씀드리지요. 그 당시 정지용 시인이 『문장』에서 여섯 명인가를 등단시켰어요. 그게 누구냐 하면, 청록파에 속한 박목월, 박두진, 조지훈 하고, 박남수, 이한직, 김종환 등입니다. 이들을 등단시킨 뒤 일제의 한글말살정책 때문에 『문장』이 폐간됩니다. 조선총독부가 『문장』뿐만 아니라 다른 잡지에도 요구했지요. 말하자면 일본어로 친일적인 글을 쓰면 잡지를 내도 좋다. 그렇지 않다면 잡지를 낼 수가 없다는 것이었지요. 그러니까 『문장』에서 그러면 우리는 폐간하겠다고 해서 폐간된 겁니다. 그 뒤로 나온 잡지들은 모두 조선총독부와 타협해 친일적인 것들뿐이었지요.

내가 이제 청록파 얘기를 하나 할게요. 청록파가 한국문학사에서 매우 중요하니까, 청록파 3인 시인이 무슨 '에꼴'을 형성했다고 생각하는데, 그게 아니에요.

1945년에 을유문화사가 생깁니다. 광복된 해가 1945년 을유乙酉년이니까, 광복을 기념해서 만든 출판사가 바로 을유문화사입니다. 당시 행정체계가 수립되기 전이니까, 출판사 등록하고 설립하는 데 시간이 걸려 실제로 책이 출판된 것은 이듬해로 넘어갔지요. 을유문화사가 설립됐는데 출판할 책이 없는 겁니다. 당시 을유문화사에 편집 과장이 두

명 있었습니다. 한 사람은 언론인 조풍연趙豊衍(1914~1991)이었고, 또다른 한 사람은 윤석중尹石重(1911~2003) 시인입니다. 윤석중 시인은 주로 문학 관련 일을 맡고, 조풍연 씨는 인문사회 등 쪽을 담당했지요. 그때 신입사원으로 박두진 시인이 입사했습니다.

박두진 선생은 초등학교도 어디에서 졸업했는지조차 알지 못할 정도로 학력이 별 볼 일 없는 분입니다. 그런데 『문장』에서 등단하지 않았습니까? 어느 날, 윤석중 선생이 박두진 시인에게 "자네 시 좀 정리해오게, 시집 내주겠네"라고 했어요. 을유문화사는 해방공간에서 카프 계열의 좌파보다는 우파적 경향을 띠고 시작을 했으니까요. 그래서 박두진 시인이 집에 가서 시를 모아보니 10편이 안 됐어요. 등단은 했지만 『문장』을 비롯한 대부분의 잡지가 폐간됐기 때문에 청탁받을 일도 없고 발표할 기회도 없었으니까, 등단 작품 외에 새로 쓴 게 거의 없었던 거예요.

시가 열 편도 안 되니까 시집이 되지 않잖아요. 그래서 윤석중 과장에게 "저는 작품이 모자라서 안 되겠어요"라고 했지요. 그러자 윤 과장은 "그래? 그러면 자네 친구들한테도 알아 봐" 그랬어요. 그래서 조지훈한테도 전화를 해 보니 똑같은 대답이 돌아왔습니다. "내가 열 편도 안 된다" 해서, 목월한테 전화하니까 또 똑같은 대답이었지요. 그럼 왜 박남수나 이한직, 김종환 시인은 빠졌느냐 하면, 김종환 시인은 이미 사망했고, 박남수 시인

3인 시집 『청록집』 표지

은 그때 북한에 있었어요. 나중에 월남했지만요. 이한직 시인은 몸이 안 좋았다나 봐요. 세 사람은, 그래서 빠졌어요. 이렇게 해서 박목월 조지훈 박두진 세 시인만이 참여한 『청록집青鹿集』이 탄생한 것입니다. 시인 개인들의 작품이 없어서 세 사람이 모여서 나온 시집, 그게 바로 『청록집』이었던 거지요.

'청록파'는 어떻게 탄생했나?

그러면 '청록'이란 말은 왜 생겼을까요. 윤석중 시인의 증언에 따르면 "정지용 시인은 한국시단에서 큰 사람이고, 청록파 시인 3인은 정지용의 제자다. 정지용의 시 〈백록담〉이 있고 너희들은 젊은 사슴이니까 청록青鹿이라고 해라"고 했다는 겁니다. 하지만 나는 그 말을 윤석중 선생에게 직접 들은 게 아니라 간접적으로 전해 들었어요. 그런데 그게 좀 이상하더군요. 왜냐하면 박목월 시에 〈청노루〉가 있기 때문이었어요. 그래서 내가 박두진 선생한테 직접 여쭤봤어요. "선생님, 청록집이란 이름이 백록담 때문에 생겼습니까?"라고요. 그랬더니 "아니, 목월 시에 청노루가 있지 않냐?" 그러시더라고요.

그런데 두 분의 말이 틀리는 것은 아닙니다. 왜 우리도 출판사에서 무슨 책을 내면 몇 개의 제목이 떠오르지 않습니까? '홍찬선 시집'을 낸다고 하면, '백산수'로 할까, '오연주'로 할까, 이런 식으로 몇 개를 놓고 토론을 해서 결정하잖아요? 윤석중 과장은 정지용의 〈백록담〉을 떠올렸고, 박두진 시인은 〈청노루〉를 떠올렸겠지요. 그런 식으로 몇 개의 후보가 나왔겠지요. 〈승무〉나 〈완화삼〉 〈나그네〉 등이 있었을지 모르고요. 그런데 윤석중 머리엔 백록담이 박혔다고 봐야겠지요.

그런데 그때 신인이 청록파 세 사람만 있지는 않았겠지요. 『문장』으로 등단한 박남수 시인과 이한직 시인이 있고, 다른 데서 등단한 시인도 있었으며, 시조 쪽에서도 김상옥 이용우 시인 등이 있었지요. 하지만 『문장』이 폐간되고 나니 시인으로 등단은 했지만, 정식으로 활동하지 못하고, 말하자면 인큐베이터 안에 들어앉아 태어나기를 기다리는 처지에 있었던 거지요. 등단은 했어도 시를 발표하지 못하니 신인 시인의 이름도 알려지지 않았지요. 누가 그런 시인들의 시를 읽겠어요. 본인들만 시인이라고 알고 있는 처지였으니까요. 그런 상황에서 김동리 선생이 "쟤들이 친일파라고 안 끼워주는 사람들하고 신인 몇 명하고 한 것이다"라고 한 것입니다. 얼마나 솔직한 말인가요. '쟤들이 알아주지 않고 인큐베이터에 있는, 아직 세상에 알려지지 않은 신인 몇 명을 모아 조선청년문학가협회를 만든 것'이지요.

그럼 김동리 선생은 왜 저쪽에 가담하지 않았을까요? 그건 사상적으로 달랐기 때문입니다. 김동리의 형은 김범부입니다. 김범부(1897~1966)는 주역 등 공부가 깊은 사람이었어요. 김동리 선생도 그런 형의 영향을 많이 받았는데, 김범부 형이 서정주 선생을 소개해서 만나게 됐어요. 그래서 미당과 동리는 지금까지 문학사에서 떼어낼 수 없는 하나의 짝꿍이 된 겁니다. 김범부는 어떻게 서정주를 만나게 됐냐 하면, 서정주는 불교 쪽에 관심이 많아서 서로 통하는 게 있었겠지요.

김동리의 형 김범부

김동리 선생이 "왜 조선청년문학가협회를 만들었을까?" 하는 의문은 이제 풀리는 거지요. '친일파라고 안 끼워준 사람과 신인 몇 명'. 김동리 선생이 보니까, 프롤레타리아 쪽 문학, 이른바 사회주의 문학은 그의 이념에 맞지 않는 것이었어요. 김동리 선생은 정지용 시인하고 친했지요. 김동리 선생이 정지용 시인을 다방에서 만나면 지용이 자꾸 그랬다는 거예요. "이 사람들 아무래도 저쪽 깃발을 드는 것 같다"고요.

저쪽이 조선문학가동맹을 결성했는데, 정지용은 당연히 시분과위원장을 해야 하는데, 1908년생인 김기림이 시분과위원장이 되고 1902년생인 지용은 아동문학분과위원장으로 정하는 것이었어요. 그럼 정지용 시인은 왜 조선문학가동맹에 들어갔느냐? 잘 알다시피 이태준 소설가가 저쪽의 맹주 아닙니까. 이태준과 정지용은 휘문고 동문으로 『문장』을 함께 하면서 소설은 이태준이, 시는 정지용이, 시조는 이병기가 맡아 추천했으니, 이태준이 정지용을 저쪽으로 데리고 간 것이지요. 정지용이 조선문학가동맹으로 갈 때 정지용이 "노선을 어떻게 정할 거냐?"고 물었다는 거예요. 그쪽 대답이 "그거야 뭐 정부 수립하는 데 따라가면 되는 거지"라고 했다고 합니다. 그때는 정부가 아직 수립되지 않았을 때니까요. 그런데 재들 하는 것을 보니 의심스러웠나 봅니다.

정지용이 김동리를 만나서 그랬다는 거지요. "아무래도 이 사람들

색깔이 좀 이상하다"고 하소연한 것이지요. 정지용이 10살 이상 어린 김동리를 많이 신뢰했다고 할 수 있지요. 정지용은 6.25전쟁 때 월북이 아니고 납북됐다가 그 과정에서 실종돼 사망한 것으로 추정되지만, 정지용은 절대 카프 계열이 아니지요.

그러니까 김동리 선생은 유신 때 어용으로 오해받고 보수적이라는 비판을 받지만, 사실과 다릅니다. 김동리 선생이 국회의원을 했습니까, 장관을 했습니까? 김동리 선생의 신념은 '문학은 이념에 봉사해서는 안 된다'는 것이었어요. 사회주의 문학이 우리나라 문학하고 어떻게 다르냐. 사회주의는 이데올로기, 즉 이념이 문학 위에 올라가 있는 거예요. 프롤레타리아 이데올로기가 정치 문학 예술 등 모든 것 위에서 군림하는 거지요. 반면 우리는 문학과 예술이 주인이 되고 이념은 그 아래에 있는 겁니다. 김동리 선생은 이념이 문학 위에서 군림하는 것은 아니라고 판단한 것이지요. 박영희가 1935년에 카프를 탈퇴하면서 그랬잖아요. "얻은 것은 이데올로기요, 잃은 것은 예술이다"라고요.

김동리
"문학이 이념에 흔들리면 안 된다"

김동리의 생각은 언제나 일관된 정신이었어요. 그가 '친일한 사람과 신인 몇 명'이라고 했을 때, 이승만을 지지한다든지 김일성을 반대한다든가 하는 그런 것이 아니었다는 말입니다. 그러니까 김동리 선생은 자신 있게 얘기한 것이지요. 김동리는 1936년에 등단했으니, 1946년은 자기도 등단 10년차 신인이었잖아요. 그는 그때 누가 무슨 유혹을 했다거나, 어떤 정권에 아부하려고 한 것이 아니라 한국문학이라고 하는 큰 물줄기를 놓치면 안 되겠다고 하는 절박감이 있었던 것으로 보여집니다. 우리나라는 5천년의 역사가 있고 문학도 발전돼 왔는데, 이념에 문학이 흔들리면 안 된다는 정신이었던 것이지요.

김동리는 그 정신에서 문학을 한 거지, 그냥 좋은 소설 쓰는 데 머문 것은 아닙니다. 그는 공부를 아주 많이 한 사람입니다. 김동리가 그랬어요. "소설은 19세기 도스토옙스키에서 끝났다"고요. 자기가 많은 소설을 읽어보니까, 톨스토이가 어떻고 하지만 도스토옙스키가 훨씬 낫다는 것이지요. "소설은 19세기 도스토옙스키에서 끝났다. 앞으로 누가 써도 도스토옙스키를 넘겨 쓸 사람은 없다"는 말입니다. 앙드레 지드도 그런 말을 했어요. "톨스토이가 고개를 뒤로 젖히고 올려다볼 수 있는 사람이라면 도스토옙스키는 뒤로 몇 발짝 물러나서 그 너머로 보이는 봉우리다"라고요. 그럼 누가 더 높은 봉우리예요?

내가 여기서 도스토옙스키하고 톨스토이 얘기를 다시 한번 할게요. 88올림픽이 끝나고 1989년 4월에 내가 소련을 갔습니다. 가서 작가들을 만났고 1991년인가에도 또 가서 만났어요. 가서 보니까 모스크바에서 톨스토이는 어마어마하게 받들고 있더군요. 톨스토이 석상이 어마어마하고 기념관도 대단했습니다. 그런데 도스토옙스키는 상트페테르부르크 렙스키 거리에 초라하게 있어요.

김동리 선생한테 들은 얘기도 있고 해서 질문했지요. 왜 도스토옙스키보다 톨스토이를 더 대접하느냐고요. 도스토옙스키는 1821년생이고, 톨스토이는 1828년생입니다. 근데 톨스토이와 도스토옙스키는 서로 행동반경이 달랐는지, 모르는 채로 지냈나 봅니다. 말년에 톨스토이가 도스토옙스키의 〈죽음의 집의 기록〉을 보고 아주 감탄했데요. 그런데 도스토옙스키를 모르니까 친구한테 도스토옙스키에게 전해달라며 다음과 같이 말했답니다. "그건 아주 아주 위대한 문학"이라고요. 톨스토이도 〈죽음의 집의 기록〉을 읽고 반했다는 얘기 아닙니까?

그래서 러시아 작가들에게 물어봤는데, 내가 졌어요. "서구에서 톨스토이보다 도스토옙스키를 더 인정하는 것을 우리들도 안다. 그러나 톨스토이가 더 러시아적이다". 그 말에 내가 꼼짝하지 못했지요. 내가 러시아 역사와 문화를 알지 못하니까, 제가 졌다고 인정하고 말았지요.

"동리, 자넨 왜 사회주의문학을 안하나?"

적빈여세赤貧如洗는 물로 씻은 듯이 아무것도 가진 것이 없을 정도로 가난한 것을 가리키는 말입니다. 청빈淸貧은 돈을 벌 수 있어도 깨끗함을 유지하기 위해 가난한 것이지만, 적빈은 아무리 노력해도 가난에서 벗어나기 어려운 살림살이지요. 유명한 소설가이기에 앞서 위대한 사상가이자 지도자였던 김동리의 광복 직후 살림은 그야말로 적빈여세였습니다. 정지용 시인이 "동리, 자네 왜 사회주의 문학 안 하나?"라는 질문을 받을 정도였지요. 김동리는 그런 가난 속에서도 대한민국예술원을 만들고 서라벌예술대학을 설립하는 등 사사私事보다 공사公事에 힘쓴 멸사봉공의 지도자였습니다.

김동리는 조선청년문학가협회를 만들었고 나중에 한국문학가협회도 만들었어요. 그 위에 누가 있냐 하면 월탄 박종화입니다. 김동리 선생이 서라벌예술대학을 만들 때도 염상섭 씨를 학장으로 모셨어요. 여기서 재밌는 얘기가 나옵니다.

정지용은 휘문에서 장학금을 받아 1923년에 도시샤대학 영문과를 갔다가 졸업한 뒤 1929년 귀국해서 휘문에서 영어선생을 하고 있었습니다. 정지용이 아직 일본에서 공부하고 있을 때, 전라도에 돈 많은 사람이 있었어요. 박용철하고 김영랑이었지요. 이 사람들이 정인보 이하윤 등과 함께 『시문학』을 창간하자고 했지요. 돈은 부자인 박용철이 대기로 했습니다. 당시는 카프가 한창 설칠 때니까, 이념적으로 카프와 다른 쪽이어야잖아요. 그래서 『시문학』을 하려면 정지용이 귀국한 뒤에 하자고 해서, 정지용이 귀국한 뒤인 1930년에 나오는 겁니다.

정지용 시인은 휘문고 선생을 하다가 이화여전 영문학과 교수로 갑니다. 그 뒤 광복이 되니까 가톨릭계에서 신문을 하나 창간했는데 그게 경향신문입니다. 그때 정지용 시인을 창간 주간으로 초청했지요. 편집국장으로 만주에 있던 만선일보 편집국장을 지낸 염상섭 소설가를 영입했고요. 이때 연락 역할을 맡은 사람이 김동리 선생이었습니다. 정지용 시인이 김동리 선생에게 "자네 횡보(염상섭의 호) 선생께 가서 편집국장으로 오시라고 말씀드려 달라"고 부탁했지요. 김동리가 찾아가 말씀드리니까 횡보는 쾌락했지요. 김동리가 돌아가 횡보가 쾌락했다고 말하자 정지용 시인이 “오늘 자네 집에 가서 저녁 한 끼 먹세!”라고 했습니다. 김동리 선생이 난처해 하자, 정지용 선생은 “뭐, 차릴 거 없고 된장찌개면 되네”하고 동리 집으로 갔지요.

정지용은 가는 길에 쇠고기 한 근을 샀어요. 횡보를 편집국장으로 모신 고마움을 표시하려고 한 거지요. 그런데 저녁상이 나왔는데 쇠고기 그림자도 없었어요. 속으로 ‘나중에 술안주로 나오나 보다’고 생각했는데 술상에도 쇠고기가 보이지 않는 겁니다. 동리가 한 점 먹는 모습을 보고 싶었는데 말입니다. 지용이 참다 못해서 “내가 소고기 한 칼 사 왔는데…”라고 하자 동리도 번쩍 생각이 나서 부인에게 물었지요. “정 선생님께서 사 오신 쇠고기 어떻게 됐나?”라고요.

그러자 부인이 행주에다가 손을 씻고 나오면서 “지가요, 쇠고기로 음식을 한 번도 만들어 본 일이 없어서요”라고 대답했답니다. 쇠고기가 귀하다는 건 아는데, 이걸로 요새같이 불고기를 할지 찌개로 만들지, 육회로 먹을지를 몰라 그냥 부뚜막에 놔두고 음식을 만들지 못했다는 거지요.

정지용이 벌떡 일어나서 이렇게 물었답니다. “동리, 자넨 왜 사회주의 문학 안 하나?”라고요. 정지용이 보니까, 사회주의문학 한다는 저 프롤레타리아 이데올로기를 추종하는 시인과 작가들은 다 잘 사는데 진짜 프롤레타리아인 김동리는 사회주의문학을 하지 않으니 농담처럼 한 얘기겠지요. 참 아이러니한 문학사의 한 장면 아닙니까?

김동리 선생은 조선청년문학가협회가 해산되고 6.25전쟁으로 부산

초대 예술원 회장
고희동 화백

으로 피난 가서 〈밀다원 시대〉라는 소설을 썼고, 서정주 시인은 이한직 조지훈 시인 등과 함께 겨우 배를 얻어 타고 대구로 피난 갔지요. 전쟁 중에, 김동리의 형인 김범부와 친하게 지내던 김동성이란 사람이 있었습니다. 김동성은 초대 공보처장을 하고 국회의원도 지냈지요. 김동리 선생이 형을 통해 김동성에게 예술원을 만들자고 제안합니다. 그래서 1952년 전쟁 중에 문화보호법을 제정하고 나중에 예술원법으로 개정되지요. 1953년 환도한 이듬해인 1954년에 예술원이 발족합니다. 초대 회장에 화가 고희동이 취임하고 2회 회장에 박종화 선생이 취임해 20년 했습니다. 근데 그게 다 누구 작품이냐 하면 김동리입니다. 나중에 김동리 선생이 한국문인협회 회장을 맡기는 했지만, 한국문학사의 굵직굵직한 일은 대부분 김동리 선생이 주도해서 한 것입니다.

김동리 선생은 머리가 아주 좋았습니다. 명절 때 문인들과 제자들이 다 인사하러 와서 집에 신발 놓을 자리가 없을 정도였지요. 그런데 안 갈 수가 없습니다. 이근배가 안 가잖아요, 그러면 “아니, 왜 이근배가 안 보인다?” 이러시고, 내가 정종 사서 가면 “너 작년 추석에 이어 정종 또 사 왔나?” 하면서 그런 것까지 기억했지요.

그렇게 기억력이 좋고 붓글씨도 아주 잘 쓰셨어요. 문인들이나 제자들이 오면 써주고, 회사에서 무슨 일이 있어도 써 주고 그랬지요. 골동품 수집도 했고, 놀이 삼아 ‘섯다’도 좀 했지요. 1960년대 ‘섯다꾼’은 김동리 유주현 장덕조 박영준 최정희 등이었습니다. 김동리 선생은 경마도 좋아하셨고요…

21

김성우, 시낭송가 만든 명예시인 1호

"한국인은 누구나 시를 지을 수 있는 문학의 천재성을
갖고 있다"는 말이 조금도 틀리지 않습니다.
한국에서는 남녀노소를 가리지 않고 해마다 수백 명이
시인으로 등단하고, 3만 명이 넘는 시인들이
해마다 3000~4000권의 시집을 내고 있으니까요.
제레드 다이아몬드는 "한국인들이여 걱정하지 마라.
한국은 한글을 만든 나라"라고 했습니다.
한글을 어떤 원리로 만들었고, 어떻게
글자를 만들어 쓸 수 있는지를 일목요연하게 설명한
『훈민정음』과 한글로 지은 시집 『용비어천가』가
600년 전에 만들어졌다는 것은 거의 기적에 가까운 일입니다.

세계최초 '시낭송가' 만든 김성우 명예시인1호

우리나라 시 낭송의 역사를 얘기하려면 김성우金聖佑(1934~) 전 한국일보 편집국장부터 시작해야 합니다. 김 국장은 경남 통영 앞바다에 있는 욕지도欲知島에서 태어난 뒤 평생 언론인으로 지낸 분입니다. 그는 서울대 정치학과를 졸업하고 한국일보 편집국장과 주간 및 일간스포츠 사장 등을 지냈습니다. 파리특파원을 지내면서 프랑스 문학에 대한 취재를 많이 하고, 프랑스 작가들을 인터뷰해 기사를 쓴 뒤 1989년에 열음사에서 『파리에서 만난 사람』이란 책도 출간했습니다.

김 국장은 완벽주의자였습니다. 조금이라도 잘못이 있는 사람이나 마음에 들지 않는 사람과는 전혀 사귀지 않았습니다. 그런데도 나와는 아주 가깝게 지냈습니다. 전에 얘기한 것처럼 내가 1964년 문공부신인문학상에서 〈노래여 노래여〉로 특상을 받았지요. 이 〈노래여 노래여〉 덕분에 김성우 국장과 가깝게 지내게 됐고 많은 도움도 받았습니다.

김 국장 덕분에 장재구張在九(1947~) 한국일보 사장도 알게 됐습니다. 장 사장은 장기영張基榮(1916~1977) 한국일보 창업자의 차남으로, 장강재張康在(1945~) 전 한국일보 회장의 동생입니다. 1985년 1월에 정신문화연구원에서 출판계 인사들을 대상으로 한 연수가 있었는데, 장 사장과 함께 연수하는 인연도 있었습니다. 당시 함께 연수한 사람으로 국방부장관 및 부총리와 총리를 지낸 뒤 민주평화통일자문회의 부의장을 지낸 김정렬(1917~1992)씨와 전두환 대통령 계 장성들도 다수 있었습니다.

나는 한국문학사 사장 자격으로 연수에 참여했고, 연수가 끝난 뒤에도 그분들과 모임을 갖곤 했습니다.

한국 낭송의 길을 개척한 한 사람 김성우 국장

1985년 어느 날, 장재구 사장한테서 전화가 왔습니다. 남해 금산으로 놀러 가자는 거였습니다. 김성우 한국일보 편집국장과 김수남 소년한국 국장이 동행하고, 조양호 대한한공 상무와 가수 김수희 및 미스코리아도 함께 갔습니다. 하동에서 무대도 없고 마이크도 마련되지 않은 상태에서 김수희가 생음악으로 노래하고, 시낭송회도 열었습니다. 그때 김수남 국장도 시낭송을 했지요(김 부장의 시 낭송을 흉내 낸다. 약간 떨며 익살스러운 표정이다).

남해에 갔다 온 뒤 1986년에 김성우 국장이 일간스포츠와 소년한국 등을 아우르는 한국일보 부속지 사장이 되었습니다. 김성우 사장의 아버지는 연극 활동도 하고 시도 쓰고 하는 예술인이었습니다. 김 사장도 그 영향을 받아 시 읽기와 낭송을 좋아했고, 시나리오를 써서 신문사 신춘문예에 당선되기도 했습니다. 연극배우 손숙孫淑(1944~)과 그의 남편 김성옥金聲玉(1935~2022) 배우와 가깝게 지내면서 연극 발전에도 기여했고, 그 공로로 명예 연극배우로 인정받았습니다. 손숙은 고2때 교지에 수필 〈바바리코트〉를 발표하는 등 글재주가 있었는데, 배우와 결혼해 작가 대신 배우가 됐습니다. 김성우 선생은 한국시인협회와 한국현대시인협회가 공동으로 수여하는 제1회 명예시인을 받으셨고 또한 명예연극인이십니다.

'시인만세'에서 김성천 씨
한국 첫 시낭송가 탄생

김성우 사장은 주간한국 부장 때부터 시낭송에 관심이 많아 시낭송회를 조그맣게 열곤 했습니다. 이제 사장이 되었으니 시낭송회를 크게 하고자 했지요. 한국일보 부속지 간부들을 모아놓고 세종문화회관 강당에서 '시인만세'라는 시낭송대회를 크게 열자고 했습니다. 대부분의 간부들이 공짜로 해도 참가하지 않는데 참가비와 입장료를 받으면 흥행하기 힘들다며 의문을 제기했습니다. 그런데 의외로 김수남 소년한국 편집국장이 좋은 생각이라며 찬성했습니다. 김수남 국장은 성균관대 국문학과를 졸업한 뒤, 박종화 선생의 추천으로 소년한국 기자로 입사했습니다.

이렇게 해서 김성우 김수남 이근배 셋이서 '시인만세'를 시작했습니다. 지방대회를 열어 본선에 참가할 사람을 뽑고 1987년 10월1일에 드디어 세종문화회관 강당에서 본선을 열었습니다. 흥행하지 못할 것이라는 예상과 달리, 암표상이 스무 명이나 될 정도로 인기를 끌었지요. 당시 대통령 선거 기간 중이었는데 노태우 후보도 왔고, 정주영 현대그룹 창업자도 참석했습니다. 대회 결과 김성천 씨가 조병화 시인의 시 〈내일〉을 낭송해서 대상을 받았습니다..

걸어서 더는 갈 수 없는 곳에
바다가 있었습니다

날개로 더는 날 수 없는 곳에
하늘이 있었습니다

꿈으로 더는 갈 수 없는 곳에
세월이 있었습니다

아, 나의 세월로 더는 갈 수 없는 곳에
내일이 있었습니다

— 조병화, 〈내일〉 전문

대상 수상자로 선정된 김성천 씨는 한국시인협회와 한국현대시인협회 공동명의로 된 '시낭송가' 인정서를 받았습니다. 대한민국에서 시낭송가가 처음으로 탄생한 것입니다. 그전까지는 시인들이 자작시를 낭송 또는 낭독하거나, 시인들이 돌아가면서 가까운 시인들의 시를 읊었습니다. 그때 입상한 사람들이 시낭송가로 활동하면서 후배들을 길러내면서, 시낭송가가 가수 배우 드라마작가 및 시인 화가처럼 예술가 장르로 인정받게 된 것입니다. 자격증을 받고 명함을 만들어 돌리는 시낭송가가 활동하는 것은, 전 세계에서 대한민국에만 있는 독특한 현상입니다.

'시인만세'는 아쉽게도 이어지지 못했지만, 김수남 국장 주도로 '시낭송모임'은 계속됐습니다. 지금은 없어졌지만, 안국동 오거리에 있던 백상기념관 지하1층의 카페에서 '짝수월 24일' 저녁에 시인들이 모였습니다. 서정주 황금찬 조병화 김남조 시인 등이 참석했고, 나도 단골 멤버로 참여했습니다. 비용은 김수남 국장이 모두 부담했으니, 시낭송이 활성화하는 데 크게 기여한 분입니다.

김성우 사장은 그 뒤 재능교육과 함께 '재능시낭송가협회'를 만들었습니다. 부산고 후배인 김수남 국장과 부산고 동문인 재능교육 사장이 의기투합한 것이지요. 재능시낭송가협회는 지역별 예선을 한 뒤 연말에 전국에서 뽑힌 예비시낭송가들을 대상으로 본선대회를 열어 대상과 금상 등의 수상자를 선정한 뒤 '시낭송가증명서'를 발급하고 있습니다. 김성우 사장은 인천에 재능대학을 만드는 데도 관여해, 그 인연으로 나는 재능대학 문창과 교수를 했습니다. 김 사장은 그 뒤 오랫동안 재능시낭송가협회 고문으로 활동했지요.

재능시낭송가협회에서 함께 활동하던 김문중 시인이 분리해서 한국시낭송가협회를 만들었습니다. 한국시낭송가협회도 지방마다 지부를 만들어 시낭송가를 양성하고 있습니다. 제 고향인 당진에도 시낭송가협회가 만들어져 활발하게 활동합니다.

김성우 사장과 관련해서 재미있는 에피소드 3개가 생각납니다. 하나는 국민학교 다닐 때 짝꿍에 관한 것입니다. 국민학교를 졸업한 뒤 중학교에 진학하지 못한 채 집안일을 돕다가 통영으로 시집갔다는 얘기를 듣긴 했지만, 한 번도 만나지 못한 짝꿍이었습니다. 그 짝꿍을 수소문해 우여곡절 끝에 통영의 한 다방에서 만났다고 합니다. 김 사장은 그 짝꿍을 만난 뒤 자서전 『돌아오는 배』에서 다음과 같이 썼습니다.

"그렇게 아름다운 동백꽃을 내 생애에서 처음으로 보았다"고요. 김

김성우 낭송가의 집 '수국'에서

사장은 파리특파원도 했고, 언론사 간부를 하면서 예쁜 여성들을 많이 만났을 텐데, 첫 결혼에 실패하고 재혼해서 농부의 아내로 사는 짝꿍을 멋지게 표현한 것이지요. 통상적인 평가에 얽매이지 않는 대가의 품격을 느낄 수 있습니다.

다른 하나는 통영 앞바다에 있는 무인도를 하나 사서 '수국水國'을 건설한 것입니다. '물나라'라는 뜻의 수국은 딸의 이름이기도 합니다. 김사장은 아동문학계에서 일하는 여성과 가깝게 지냈는데, 결혼하지 않은 상황에서 딸을 낳았습니다. '수국'에 빌라를 지어 시인들을 초청해 시낭송대회와 소설낭송대회를 열었습니다. 그 정도로 시낭송에 대한 관심이 많았습니다. 그는 환갑 때 수국에서 야외결혼식을 올렸지요. 그 뒤 '수국'을 재능교육에 넘기고 지금은 고향인 욕지도에 '돌아가는 배'라는 집에서 지내고 있습니다.

세 번째는 '지용회'와 관련된 것입니다. 1987년에 당시 MBC 문학담당 박서영 기자로부터 정지용 시인이 해금될 것 같으니 준비하라는 연락을 받았습니다. 그런데 그때는 공안 쪽에서 반대해서 해금되지 못하고, 노태우 대통령이 취임한 뒤인 1988년 3월에 해금됐습니다. 정한모 문화부 장관이 힘쓴 덕분입니다. 김기림 홍명희 등 여러 월북 및 재북 작가에 대한 해금이 검토됐지만, 정지용 시인만 혼자 해금됐지요.

정지용 시인이 해금된 뒤 처음으로 시낭송회 모임이 열린 4월24일, 김성우 사장이 '지용회'를 만들자고 제안했습니다. 정지용의 이화여대 제자와 휘문고 제자들이 후원금을 내고, 70명이 창립회원으로 참여했습니다. 초대회장은 정지용과 함께 이대에서 교수를 했던 방용구 교수가 맡았고, 황금찬 시인과 정지용의 휘문고 제자인 이광우 ㈜전홍 회장, 김지수 동덕여대 교수 등 4명이 천거됐습니다.

방용구 회장이 2~3년 하다가 못하겠다고 하자, 김성우 사장이 나보고 맡으라고 해서 2대 회장이 되었습니다. 지용회는 1988년 5월15일, 세종문화회관에서 제1회 지용제를 열고 〈향수〉를 비롯한 정지용의 시를 낭송했습니다. 그때 옥천문화원장이 정지용 시인은 옥천 출신이니 옥천에서 지용제를 해달라고 해서 바로 6월5일, 옥천에서 지용제를 열었습니다. 또 2회 지용제를 개최하고 〈향수〉 시비를 건립했지요. 지용회는 1989년에 지용문학상을 제정해 1회 수상자로 박두진 시인의 시 〈서한체〉를 선정했고, 90년에는 김광균의 시 〈해변가의 무덤〉이 2회 수상자로 선정됐습니다. 수상자에게는 순금 메달이 부상으로 수여됐고, 수상시는 시엽서 5000장을 만들어 배포했습니다. 참으로 뜻깊은 일이었지요.

2019년부터
이근배 전국시낭송대회 열려

최근에는 날마다 전국 방방곡곡에서 시낭송대회가 열리고 있습니다. 특정 시인의 이름을 내세운 시낭송대회도 많이 열립니다. 신석정시낭송대회나 심훈시낭송대회 등이 그런 예입니다. 김소월 한용운 등을 내세운 곳도 있고요.

2019년에는 내 이름을 딴 이근배전국시낭송대회도 생겼습니다. 박종래 시인이 대표를 맡고 있는 한국문학협회가 주관하는 대회입니다. 코로나로 인해 3년 동안 열리지 못하다가 2023년 2월에 제2회 대회가 퇴계로에 있는 한국문학협회 3층 문화센터에서 열렸습니다. 지역 예선에서 뽑힌 33명이 경쟁한 본선에서 〈노래여 노래여〉를 낭송한 문혜경 낭송가가 대상을 차지했습니다. 대상 수상자에게는 상금 100만원과 트로피 및 시낭송인증서 및 나의 시집 『대 백두에게 바친다』가 수여됐지요. 금상은 〈금강산은 길을 묻지 않는다〉를 낭송한 남궁유순 낭송가가 차지했고, 상금 50만원을 받았습니다. 이밖에 은상(상금 30만원) 2명과 동상 3명(상금 10만원) 및 장려상 22명이 선정됐습니다. 제3회 대회는

제1회 이근배전국시낭송대회

본선대회 : 2019년 4월 20일(토). 14:00 ~18:00
장소 : 열린시서울·현대문학신문 문화센터

예선 접수기간 2019년 3월 15일 ~ 31일
예선 접수자격 대한민국 성인 누구나/ 전국대회대상수상자 참가가능
예선 접수방법 ① 참가신청서 ② 동영상녹음 및 mp3 녹음 접수 중 자유선택
③ 수도권거주자 - 본사 문화센터 방문하여 동영상녹음접수 가능
(이메일-hd45123@hanmail.net)
예선 작품 33편 주최 측에서 공지한 애국시 33편 중에서 선정
예선 작품 시(詩)는 다음카페 '현대문학신문·열린시서울'에 별도공지
(다음카페 주소 : http://cafe.daum.net/poemloveseoul)
예선 서류제출 1. 참가신청서 - 위 다음카페에서 다운받아 작성
(시 제목만 기입. 원문 기입하지 않아도 됨)
2. 접수비 : 20,000원 신청자 명의로 입금
국민은행 003102-04-195062 박종래(현대문학신문)
예선심사 2019년 4월 5일 발표 (본선진출자33명-민족대표 33인을 상징)
공정하고 청렴한 심사(시인, 문학평론가, 시낭송가, 성우)
※ 예선 통과하지 못한 분이 본선대회 참관 시 이근배시집.명시동인집 증정과 식사대우
※ 발표 - 본사카페공지 및 합격자 전원에게 개별통지
본선 심사 10명씩 심사 후 채점표 거두어 컴퓨터에 수록 가장 공정한 채점 결과
공정하고 청렴한 심사(시인, 문학평론가, 시낭송가, 연극배우, 성우)
※ 본선참가자는 '이근배시선집'에서 자유선택 후 본선용 제목만 이메일로 통지하면 됨. (이근배시선집 본사구매대행(6,000원 발송료포함))

제1회 이근배 시낭송대회 포스터

2024년 5월에 열렸습니다.

대한민국은 시의 나라이자 시인의 나라입니다. 80세, 90세가 되어서도 시인으로 등단하는 나라가 대한민국입니다. "좋은 시는 있어도 위대한 시인은 없다"는 자성의 목소리가 있는 것도 사실이지만, 21세기에 시가 이처럼 환영받는 나라는 지구상에 대한민국이 거의 유일합니다. "강남에 가서 돌을 던지면 시인의 머리로 떨어진다"는 말이 나오고, 동창회나 송년회 등은 물론 정부의 공식행사에서도 시낭송이 빠지지 않고 들어갈 정도입니다.

뒤돌아보면 우리의 시 역사는 고통의 연속이었습니다. 20세기에 들어서자 일제의 불법강점과 그에 따른 탄압과 박해로 우리 말과 우리 글

을 쓰지 못했습니다. 광복된 뒤에도 '해방공간'의 혼란에서 이광수가 납북되고 홍명희가 월북하면서 문학은 반쪽이 되었습니다. 6.25전쟁으로 동족상잔의 고통을 겪었고, 독재정권이 이어지면서 어처구니없는 필화筆禍사건에 신음해야 했습니다. 그러나 우리는 시를 잊지 않았습니다. 오히려 시를 더 많이 사랑하고, 더 많이 짓고, 더 많이 낭송하고 있습니다.

30년 전, 길림성 연변대학에 가서 세미나에 참석한 적이 있는데, "조선족은 누구나 시를 지을 수 있는 문학의 천재성을 갖고 있다"는 말을 들었습니다. 그 말이 조금도 틀리지 않습니다. 한국에서는 남녀노소를 가리지 않고 해마다 수백 명이 시인으로 등단하고, 3만 명이 넘는 시인들이 해마다 수천 권의 시집을 내고 있으니까요.

내가 2023년에 프랑스의 대학 두 곳을 방문했는데, 그곳 한국어과 학생들이 한글로 시를 쓰고 낭독하는 것을 보고, 눈물이 글썽거렸습니다. 외국어 가운데 한글이 중국어나 일본어보다 인기라는 말도 들었습니다. 인도 사람들을 수학의 천재라고 부르는 것처럼, 한국 사람들은 문학 유전자DNA가 매우 발달 돼 있습니다.

대표적인 예가 송강松江 정철鄭澈(1536~1593)입니다. 송강은 어렸을 때부터 궁중에 드나들었습니다. 누나가 인종仁宗(1515~1545)의 후궁이 됐고, 막내 누나는 계림군桂林君의 부인이 된 덕분이었지요. 그때 동갑으로, 훗날 명종明宗(1534~1567)으로 즉위한 경원대군과, 가깝게 지냈습니다. 송강은 누나가 훈민정음으로 된 책을 읽자 가르쳐달라고 졸라서 '언문'을 배웠지요. 그렇게 해서 사미인곡과 관동별곡 속미인곡 같은 아름다운 가사를 지었습니다. 또 특별히 가르쳐주는 사람이 없었지만 시조도 스스로 터득해 107수나 지었습니다. 그 중에 '물 아래 그림자 지니'로 시작하는 시조가 있는데 참으로 좋습니다.

물 아래 그림자 지니 다리 위에 중이 간다
저 중아 게 있거라 너 가는 데 물어보자
막대로 흰 구름 가리키며 돌아 아니 보고 가노매라

송강의 뒤를 이은 사람이 고산孤山 윤선도尹善道(1587~1671)입니다. 고산이 벼슬에서 물러나 은거하던 해남에서 지은 시조 〈오우가五友歌〉는 350년이 지난 지금 보아도 절창絶唱임을 알 수 있습니다. 물과 돌과 소나무와 대나무와 달처럼 우리가 나날이 보는 것을 다섯 벗이라 부르면서, 그것이 왜 벗인지를 멋지게 노래하고 있으니 말입니다. 시인과 시낭송가들도 읽어보면 좋을 듯하여 제가 소개해드립니다. 모두 여섯 수라서 좀 길기는 하지만 모두 감상하는 것도 의미가 있을 것입니다.

내 벗이 몇인가 하니 수석과 송죽이라
동산에 달 오르니 그 더욱 반갑구나
두어라 이 다섯밖에 또 더하여 무엇하리

구름 빛이 좋다하나 검기를 자주한다
바람 소리 맑다 하나 그칠 적이 많노매라

깨끗하고도 그칠 이 없기는 물뿐인가 하노라

꽃은 무슨 일로 피면서 쉬이 지고
풀은 어이하여 푸르는 듯 누르나니
아마도 변치 않을 것은 바위뿐인가 하노라

더우면 꽃 피고 추우면 잎 지거늘
솔아 너는 어찌 눈서리를 모르는가
구천에 뿌리 곧은 줄을 그로하여 하노라

나무도 아닌 것이 풀도 아닌 것이
곧기는 뉘 시키며 속은 어이 비었는가
저렇게 사시에 푸르니 그를 좋아 하노라

작은 것이 높이 떠서 만물을 다 비추니
밤중에 광명이 너만한 것이 또 있느냐
보고도 말 아니 하니 내 벗인가 하노라

— 윤선도, 〈오우가〉 전문

한국 시의 DNA는 〈정선아리랑〉에서

송강과 고산이 이처럼 훌륭한 시조를 지을 수 있었던 것은 우리 겨레에 면면히 흐르고 있는 '시 DNA' 덕분이라고 할 수 있습니다. 정선아리랑의 가사는 다음과 같습니다.

> 눈이 올라나 비가 올라나 억수장마 질라나
> 만수산 검은 구름이 막 몰려든다
> (후렴)아리랑 아리랑 아라리요
> 아리랑 고개로 날 넘게 주게
>
> — 정선아리랑 원곡

정선아리랑을 누가 지었는지는 정확히 전해지지 않아요. 다만 고려가 망한 뒤 송도松都의 두문동杜門洞에서 은거하던 고려 선비 72현 가운데, 전오륜全五倫(?~?)을 비롯한 7명이 정선의 거칠현동居七賢洞으로 옮긴 뒤에 지은 것으로 전해집니다. 정선은 전오륜의 선조들이 살던 곳이며, 전오륜은 고려말에 우상시右常侍와 형조판서 등을 지냈습니다. 이들은 거칠현동 앞에 있는 산을 백이산伯夷山으로 이름 짓고, 수양산에 들어가 고사리를 캐어 먹다 굶어 죽은 백이숙제 형제처럼 살았다고 합니다.

두문동 72현에 속하는 최문한 집안에서 1983년에 거칠현동에 살던

7현이 지었다는 〈도원가곡桃園歌曲〉을 공개했는데, 정선아리랑은 〈도원가곡〉에 한자로 실려 있습니다. 도원은 고려 때 정선旌善의 이름이고, 〈도원가곡〉 아리랑은 다음과 같습니다.

我羅理 啞囉肄 餓悽彛要 哦義郞 古稽露 擷慕艱多
아라리 아라이 아라이요 아의랑 고계로 뢰모간다

정선아리랑의 후렴으로 자리 잡은 이 구절은 "벙어리 되기를 배우고 배고픔을 이겨내며 의로움을 세우려고 하나, 옛날을 생각하니 눈물이 흐르고 어려웠던 기억들이 아련히 다가온다"는 뜻으로 해석됩니다. 정선아리랑 1절에 '만수산'이 나오는데, 이방원이 포은圃隱 정몽주鄭夢周(1337~1392)를 회유하기 위해 지었다는 시조 〈하여가〉에도 '만수산'이 나옵니다. 만수산은 송도(현 개성)에 있던 산 이름인 것으로 추정되는 대목입니다.

이런들 어떠하리 저런들 어떠하리
만수산 드렁칡이 얽어진들 어떠하리
우리도 이같이 얽혀 백 년까지 누리리

정선아리랑의 "만수산에 구름이 막 몰려온다"는 구절은 고려왕국을 무너뜨리려고, 이성계 세력이 몰려드는 위급상황을 드러낸 것으로 볼 수 있습니다. "눈이 올라나 비가 올라나 억수장마 질라나"도 이성계 세

• 김성우, 시낭송가 만든 명예시인 1호

력에 의한 고려왕국의 몰락을 우려한 것입니다. 그렇게 망한 고려를 생각하면서 "아라리 아라이 아라이요 아의랑 고계로 뢰모간다"라고 노래하며, 망국의 한을 달랜 것입니다. 이런 한이 전해지고 전해져서 시와 시낭송의 나라, 시인과 시낭송가의 나라 대한민국이 빛을 내고 있습니다.

내가 재능대학 문창과 교수할 때의 일이 생각납니다. 유아교육과 학생들에게 강의하면서 '아버지'에 대해 시를 써오라는 과제를 냈습니다. 그랬더니 평생 시를 써 본 적이 없는 학생들이 시를 멋지게 쓴 것을 보고 깜짝 놀랐습니다. 한 학생은 자전거 꽁무니에 먹을 것을 달고 오던 아버지를 회상하면서, 돌아가실 때 손을 잡고 대학 보내 주지 못해 미안하다고 하셨는데, 이번에 대학 졸업장을 받으면 먼저 아버지 산소에 갖다드려야겠다고 썼어요. 그때는 대학에 다니지 못했지만 이제야 아버지의 묘소에 대학졸업장을 갖다 놓고 한을 풀 수 있게 됐다는 것이었지요. 다른 학생은 아버지와 함께 술잔을 나누며 인생을 배웠는데, 내가 결혼할 때 아버지가 울 것 같다고 했지만 난 그날 울지 않았다고, 내가 울면 신부화장이 지워지니까요 해서 웃음꽃을 피웠습니다.

이렇게 우리나라 사람들은 누구나, 사람들을 울게도 하고 웃게도 만들 수 있는 훌륭한 글감을 갖고 있습니다. 과거에는 먹고 사는 것 자체가 힘들었고, 등단하려고 해도 등단할 기회가 그렇게 많지 않았습니다. 하지만 이제는 문학잡지가 많이 생겨 등단할 수 있는 길이 많아진 데다, 등단 절차를 거치지 않고도 시집을 출간하면서 시인이 되는 사람이 늘어나고 있습니다. BTS와 뉴진스 등으로 K팝이 확산되고, 오징어게

임 더글로리 등으로 인기몰이 하는 K드라마와 김치 및 신라면 등 K푸드 등의 한류韓流바람으로 K문학도 더욱 인기를 끌 것입니다.

'시의 날' 행사에도 빠지지 않는 시낭송

2013년 광화문 '시의 날' 행사 포스터

2023년 11월1일 광화문 이순신장군 동상 옆에서 제37회 시의날 행사가 열렸습니다. '광화문에서 시를 노래하다'라는 주제로 열린 시의날 행사는 야외에서 시인들이 자작시를 직접 낭송한 아주 특별한 의미가 있었습니다. 문정희 시인은 〈한계령을 위한 연가〉, 장석남 시인은 〈대장간을 지나며〉, 오세영 시인은 〈아아, 훈민정음〉을, 김종해 시인은 〈능소화에 관하여〉, 신달자 시인은 〈대한민국의 기적 우리가 만들었습니다〉 등 자작시를 낭송했습니다.

배우 손숙은 한용운의 〈님의 침묵〉을 낭송했고, 나태주 시인은 〈시의 어머니-김남조 선생님 소천에〉로 김남조 시인의 서거를 기렸습니다. 김용호 시인의 시 〈남해찬가〉를 정영희 이주은 이숙자 윤정희 김경복 낭송가들이 낭송극으로 보여준 것은 아주 뭉클했지요.

나도 그때 자작시 〈용비어천가〉를 낭송했는데, 다시 들어보시지요.

해도 밝아라
하늘이 고르고 골라서
빛을 쏟아부은 땅이니
구름인들 어찌 함부로 여기 와서
그늘을 짓겠느냐해
나랏말씀이 있는 위에
내 나랏글자를 얹었으니
잠자던 산도 일어나 말을 하고
나는 새들도 물이 깊겠구나
내 뿌리깊은 나무가 되리니
백성들은 바람에 흔들리지 말지며
내 샘이 깊은 물이 되리니
나라는 더 큰 바다로 나아가겠구나

오는구나
내 임금이 되기를 마다하던
황희가 흰 수염을 날리며 오고
훈민정음 스물여덟 자를 만드는데
손과 머리를 빌려주던
집현전의 큰 선비들

그러나 내 술을 따르고 싶은 것은

내 당부를 잊지 않고

목숨과 바꾼 저 사육신들이니

봄이 오거든 푸른 잔디 위에

우리 용비어천가를 부르자꾸나

— 이근배, 〈용비어천가〉 전문

시낭송은 시를 더욱 빛나게 하는 예술의 하나입니다. 좋은 시는 훌륭한 시낭송을 낳고, 멋진 시낭송은 훌륭한 시를 끌어냅니다. 시와 시낭송이 서로 상생하면서 대한민국이 시와 시의 나라로 더욱 빛날 것입니다.

22

대한민국 시인으로는 맨 처음 윤동주 묘를 참배했다

"윤동주 시인은 '서시'라는 시를 쓴 적이 없습니다.
윤동주가 쓴 시는 〈하늘과 바람과 별과 시〉입니다.
주옥같은 명시를 쓰고도 죽어서야 비로소 시인이라고 불린
윤동주 시인이 저세상에서 다시 원통하지 않도록
하루빨리 이 잘못을 바로잡아야 합니다."
나는 '윤동주시정신선양회'를 만들어
'윤동주 시 정신'을 제대로 이어받는 노력을 하고 있습니다.
윤동주의 대표 시의 제목을 '서시'에서
〈하늘과 바람과 별과 시〉로 하루빨리 바로잡아야 합니다.

타쉬켄트에서 부른 '가거라 삼팔선'

나는 1989년 8월13일 북간도 명동마을 뒷동산에 있는 윤동주 시인의 묘를 참배했습니다. 대한민국 시인으로는 처음이었지요. 당시는 한국이 중국과 수교하기 전이라 중국에 간다는 것 자체가 매우 어려운 일이었습니다. 게다가 그때까지 잘 알려지지 않았던 윤동주 시인의 묘를 참배한다는 것은 상상하기도 어려웠지요. 하지만 뜻이 있는 곳에 길은 늘 있었습니다.

이야기는 88서울올림픽으로 거슬러 올라갑니다. 1988년 10월에 끝난 서울올림픽에 소련을 비롯한 공산권 국가가 대거 참여했잖아요. 그것을 계기로 '철의 장막'이라고 불리던 소련의 문이 열리기 시작했습니다. 마침 뜻있는 작가들이 1989년 봄에 소련과 동구권을 돌아보는 문학여행을 마련했습니다. 단장이 조병화 시인이었고, 성춘복 김영태 전규태 신세훈 등 시인과 문화인 30여 명이 동행했습니다. 모스크바와 레닌그라드(현 상트페테르부르그)를 거쳐 헝가리와 유고슬라비아 및 타쉬켄트 등을 돌아보는 일정이었지요. 나는 당시 세계일보의 김징자 문화부장과 연결돼 여행기를 전면으로 연재했습니다.

그때 몇 가지 에피소드가 아직도 생생합니다. 하나는 레닌그라드에서 미아가 될 뻔한 일입니다. 당시 이삭성당 앞에 있는 호텔에서 묵었는데, 그곳은 시인 예세닌이 무용가 이사도라 던컨과 첫날밤을 보낸 그 방에서 자살한 호텔로 유명했지요. 러시아 말을 한 마디도 하지 못하면서 겁도 없이 '야매 택시'를 불러 이삭성당으로 구경갔습니다. 인파에 휩쓸려 길을 잃었는데, 경찰에게 손짓, 발짓으로 사정사정해서 자가용을 얻어 타고 호텔로 돌아간 적이 있습니다. 국교도 맺지 않은 나라에서, 젊음 하나만 믿고 돌아다녔으니 용기인지 무모한 건지….

타쉬켄트의 자유시장에 가서는 눈물을 펑펑 쏟았습니다. 그쪽 음식이 입에 맞지 않은 터에, 자유시장에 갔다가 문득 맛있어 보이는 배추김치를 발견한 뒤였지요. 얼마냐고 물었더니, 누나 같고 고모 같은 고려인 아줌마가 누가 보니까 빨리, 그냥 갖다 잡수라며 비닐봉지에 담아주더군요. 돈은 한사코 받지 않았고요. 돌아서 나오는데 봄똥 겉절이가 아주 맛있어 보였습니다. 얼마냐고 하니까, 또 돈을 받지 않고 다른 나물을 함께 한 바구니 싸주더군요. 한국 사람을 처음 만나서 반갑다며 그냥 주는 것이었습니다. 정말 한참을 울었습니다.

또 한 식당에서 우리 일행 30명을 초청했습니다. 그곳에 사는 고려인들이 몰려들어 옛날 농촌의 잔치가 벌어졌습니다. 한 할머니께서 1920년대 유행하던 노래를 부르시더군요. 모두 감동되었지요. 나도 6.25전쟁 이후 생사를 알지 못하던 아버지를 생각하며 '가거라 삼팔선'을 불렀습니다.

백두산 천지와
윤동주 산소에 가다

소련 등으로 문학여행을 갔다가 귀국한 것이 1989년 5월이었습니다. 평생 갈 수 없을 것으로 여겼던 소련을 다녀오니, 이제 백두산에 가보고 싶다는 생각이 들었습니다. 경찰 출신이 운영하던 여행사에게 문의했더니 사람을 모아보라고 하더군요. 그래서 서라벌예술대학 출신을 비롯해서, 내가 아는 문인들에게 연락했지요. 김주영 김원일 소설가와 김종철 시인, 이은방 시조시인과 문화센터에서 내 강의를 듣던 수강생 등을 포함해서 10여 명이 참여했습니다.

8월15일 광복절 날 백두산 천지에 오르는 것을 중심으로 보름 일정을 짰습니다. 당시는 중국과 수교하기 전이라서 만주로 직행하는 비행기가 없었으므로, 김포공항에서 홍콩으로 갔다가 상해와 북경을 거쳐 장춘 및 연길까지 비행기로 간 뒤 버스를 타고 백두산으로 가는 길고 긴 여정이었습니다. 그래도 백두산에 간다는 사실 하나만으로도 모두가 가슴 설레며 비행기에 올랐지요. 김원일 소설가는 김포공항에서 덩실덩실 춤을 출 정도였고요. 중앙일보에 소설 연재를 하고 있었는데 미리 다 써서 보내 놓고 이제 소설을 쓰지 않게 되었다면서요.

나는 여행 일정을 짤 때 여행사에게 윤동주 시인 묘소 방문을 반드시 넣어달라고 주문했습니다. 하지만, 확신은 없었습니다. 윤동주 시인이 순국한 게 1945년 2월16일인데, 44년이나 흐르는 동안 누가 관리했는지조차 알 수 없는 상황이었으니까요. 콩밭과 수숫대를 헤치며 나아갈

한국 시인으로서는 최초로 윤동주 묘소를 참배했다

때만 해도, 정말 윤동주 묘소를 찾을 수 있을까 하는 의심마저 들었지요. "용정에 가면 윤동주 산소가 있다"는 말만 듣고 찾아나선 길이었으니까요. 아~ 그런데… 무덤이 있었습니다. 한참을 찾다가 벌초도 제대로 하지 않은 무덤 앞에 섰습니다.

'詩人尹東柱之墓(시인윤동주지묘)'. 무덤 앞에 세워 있는 비석이 윤동주 시인의 묘라는 것을 알려주고 있었습니다. 윤동주는 생전에 시인으로 불린 적이 없었는데, 윤동주가 시를 쓰고 있던 것을 알고 또 연희전문 졸업기념으로 시집을 출간하려던 사실을 알고 있던 아버지(윤영석)와 삼촌(윤영춘)이 이름 앞에 '시인'을 붙인 것이었습니다. 눈물이 왈칵 솟았지요. 떼도 안 입히고 잡풀이 듬성하게 나 있는 산소 앞에 꽃 몇 송이 꽂았습니다. 나는 조용히 윤동주 시인의 〈또 다른 고향〉을 낭송했습니다. 광복절 44주년을 이틀 앞둔 1989년 8월13일이었지요.

고향에 돌아온 날 밤에
내 백골이 따라와 한방에 누었다

어둔 방은 우주로 통하고
하늘에선가 소리처럼 바람이 불어온다

어둠 속에서 곱게 풍화작용 하는
백골을 들여다보며
눈물짓는 것이 내가 우는 것이냐
백골이 우는 것이냐
아름다운 혼이 우는 것이냐

지조 높은 개는
밤을 새워 어둠을 짖는다

어둠을 짖는 개는
나를 쫓는 것일 게다

가자 가자
쫓기우는 사람처럼 가자

백골 몰래

아름다운 또 다른 고향에 가자

— 윤동주, 〈또 다른 고향〉 전문

내가 〈또 다른 고향〉을 암송하는 동안 함께 갔던 문인들 모두, 소리 없는 흐느낌을 울었습니다. "백골 몰래 아름다운 또 다른 고향에 가자"고 했는데, '또 다른 고향'이 이 초라한 무덤인가 하는 생각 때문이었지요. 어찌 그렇지 않았겠어요?

윤동주는 이 시를 1941년 9월에 썼습니다. 당시는 일제가 12월7일에 태평양전쟁을 일으키기 3개월 전이라서, 한국에 대한 탄압을 강화하던 때입니다. 한글 교육과 사용을 금지했고 동아일보와 조선일보 및 『문장』과 『인문평론』 등을 폐간시켰지요. 그런 험악한 시대에 윤동주는 죽음을 미리 내다본 것인지 모릅니다.

윤동주 묘소에서의 먹먹함을 달랜 뒤, 광복절 날에 백두산 천지에 올랐습니다. 그때의 감격은 이루 말할 수 없었습니다. 중앙일보에 전면으로 그때의 느낌을 실었지요. 그때 쓴 시가 〈대 백두에 바친다〉입니다. 제2연을 낭송해보겠습니다.

내 나라는 반도가 아니다

압록강과 두만강은 끝이 아니라 시작이다

저 굽이굽이 펄펄 끓는

고구려의 말발굽 소리를 들어라

백두의 불과 물이 이르는 땅은

모두 내 나라요 내 겨레의 터전이다

겨레여

이 백두에 올라 보라

처음부터 물려받았고

마침내 다시 찾고야 말

끝 모를 땅이 저기 부르고 있다

하물며 반세기 역사, 반세기의 지도를 두고

가슴 조이고 아파할 일이 무엇인가

이 백두에 와서 보라

한 핏줄 나눈 형제끼리 싸우는 일이며

기쁨이며 슬픔, 사랑이며 미움, 분노이며 용서 따위가

얼마나 부질없고 부끄러운 일인가를

1989년 8월15일

나는 작디작은 물고기가 되어

장백폭포를 거슬러 올라

천지의 물가에 닿는다

손을 담근다

천지가 내 안에 기어들고

내가 천지에 녹는다

엎드려 물을 마신다

내 썩은 창자의 창자 속에서 솟구치는

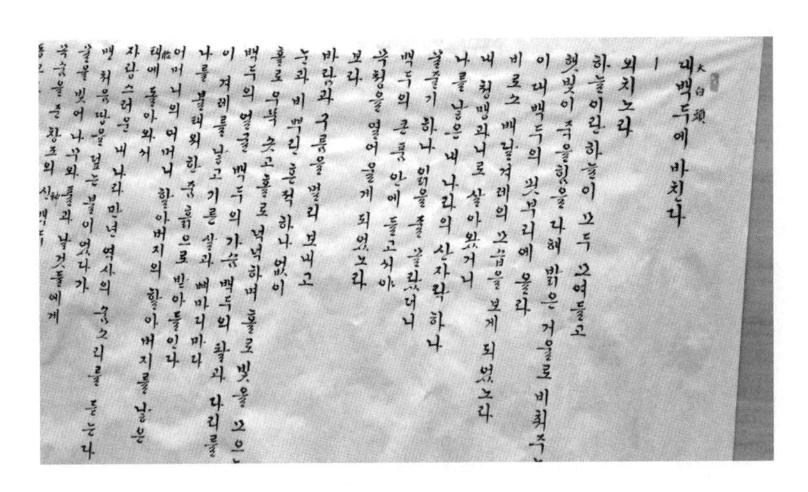

〈대백두에 바친다〉 시 구절 중에서

견딜 수 없는 힘이 나를 물속에 빠뜨린다
나는 일파만파로 천지의 물살을 가른다
어머니의 태안이듯 꿈의 꿈, 사랑의 사랑 속에 노닌다
이대로 오르고 싶다
하느님의 밧줄을 잡고
불과 물이 뒤섞이는 바닥까지 내려가고 싶다
겨레여, 6천만이여
아니 6천만의 아들의 아들, 딸의 딸들이여
철철 넘치는 이 하늘샘에 오라
태평양에도 대서양에도 뿌리를 내리는
백두산 천지에 와서

영원히 사는 겨레, 영원히 하나인

겨레의 어머니 품에 안겨보라

— 이근배, 〈대 백두에 바친다〉 제2연

우리는 천지로 내려가 수영했습니다. 지금은 천지 물가로 내려가는 것이 금지됐지만, 그때는 찾는 사람이 거의 없어 내려갈 수 있었지요. 산 아래는 삼복염천의 뜨거운 한여름이었지만 천지 물속은 얼음처럼 차가웠습니다. 차가운 물에 몸을 담그고 하루빨리 통일을 이뤄야한다는 생각을 하며 〈대 백두에 바친다〉를 쓴 것입니다. 살아서는 가 닿을 수 없을 줄만 여겼던, 내 겨레를 낳고 기른 성스러운 먼 역사의 탯줄을

이근배 시인, 백두산 천지에 풍덩. 1989년 8월 15일

처음으로 잡았으니까요.

윤동주 묘소를 참배하고 백두산 천지에 오른 뒤, 연길에 '작가의 집'을 만들었습니다. 당시 이호철 소설가가 어렵게 따냈던 기금 2억 원과 이종찬 국회의원(현 광복회장)이 모금에 나서 모은 50만 달러(약 4억원)를 들였습니다. 한국 문인들이 그곳에 가서 강의도 하고, 연길에 사는 재중동포 문인들과 함께 세미나도 열고 하는 장소를 만들었다는 사실에 뿌듯함을 느낍니다.

윤동주는 시 〈서시〉를
쓴 적이 없다

나는 윤동주 묘소를 참배한 뒤부터 '윤동주 찾기'에 적극적으로 나섰습니다. 나는 옛 벼루와 고서古書를 수집하는 취미를 갖고 있어, 시간 날 때마다 인사동에 나가서 벼루와 고서를 봅니다. 경매를 통해 사기도 하지요. 그런 과정에서 1948년 1월30일에 출간된 윤동주의 유고시집 『하늘과 바람과 별과 詩』를 구입했습니다.

이 유고시집은 윤동주의 연희전문 2년 후배인 정병욱이 갖고 있던 윤동주의 육필 시고 19편을 중심으로 만든 것입니다. 윤동주는 연희전문 졸업기념으로 시집을 77부 한정으로 출간하기로 마음먹고 육필로 3부를 만들었습니다. 이 중 1부를 스승인 이양하 교수에게 드리고 출간을 상의했지요. 이양하 교수는 이 시고를 읽고는 출판하지 말도록 권유했다고 합니다. 〈십자가〉 등 일부 시가 일제를 비판하고 저항하는 내용을 담고 있어 윤동주의 신상에 위험이 될 수도 있다고 본 것입니다. 또 아버지에게 출판비용을 받으려고 했는데, 가정형편이 여의치 않아 출판할 수 없었습니다. 윤동주는 나머지 1부는 자기가 갖고 일본으로 유학을 떠났으며, 1부는 후배인 정병욱에게 맡겼습니다. 정병욱은 학병에 끌려갈 때 이 시고를 광양의 어머니에게 맡겼고, 정병욱 어머니는 이 시고를 전라도 광양의 고향 집 마루 밑 항아리에 숨겨서 보존했습니다.

광복 뒤에 윤동주와 연희전문 동기동창인 강처중이, 정지용 시인과 상의해 윤동주 순국 3주기인 1948년 2월16일에 맞춰 유고시집을 출간하기로 했습니다. 정지용은 윤동주가 살아있을 때 시를 쓰면서 가장 존경했던 시인 가운데 한 사람이었지요. 윤동주가 동경에 있는 릿교立教대학에 입학했다가 나중에 교토의 도시샤同志社대학으로 옮긴 것도, 정지용 시인이 도시샤대학을 졸업한 영향도 있었을 것입니다.

정지용 시인은 1929년 도시샤대학을 졸업하고 귀국한 뒤 1930년에 순수문학지 『시문학』 창간에 합류했습니다. 김영랑 박용철 시인 등이 정지용 시인의 귀국을 기다려 함께 창간한 것이지요. 정 시인은 귀국 후 휘문고에서 교편을 잡았다가 이화여전 교수로 옮겼습니다. 광복 뒤에 가톨릭 쪽에서 창간한 경향신문에서 주간을 맡으면서 상당한 영향력을 행사했지요. 김동리 소설가를 통해 만선일보 편집국장을 지냈던 염상섭 소설가를 편집국장으로 영입했습니다. 윤동주가 일본 유학 시절에 쓴 시 〈쉽게 쓰여진 시〉가 1947년 2월13일 경향신문에 실린 것도 정지용 덕분이었습니다.

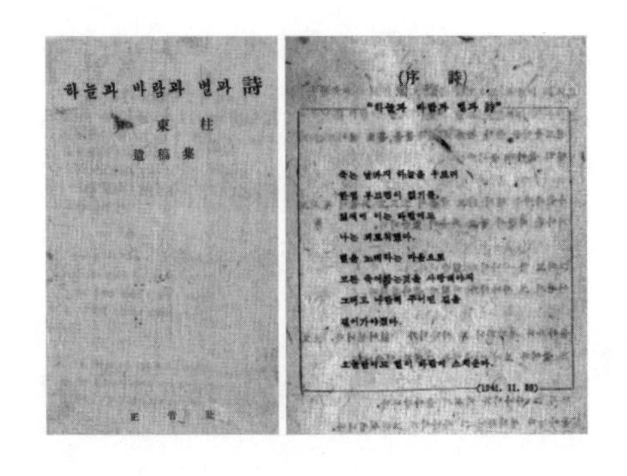
하늘과 바람과 별과 詩

東 柱

遺稿集

(序 詩)

윤동주 시집 최초본
속표지(왼쪽)와 목차

정지용과 강처중 등은 1948년에 정음사에서 윤동주 유고시집 『하늘과 바람과 별과 詩』를 출간했습니다. 이 유고시집에는 정지용 시인의 서문과 유영의 추도시 〈창밖에 있거든 두드리라-동주 몽규 두 영靈을 부른다〉와 강처중의 발문이 실려 있습니다. 유고시집 『하늘과 바람과 별과 詩』 덕분에, 살아 있을 때 시인으로 등단하지도 않았고 시인으로 불리지도 않았던 윤동주는 마침내 시인이 되었습니다. 참으로 고마운 일입니다.

하지만 이 유고시집은 아주 커다란 잘못을 남겼습니다. 윤동주가 육필로 쓴 시 〈하늘과 바람과 별과 詩〉 앞에 (序詩)라는 것을 써넣은 것입니다. 차례에도 '序詩'를 맨 처음에 넣고, 바로 다음 줄에 '하늘과 바람과 별과 시'라고 편집했습니다. '서시'는 시집 전체를 아우르는 서시이고 '하늘과 바람과 별과 시'는 윤동주가 육필시고에 남긴 18편을 아우르는 소제목으로 편집된 것입니다. 왜 그랬는지 모르지만, 이 때문에 윤동주가 쓴 시 〈하늘과 바람과 별과 시〉는 윤동주가 한 번도 쓰지 않았던 시 〈서시〉로 알려졌고, 지금도 〈서시〉로 불리고 있습니다. 참으로 안타까운 일입니다.

윤동주 육필 시고
〈하늘과 바람과 별과 詩〉

윤동주 시집 『하늘과 바람과 별과 시』는 8년 뒤인 1956년에 다시 출간됐습니다. 그동안 윤동주 시인의 여동생인 윤혜원 씨가 1948년 12월에 남편 오형범 씨와 함께 서울에 왔습니다. 이때 윤혜원은 윤동주가 일본으로 유학을 떠나기 전까지 고향 집에 남겨두었던 원고와 사진 등을 챙겼습니다. 그 뒤 6.25전쟁이 일어났고 그 와중에 김처중과 김삼불 등이 월북하고 정지용 시인은 납북 도중에 사망했지요. 전쟁으로 이념의 골이 깊어지면서 윤동주 시집도 영향을 받았습니다.

1956년에 출간된 시집 『하늘과 바람과 별과 시』에는 윤혜원이 죽음을 무릅쓰고 갖고 온 시를 포함시켰습니다. 하지만 정지용 시인의 서문과 강처중의 발문은 빠졌습니다. 특히 결정적으로 초판본에 '(서시)하늘과 바람과 별과 시'라고 했던 것이 〈서시〉만 남고 〈하늘과 바람과 별과 시〉는 시가 아닌 '시집 제목'으로만 남았습니다. 윤동주는 〈서시〉라는 시를 쓴 적이 없는데도 말입니다. 이런 오류는 하루빨리 바로 잡아야 합니다.

윤동주가 후배 정병욱에게 맡긴 '육필시고'에는 〈서시〉라는 시가 없습니다. 육필시고는 겉장 표지 중앙에 '하늘과 바람과 별과 詩'라는 제목과 그 아래에 필자 이름이 '동주童舟'라고 적혀 있습니다. 그 다음 장에 '정병욱鄭炳昱형 앞에'라고 쓴 뒤 '윤동주尹東柱 정呈'이라고 덧붙였지요. 그리고 바로 다음 쪽에 "죽는 날까지 하늘을 우르러"로 시작해서 "오늘 밤에도 별이 바람에 스치운다"로 끝나는 시가 적혀 있습니다.

죽는 날까지 하늘을 우르러
한 점 부끄럼이 없기를,
잎새에 이는 바람에도
나는 괴로워했다
별을 노래하는 마음으로
모든 죽어가는 것을 사랑해야지
그리고 나한테 주어진 길을
걸어가야겠다

오늘밤에도 별이 바람에 스치운다

— 윤동주, 〈하늘과 바람과 별과 시〉 전문

윤동주의 유고시집 초판본 『하늘과 바람과 별과 詩』는 다른 문제점도 있습니다. 이 유고시집에는 윤동주가 육필로 남긴 〈하늘과 바람과 별과 시〉 19편 외에 12편이 더 포함되어 있습니다. 윤동주가 일본 유학 시절 강처중에게 보낸 것으로 알려진 시 5편과 윤동주가 유학 떠나기 전에 신문과 잡지 등에 기고했던 시들입니다. 윤동주가 육필로 남긴 유고시집 〈하늘과 바람과 별과 시〉에 다른 시를 포함시키다 보니, 윤동주가 쓰지도 않은 '서시'가 윤동주가 쓴 〈하늘과 바람과 별과 시〉로 둔갑하는 괴이한 일이 벌어진 것입니다.

윤동주는 불행한 시대를 살다간 위대한 시인입니다. 그는 1917년 12월30일, 북간도 명동에서 태어나 1945년 2월16일, 일본 후쿠오카 형무소에서 스물여덟 살에 순국했습니다. 그가 살았던 시기는 대일항전기로 우리말을 제대로 배우기도, 쓰기도 어려웠습니다. 보고 싶은 책을 마음대로 구해서 읽기도 쉽지 않았습니다. 그런 열악한 환경 아래에서도 윤동주는 오직 시를 쓰고 시인이 되려고 노력했지요. 죽기보다 싫었을 테지만, 성을 평소平沼(히라누마)라 바꾸고 이름도 동주東柱가 아니라 '도쥬東柱'라고 발음했습니다. 일본에 가서 시 공부를 더 한 뒤 프랑시스 잠, 장 콕토, 라이너 마리아 릴케, 인도의 나이두 같은 시인이 되기 위해서였을 겁니다. 일본으로 떠나기 직전인 1942년 1월24일에 쓴 시 〈참회록〉에서 당시 윤동주의 마음을 짐작해볼 수 있습니다.

> 파란 녹이 낀 구리거울 속에
> 내 얼굴이 남아 있는 것은
> 어느 왕조의 유물이기에
> 이다지도 욕될까
>
> …중략…

밤이면 밤마다 나의 거울을
손바닥으로 발바닥으로 닦아보자

그러면 어느 운석 밑으로 홀로 걸어가는
슬픈 사람의 뒷모양이
거울 속에 나타나 온다

— 윤동주, 〈참회록〉 제1, 4, 5연

이런 참회록을 남긴 윤동주는 한국에 있을 때는 물론 일본에 가서도 오로지 한글로만 시를 썼습니다. 백석 등 일부 시인을 제외하곤 시인들 대부분이 일본어로 시를 쓰는 상황에서 한글로만 시를 쓴 것은 엄청난 일이었습니다.

죽음을 예감한 시 〈별 헤는 밤〉

윤동주는 일본으로 유학을 떠나기 전에 〈별 헤는 밤〉이란 명시를 남겼습니다. 육필로 남긴 〈하늘과 바람과 별과 詩〉의 마지막에 있는 시입니다. 시를 쓴 날자는 1941년 11월5일인데, 이 시 뒷부분에 자신의 죽음을 암시한 구절이 있습니다.

나는 무엇인지 그리워
이 많은 별빛이 내린 언덕 위에
내 이름자를 써 보고
흙으로 덮어 버리었습니다

딴은 밤을 새워 우는 벌레는
부끄러운 이름을 슬퍼하는 까닭입니다

그러나 겨울이 지나고 나의 별에도 봄이 오면
무덤 위에 파란 잔디가 피어나듯이
내 이름자 묻힌 언덕 위에도
자랑처럼 풀이 무성할 거외다

— 윤동주, 〈별 헤는 밤〉 뒷부분

〈별 헤는 밤〉의 육필원고를 보면 재미있는 부분이 있습니다. 바로 이 시를 쓴 날짜의 위치입니다. 윤동주는 통상 시 끝에 그 시를 쓴 날짜를 적었습니다. 그런데 〈별 헤는 밤〉은 "부끄러운 이름을 슬퍼하는 까닭입니다"라는 문장 바로 뒤에 (一九四一. 十一.五)라고 썼고, 뒷줄에 "그러나 겨울이 지나고 나의 별에도 봄이 오면"으로 시작되는 마지막 연, 넉 줄을 보탰습니다. 시를 완성한 뒤, 퇴고하면서 마지막 4행을 추가한 것입니다. 이와 관련해 정병욱이 남긴 회고가 눈길을 끕니다.

윤동주는 자기의 작품을 고집하거나 집착하지는 않았다. 〈별 헤는 밤〉에서 윤동주는 "딴은 밤을 새워 우는 벌레는/ 부끄러운 이름을 슬퍼하는 까닭입니다"로 끝나는 첫 원고를 끝내고 나에게 보여주었다. 나는 그에게 넌지시 "어쩐지 끝이 좀 허한 느낌이 드네요"하고 느낀 바를 말했다. 그 후 현재 시집의 제1부에 해당하는 부분의 원고를 정리하여 나에게 한 부를 주면서 "지난 번 정형이 〈별 헤는 밤〉의 끝부분이 허하다고 하셨지요. 이렇게 끝에다가 덧붙여 보았습니다." 하면서 마지막 넉 줄, 즉 "그러나 겨울이 지나고 나의 별에도 봄이 오면/ 무덤 위의 파란 잔디가 피어나듯이/ 내 이름자 묻힌 언덕 위에도/ 자랑처럼 풀이 무성할 게외다"를 더 적어 넣어주는 것이었다.(정병욱, 〈대학생 윤동주〉, 외솔회 『나라사랑』 제23호 특집호. 1976, 민윤기 편, 『윤동주는 살아 있다』, 스타북스, 2021, 244~5쪽에서 재인용)

윤동주는 머릿속으로 수없이 퇴고하면서 완성한 〈별 헤는 밤〉을 후배 정병욱의 감상을 듣고 끝에 넉 줄을 추가했다는 말입니다. 그런데 이 넉 줄이 윤동주의 죽음을 예고한 것으로 읽힙니다. 참으로 시참詩讖의 하나라고 할 수 있습니다. 정병욱은 "이 넉 줄이 시를 살렸는지 또는 사족이 되게 하였는지는 독자들이 판단할 일"이라고 한 뒤에 "넉 줄은 단순히 시구로만 끝난 것이 아니라 현실이 되었다. 그의 고향인 북간도 용정에 있는 동산 마루턱에 묻힌 그의 무덤 위에는 이 봄에도 파란 잔디가 자랑처럼 돋아나 있을 것이다. 그러나 동주는 멀리 북간도에만 있는 것이 아니다. 그의 시 속에 배어있는 겨레 사랑의 정신은 그를 사랑하는 모든 사람의 가슴 속에 영원히 살아남아 있을 것이다"라고 썼습니다. 참으로 오늘날 윤동주가 항일민족시인으로 우뚝 설 수 있게 한 분의 중요한 글이라고 할 수 있습니다.

젊은 윤동주를 다시 만나게 한 '연희전문 졸업 앨범'

나는 윤동주의 사진이 실린 '연희전문 졸업앨범'도 경매를 통해 구입했습니다. 윤동주 하면 떠오르는 사각모 쓴 윤동주 사진이 바로 여기에 실린 것입니다. 나는 조금도 망설이지 않고 손을 들어 낙찰받아 품에 안았습니다. 집에 와서 펴 보니, 이름으로만 듣던 사람들이 많이 있었습니다. 항일투쟁기와 광복 이후에 학계와 사회 등 여러 분야에서 활동했던 이양하 최현배 백낙준 현제명 교수 등이 그런 분들입니다.

또 윤동주의 동기동창생 가운데 그동안 얼굴이 알려지지 않았던 김삼불과 강처중과 유영, 그리고 윤동주와 함께 일제 경찰에 체포돼 후코오카福岡형무소에서 함께 순국한 고종사촌 송몽규의 사진을 보는 감격을 안았습니다. 김삼불은 1920년 생으로 윤동주와 연희전문 입학동기였고, '문우회' 회원으로 동주와 함께 지낸 벗이었습니다. 그는 광복된 뒤 서울대학교에 편입해 한국고전문학 연구에 몰두했지요. 판소리계 고전소설인 〈배비장전〉과 〈옹고집전〉을 한 권으로 묶어 주를 붙여 출간하기도 했습니다. 남북분단과 6.25전쟁이 없었더라면 한국문학사에 큰 발자취를 남겼을 텐데, 참 안타까운 일입니다.

나는 1999년 10월과 2018년 6월에도 윤동주 묘소를 찾아 뵈었습니

윤동주의 고향 명동촌 입구에서

다. 또 윤동주가 다녔던 동경의 릿교대학과 교토의 도시샤대학은 물론 윤 시인이 갇혀 있던 후쿠오카형무소와 유해를 화장한 화장터 등을 모두 답사했습니다. 윤동주가 태어난 지 100년 되는 2017년에는 서울시인협회와 함께 '윤동주 100년의 해' 선포식을 가졌고, '윤동주 100년 생애 사진전'도 열었습니다. 또 '윤동주시정신선양회'를 만들어 서울 마포의 하늘공원에 '윤동주 시비'를 건립하고 '윤동주 시공원'을 만드는 노력도 기울이고 있습니다.

이렇게 윤동주의 시 정신을 이어받는다고 동분서주하고 있지만, 늘 숙제처럼 가슴 한쪽에 남아 있는 게 두 가지 있습니다. 하나는 윤동주 묘소를 한국으로 모셔오지 못한 일입니다. 30여 년 전, 연길에 '작가의 집'을 만들어 주고, 연변작가협회 사람들과 긴밀하게 소통하고 있을 때, 윤동주 묘소의 이장을 추진했더라면 가능했을 것입니다. 당시는 중국 당국이 윤동주에 대한 관심이 거의 없었을 때였습니다. 중국이 윤동주 생가를 제멋대로 바꿔놓고, '중국조선족애국시인 윤동주 생가'라고 써놓아 역사를 왜곡하는 행태를 보노라면, 그때 묘소를 옮겨오지 못한 것이 더욱 한이 됩니다.

다른 하나는 윤동주의 '서시'를 〈하늘과 바람과 별과 시〉로 바꾸는 것입니다. 누누이 강조하지만 윤동주는 〈서시〉라는 시를 쓴 적이 없습니다. 우리가 '서시'라고 알고 있는 시는 〈하늘과 바람과 별과 시〉입니다. 윤동주가 육필로 남긴 시고詩稿를 아무리 읽어봐도 '서시'는 없고 〈하늘과 바람과 별과 시〉만 있거든요. 그런데도 아직도 〈서시〉로 통하는 '문학사의 오류'를 반드시 바로잡아야 합니다. 〈하늘과 바람과 하늘과 시〉를 하루빨리 되찾는 데 최선을 다할 것입니다.

23

이문구는 김동리의 '문학적 아들'이었다

사람은 시대의 비극에서 자유로울 수 없습니다.
이데올로기 투쟁과 동족상잔의 6.25전쟁도
많은 사람들에게 고통을 안겨주었습니다.
문학도 그 소용돌이 속에서 거센 분열을 겪었고
아직도 갈등은 이어지고 있습니다.
이문구 소설가도 그런 비극의 한가운데에서
고민 많은 문학인으로 평생을 살았지요.
이쪽과 저쪽으로 갈린 현실에서 중심을 잡고
이쪽과 저쪽을 모두 아우르는 노력을 하다
예순셋이란 짧고도 긴 삶을 마쳤습니다.
『관촌수필』『우리동네』 등으로
'4.19세대 문학인'의 권력에 대항하며
참된 한국문학을 만들어 내기 위해 외롭게 몸부림쳤지요.

이문구 서라벌예대에서
김동리를 만나다

이문구(1941~2003) 소설가는 내가 서라벌예술대학을 다닐 때는 만나지 못했어요. 이문구는 1941년 생이어서 나하고 한 살 차이지만, 어렸을 때 고생해서 학교를 제대로 다니지 못해 서라벌예대를 나보다 3년 늦은 1961년에 입학했기 때문입니다. 아버지가 좌익활동을 해서 6.25 전쟁 때 희생돼서 고등학교까지 제대로 다니지 못한 것으로 알고 있습니다.

이문구 소설집
〈관촌수필〉

이문구의 소설 〈관촌수필冠村隨筆〉을 보면 아버지와 형이 6.25전쟁 중에 죽임을 당합니다. 아버지는 좌익활동으로 시대적 비극을 겪었다고 해도, 16살 형을 대천 앞바다에 빠뜨려 생으로 죽인 것은 커다란 충격이었을 겁니다. 이문구는 그때 아홉 살이었는데, 할아버지가 그를 인척 집에 피신시켰습니다. 1년쯤 지난 뒤에 손자를 찾아가 보니, 학교를 보내는 것은 고사하고 나무하고 아궁이에 불 때며 고생하고 있더랍니다. 전쟁 때였으니 밥 한 그릇이 어디고, 목구녕 하나가 힘들 때였으니 그랬겠지만, 속이 미어졌겠지요. 할아버지가 이문구를 데리고 곧장 파출소에 가서 "이놈들아! 얘 데려왔다, 얘도 마저 죽여라!"고 소리쳤지요.

나중에 TV에서 당시 상황을 방송해서 다 나왔었지요. 열여섯 살 큰 손자도 "원수 갚는다"며 죽였으니까, 그 어린 것이 무슨 죄가 있었겠습니까. 속에서 열불이 터지니까 열 살 된 손자를 파출소로 데려가 더 추궁하지 말라고 시위한 것이겠지요. 파출소에서 "어르신 왜 이러시냐?" 고 하면서 겨우 달랬답니다. 이문구는 그런 와중에서 살아 남았지만 서울에서 막노동을 하기도 한 뒤, 대학을 자기 또래보다 2년 정도 늦게 들어간 것이지요.

당시는 그런 일이 적지 않았습니다. 2022년 말에 사망한 김성동 작가의 아버지도 좌익이었고, 이문열 김원일 소설가 등도 그랬지요. 일제강점기 때 글자나 알고 배운 사람들은 사회주의 운동을 많이 했었으니까, 아예 프롤레타리아, 그러니까 낫 놓고 ㄱ자도 모르는 사람들은 공산주의운동 그런 거 몰랐어요. 먹고 살기가 바쁜데 어떻게 그런 걸 하겠어요. 내가 1980년대에 대학에서 강의할 때도 보니까, 집안이 어려운 애들은 운동권이고 뭐가 없더군요. 알바하기도 바쁘니까요.

이문구는 그런 사정으로 늦게 서라벌예대에 들어와서 김동리 선생을 만난 겁니다. 김동리의 추천으로 1966년 『현대문학』으로 등단했지요. 또래들보다 비교적 늦었습니다. 등단한 뒤에 『월간문학』에 취직합니다. 당시 문협 이사장이던 김동리 선생이 힘을 써 준 거겠지요. 그때가 언제냐면, 4.19가 지나고 서울대학교 졸업생들이 활동을 시작할 때입니다. 김승옥 이청준 김현 등이 대표적이었지요. 나랑 '청년문학가협회'에 함께 있던 작가들이었죠. 그게 엄청난 얘기인데 그것에 관해서 나중에 다시 본격적으로 다뤄야겠네요.

『월간문학』이 어디 있었냐면, 지금은 없어졌지만, 세종문화회관 자리에 서울시민회관이 있었고 거기에 예총 사무실이 있었고, 한국문인협회(문협)도 함께 있었지요. 문협 안에 『월간문학』이 있었고요. 젊어서 고생하던 이문구가 이제 문학의 센터로 들어간 거지요. 그때는 『문학사상』과 『한국문학』이 없었고 『현대문학』과 『월간문학』만 있었으니까요. 『월간문학』이 큰 힘을 썼고, 김동리 선생이 문협 이사장이고 하니까, 서울대 출신이든 서라벌예대 출신이든 이문구가 문단의 중심에 서게 된 것입니다.

그러다가 김동리 선생이 조연현과 선거에서 붙어 패배해서 『월간문학』도 그쪽으로 넘어갑니다. 김동리 선생이 이사장 자리를 뺏기고 나서 억울하니까 만든 게 『한국문학』입니다. 『사상계』가 1970년에 폐간되고 『한국문학』이 1973년 11월에 창간되고 이듬해에 '자유실천문인협회'가 시작되는 그럴 때입니다. 내가 〈귀가〉라는 시를 『한국문학』 1973년 12월호에 발표했고요.

『월간문학』과 『한국문학』으로 문단의 중심에 서다

이문구는 『한국문학』이 창간할 때 편집장이 되고, 또 중심이 됐지요. 『한국문학』이 있던 청진동 입구에 '가락지'라는 술집이 있었는데 거기가 문인들 사랑방이었습니다. 『한국문학』에는 김동리와 함께 손소희孫素熙(1917~1986)라는 여장부가 있었지요. 이분은 아주 대단한 남자 같은

소설가 김동리,
소설가 손소희 부부

소설도 잘 썼지만, 김동리 선생의 새 부인이 되었지요. 그때 문인간첩단 사건이 일어납니다. 지난번에 소개한 것처럼 임헌영 이호철 장백일 김우종 정의병 등 다섯 사람이 일본의 동경에 가서 『한양』이라는 잡지 관계자들에게 대접을 좀 받은 것을 간첩단으로 조작한 것이지요. 문인들이 유신반대 데모를 하고 그러니까 분위기를 잡기 위해 무리하게 엮은 것입니다.

당시 문협은 조연현 이사장이었는데, 사무실이 지금 광화문 교보문고 자리에 있던 의사빌딩 6층이었습니다. 고은 등 자유실천문인협회 소속 작가들이 이순신 장군 동상 있는 곳에서 데모하다 종로경찰서로 잡혀갔어요. 그때 이인석 씨가 문협 상임이사였는데, 작가들이 문협사무실로 가서 농성했습니다. 이인석 씨가 종로경찰서에 가서 잡아간 문인들 석방하라고 요구하는데, 통행금지 시간이 다가오자 모두 집에 가라고 해서 뿔뿔이 헤어졌지요. 그때 상황을 제가 쓴 〈귀가〉라는 시입니다.

이런 와중에 『한국문학』에 이문구가 있었던 것입니다. 이 과정에서 문단이 두 쪽으로 갈라졌고, 이문구는 '안팎 곱새'가 되었습니다. 이문구는 김동리 선생의, 이렇게 말하면 이상하지만, 충복이었습니다. 그냥 제자가 아니라, 아들도 그렇게 할 수는 없을 정도였지요. 이문구에게 김동리는 신 같은 존재, 신성불가침한 절대자였던 것입니다.

그런데 유신 때는 작가들이 반정부활동의 선봉에 서야 했거든요. 몇 사람은 문인간첩단 사건으로 잡혀가고, 김지하 시인은 반공법 위반으로 구속되고…. 김동리 선생도 나한테 그랬어요. (김동리 선생의 말투를 흉내 내며) "문학은 말이다, 부정에서 시작되는 것이다"라고요. 그런데 말은 그렇게 해도, 김동리 선생은 반독재 투쟁에 나서지 않았거든요. 문학은 문학으로서 존재해야지, 깃발처럼 그런 것이 문학이 아니라는 거였지요. 이어령도 김수영 시인과 벌인 논쟁에서 문학은 문학으로서 순수해야지, 문학을 도구로 삼을 때 오히려 분란을 일으킨다고 주장했지요. 문학을 도구로 삼으면 권력이 감시할 틈을 주고 빌미를 주는 것 아니냐는 것이었지요. 그래서 자유실천문인협회 쪽에서 '어용'이라는 비판을 받기도 했습니다.

죽을 때까지 변심하지 않고 스승 김동리를 지킨 이문구

하지만 김동리는 처음부터 카프랑 대항했고 광복 직후에도 좌익과 다른 행보를 했던 것처럼, 김동리 노선은 운동권과 데모하고 시를 그렇게 쓰고 하는 것에 찬성하는 쪽이 아니었거든요. 그런데 이문구는 나중에 자유실천작가협회 회장도 하는 등 반독재 투쟁에 적극적으로 나섰잖아요? 이문구는 어느 쪽이냐면 몸은 이쪽, 말하자면 독재에 저항하는 쪽에 동조하면서 이쪽의 중심인물이 될 수밖에 없었지요. 그런데 저쪽에는 누가 있냐면은 김동리가 있는 거예요. 그래서 이문구는 어쩔 수 없이 안팎 곱새가 된 것입니다. 스스로를 따르자니 사랑이 울고, 사랑을 따르자니 내가 울어야 하는, 안팎 곱새가 된 거였지요.

나는 충청도 촌놈이지만 할아버지도 양반이었는데, 그런 말이 있어요. "양반의 뼈는 밤에 만져 봐도 안다"는 말입니다. 그게 무슨 얘기냐면 양반은 최소한의 근본이라는 걸 가지고 있다는 겁니다. 어떤 위기에서도 자기의 어떤, 뭐랄까 지조라고 할까 하는 것, 자기 기개를 꺾지 않는 것이지요. 이문구가 누구냐 하면 토정 이지함 후손이에요. 그러니까 한산 이씨란 말이지요. 그런데 이문구가 양반이라고 생각하는 이유는, 다른 사람 같으면 김동리한테 추천받았다, 김동리가 잡지사에 취직시켜줬다 해도 이념을 더 중시하면서 김동리를 '어용'이라고 비판하는데, 이문구는 '양쪽 곱새' 상황에서도 늘 김동리를 지킨 것입니다. 말뿐만 아니라 행동으로, 김동리는 아까 말한 것처럼 신성불가침이었으니까요. 김동리는 절대 신이고 김동리는 잘못한 게 없다, 너희들은 아무리 김동리를 욕하더라도, 나는 여전히 김동리 파수꾼이라는 거였지요.

충청도의 순수성을 소설 속에 녹여

이문구의 글은 문명적인 것이 아니라 충청도적인 것을 우직한 필치로 그린다고 하는데, 그런 것은 좌익들이 볼 때 기회주의 같고 무슨 사람들한테 이렇게 배반 느낄 것 같은데도, 이문구를 욕하는 사람은 내가 본 일이 없어요. 어느 쪽에서든 다 이문구에 대해서 아주 애정을 느꼈습니다. 이문구가 후배지만, 나도 그에 대해 존경심 같은 걸 가지고 있고….

전에도 얘기했지만, 김동리 선생이 돌아가셨을 때, 우리 문단에 얼마나 높은 사람이 많아요? 그런 사람한테 조사도 시키고 조시도 시켜야지. 내가 문협 이사장도 아닌데, 딱 '조사弔辭는 김주영, 조시弔詩는 이근배!'라고 정리했지요. 이문구가 상주도 아닌데, 이문구는 상주 이상의 상주였어요. 그리고 죽는 날까지도 김동리의, 비유해서 말하자면, 김동리 문학의 집사였지요.

사람들은 권력과 금력에 따라 마음이 바뀌는데, 이문구는 아니었어요. 이문구는 김동리에게 기대서 문단에서 더 크겠다든지, 무슨 이익을 취하겠다든지 하는 게 아니었어요. 좀 우습게 얘기하면 도리라는 것, 사람의 도리라는 것을 이문구는 스스로 실천한 사람입니다. 도리 그러니까 원형이정元亨利貞, 말하자면 자기 근본을 가지고, '나는 김동리의 제자'라고 밝혔지요. 나는 김동리로부터 추천도 받고, 김동리가 나를 이끌었다. 김동리는 나의 사부다. 그 많은 그 반체제 사람들 앞에서 첫 마디가, 작가의 대화 이런 데 나올 때, "김동리는 나의 사부입니다"라고 말합니다. 들어라, 이거였지요. 김동리에 대해 너희들은 욕해라. 나는 어떻게 우리 사부를 배반하겠느냐. 나는 절대로 사부를 버리지 않는다. 아주 뚝심의 사나입니다. 그러니까 뭐 우리가 흔히 말하는 의사義士나 돌쇠 하듯이 말입니다.

이문구는 한산 이씨의 중심 뼈대를 지키면서, 문학도 그렇고 하나의 흐트러지지 않는 몸가짐을 지켰던 것입니다. 이문구는 아주 순박했습니다. 이건 누구한테도 얘기하지 않은 얘기인데, 이문구가 종로 지하 1층에 있는 다방에서 만난 다방 레지와의 '러브 스토리'입니다. 이문구한테 직접 들은 것입니다.

그 다방에 정말 예쁜 레지가 있었는데, 색시감으로 딱 찍었어요. 저 여자하고 결혼해야겠다고 마음먹고 있었다고 합니다. 근데 어느 날 가보니 그 여자가 없는 거예요. 주인 마담에게 물어보니까 "시집갔어요" 그러는 거였어요. 아니 엊그제까지 일하던 애가 갑자기 무슨 시집을 가? 거짓말하지 말라고 하니까 "정말 시집갔다"는 거예요. 그래서 연락처를 알려달라고 했지요. 몇 번이나 모른다고 하다가, 진정으로 알려달라고 조르니까, 전화번호는 없고 주소를 알려주더래요. 평택 어디였어요.

일요일 아침 일찍 길을 나섰대요. 요즘처럼 지하철이 있나 택시가 있나, 자가용이 있을 때도 아니고 해서, 시외버스를 타고 갔다고 합니다. 이문구 말이, 요새 같이 내비게이션이 있는 것도 아니고, 한 번 건너면 될 시내를 예닐곱 번 건넜다는 겁니다. 이쪽 가서 물으면 저쪽이라 하고, 저쪽 가서 물으며 다시 이쪽이라고 해서 말입니다. 결국, 들 길 가운데 오두막집 같은 집을 찾아냈지요. 가서 보니까 그 여자는 없고 오빠는 들에 일하러 나가 올케가 혼자 있었데요. 물어보니까 시집을 갔다고 그러는 거예요.

사정은 이런 거였어요. 이문구보다 선수 친 놈이 하나 있었던 거지요. 다방에 드나들다 보니까 마누라 삼고 싶은 여자가 있는 거예요. 그래서 집에 가서 엄마한테 졸랐데요. 다방 레지를 하나 만났는데 그 사람하고 결혼하고 싶다고요. 그래서 어머니가 이모와 함께 다방에 가서 그 여자를 만나서 얘기했답니다. 우리 아들이 너랑 결혼하겠다고 하는데 결혼해 줄 거냐고요? 그 여자는 두 가지 조건을 해결해주면 허락하겠다고 했다는군요. 첫째 내가 어머니가 한 분 계신 데 어머니랑 같이 살게 해주시고요, 둘째 내 오빠가 꼽추인데 구멍가게를 하나 차려주세요, 그러면 내가 시집가겠다고 했답니다. 그렇게 해서 시집 가버린 거지요. 이문구가 그 얘기를 나한테 하더라고요.

이문구는 나중에 다른 여자와 결혼해서 화성시 발안이라는 데서 살았어요. 나와 고은, 김주영 등 이문구를 좋아하는 사람들이 집들이 겸해서 찾아갔지요. 갔더니 밥상에 참게가 나오더군요. 당진에서 참게를 잡아 장담아 먹고 그랬는데, 그게 서울에는 없어요. 이문구 집에서 먹은 게장이 정말 맛있더라고요.

이문구는 문학을 한다고, 작가들하고 만나고 술을 너무 많이 먹었어요. 그래서 위암이 된 거지요. 암. 암으로 일찍 돌아갔어요. 암 걸리고 난 뒤에 내가 어디 가서 만났는데, 내가 "너 얼굴 참 좋아진 것 같다"고

했더니, 문구가 지금도 눈에 선해요, 나한테 다그치는 겁니다. "정말 좋아 보이냐"고요. 사람이라는 게, 참 산다는 게….

24

그래도 다음 노벨문학상은 소설가 황석영

황석영은 타고난 글쟁이로 아주 특별한 작가입니다.
1960년대가 김승옥, 1970년대가 이청준의 시대였다면
1980년대는 황석영이 대표한다고 할 수 있습니다.
1994년에 노벨문학상을 받은 일본의 오에 겐자부로大江健三郎
(1935~2023)가 "진작 노벨상을 받아야 할 사람은 르 클레지오,
앞으로 받아야 할 사람은 오르한 파묵,
모옌, 황석영"이라고 말한 적이 있습니다.
이 중 르 클레지오는 2008년에, 오르한 파묵은 2006년에,
모옌은 2012년에 노벨문학상을 받았습니다.
황석영도 노벨문학상을 충분히 받을 수 있다고 할 수 있습니다.

고교생 황석영에게서 『문학예술』을 사다

"형님, 제가 『문학예술』을 갖고 있는데 사 주시겠어요?"

"아니, 고등학생인 네가 『문학예술』을 어떻게 구했는데?"

"자세한 것은 묻지 마시고, 그냥 사면 안될까요?"

"그으래? 이거 문제되는 것 아니지?"

"그럼요."

1960년 어느 봄날이었어요. 당시 경복고등학교에 다니던 황석영(본명 황수영)이 명동에 있는 돌체음악실에서 나를 보더니 『문학예술』을 사라는 거예요. 전에도 얘기했듯이 1950~60년대의 명동은 문학인과 예술가 등이 자주 찾는 사랑방이었습니다. 당시 명동에는 오상순 서정주 김동리 등 내로라하는 글쟁이들은 말할 것도 없고, 문학과 예술을 사랑하는 대학생과 고등학생들도 많았습니다. 고등학교의 문예반 학생들도 교복을 입고 명동을 드나들었고요. 보성고의 조해룡, 용산고의 전진호, 성동고의 조세희, 동성고의 안건혁 등 남학생은 물론이고 여고생들도 적지 않았습니다. 창덕여고 김길자, 이화여고 오혜령, 풍문여고 박영자와 손숙 등이 생각납니다.

『문학예술文學藝術』은 1954년 4월에 창간된 월간 문학잡지입니다. 오영진吳泳鎭(1916~1974) 작가가 발행인 겸 편집주간을 맡고, 부주간에 원응서(1914~?) 번역가, 편집에 박남수朴南秀(1918~1994) 시인 등이 참여했어요. 6.25전쟁이 휴전으로 끝난 이듬해라서 먹고 살기가 매우 어려웠을 때, 외국문학의 새로운 작품과 평론을 소개하고 유능한 신인을 발굴하는 데 기여했습니다. 아쉽게도 1957년 12월, 통권 33호로 폐간됐지요.

그렇게 귀한 『문학예술』을 고등학교 2학년 학생이 갖고 있다는 사실도 놀라웠고, 그걸 나보고 사라고 하니 더욱 놀랐지요. 하지만 나는 더 토를 달지 않고 『문학예술』을 샀습니다. 나는 석영이를 믿었고, 형 동생으로 부를 정도로 가깝게 지내는 사이였으니 가능한 일이었지요. 당시에 나는 황석영이 살고 있던 상도동 산 위에 있던 집도 찾아가곤 할 정도였습니다.

『문학예술』은 김수영 시인과도 깊은 관련이 있었습니다. 가난했던 김수영 시인에게 번역은 생계수단인 동시에, 문학 후진성을 견딜 수 있는 원천이었지요. 원고지 한 장에 20~30원 받는 고달픈 번역이었지만, 그래도 먹고 살 수 있는 기반을 제공한 것이 바로 『문학예술』이었습니다. 원응서 씨는 『문학예술』이 폐간된 뒤에도 '중앙문화사'를 만들어 김수영에게 번역 일을 주었습니다.

원응서 씨는 1966년에 출간된 〈해방문학20년〉(한국문인협회 편)에서 『문학예술』을 다음과 같이 높게 평가했습니다. "우리는 외국문학 편집을 위해 다달이 구입한 문학지, 종합지로 영어는 〈아틀랜틱〉 〈파티즌 리뷰〉 〈런던 매거진〉 〈인카운터〉 등이 있고, 프랑스어 〈프레브〉, 독일어 〈머나트〉 등이 있었다. … 이때 도움을 준 사람으로 박태진 김수영 곽소진 김용권 등과 〈뉴 디렉션〉의 장서를 빌려준 맥타가트 씨 등이 많은 도움을 주었다"고요.

황석영은 타고난 얘기꾼이자 글쟁이라고 할 수 있습니다. 어렸을 때부터 몸으로 직접 겪은 파란만장했던 체험과 중고등학교 때의 방랑 및 넓고 깊은 독서가 아우러져 대한민국을 대표하는 소설가로 우뚝 섯습니다.

그는 일제의 대한 침탈이 극심했던 1943년 1월, 만주의 신경新京에서 태어났습니다. 신경은 현재의 장춘長春으로, 일제가 청의 마지막 황제 푸이溥儀를 꼭두각시로 내세워 1932년에 세운 만주국의 수도였지요. 광복된 뒤 평양에 있는 외가로 왔다가 1947년에 월남해 영등포에서 살았습니다. 1950년에 영등포국민학교에 입학했지만 6.25전쟁으로 피난생활을 하느라 제대로 다니지 못했습니다. 그래도 공부는 잘해서 당시 명문이었던 경복중학교를 다녔고 1959년, 경복고등학교에 입학했지요.

고교 재학 때 등단한 소설가 황석영

황석영은 경복고에 다니면서 교과 공부보다는 19세기와 20세기 고전들을 많이 읽었다고 합니다. 가방에 교과서 대신 읽고 싶은 책만 갖고 가서, 수업 시간에도 책상 밑에 그 책들을 숨겨서 읽었다는 거지요. 1학년 말에 당시 유명했던 청소년 잡지 『학원學園』에 단편소설 〈팔자령〉이 당선됐습니다. 그 당시에 썼던 단편소설 〈출옥하는 날〉도 1961년 전

4.19 때 희생된 안종길의 유고시집 안종길의 〈봄 밤 별〉.
안종길은 황석영의 경복고 친구였다

국고교문예 현상공모에 당선됐고요. 또 〈부활이전〉이란 단편소설을 교내문학상에 응모했는데, 이 작품을 베낀 사람이 모 지방신문의 1962년 신춘문예에 당선됐지만 취소되는 일도 있었지요.

황석영의 삶에 큰 영향을 미친 것 가운데 하나가 바로 4.19혁명이였습니다. 고등학교 1학년 때부터 가깝게 지낸 벗, 안종길이 1960년 4월 19일 오후에 시위를 진압하던 경찰이 쏜 총알에 목숨을 잃었지요. 시청 앞 덕수궁 돌담길에 있던 파출소 부근이었습니다. 황석영은 가장 친한 벗의 때 이른 죽음을 추모하기 위해 유고 시편들을 모아 유고시집 『봄 밤 별』을 편집했습니다.

황석영은 여름방학이 되자 다른 벗과 함께 무전여행을 떠났습니다. 부여 낙화암과 논산 은진미륵, 남원과 순창 등을 거쳐 제주도까지 갔습니다. 돌아오는 길은 부산 경주 문경새재 등을 지났다고 합니다. 2학기가 시작됐지만, 학교는 거의 나가지 않고 중앙도서관에 가서 책을 읽었습니다. 당시 중앙도서관은 현재 소공동 롯데백화점 주차장에 있었습니다. 명동이 가까웠으니, 책을 읽다가 명동의 돌체음악실 등에도 자주

들른 것이지요.

황석영은 이 일로 유급당해 2학년에서 3학년으로 진학하지 못했습니다. 별명이 '미친개'였던 담임선생님은 중간고사도 치르지 않고 출석일수도 모자란 그를 가차 없이 낙제시켰지요. 이듬해 봄은 황석영에게 씻기 어려운 굴욕과 좌절을 주었습니다. 다른 친구들은 3학년이 됐는데, 자기만 2학년에 남아 후배들과 한 교실에서 공부해야 하는 사실을 받아들이기 어려웠던 거지요.

황석영은 결국 가출을 결행합니다. 5.16 쿠데타가 난 뒤 한 달쯤 지난 뒤였으니까, 6월 중하순이었을 겁니다. 가깝게 지냈던 '택이'라는 벗과 함께 수유리의 화계사 뒤편 골짜기에 있는 바위굴로 들어갔습니다. 그는 이때의 경험을 단편소설 〈입석부근〉으로 써서 1962년 11월 『사상계』신인문학상에 입선됐습니다. 서정인의 〈후송〉이 당선작이었지요. 다시 집으로 들어갔다가 고등학교를 자퇴하고 전국을 방랑한 뒤의 일이었습니다.

그의 방황은 여기서 끝나지 않았습니다. 경복고를 자퇴한 뒤 한 공업고등학교 야간부를 몇 달 다니다가 졸업하고, 대학에 입학했습니다. 동기생들보다 2년이나 늦었습니다. 그나마도 학교를 거의 다니지 않고 전국의 공사판을 돌아다녔지요. 신탄진 연초공장 건설현장에서의 경험이 나중에 〈삼포 가는 길〉을 낳았고, 한일회담 반대 시위를 하다가 20여일 구류를 살았던 경험과 전국을 누볐던 방황이 〈객지〉의 배경이 되었습니다.

황석영 작가의 베트남전쟁 참전

황석영은 전국을 방랑하다가 한 때 머리를 깎고 출가했습니다. 진주의 '중앙제빵'이라는 곳에서 일을 거들며 입에 풀칠하는 생활을 하다가 출가를 결심했지요. 칠북에 있는 장춘사 주지 대현스님이 동래 범어사의 하동산 큰스님을 소개했습니다. 동산 스님은 경허 용성 전강처럼 큰 스님이었지요. 우여곡절 끝에 해운대의 '금강원'에서 수영修永이란 행자 명을 받고 7개월 정도 지냈다고 합니다. 황석영의 어머니가 갑자기 찾아와 "이젠 나하고 집에 갈 거지?"라고 해서 집으로 돌아왔습니다.

흑석동 집으로 돌아온 그는 다락방에서 자폐증 환자처럼 글을 썼습니다. 그때 쓴 작품 가운데 〈가화假花〉를 나중에 발표했지요. 잃어버린 사랑을 찾아 떠도는 밤무대 악사의 이야기를 다룬 소설입니다. 그러다가 연탄가스에 중독돼 거의 죽을 뻔했습니다. 그는 의식은 없었지만 아련한 꿈결에 다락의 뚜껑을 열고 오줌을 누웠는데, 어머니가 그 소리를 듣고 일어나 그를 끌어내렸습니다. 이틀 동안 인사불성으로 지내다 겨우 깨어났다고 합니다.

그 뒤에 자살 충동이 일어 '세코날'을 샀다고 합니다. 한강 변 선술집에서 소주를 두어 병 마시고 취해서 약 먹는 것을 잊고 잠들었습니다. 한참 쓰러져 자다가 새벽에 처절하게 들리는 비명을 듣고 깼습니다. 잠잘 곳도 변변치 않은 미친 여자가 공동화장실에서 자다가 추워서 울부짖는 소리였다고 합니다. 그 여자는 화장실에서 얼어 죽었는데, 황석영은 그 얘기를 듣고 전에 샀던 세코날 30개 이상을 먹었습니다.

이튿날 아우가 책가방을 챙기러 다락방에 올라온 덕분에 살아났다고 합니다. 급하게 병원으로 옮겨진 뒤 나흘 동안 의식을 잃었다가 닷새째 오후에 깨어나 퇴원했지요. 황석영이 그렇게 죽을 고비를 여러 번 넘긴 것은, 그가 한국문학사에 족적을 남기라는 하늘의 뜻이라고도 할 수 있을 것입니다.

죽음의 고비를 넘기며 방황하던 황석영은 대학을 중퇴하고 1966년 8월, 해병대에 자원입대해 청룡부대 2진으로 베트남전쟁에 참전했습니다. 1969년 5월 제대한 뒤 단편소설 〈탑〉을 써서 1970년 조선일보 신춘문예에 당선돼 본격적으로 작품활동을 시작합니다. 이때 이름을 황수영에서 황석영으로 바꾸었습니다.

장산곶매의 전설과
대하소설 〈장길산〉

황석영은 장편대하소설 〈장길산〉을 1974년 7월부터 한국일보에 연재하기 시작했습니다. 〈장길산〉이 1984년 7월까지 10년 동안 연재한 뒤 출간될 때까지의 과정을 되돌아보면 인연이 참으로 오묘하다고 생각됩니다.

황석영이 〈장길산〉을 구상하게 된 것은 1972년 어느 날, 청진동 돼지갈빗집에서였습니다. 그날 황석영은 소설가 한남철, 문학평론가 염무웅과 소주를 마셨습니다. 한남철 소설가 문득 "내가 어떤 역사학자를 만났는데 재미난 얘기를 하더군. 조선 시대 도적이라면 홍길동 임꺽정 정도인데, 그들을 찜쪄먹을 정도로 유명한 도적이 있었다는 거야." 황석영이 심드렁하게 있으니, 염무웅이 거들었지요. "그는 정석종이란 소장파 역사학자인데, 『창작과비평』 다음 호에 실릴 그의 논문 〈홍경래난〉이 그럴듯해~, 거기에 나오는 유명한 도적이 원래 광대 출신이었다네."

황석영은 그날 그 얘기를 대수롭지 않게 여기고 술만 잔뜩 마셨습니다. 그는 며칠 뒤 백범사상연구소에서 백기완 선생을 만나 황해도 구전 민담인 '장산곶 매'와 관련된 얘기를 들었습니다. 황석영은 그 전설을 들은 뒤 소설을 써야겠다고 마음먹고, 정석종을 찾아가 그가 찾아낸 장길산 관련 의금부 공초기록을 소개받고, 좌우포도청 등록謄錄을 뒤져보라는 권유를 받았습니다. '장길산'의 직접자료만 해도 200페이지가 넘는 분량이었지요. 그는 역사를 전공하는 대학원생들을 아르바이트로 뽑아 필요한 자료를 정리했습니다.

그렇게 소설의 줄거리를 잡아가던 중에, 황석영은 『문학사상』을 창간한 이어령을 찾아갑니다. 『장길산』을 그의 잡지에 연재하는 문제를 협의하기 위해서였지요. 황석영의 얘기를 들은 이어령은 "그거 중편은 물론 웬만한 장편으로도 소화하기 힘들겠다"는 의견을 냈지요. 이어령은 그러면서 황석영 모르게 한국일보 장기영 회장에게 얘기한 모양입니다. 며칠 뒤 장기영 회장이 황석영을 불러서 만났습니다.

황석영은 장기영 회장과 『장길산』을 한국일보에 연재하기로 합의하고, 자료비를 달라고 했습니다. 장 회장은 "자료비는 미처 생각하지 못했다"며 "얼마 주면 되겠느냐?"고 물었습니다. 황석영이 "국민주택의 서가에 책이 가득해야 좋은 글이 나오겠지요."라고 대답하니 "서재를 가득 채울 만큼 내지" 하면서 수표를 끊어줬답니다. 황석영이 수표를 받고 금액을 헤아려 보니, 자기가 생각했던 것보다 동그라미 하나가 더 있더랍니다. 장 회장이 연재를 당장 시작하자고 하자 황석영이 6개월을 제시했고, 3개월로 결론냈습니다.

황석영은 그 돈으로 1주일 동안 벗들과 술을 퍼마셨습니다. 집에도 들어가지 않고서요. 그렇게 자료비를 탕진하고, 장 회장을 다시 찾아갔습니다. 장 회장이 "연재소설 준비는 잘 되고 있느냐?"고 묻자 황석영이 "가난한 문인 친구들과 오랜만에 술을 마셔 자료비를 모두 썼다"고 대답했지요. 장 회장은 다시 수표를 끊어주며, "이 돈으로는 반드시 자료를 사고, 친구와 술을 마실 때는 내 단골에 가서 내 앞으로 달아 놓으라"고 했답니다. 장 회장은 또 "한국일보 기자들에게 황석영 작가가 원하는 것은 무엇이든 도와 주라"고 했다니, 장 회장이 없었다면 『장길산』은 세상에 나오지 못했을 것이라는 말도 과장이 아닙니다.

『장길산』을 연재하면서 에피소드도 적지 않았습니다. 황석영이 유신반대 투쟁을 하느라 연재를 1주일이나 펑크내고 잠적했을 때, 문화부 막내 기자였던 김훈이 황석영을 찾으러 시내를 뒤지고 다닌 적도 있었다고 합니다. 또 황석영이 해남에 살 때 부인 홍희윤이 해남우체국에 가서 직접 한국일보 본사 문화부 담당기자에게 전화로 원고를 읽어 보낼 때도 있었습니다. 『장길산』의 성격상 거친 말투와 욕설, 그리고 음

소설 〈장길산〉(왼쪽). 소장하고 있던 탁본 '장산곶매'(오른쪽)가
소설 〈장길산〉 표지로 사용되었다

담패설도 나오는데, 그걸 전화로 전달하는 과정에서 여기자들이 마음 고생도 많이 했답니다. 예를 들면 이런 것입니다.

"이놈 게 섯거라. 도망가면 당장에 잡아서 불알을 떼버릴라."

"뭐를 떼요?"

"불알이요, 불알!"

여기자는 홍희윤이 불러주는 대로 받아적다가 잘 안 들리면 큰 소리로 묻느라고 남기자들이 놀리는 바람에 몇 차례 울기도 했다고 합니다.

〈장길산〉은 나와도 깊은 관계가 있습니다. 10년이라는 긴 세월 동안 여러 우여곡절을 겪은 끝에 연재를 마치고 현암사에서 10권짜리로 출판될 때의 일입니다. 제가 그때 '장산곶매'라는 탁본을 갖고 있었습니다. 황석영이 그 사실을 알고 나에게 〈장길산〉 표지에 '장산곶매' 탁본을 쓰도록 허락해달라고 요청했습니다. 나는 기꺼이 "그렇게 하라"고 했습니다. 〈장길산〉 표지에 '장산곶매 탁본은 이근배 소장품'이라고 적혀있는 것은 이런 이유에서입니다.

방북과 망명, 그리고 투옥

황석영은 1989년 3월, 조선민주주의인민공화국 조선문학예술총동맹의 초청으로 방북했습니다. 그는 방북하기에 앞서 국가보안법을 피해갈 수 있는 묘안을 냈는데, 당시 김상현 의원을 끌어들이는 것이었습니다. 김 의원은 김영삼YS 계 및 김대중DJ 계와 폭넓은 관계를 맺고 있어, 황석영의 방북 사실을 알고도 당국에 알리지 않은 '불고지죄' 문제를 해결할 것으로 판단한 것입니다. 김 의원은 그런 위험을 혼자 감당할 수 없다고 여겨, 당시 집권당인 민정당의 사무총장이던 이종찬 의원을 끌어들였습니다. 이 의원은 독립군 양성을 위한 신흥무관학교를 설립한 이회영 선생의 손자입니다. 이시영 초대 부통령은 그의 작은 할아버지고요.

황석영은 이 의원과 김 의원을 만난 자리에서 "제가 평양을 가 보려고 하는데, 총장님 생각은 어떠십니까?"라고 물었습니다. 이 의원은 순간적으로 당황한 표정을 짓다가 웃으며 "민족적으로 좋은 일이지요. 당국의 허가는 받으셨는지?"라고 물었고, 황석영이 "물론 허가를 받아야겠지요."라고 대답하자 안심하는 듯한 표정을 지었다고 합니다. 그 뒤 자신을 담당하고 있는 안기부 직원에게 1988년에 출간된 장편소설 『무기의 그늘』이 일본에서 번역돼 출판되므로 출판기념회를 겸해서 일본으로 출국한다고 얘기했습니다. 그가 베트남 참전에서 경험한 것을 바탕으로 쓴 『무기의 그늘』로 1989년에 만해문학상을 받았습니다.

황석영은 1989년 2월28일 일본으로 출국했습니다. 그는 당시 도이 다카코 사회당 위원장에게 방북을 주선해주도록 요청했고, 도이 위원장은 흔쾌히 받아들였습니다. 황석영은 3월18일, 베이징행 비행기를 탔고, 이틀 뒤 조선민항기를 타고 평양에 갔습니다. 그는 방북 기간 중에 평양에서 김일성을 몇 차례 만난 뒤 한국으로 돌아오지 못했습니다. 귀국하면 곧 구속될 게 명확했기 때문이었지요. 그는 독일예술원 초청 작가로 1991년 11월까지 베를린에서 살았습니다. 이때 북한 방문기인

김일성을 만난 황석영

〈사람이 살고 있었네〉를 『신동아』와 『창작과비평』에 투고했지요.

그는 독일 체류 중에 허리디스크가 발병해, 이를 치료하기 위해 북한을 다시 방문했습니다. 이때 신천을 방문해서 6.25전쟁 때 있었던 '신천학살'에 대한 얘기를 듣고 자료도 받았습니다. 황석영은 나중에 거처를 미국으로 옮겨 뉴욕과 로스앤젤리스에 사는 동포들에게 '신천학살'에 대한 증언을 들었습니다. 그것을 바탕으로 해서 장편소설 『손님』을 2001년에 출간했습니다. 이 작품은 대산문학상을 그에게 안겨주었습니다.

황석영은 1993년 4월27일 귀국했습니다. 김영삼 대통령의 '문민정부'가 출범해 귀국하더라도 국가보안법 위반에 따른 처벌이 그다지 크지 않을 것이란 판단이 섰기 때문이었습니다. 하지만 그는 징역 7년형을 선고받았습니다. 수감 생활을 하던 중에 황석영은 김정남과 이종사촌인 이일남(남한 이름 이한영)을 만났다고 합니다. 이일남은 어머니가 성혜랑이고, 김정일의 애인으로 알려진 성혜림이 그의 이모입니다. 성혜림은 김정일의 장남, 김정남을 낳았습니다.

그는 1995년 8월15일 광복절 특사로 풀려나올 가능성이 있었습니다. 김영삼 대통령의 아들 김현철 씨가 소설가 이문구를 만나 '작가회의'를 도와주겠다고 했답니다. 이문구는 경제적 도움은 필요 없고, 투옥된 소설가 황석영 등을 풀어달라고 요청했습니다. 김하기(1958~)는 울산 출생으로 부산대 철학과와 동대학원을 졸업했습니다. 1996년 7월, 연변을 여행하다가 두만강을 건너 입북한 뒤 15일 동안 북한에 체류했다가 귀국해 투옥됐습니다. 김현철은 황석영과 투옥작가들을 그해 8.15특사에 포함시키겠다고 '약속'했다고 합니다. 하지만 그해 7월 25일로 예정돼 있던 남북정상회담을 앞두고 김일성이 7월8일 갑자기 서거하는 바람에 특사 약속은 없던 것으로 되었습니다.

타고난 얘기꾼 황석영의 '자지불고기'

김대중 대통령 때인 2005년, 북한에서 남북작가회의가 열렸습니다. 그때 나도 백낙청 홍기삼 황석영 김원일 이시영 등의 문인과 함께 평양에 갔습니다. 북한 작가로는 소설 〈임꺽정〉을 쓴 홍명희의 손자 홍석중이 참석했는데, 그는 홍기삼과 같은 집안입니다. 홍석중은 소설 〈황진이〉(2002)를 써서 2004년에 '만해문학상'을 받았습니다. 홍명희의 딸, 그러니까 홍석중의 고모가 김일성의 부인이 되었습니다. 김정일의 새엄마였지요. 그의 아버지가 국어학자 홍기문이니, 3대가 문학을 한 대단한 가문입니다.

남북작가회의 참석자들이 고려호텔에서 묵었습니다. 고려호텔 44층이 돌아가는 식당이었는데, 남북작가들이 함께 모인 자리에서 내가 황석영을 꼬드겼습니다. 재미난 얘기를 하라고 말입니다. 그는 김일성을 스물한 번이나 만났으니, 김일성과 관련된 에피소드를 얘기하라는 뜻이었습니다.

잘 알려진 사실처럼 평양 시내는 밤에 매우 캄캄합니다. 외국인들이

묵는 호텔 등 일부는 밤에도 불을 켜지만, 가로등이나 일반 가정에서의 전기등을 켜지 않을 정도로 전기 사정이 좋지 않기 때문이지요. 이따금 보이는 상점의 간판이나 네온사인의 전구도 깜빡깜빡하거나 일부 등이 꺼진 것을 볼 수 있습니다. 황석영이 그런 평양의 밤 풍경을 빗댄 우스개를 했습니다.

"김일성 주석과 함께 자동차를 타고 가는데, 김 주석이 앞에 앉은 비서에게 그러는 겁니다. '거, 재료 구하기 어렵겠구만!'이라고 말입니다. 내가 무슨 뜻인지 몰라 어리둥절하고 있으니까, 비서가 창밖의 상점 간판을 가리키더군요. 바라보니 '자지불고기'라고 쓰여있는 겁니다. 내가 기겁을 해서 '자지로 불고기를 해서 팝단 말입니까?'라고 물으니까, 비서가 '자세히 보시라'고 하더군요. 다시 보니까 '장작불고기'인데 장의 'ㅇ'과 작의 'ㄱ'을 비추는 전구가 켜지지 않아 '자지'로 보이더군요."

그 말을 들은 참석자들은 모두 뒤집어졌지요. 나는 60년대 초부터 들어왔지만, '황석영의 구라빨이 세다'는 것이 북한에서 인정받는 모습을 보고 '과연 황석영!'이라는 생각이 저절로 들더군요.

황석영은 김일성 주석을 만났을 때의 다른 에피소드도 얘기했습니다. 1970년에 쿠데타로 정권을 잃은 캄보디아의 시아누크 왕이 모니크 왕비와 함께 평양에서 지내고 있었는데, 김일성 주석이 황석영을 시아누크 왕 및 왕비와 함께 하는 식사에 초대했을 때입니다. 김 주석이 황석영에게 사진 한 장을 보여주며 말했다고 합니다. "지난주 아침에 정원에 나갔더니 처음 보는 흰 새가 날아와 앉았더구만. 흰 비둘기인줄 알았는데 자세히 보니 흰 까치였다. 두 번이나 날아왔길래, 과거에도 그런 일이 있었는지 홍기문 선생한테 물어보라 했다. 〈세종실록〉에도 나오고, 나라에 경사가 있을 때 나타난다고 하더군. 우리나라가 통일될 모양이오. 그러니 황 작가가 그 사진을 잘 간직하고, 통일의 기쁜 소식을 온 민족에게 알리는 흰 까치가 되시오"라고 말입니다.

한국 작가에서
노벨상에 가장 가까운 황석영

나는 1960년을 전후해서 황석영과 알고 지냈으니 벌써 60년이 훨씬 지났습니다. 내가 『한국문학』을 할 때, 황석영에게 몇 차례 소설을 쓰라고 했고 그도 그러겠다고 했을 정도였지요. 다만 이런저런 사정이 있어 실제로 『한국문학』에 소설을 게재한 적은 없습니다.

황석영의 뛰어난 얘기꾼 능력은 술집에서도 곧잘 발휘됐습니다. 1970년대 중반에 이런 일이 있었지요. 이화여대 입구에서 신촌역으로 가는 골목에 '민속주점'이 있었습니다. 나와 황석영 둘이서 술을 마시고 있는데, 여자 둘이 들어와 옆자리에 앉았습니다. 그때도 황석영은 이미 유명한 소설가였던지라, 황석영이 합석하자고 해서 자연스럽게 어울렸지요. 한 사람은 개인회사에 다니고, 한 사람은 정동에서 치과의 치기공사로 일한다고 하더군요.

한참을 얘기하다가 통금이 가까워지자 여자들이 돌아간다고 했습니다. 황석영이 치기공사에게 그냥 한 잔 더 하자고 했지요. 하지만 두 여자는 집에 간다며 나갔고, 나와 황석영은 근처 여관에서 자기로 하고 한 잔 더 하고 있었습니다. 그런데 집에 간다고 나갔던 치기공사가 친구를 보내고, 혼자서 돌아왔습니다.

송기원 소설가와의 에피소드도 있었습니다. 황석영은 해병대에 자원해 월남전에도 참전할 정도로 깡이 좋았습니다. 황석영은 송기원 소설가, 이시영 시인 등과 아주 가깝게 지냈는데요. 어느 날 황석영과 송기원 이시영 등이 함께 술을 마시는데, 송기원이 황석영에게 욕을 퍼부었습니다. 광주민주화운동이 일어난 바로 그때 황석영은 광주를 떠나 서울에 있었는데, 황석영이 서울과 광주를 오가면서 비겁하게 중요한 현장을 피했다는 거였지요. 황석영이 발끈해서 "죽여 버리겠다"며 송기원에게 재떨이를 던졌고, 송기원은 이마가 깨져 붕대를 감고 다녔습니다.

황석영이 송기원의 오해를 받은 사정은 이랬습니다. 극단 '광대'가 1980년 5월초, YMCA 회의실을 빌려 황석영의 중편소설 〈한씨연대기〉를 희곡으로 개작해 소극장창립공연에 올릴 연극연습을 시작했습니다. 황석영은 광대 소극장을 공사를 위한 자금을 마련하기 위해 5월 16일 광주에서 서울로 올라갔습니다. 5월17일부터 27일까지 있었던 광주민주화 현장을 벗어나 있었던 거지요. 송기원도 황석영이 일부러 광주를 떠난 것이 아님을 알고 있었음에도, 아마 술김에 다른 섭섭함을 털어놓은 것 아니었나 생각합니다.

황석영이 해남에 살 때 내가 찾아간 적이 있습니다. 1976년 여름이었는데, 아마 광복절 무렵이었어요. 해남의 삼성대리점에 가서 황석영이 사는 집을 물어보니 어제 서울에 갔다는 겁니다. 어쩔 수 없이 대흥사 부근의 여관을 잡고 기다리기로 했습니다. 아침에 대흥사 주변을 산책하다가 우연히 이동주李東柱(1920~1979) 시인을 만나는 행운을 누렸습니다. 이 시인은 1940년 6월 『조광』에 시 〈귀농〉 〈상렬喪列〉 등을 발표하며 문단에 나왔습니다. 서라벌예대 등에서 강사를 하고 한국문협의 시분과위원장(1969)도 지낸 원로인데, 고향인 해남에 와서 지내고 계셨던 겁니다.

신안 앞바다에서 보물선이 발견됐을 때인 1977년 여름, 나는 유주현 최인훈 황석영 등과 함께 인양작업을 지켜봤습니다. 당시 광주에서 살고 있던 황석영도 목포에서 합류했지요. 1975년에 한 어부의 그물에 우연히 원대元代 도자기가 걸려 나오면서 '보물선'이 발견됐지요. 목포항에서 별 하나 장군이 인솔하는 참관단 배를 타고 신안의 증도 앞바다에 갔습니다. 당시는 '보물선'에 대해 보도되기 전이었는데, 연적 같은 도자기와 금속제품 등 유물 2만2000여점과 동전 800만개(28t)가 인양됐지요.

이철용의 소설 『어둠의 자식들』과 관련해서도 약간의 에피소드가 있었습니다. 이 소설은 처음에 현암사에서 황석영이 쓴 것으로 해서 출간됐습니다. 당시 이철용이 후줄그레한 차림으로 현암사의 양문길 주간을 찾아가서 『어둠의 자식들』의 인세를 자기에게 달라고 요청했다고 합니다. 양 주간이 황석영에게 전화해서 "어떻게 된 거냐?"고 물으니까, 황석영이 "인세, 그놈에게 주라!"고 했지요. 이철용이 겪은 경험

2024년 부커상 최종후보
황석영

을 바탕으로 쓴 자전적 르포소설인데, 황석영이 다듬어 출판한 것으로 보입니다.

황석영은 그동안 『객지』(1971) 『무기의 그늘』(1985) 『장길산』(1974~1984) 『오래된 정원』(2000) 『손님』(2001) 『바리데기』(2007) 『철도원 삼대』(2020) 등 훌륭한 작품을 많이 썼습니다. 내가 『바리데기』를 읽어봤는데 작품성이 아주 높습니다. 그동안 소설가 김동리와 박경리, 시인 김지하와 고은 등이 노벨문학상에 가깝게 간 것으로 평가됐지만 안타깝게도 불발로 그쳤습니다.

황석영은 1943년에 태어나 팔순이 넘었는데도 여전히 왕성하게 집필하고 있습니다. 2023년, 김지하 시인 추모제 날 황석영을 만났는데, 소설을 3권 더 쓰겠다고 하더군요. 황석영이 노벨문학상으로 한국문학의 위상을 한 단계 끌어올리기를 기원합니다.

25

한국문학을 움켜쥔 대작가 이청준의 대표작은 〈당신들의 천국〉

이청준 소설가는 한국문학을 움켜쥔 대작가입니다.
그의 대표작이라고 할 수 있는 〈당신들의 천국〉은
노벨문학상을 충분히 받았을 작품이지요.
그는 한국에서 비교하기 힘든 대작가인데,
너무 일찍 작고한 것은 한국문학의 커다란 손실입니다.
착하고 온순하면서도 속이 깊었던 이청준 소설가는
많은 작품 못지 않게 사연도 많이 갖고 있습니다.

‘청년문학가협회’와 ‘한국문학’으로 이청준과 만나다

내가 이청준 소설가와 인연을 맺은 것은 ‘청년문학가협회(청문협)’였습니다. 그는 1965년 11월에 제7회 『사상계』신인문학상에 단편소설 〈퇴원〉이 당선돼 등단했습니다. 이청준은 등단으로 따지면 신인이지만, ‘4.19세대문인’의 대표격에 포함되는 작가였습니다. 4.19세대문인으로는 1962년에 〈생명연습〉으로 동기 가운데 가장 먼저 등단한 김승옥 소설가, 김승옥보다 2개월 늦게 〈나르시스의 시론〉으로 등단한 김현 평론가가 있습니다. 〈최인훈론〉으로 1964년에 등단한 염무웅 평론가, 1966년에 등단한 김치수 김주연 박태순 등도 포함됩니다. 이청준과 막역한 사이를 유지했던 김정회 교수도 4.19세대문인입니다.

광복된 뒤 정식으로 한글을 배운 4.19세대는 한글세대로서 새 시대를 표방했습니다. 당시 서울대 문리대 신문의 표제도 〈새세대〉였지요.

1962년 창간한 동인지 「산문시대」

김현 김승옥 최하림 등, 지방 출신의 서울대 문리대 외국문학 전공자들은 1962년 6월 『산문시대』를 창간했습니다. 『산문시대』는 창간호를 이상李箱에게 바쳤습니다. 새로운 시와 소설을 시도했던 이상의 문학정신을 이어받자는 뜻이었습니다. 나중에 김치수 서정인 염무웅 등이 합류한 뒤, 1964년 5호까지 발행했습니다. 『산문시대』의 주인공들은 후에 『문학과지성』

과 『창작과비평』으로 나뉘었지만, 한국문단을 이끌어가는 주류가 되었습니다. 이청준은 『산문시대』에 참여하지 않았지만 〈68문학〉으로 동인활동을 했습니다. 김승옥 김주연 김치수 김현 박태순 염무웅 이청준 등이 동인이었지요.

청문협은 내가 대표간사가 되어 1967년에 만든 문학인단체입니다. 1960년 4,19혁명을 겪은 4.19세대문인들이 중심이 되어 만들었습니다. 소설가 김승옥 서정인 이청준 이문구 박태순 등, 시인 이근배 이탄 김광협 최하림 이성부 정현종 조태일 등, 평론가 유현종 조동일 임중빈 김현 김주연 김치수 김병익 염무웅 등, 혈기 넘치는 젊은 문인들이 많이 참여했지요.

청문협은 불행하게도 문단사에 이름도 남기지 못한 채 해산되고 말았습니다. 청문협은 간사 체제로 운영됐는데, 섭외 간사를 맡은 임중빈 평론가가 진보성향의 월간지 『청맥』에 많은 글을 기고했습니다. 『청맥』은 통일혁명당의 핵심인물인 김종태가 발행인이었고, 주간은 그의 조카인 김질락이 맡았는데, 김종태가 북한에 가서 허봉학에게 공작금을 받은 사실이 드러났습니다. 이 사건으로 조동일 평론가와 동아일보 기자로 일하던 김광협 시인 등이 남산의 중앙정보부에 끌려가 모진 고문을 당했습니다.

나도 중정에 끌려갔지만, 『청맥』에 기고한 적도 없고 해서 별다른 고역을 치르지 않고 풀려났습니다. 대가는 청문협의 자진해산이었습니다.(청문협에 대한 자세한 내용은 이 책 12장 〈문단사에 이름도 남기지 못하고 해산된 청년문학가협회〉에 자세히 설명되어 있습니다.)

청문협에 함께 참여했던 문인들은 대부분 그 후 거의 모두 훌륭한 작가로 성장했습니다. 청문협이 단명에 끝나지 않고 계속 이어졌다면 한국문단사에 큰 족적을 남겼을 것입니다. 참으로 안타까운 일입니다. 하지만 그때의 인연으로 이청준 소설가와 40년 넘게 좋은 문연文緣을 맺었습니다.

이청준의 첫 문인해외시찰단

이청준 작가는 1981년 11월7일부터 22일까지 15일 동안 인도 요르단 그리스 프랑스 등을 둘러보았습니다. 그것은 이청준의 첫 해외여행이었지요. 그는 처음에 이 여행을 거부했다고 합니다. 1979년 12.12군사쿠데타와 1980년 5.18광주민주화항쟁 무력진압으로 권력을 잡은 전두환 정권이 비판적인 문인들을 달래기 위해 당근을 주는 것이라고 판단했기 때문입니다.

"여행의 목적은 한국문학의 해외 선양과 물심양면으로 궁색한 우리 문인들의 식견 넓히기에 있었으리라 짐작된다. 하지만 정통성이 허약한 당시의 정권과 어수선한 상황에 비추어 아무래도 썩 화창하지 못한 권력층의 선심성 같은 것이 느껴졌다"(이청준, 〈중동 건설 붐과 사해의 염석鹽石〉)는 것이었지요.

하지만 이청준은 결국 '관제해외여행'에 참여했는데, 문학평론가 김현의 권유에 따른 것입니다. 서울대 불문학과를 졸업한 김현은 독문학과를 나온 이청준과 문리대 60학번 동기입니다. 김현은 이청준이 참가하지 않겠다고 하자, 그가 가지 않으면 자기도 가지 않겠다고 협박으로 느낄 정도로 강하게 얘기했다고 합니다. 결국, 이청준은 시인 김광림 이영걸, 평론가 김현, 소설가 조해일 강용준 오학영 등과 함께 제4진으로 문인해외시찰단에 마지막으로 참여했습니다.

나도 그때 제1진으로 다녀왔습니다. 일행은 시인 김요섭 조태일, 소설가 김주영 백시종, 평론가 이태동 김주연 등이었습니다. 그때 항공료와 숙박비 등 여행과 관련된 일체의 비용은 한국문화예술진흥원에서 부담했습니다. 특히 생각나는 것은, 내가 별도로 3만달러를 받은 일입니다. 물론 나에게 개인적으로 준 것은 아니고, 내가 팀장이니까 여행 다니면서 팀의 공동비용으로 쓰라고 한 것이었습니다. 당시 3만달러는 엄청나게 큰돈 아닙니까. 팀원들과 균등하게 나눠 여행경비로 썼습니다. 2진은 시인 박제천 황 명 김시철, 소설가 이문열 오정희, 수필가 서동훈 등이었고, 3진은 시인 김차영 민영 홍영철 김규동, 평론가 이유식 등이었던 것으로 기억됩니다.

불법 쿠데타로 정권을 잡은 전두환 정부는 문인해외시찰단에 앞서 '국풍81'로 긍정적 여론을 만들려고도 했습니다. 민족문화를 계승하고 국학國學에 대한 대학생들의 관심을 높인다는 명분으로 한 대규모 관제 문화축제였지요. 지금은 여의도공원으로 바뀐 여의도광장에서 1981년 5월28일부터 6월1일까지 5일 동안 열렸습니다. 관제축제의 이름을 '국풍國風'으로 한 것은 4서3경의 하나인 『시경詩經』의 제1편 제목인 〈국풍〉에서 따왔다는 설이 있었습니다. 하지만 당시 주도했던 허문도가 주일특파원을 지내, 일본의 '신풍神風(가미가제)'이나 '국풍문화'에서 따왔다는 설이 더 설득력이 있었을 것입니다.

흡연이 위대한 문학 낳았으나 목숨도 잃어

이청준은 2008년 7월31일 새벽 4시1분에 운명했습니다. 2007년 7월30일, 아주대병원에서 '소세포 폐암 말기'진단을 받은 뒤 꼭 1년 만의 일이었지요. 폐암 진단을 받았을 때 폐에서 발견된 것보다 작은 악성종양이 뇌에서도 발견됐습니다. 이미 암세포가 전이돼 여명은 길지 않았지만, 그의 강한 의지로 의학적 여명보다 더 살았습니다.

2007년은 이청준에게 많은 일이 일어났습니다. 그해 2월2일에 오랜 문우文友였던 오규원 시인의 부음이 전해졌지요. 그는 부음을 받고 나서 일기에 조시弔詩를 썼습니다.

규원아, 오규원아

자네가 갔다는구먼.
정말 갔다고? 왜 그리 갔지?
내일이면 풀린다는데

이 추위 한 고비 못 넘기고

다 아는 길이듯

그래도 난 이 밤 이승의 잠을 자겠구나

나 지금 취해서 들었거든

호프집 치어즈에서.

낼 아침 깨어나 다시 물어볼게.

오가가 정말 갔느냐고.

그 먼 길 혼자서.

이청춘은 오규원의 죽음에서 스스로에게도 다가오는 죽음의 그림자를 느꼈을지 모릅니다. 술 마시다 부음을 듣고, 취해서 잘못 들었는지 모른다며, 낼 아침 깨어나 다시 물어보겠다고 하는 마음이 매우 절실하게 다가옵니다.

그의 목숨을 더욱 단축시킨 것은 처남 남기천과 큰조카 이운우의 죽음이었습니다. 남기천은 그가 1년6개월 동안 단기학보병으로 군대를 마친 뒤 3학년으로 복학해서 입주가정교사로 가르친 학생이었습니다. 남기천의 누나가 바로 이청준의 부인이 되는 남경자 여사입니다. 단기학보병이란 이승만 정부 때 만들어진 제도로, 대학에 다니는 학생은 육군의 의무복무기간인 3년의 절반만 복무하고 병역의무를 다하도록 했습니다. 일제강점기와 6.25전쟁을 겪은 나라를 재건할 소중한 자원인 대학생을 위한 것이었지요. 이 제도는 박정희 정부 때 폐지됐는데, 이청준은 마지막 수혜자였습니다.

그가 단기학보병으로 근무 중이던 1962년 7월8일에 '최영오 일병 사건'이 일어났습니다. 15사단 최영오 일병이 선임인 정 모 병장과 고 모 상병을 총으로 쏴 죽이는 사건이었지요. 최 일병은 서울대 천문기상학과 4학년 재학 중에 단기학보병에 입대했다가, 자신을 괴롭히는 고참을 쏜 것입니다. 그는 1963년 3월18일 가족도 모르게 처형됐고, 그의 어머니는 시체인수확인서를 수령한 날 한강에 투신해서 자살했습니다. 비극이 비극으로 이어진 것입니다. 이청준은 나중에 '최일병 사건'을 바탕으로 〈공범〉이란 소설을 썼습니다.

큰 조카 이운우의 갑작스러운 죽음은 이청준에게 청천벽력이었습니다. 이청준은 5남3녀 중 4남입니다. 하지만 형들이 잇따라 죽음으로써 장남 역할을 하고 있었으며, 자신은 아들 없이 딸 하나만 있습니다. 큰 조카가 자신을 이어 집안의 기둥 역할을 해야 하는데, 갑자기 죽었기 때문이지요.

물론 2007년에 나쁜 일만 있었던 것은 아닙니다. 그해 4월에 '호암상'을 받았습니다. 그는 호암상 수상 소식을 그해 3월27일, 고향 장흥으로 가던 길에 들었다고 합니다. 그는 광주서중에 합격한 뒤 광주에 가서 살 집주인에게 줄 선물로 어머니와 게를 잡았는데, 그날이 1954년 4월3일이었습니다. 그로부터 53년 지나 호암상을 받았으니, 이청준의 감회는 남달랐을 것입니다. 서울법대가 아닌 독문학과에 입학한 그의 선택이 옳았다는 것을 세상에 증명하는 것으로 여겼을 것입니다.

이청준이 일흔이란 짧은 삶을 산 것은 지나친 흡연 때문이었습니다. 이청준의 흡연은 아주 유명했지요. 이청준과 서울대 독문학과 동기동창인 김주연 평론가가 입버릇처럼 금연하라고 말했을 정도였지요. "담배 그만 피우고 끊어! 오래 못 살아"라고요. 그러면 이청준은 "걱정하지마! 너보다 오래 살 테니까…"라고 응수했다고 합니다. 그는 술도 청탁淸濁을 가리지 않고 많이 마셨습니다. 사람이 많이 모인 자리에서는 과음하지 않았지만 가까운 지인 몇 사람과는 술을 자주, 그리고 많이 마셨습니다. 그는 1992년 1월18일 일기에서 다음처럼 적어놓았을 정도였습니다.

> 삶의 실감
> 매일 맥주 깡통 5개 비운 습관에서 삶의 실감을 위해 1년치 미리 쌓아놓고 먹으면 1825＋(보너스)＝2000개

지인들은 술과 담배를 줄이라고 충고했고, 그도 건강을 걱정하기는 했습니다. 하지만 그는 건강에 자신이 있었을 겁니다. 어머니 김금례 여사의 장수 때문이었지요. 김금례 여사는 94세까지 살았습니다. 남편을 일찍 여의고 없는 살림살이에 자녀를 키우느라고 먹을 것 입을 것 잠잘 곳, 그 어느 것 변변치 않았지만 장수한 것이지요.

광주일고 1학년 때 '호남 1등'을 할 정도로 똑똑했던 이청준이 '어머니의 장수'를 믿고 술과 담배를 너무 많이 한 것은 이해하기 어렵습니다. 결국, 그는 술과 담배, 특히 담배 때문에 폐암을 얻어 일흔도 채우지 못하고 일찍 세상을 뜨고 말았으니 말입니다. 그의 이른 죽음은 개인적 비극으로 끝나지 않고 대한민국 문단의 큰 손실이라고 할 수 있습니다.

이청준 문학을
아낀 사람들

이청준 작가가 대한민국을 대표하는 작가 가운데 한 명으로 성장한 뒤에는 여러 사람의 도움과 자극이 있었습니다. 장준하 『사상계』 사장은 이청준이 대학 졸업 후 소설가로 자리 잡는 데 큰 역할을 했습니다. 장 사장은 그의 데뷔작인 〈퇴원〉을 『사상계』 신인상으로 뽑아준 데 이어 중앙일보 기자 시험에 낙방한 그를 『사상계』 직원으로 채용했습니다. 취직은 했지만, 생활은 매우 어려웠지요. 당시 사상계 월급은 6000원이었는데, 점심을 주지 않고 두 사람이 함께 하는 하숙비가 5000원이었습니다. 월급도 제때 나오지 않을 때가 많았고요.

장 사장은 월급을 제때 챙겨주지 못하는 대신 이청준이 근무 시간에도 소설을 쓸 수 있도록 해주었습니다. 그뿐만 아니라 이청준이 쓴 소설을 읽고 격려해주셨지요. 그때 쓴 소설이 장편소설 〈조율사調律師〉였습니다.

소설가 박태순도 이청준이 매우 어려웠을 때 큰 도움이 됐습니다. 이청준이 사상계를 다닐 때인 1966년 가을, 아버지 역할을 하던 그의 형 이종덕이 죽었습니다. 사상계의 재정상황이 어려워 월급을 제대로 받지 못할 때였지요. 그때 박태순이 그에게 온 소설 원고청탁을 이청준에게 넘겼습니다. 이청준은 〈병신과 머저리〉를 써서 받은 원고료로 형의 장례를 무사히 치를 수 있었습니다. 특히 〈병신과 머저리〉는 제12회 동인문학상을 이청준에게 안겨주었습니다. 재정이 어려웠던 『사상계』는 이 상을 이청준에게 마지막으로 주어, 그가 다시 소설가로 살아갈 수 있는 기반을 마련해 주었습니다.

이청준 소설 〈병신과 머저리〉는 〈시발점〉이란 제목으로 1969년 영화화되었다. 감독 김수용

〈병신과 머저리〉는 1969년에 김수용 감독에 의해 〈시발점始發點〉이란 영화로도 만들어졌습니다. 영화 제목이 원작과 달라진 것에 사연이 있었습니다. 김수용 감독은 원래 영화도 〈병신과 머저리〉로 하려고 했다고 합니다. 그런데 공보처가 '병신과 머저리'라는 제목이 관객을 모독한다는 이유로 검열에서 통과시키지 않았습니다. 화가 난 김 감독은 시발始發과 발음이 비슷한 욕을 떠올렸고, 그것을 제목으로 삼았다고 합니다.

이청준은 1967년 8월, 사상계를 떠나 '여원'으로 직장을 옮겼습니다. 월급이 8000원으로 올라 생활이 좀 나아진 것은 물론 이곳에서 소중한 친구 박석준을 만났습니다. 박석준은 조선일보 신춘문예에 〈공황시대〉가 당선 없는 가작으로 뽑혀 등단한 소설가였습니다. 하지만 그는 이청준 때문에 소설 쓰기를 그만두고 이청준의 작품 출판을 적극적으로 도왔습니다. 박석준이 절필한 계기는 이청준의 소설 〈매잡이〉였습니다.

'여원' 편집부에서 같이 일하던 곽석용이, 박석준과 이청준에게 "전주 근처의 자기 고향에 가면 매로 사냥하는 사람이 있는데 소설로 써보지 않겠느냐"고 말했다고 합니다. 박석준은 대수롭지 않게 생각했는데, 이청준은 "가 보자!"고 하면서 현장에 가 본 뒤 〈매잡이〉란 소설을 썼지요. 이청준은 〈매잡이〉로 1969년에 대한민국문화예술상 신인상을 받았습니다. 똑같이 주어진 소재를 놓고 이청준은 멋진 소설을 썼는데, 굴러온 소설을 제 발로 찬 셈인 박석준은 이청준을 돕는 것으로 방향을 잡은 것입니다.

이청준과 서울대 문리대 동기동창인 김현 평론가도 이청준이 좋은 소설을 쓰는데 크게 기여했습니다. 이청준이 3년 늦게 학교에 들어가 김현보다 3살이 많았고, 진도 출신인 김현은 부잣집 아들이었습니다. 하지만 둘은 소설가와 평론가라는 팽팽한 긴장 관계를 유지했습니다. 이청준은 1990년 가을에 〈키 작은 자유인〉을 출간하면서 벗 김현에게 헌정했지요. 김현은 그해 6월27일, 48세 나이로 죽었습니다. 이청준은 〈키 작은 자유인〉에 실린 작가의 말에서 다음과 같이 썼습니다.

> 어머니 이야기를 팔아먹다 바닥이 드러나니까 이제는 다시 돌아가신 아버지를 팔아먹기 시작했더구만. 84년 '가위 밑 그림의 음화와 양화' 연작의 첫 편을 썼을 때, 고우 김현 군이 내게 걸어온 시비다. 이번 소설 재미있게 읽었다. 이제 이걸로 그만 쓰고 죽어버려라. 혹은-, 이런 걸 소설이라고 썼어? 뻔뻔스럽게. 어쨌거나 지금 '반포치킨'으로 나와라. 이런 거 쓰느라고 수고했으니 내 그 벌로 술이나 한 잔 사 줄게.
>
> 작품을 발표하거나 책을 낼 때마다 이런저런 농조로 먼저 격려

와 위로를 보내오던 친구. 책을 꾸미면서 무엇보다 그의 목소리를 다시 듣고 싶다. 이제 와 굳이 말을 듣지 않는다고 그가 할 말을 헤아리지 못할 바는 아니지만, 애석하게도 그가 간 마당에 나는 차마 아직 그를 보내지 못하고 있는 탓이다. 자리가 허락된다면 그의 영전에 이 작은 책을 바쳐 명복을 빌고 싶다.

대표작 〈당신들의 천국〉과 미완성작 〈신화의 시대〉

이청준의 대표작은 〈당신들의 천국〉입니다. 이 소설은 1974년 4월부터 1975년 12월까지 『신동아』에 연재됐습니다. 1966년 『사상계』에 실린 이규태의 논픽션 〈소록도의 반란〉이 계기가 되었지요. 이청준은 '땅에서 못 사는 한恨'이란 부제가 붙은 이 글을 읽고 작품을 쓰기로 결심하고, 조창원 소록도병원장에게 관련 자료를 받아 10년 동안 쓴 대작입니다. 이청준은 1970년대 초반, 한겨울에 이규태가 써준 소개장을 들고 소록도로 조창원 원장을 찾아갔습니다.

이규태 기자를 신뢰하던 조창원 원장은 그의 소개장을 보고 "문둥이들이 오마도 간척사업을 한 기록을 남길 수만 있으면 된다, 써라!"고 하며 관련 자료를 모두 넘겨주었지요. 조 원장은 3000번대 의사면허를 가진 의사로 당시는 현역 대령이었습니다. 〈당신들의 천국〉에서 조백헌으로 나오는 병원장이 바로 조창원 병원장입니다. 그는 예편한 뒤 대

도시에서 병원을 내지 않고, 강원도 황지와 태백에서 진폐증으로 고생하는 광부를 돌보았습니다. 이청준도 〈당신들의 천국〉의 연재가 끝난 뒤 중앙정보부 남산분실로 불려갔었습니다.

〈당신들의 천국〉은 이청준의 대표작으로 노벨문학상을 받을 수 있는 수작입니다. 당시는 유신체제였던 데다가 우리나라 국력이 약해서 거론되지 못했습니다. 게다가 이청준 작가가 안타깝게도 일찍 죽는 바람에 노벨상 수상기회가 사라졌습니다. 참으로 통탄스러운 일입니다.

이청준은 죽음에 임박해서까지 미완으로 남은 장편소설 〈신화의 시대〉를 쓰고 있었습니다. 〈신화의 시대〉는 오래전부터 가슴에 품고 있던 작품이었습니다. 3대에 걸친 그의 가족사를 3부로 된 소설로 쓰자

이청준 묘비에는〈해변 아리랑〉의 할 구절이 새겨져 있다

고 마음먹었다고 합니다. 1부에서는 할아버지와 아버지의 삶을, 2부에서는 그에게 문학적 영향을 많이 준 큰형을, 3부에서는 자신의 삶으로 구상했습니다.

이 중 1부는 2002년 12월부터 2004년 5월까지 초고를 끝냈습니다. 1년 6개월 정도로 짧은 기간이었지요. 〈본질과 현상〉 2006년 겨울호부터 2007년 가을호까지 연재한 뒤 2008년에 단행본으로 출간됐습니다. 그는 1부를 끝낸 직후부터 2부를 쓰기 시작했습니다. 하지만 그때부터 3년여 동안 임권택 감독과 〈천년학〉 시나리오를 쓰느라고, 2부 집필을 거의 하지 못하고, 2부 1장만 완성한 채 먼 길을 떠났습니다.

그의 고향인 전남 장흥군 회진면 진목리에 그의 묘가 있습니다. 묘 앞에 세워진 묘비에는 다음과 같은 묘비명이 새겨 있습니다. 그의 작품 〈해변 아리랑〉에서 뽑은 것입니다.

> 그는 늘 해변 밭 언덕 가에 나와 앉아 바다의 노래를 읊고 갔다. 노래가 다 했을 때 그와 그의 노래는 바다로 떠나갔다. 바다로 간 그의 노래는 반짝이는 물비늘이 되고 먼 돛배의 꿈이 되어 섬들과 바닷새와 바람의 전설로 살아갔다.

26

박경리-백낙청-김지하, 불편했던 관계

나는 마음속으로 늘
'김지하가 노벨문학상을 탔으면 좋겠다'
'대한민국예술원 회원이 되면 좋겠다'고 생각했습니다.
하지만 김지하는 그 두 가지를 이루지 못하고
2022년 5월8일에 별세했습니다. 참으로 안타깝습니다.
그는 매우 존경스러운 분입니다.
그를 잘 모르는 사람들이 밖에서 보면
제대로 알지 못할 수 있습니다.
하지만 그는 정말 대단한 사람입니다.
심지가 매우 곧은 분입니다.

김지하 〈오적〉
3, 4일만에 썼다

김지하가 유명해진 것은 『사상계』 1970년 5월호에 시 〈오적五賊〉을 발표한 뒤였습니다. 당시 『사상계』 편집장이 김승균 씨였는데, 5,16 9주년을 맞아 특집을 하려고 했습니다. 5.16을 일으켜 정권을 잡은 군인들에게 비판적인 글을 실어 경종을 불러일으키려고 했던 것이지요. 그런데 김승균 편집장이 원고청탁을 하면 대부분 이런저런 이유를 대면서 거절했습니다. 어렵게 승낙한 사람들도 며칠 뒤에 곰곰이 생각해 보니 쓸 수 없겠다며 양해를 구하는 거였습니다. 원고청탁을 승낙한 사람에게, 출처를 알 수 없는 곳에서 전화가 걸려와서 '그 글을 꼭 써야겠느냐'며 압력을 가했기 때문이었지요.

그때 연결된 것이 김지하였습니다. 당시 김지하는 1969년에 조태일 시인이 발행하던 『시인』에서 등단한 지 얼마 되지 않았을 때입니다. 조태일 시인은 1964년, 경향신문 신춘문예에 당선돼 등단했습니다. 당시는 신춘문예에 당선돼도 시를 발표할 기회가 그다지 많지 않았지요. 그래서 〈신춘시〉라는 동인지를 만들어 활동했습니다. 그러다 창제인쇄소에 취직했고, 『시인』을 창간했습니다. 그때 함께 참여한 시인이 저와 이탄(1940-2010)이었습니다.

1970년 이른 봄 어느 날, 김승옥 소설가와 김현 평론가 및 김지하와 김지하 이모가 나를 찾아와서 함께 저녁과 술을 먹었습니다. 그리고 얼마 뒤에 잡혀갔어요. 〈오적〉이 문제가 됐던 것입니다. 내가 김지하에

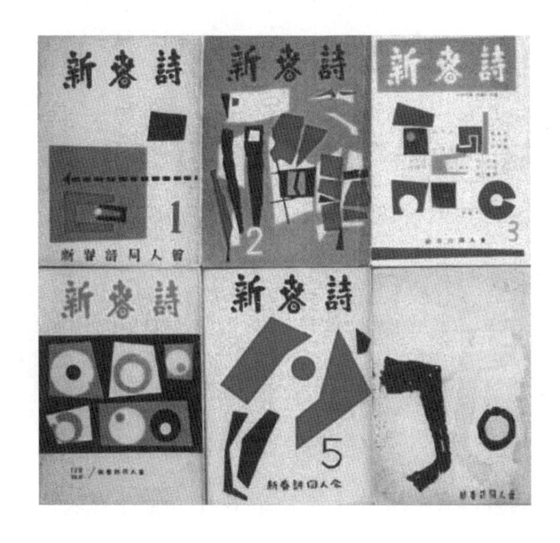

신춘문에 당선 시인들이
창간한 동인지
『신춘시』 표지

게 〈오적〉을 얼마나 오랫동안 썼느냐고 물어본 적이 있어요. "3,4일 걸렸다"고 하더군요. "방에 들어앉아 신들린 듯이 열정적으로 썼다"는 것이지요.

사실 〈오적〉의 '지적재산권'은 박정희 대통령에게 있다고 할 수 있습니다. 당시 육사 8기생으로 창원에서 국회의원을 하던 조창대(1928~1969. 8.25) 씨가 '파이터 체로키'라는 경비행기를 타고 가다가 경기도 안성군 금광면 야산에서 추락해 사망하는 사고가 일어났습니다. 그때 야당 원로인 김준연 씨가 신문에 5단 광고를 냈어요. '조창대는 천벌을 받은 것'이라는 내용이었습니다. 육사 8기로 5.16에도 참여한 조창대 씨가 사망하자 박정희 대통령이 조문갔지요. 당시 조창대 씨가 살던 동네가 동빙고동 고급빌라촌이었어요. 박정희는 으리으리한 고급빌라를 보면서 "이건 누구 집이냐, 저건 누구 집이냐"고 물어봤다고 합니다. 몇 년 전까지만 해도 셋방 살던 사람들이 커다란 집을 차지하고 사는 모습을 보니 순간적으로 마음에 들지 않았겠지요. 그래서 혼잣말처럼 중얼거렸다는 거예요. “흥, 도둑놈들”이라고요. “낮말은 새가 듣고 밤말은 쥐가 듣는다”는 속담처럼, 박정희의 이 말이 돌고 돌아 ‘동빙고동은 도둑놈 촌’이라는 말이 돌아다녔지요.

김지하는 ‘도둑놈 촌’이란 말을 확대재생산한 것입니다. 김지하가 제시한 ‘오적’은 재벌 국회의원 고급공무원 장성 장차관 등이었습니다. 당시 한국사회에 만연했던 부정부패를 해학적으로 비꼰 것이지요. 〈오적〉이 발표되자마자 김지하는 구속됐다가 석방됐다가, 나중에 민청학련사건으로 사형판결을 받았습니다. 한국은 물론 전 세계 문인들의 석방운동으로 감형됐지요. 『사상계』는 1970년 5월호를 마지막으로 폐간됐습니다.

내가 〈오적〉을 본 것은 JP(김종필)의 청구동 자택에서였습니다. 당시는 JP가 정계에서 은퇴해서 조용하게 지낼 때입니다. 정치인들은 그를 피하던 때라, 나 같은 문인들이 가끔 찾아가 얘기하곤 했었지요. 그해 5월 어느 날 JP집에 갔더니 그가 『사상계』를 들고나오더군요. 〈오적〉을 계기로 김지하 시대가 온 것입니다. 시 〈오적〉은 앞에서 맛만 봤던 처음 부분에 이어 도둑 얘기가 다음과 같이 이어집니다.

> 첫째 도둑이 나온다
> 재벌狾獙이란 놈 나온다
> 돈으로 옷해 입고 돈으로 모자해 쓰고 돈으로 구두해 신고 돈으

로 장갑해 끼고
금시계, 금반지, 금팔지, 금단추, 금 넥타이핀, 금 카후스보턴, 금 박클, 금니빨, 금손톱, 금발톱, 금작크, 금 시계줄
디룩디룩 방댕이, 불룩불룩 아랫배, 방귀를 뽕뽕 뀌며 아그작 아그작 나온다
저놈 재조봐라 저 재벌놈 재조봐라
장관은 노랗게 굽고 차관은 벌겋게 삶아
초치고 간장치고 계자치고 고추장치고 미원까지 톡톡쳐서 실고 추 파 마늘 곁들여 날름
세금 받은 은행돈, 외국서 빚낸 돈, 왼갖 특혜 좋은 이권은 모조리 꿀꺽
이쁜 년 꾀어서 첩삼아 밤낮으로 작신작신 새끼까기 여념없다
수두룩 까낸 딸년들 모조리 칼쥔놈께 시앗으로 밤참에 진상하여
귀띔에 정보 얻고 수의계약 낙찰시켜 헐값에 땅 샀다가 길 뚫리면 한몫 잡고
천원 공사 오원에 쓱삭, 노동자 임금은 언제나 외상외상
둘러치는 재조는 손오공할애비요 구워삶는 재조는 되놈숙수 뺨치것다

또 한 놈이 나온다
국회의원匊獪狋猿 나온다

곱사같이 굽은 허리, 조조같이 가는 실눈,
가래 끓는 목소리로 응승거리며 나온다

…중략…

셋째 놈이 나온다
고급공무원䀿礫功無獂 나온다
풍선은 고무풍선, 독사같이 모난 눈, 푸르족족 엄한 살,
콱 다문 입꼬라지 청백리 분명코나

…하략…

이종찬 전 국정원장은 김지하의 '생명의 은인'

시 〈오적〉이 발표된 뒤 김지하는 1970년대를 거의 감옥에서 지냈습니다. 1974년 민청학련사건으로 사형판결을 받아 복역하다 10.26일 일어난 뒤 1980년에야 석방됐습니다. 그는 목숨 걸고 온몸으로 독재에 저항하는 지식인의 모습을 보여주었지요. 1975년에 발표된 〈타는 목마름으로〉는 그의 대표시입니다. 그는 장기간의 감옥생활로 몸은 힘들었지만 노벨평화상과 노벨문학상 후보로 추천되는 등의 영예를 안았

박경리와 딸 김영주

습니다.

훗날 민주화가 된 뒤 이회영(1867~1932) 선생을 기리는 강연회가 열렸습니다. 그때 김지하가 이회영 선생의 손자인 이종찬 전 국정원장을 만나서 "생명의 은인"이라고 해서 깜짝 놀랐어요. 사연을 들어보니 이종찬 씨가 중앙정보부 과장이었을 때, 그러니까 박정희 대통령 시절에, 김지하를 2, 3차례 숨겨줬다는 것입니다. 김지하를 숨겨준 사실이 발각되면 당신도 안전하지 않았을 때이니만큼, 목숨 걸고 도와준 것이지요.

김지하가 수배를 받고 도망 다닐 때 박경리 집에 2, 3차례 찾아갔다고 합니다. 박경리 소설가의 딸인 김영주와 친하게 지냈기 때문입니다. 하지만 박경리 씨는 김지하를 쫓아냈습니다. 박경리 소설가도 처음에는 위험하다고 판단했을 정도였으니까, 이종찬 씨가 생명의 은인이라고 한 김지하의 말은 과장이 아닌 것이지요. 박경리 소설가는 1973년에 김지하를 결국 사위로 받아들였지요.

김지하와 직접 관련은 없으나, 나도 이종찬 씨와 에피소드가 하나 있습니다. 전두환이 12.12로 실권을 장악한 뒤 이종찬 권정달 씨 등이 민정당을 창당하기 위한 사전작업을 할 때입니다. 그때 나는 잡지 『한국문학』을 발행하고 있었을 때인데, 문인 200명의 서명을 받아 민주화를 촉구하는 성명서를 발표했습니다. 당시 중앙정보부에서는 『한국문학』 폐간과 이근배 구속이란 방침을 정했다고 합니다. 그때 이종찬과 권정달 쪽에서 민정당 창당발기인으로 문학인 가운데 1번 이근배, 2번 홍기삼, 3번 정진규로 정해서 접촉해왔습니다. 서로 안 하려고 했는데, 나는 『한국문학』 성명서 사건으로 빠졌습니다. 홍기삼 평론가는 "대학교수라서 하기 어렵다"고 완곡하게 거절하자 "그럼 대학교수도 그만 하시겠네요"라고 해서 어쩔 수 없이 하겠다고 서명만 한 뒤 독일로 유학을 떠났습니다. 사실상 도피였던 것이지요.

김지하는 〈박경리론〉으로 보은하다

박경리 소설가가 돌아가시고 2년여가 지난 2010년에 김지하 시인이 나에게 전화했습니다. 가서 만나니 200자 원고지 348매 짜리 〈흰 그늘과 화엄-박경리 문학과 네오 르네상스를 생각하다-〉란 원고를 건네

김지하 시인이 이근배 시인에게
선물한 액자〈설매일지〉

주더군요. 장모이자 문학 선배를 위해 마지막으로 혼신의 힘을 다해 쓴 논문이었어요. 김지하는 아들 둘을 낳았는데 장모인 박경리 소설가가 키우다시피 했습니다. 젊은 시절 도피 생활을 하고 사형선고를 받는 등 투옥 생활을 하면서 돌볼 여유가 없었기 때문이지요.

그 논문 도입부에 백낙청 교수를 비판하는 내용이 있었어요. 김지하가 백낙청 교수와 관계가 틀어진 것은 몇 가지 이유가 있었습니다. 하나는 1965년의 일입니다. 당시 박경리 작가가 쓴 소설 〈시장과 전장〉에 대해, 백낙청 교수가 『신동아』에 평론을 썼습니다. 그 평론은 백낙청 교수가 미국 유학을 마치고 귀국해서 처음으로 쓴 평론이었습니다. 그런데 박경리 작가가 그 평론을 보고 무척 화를 냈습니다. "백낙청이 자기 소설을 잘못 읽고 있다"며 반론을 쓰겠다고 했지요. 그래서 신동아에 반론이 게재됐는데, 당초 평론보다 2배에 이르는 장문의 글이었습니다. 백낙청으로서는 받아들이기 어려운 대우를 받은 셈이었지요.

다른 하나는 작가회의 회장과 관련된 일입니다. 작가회의 쪽에서 김지하에 대해 2가지 흐름이 있었습니다. 하나는 김지하를 존경하면서 따르는 흐름이고, 다른 하나는 변절자라며 비판하는 사람들이었습니다. 그런데 황석영 소설가와 도종환 시인 등이 김지하를 찾아가 작가회의 회장을 맡아달라고 부탁했습니다. 김지하는 굳이 맡을 생각이 없었지만, 실무는 사무국장이 다 하니 그냥 이름만으로 회장을 맡아달라는 것이었습니다. 김지하는 고민, 고민하다 승낙했습니다. 그런데 백낙청이 반대해서 결국 작가회의 회장이 되지 못했습니다. 김지하로서는 상당히 황당한 일을 당한 셈이었지요.

박경리 소설가의 본명은 박금이朴今伊입니다. 박금이가 김동리 선생의 본처와 안면이 있어, 시를 써서 김동리 선생에게 보여주었다고 합니다. 김동리 선생이 그 시를 보고 "시는 잘 안될 것 같다. 소설을 쓰면 좋겠다"고 조언했습니다. 그 후 박금이가 〈불안시대〉라는 소설을 써서 김동리 선생에게 보냈습니다. 김동리 선생은 그 작품의 제목을 〈계산〉으로 바꾸고, 작가 이름도 박경리朴景利로 바꾸어 『현대문학』에 1회 추천했습니다. 박금이는 그 사실을 모르고 있다가, 지인들이 『현대문학』에 자기 소설이 추천됐다는 얘기를 들은 뒤, 이름과 작품 제목이 바뀐 것을 알았습니다.

박경리 선생이 돌아가시기 1년 전인 2007년에 동아일보에서 '김동리 문학의 밤' 행사를 열었습니다. 이어령 한말숙 백시종 등 작가들이 많이 참석했는데, 박경리 소설가도 투병 중에 참석했습니다. 그 자리

박경리 영결식에서 조시를 읽는
이근배 시인, 2018년

에서 박경리 선생은 백시종 소설가 등 후배작가들을 무척 혼냈습니다. "김동리 선생을 그렇게 모시면 안 된다"는 것이었지요.

박경리 선생이 2008년 5월5일에 돌아가셨을 때 제가 장례위원이 되었습니다. 김병익 최일남 박완서 작가들의 권유에 따른 것이었지요. 저는 『한국문학』을 할 때 〈토지〉를 게재했던 인연도 있고, 장례위원장은 박완서 선생이었습니다. 나는 추도시를 영결식에서 읽었습니다. 한국일보 사장을 지낸 김성우 씨가 그때 박경리 장례행렬을 진주여고에 들르도록 했습니다. 박경리 선생은 "진주에 두 번 다시 가지 않겠다"며 진주를 멀리하다, 돌아가시기 3년쯤 전에 김성우 씨의 권유를 받아들여 진주여고를 방문한 적이 있었습니다. 그때 대환영을 받았던 일이 있어서입니다. 박경리 선생은 진주여고에서 따뜻한 환영과 배웅을 받고, 통영시 산양면 미륵산 기슭의 유택에 모셔졌습니다. 김지하가 2022년 5월8일에 사망했습니다. 원주에 마련된 장례식장에 갔는데, 나는 문상하러 온 문인을 한 명도 만나지 못했습니다. 내가 없는 동안에 다녀간 문인이 있을 테지만, 작가회의 쪽 문인들은 거의 문상하지 않았던 것 같습니다. 참으로 한심한 일입니다. 유신에 〈오적〉과 온몸으로 저항하다 사형선고까지 받았는데, 그런 김지하가 죽었는데, 문인이 문상하지 않는다니 말이 되겠습니까. 그때 참으로 속상했습니다. 그나마 다행인 것은 2023년 5월4일에 열린 '김지하 1주년 추모행사'에 백낙청 씨가 상당한 금액을 기탁한 것입니다.

27

위대한 시인이자 사상가 조오현 스님

무산霧山 조오현 스님은 말 그대로 큰스님이셨습니다.
어렸을 때 가정 형편이 어려워
초등학교조차 제대로 다니지 못한 학력으로
한국 시사詩史에 큰 발자취를 남기셨습니다.
특히 만해萬海 한용운 선사를 기리기 위해
'만해마을'을 조성하고, '만해대상'과 '유심상'을 만드셨으며,
'만해기념관'을 세우고 '만해축전'을 개최했습니다.
가진 것 없이 이 땅에 와서,
많은 것들을 어려운 사람들에게 나누어 준 뒤,
아무것도 갖지 않고 떠나셨습니다.
그야말로 '공수래공수거空手來空手去'를 실천하신
위대한 시인이자 사상가입니다.

조오현 스님시인은
『시조문학』으로 등단

무산 조오현曺五鉉(1932~2018) 스님은 어려운 어린 시절을 보냈습니다. 밀양에서 태어나 아홉 살 때 어머니 손에 이끌려 약수암이라고 불리는 조그만 절에 들어갔습니다. 이름은 동자승이었지만 심부름하면서 어린 시절을 보낸 것이지요. 스물다섯이 돼서야 밀양 성천사에서 인월화상으로부터 사미계를 받은 뒤, 1968년 범어사의 석암율사로부터 비구계와 보살계를 받았습니다. 무산 스님은 학교를 거의 다니지 못했지만, 승방에서 엎드린 채로 시조를 썼다고 합니다. 그런 어려움 끝에 이태극李泰極 선생 등이 창간한 『시조문학』에 시조 〈봄〉과 〈관음기〉 등이 1968년 추천완료되어 시조시인이 되었습니다.

> 촛불 켠 꿈은 흘러 연꽃으로 물들어도
> 마지막 목욕하고 앉지 못할 연대蓮臺여
> 설움의 소리를 듣고 차마 못 갈 보살-
>
> 손에 쥔 백팔염주 헤아릴수록 무거움은
> 흩어진 상념들을 알알이 꿰움일레
> 달 뜨는 뜨락에 서서 지켜보는 이 정토淨土!

— 조오현, 〈관음기〉 전문

당시 마산 통영 진주 고성 등 서부경남지역에서 시조동인지 『율律』이 발행되고 있었습니다. 그때 마산고등학교 교사이던 시조시인 김교한 金教漢(1928~) 선생이 시조를 청탁하러 약사암으로 찾아왔다고 합니다. 그런 인연으로 무산 스님은 『율』 동인으로 활동했습니다.

조오현 스님, 호는 '무산'이다

무산 스님이 서울에서 활동하게 된 것은 후배, 김정휴金正休(1944~) 스님 덕분이었습니다. 정휴 스님은 1971년 조선일보 신춘문예에 시조 〈추월〉이 당선돼 등단한 시조시인 스님이었습니다. 그는 불교신문 편집국장과 주필 및 사장, 불교방송을 만들 때 상무로 실무를 총괄했습니다. 시집 〈승려시집〉과 소설집 〈열반제〉, 그리고 경허스님의 일대기를 다룬 〈슬플 때마다 우리 곁에 오는 초인〉을 출간한 문인입니다.

정휴 스님은 경남 남해 출신인데, 밀양 표충사에서 출가했습니다. 밀양에서 무산 스님과 인연을 맺었는지, 불교신문과 불교방송에서 일할 때 무산 스님과 함께 다니면서 불교계에서 활동할 수 있는 여건을 만들어 주었습니다. 정휴스님은 무산스님을 '총통總統'으로 불렀습니다. 총통은 대통령을 가리키는 대만과 중국의 용어입니다. 나는 정휴스님에게 "왜 무산스님을 총통이라고 부르느냐?"고 물어보지 못했는데, 나중에 무산스님이 열반한 뒤에 그 까닭을 스스로 깨달았습니다. 절대권력자의 아우라와 위엄이 있고, 그 안에는 중생에게 은혜와 복락을 베푸는 원력이 있다는 것을 정휴스님은 그 부리부리한 율 브리너의 눈으로 일찍 꿰뚫어 보신 것이었습니다.

1979년 1월 첫시집 〈심우도〉 출간

내가 무산 스님과 알게 된 것은 60년대 말이었습니다. 그때만 해도 시조시인이 40명 정도였습니다. 한국시조시인협회 행사 등이 있을 때 김정휴 스님과 함께 오시곤 했어요. 나는 1973년에 한국문인협회 시조 분과위원장에 출마했는데, 선거운동을 하러 대구에 갔다가 구미 금오산金烏山의 해운사海雲寺 주지로 있던 스님을 찾아뵈었습니다. 무산 스님께 한 표를 부탁하러 간 거지요. 해운사는 시골의 대감댁 행랑채만큼이나 작디작은 절이었습니다. 그때 보리 섞인 밥에 무짱아찌가 반찬인 밥상을 받았던 기억이 생생합니다.

무산 스님은 1977년 설악산 신흥사 주지가 됐습니다. 1978년 말에 원고를 들고 북창동 한국문학사로 저를 찾아오셨습니다. 당시는 내가 『한국문학』을 만들고 있을 때였는데, 시집을 내겠다는 것이었습니다. 나는 백수白水 정완영 선생의 시집도 세 번째까지 만들어 드렸고, 그동안 무산스님과 지낸 정도 있고 해서 첫시집 〈심우도尋牛圖〉(한국문학사, 1979.1)를 멋지게 만들어 드렸습니다. 일중 김충현 선생께 제자題字를 부탁드렸고, 해설은 제가 직접 썼습니다.

해설을 쓰기 위해 스님의 원고를 읽던 나는 깜짝 놀라 눈을 씻고 또

씻었습니다. 국문학과나 문예창작과를 다니지 도 않은, 산승山僧이 쓴 시조가 그저 그러려니 했던 지레짐작이 완전히 틀렸기 때문입니다. 깊은 산사에서 독경하고 절 살림하는 주지스님의 시조는, 시조의 대가를 뛰어넘는 깊은 수준이었습니다. 스님의 시조는 하나의 경이로서, 그의 시법詩法이 적어도 신시 70년사에는 들어있지 않았습니다. 고려 선승들의 게송을 터득한 것이기에 영혼의 세척에 더 많은 시간을 몰입하는 생활을 하고 있음을 제대로 파악해야 스님의 시적 위상을 올바로 알 수 있는 것이었지요.

조오현 첫시집
〈심우도〉

정휴스님께서 나중에 "〈심우도〉에 실린 시는 보통시가 아니다. 후세에 길이길이 남을 시"라고 했던 말이 전혀 과장이 아니었습니다. 〈심우도〉 첫머리에 실린 대표 시조 〈할미꽃〉은 다음과 같습니다. 가난 때문에 어머니와 생이별해야 했던 아픔을, 머리 숙인 할미꽃에 빗대 표현한 "그 모정 잊었던 날의 아, 허리 굽은 꽃이여"라는 싯구는 아무나 쓸 수 없는 것입니다.

이른 봄 양지 밭에 나물 캐던 울 어머니
곱다시 다듬어도 검은 머리 희시더니
이제는 한 줌의 귀토歸土 서러움도 잠드시고

이 봄 다 가도록 기다림에 지친 삶을

삼삼이 눈 감으면 떠오르는 임의 양자樣子
그 모정 잊었던 날의 아, 허리 굽은 꽃이여

하늘 아래 손을 모아 씨앗처럼 받은 가난
긴 긴 날 배고픈들 그게 무슨 죄입니까
적막산 돌아온 봄을 고개 숙인 할미꽃

— 조오현, 〈할미꽃〉 전문

무산스님은 1981년 국제포교사로 미국에 가 3년 동안 평상과 설법說法활동을 했습니다. 귀국한 뒤에 양양 낙산사에서 불경을 주석하며 정진하던 중에 크게 깨달아 오도송 〈파도〉를 지었지요.

밤늦도록 책을 읽다가 밤하늘을 바라보다가
먼 바다 울음소리를 홀로 듣노라면
천경千經 그 만론萬論이 모두 바람에 이는 파도란다

— 조오현, 〈파도〉 전문

만해대상, 만해마을, 만해축전 등
만해 높이 펼쳐

무산스님의 큰 행보는 오도송을 읊고 3년 뒤 신흥사 회주가 된 뒤부터였습니다. 1997년에 '만해사상실천선양회'를 만들고, '만해대상'을 시상하는 등 '만해축전'을 시작했습니다. 2년 뒤에 불교정론지인 『불교평론』을 창간하고, 2001년에는 『유심惟心』을 복간했습니다. 『유심』은 만해가 1918년 9월, 종로구 계동 43번지에서 창간한 종합잡지입니다. 『유심』은 그해 10월과 12월 2호와 3호를 발행한 뒤 일제의 탄압과 3.1독립만세운동 준비 등으로 중단됐습니다. 2003년에는 인제군 북면 용대리 1830번지, 백담사 입구에 '만해마을'을 만들었습니다. 항일독립운동가로만 알려진 만해 한용운을 위대한 민족시인으로 널리 알린 것은 무산스님의 공이 크다고 할 수 있습니다.

만해 한용운이 발행했던 잡지 『유심』을 재창간했다

무산스님은 시조의 현대화와 한국시의 세계화를 위해서도 큰일을 하셨습니다. 우선 스님은 2005년, 금강산에서 '세계평화시인대회'를 열었습니다. 노벨문학상을 받은 월레 소잉카를 비롯한 세계 40여개국 대표 시인과 한국 시인들이 참여했습니다. 북한의 연평도포격 사건으로 북한 시인들이 참석하지 않아 아쉬웠지만, 지구에서 유일하게 분단국으로 남은 우리나라의 통일을 염원하기 위한 대회였다는 점에서 의의가 큰 대회였습니다. 그때 제가 〈금강산은 길을 묻지 않는다〉를 써서 맨 처음에 읽었지요. 자유와 평화와 통일을 염원한 시이기 때문에 한 번 읽는 것도 의의가 있을 것입니다.

새들은 저희들끼리 하늘에 길을 만들고
물고기는 너른 바다에서도 길을 잃지 않는데
사람들은 길을 두고 길 아닌 길을 가기도 하고
길이 있어도 가지 못하는 길이 있다

산도 길이고 물도 길인데
산과 산, 물과 물이 서로 돌아누워
내 나라의 금강산을 가는데
반세기 넘게 기다리던 사람들
이제 봄, 여름, 가을, 겨울
앞 다투어 길을 나서는구나
참 이름도 개골산, 봉래산, 풍악산
철따라 다른 우리 금강산

보라, 저 비로봉이 거느린 일만 이천 뫼부리
우주 만물의 형상이 여기서 빚고
여기서 태어났구나
깎아지른 큰 바위는 살아서 뛰며 놀고
흐르는 물은 은구슬 옥구슬이구나
소나무, 잣나무는 왜 이리 늦었느냐 반기고
구룡폭포 천둥소리 닫힌 세월을 깨운다

그렇구나

금강산이 일러주는 길은 하나

한 핏줄 칭칭 동여매는 이 길 두고

우리는 너무도 먼 길을 돌아왔구나

분단도 가고 철조망도 가고

형과 아우 겨누던 총부리도 가고

손에 손에 삽과 괭이 들고

평화의 씨앗, 자유의 씨앗 뿌리고 가꾸며

오순도순 잘 사는 길을 찾아왔구나

한식구 한솥밥 끓이며 살자는데

우리가 사는 길 여기 있는데

어디서 왔느냐고 어디로 가느냐고

이제 금강산은 길을 묻지 않는다

— 이근배, 〈금강산은 길을 묻지 않는다〉 전문

이 대회에서 시조의 현대적 발전을 위해 2006년을 '현대시조 100년의 해'로 선포하고 7월21일을 '시조의 날'로 결정했습니다. 대한매일신보 1906년 7월21일자에 〈혈죽가〉 등 시조 3수가 기록됐기 때문입니다. 이날 행사에 '세계민족시대회'와 '한국대표시조 작곡발표음악회' 및 '한국시조100선 출간' 등을 통해 '시조 만세!'가 백두대간에 울려 퍼졌습니다.

조오현 시인 지원으로
〈한국대표명시선100〉이 완간되었다

한국 시문학사를 꿰뚫는 〈한국대표명시선100〉(시인생각, 2013)을 출간하는 데도 전폭적으로 지원하셨습니다. 그동안 여러 문학출판사에서 한국대표시전집을 내면서도 A회사는 친일 등을 이유로, B회사는 이념적 순종주의를 고집하고, C회사는 1950년대 이후만 포함시키는 등의 한계가 있던 것을 뛰어넘은 큰일이었습니다.

무산스님은 그렇게 큰일을 하시면서도 앞에 나서지 않았습니다. 만해대상 수상식에는 참석하지 않았습니다. 김정휴 스님이 말씀하신 총통의 위엄을 갖고 있으면서도, 늘 겸손하셨던 것입니다.

“신달자 시인의 〈저 거리의 암자〉가 3개월 수행보다 낫다”

무산스님은 시인들을 지원하는 일에도 적극이셨습니다. 김재홍 시인이 발행하던 『시와시학』의 운영을 많이 도와준 것으로 알고 있습니다. 신달자 시인이 〈저 거리의 암자〉라는 시를 발표하자 동안거를 끝내는 정월대보름에 신 시인을 백담사로 초청했습니다. 스님들이 모두 모인 자리에서 “너희들이 3개월 동안 수행한 것보다 이 시 한 편이 낫다”고 해서 화제를 모으기도 했습니다. 그때 무산스님은 신달자 시인에게 남암南庵이란 호를, 나에게는 학림鶴林이란 호를 지어주셨습니다. 무산스님의 평가가 과장이 아님을 알 수 있도록, 〈저 거리의 암자〉를 소개합니다.

> 어둠 깊어가는 수서역 부근에는
> 트럭 한 대분의 하루 노동을 벗기 위해
> 포장마차에 몸을 싣는 사람들이 있습니다.
>
> 주인과 손님이 함께
> 야간여행을 떠납니다
>
> 밤에서 밤까지 주황색 마차는
> 잡다한 번뇌를 싣고 내리고

구슬픈 노래를 잔마다 채우고
빗된 농담도 잔으로 나누기도 합니다

속풀이 국물이 짜글짜글 냄비에서 끓고 있습니다
거리의 어둠이 짙을수록
진탕으로 울화가 짙은 사내들이
해고된 직장을 마시고 단칸방의 갈증을 마십니다

젓가락으로 집던 산 낙지가 꿈틀 상 위에 떨어져
온몸으로 문자를 쓰지만 아무도 읽어내지 못합니다
답답한 것이 산 낙지뿐입니까
어쩌다 생의 절반을 속임수에 팔아 버린 여자도
서울을 통째로 마시다가 속이 뒤집혀 욕을 게워 냅니다

비워진 소주병이 놓인 플라스틱 작은 상이 휘청거립니다
마음도 다리도 휘청거리는 밤거리에서

조금씩 비워지는
잘 익은 감빛 포장마차는 한 채의 묵묵한 암자입니다

새벽이 오면
포장마차 주인은 밤새 암자를 거둬 냅니다

손님이나 주인 모두 하룻밤의 수행이 끝났습니다
잠을 설치며 속을 졸이던 대모산의 조바심도
가라앉기 시작합니다

거리의 암자를 가슴으로 옮기는 데
속을 쓸어내리는 하룻밤이 걸렸습니다

금강경 한 페이지가 겨우 넘어갑니다

— 신달자, 〈저 거리의 암자〉 전문

무산스님은 첫시집 『심우도』 서문에서 "2부는 1970년대 초 경허鏡虛와의 만남에서 얻어진 것들"이라며 "동대문시장 그 주변, 구로공단 또는 막노동판 아니면 생선 비린내가 물씬 번지는 어촌주막 그런 곳에 가 있을 때만이 경허를 만날 수 있었다"고 썼습니다. 신달자 시인의 〈저 거리의 암자〉를 긍정적으로 평가한 이유를 가늠해볼 수 있는 대목입니다.

깨달음의 경지를 노래한 법시

무산스님은 평생 깨달음의 경지를 시로 알기 쉽게 노래하셨습니다. 시 〈적멸을 위하여〉에서 "삶의 즐거움을 모르기 때문에 죽음의 즐거움은 더욱 모른다, 한 마리 벌레처럼 삶과 죽음의 즐거움을 모르니 무엇을 선택한다는 것은 아무런 의미가 없다"고 갈파했습니다. 또 〈아지랑이〉에서는 "내 평생 붙잡고 살아온 것이 아지랑이더란 말이냐"며 우습다고도 했습니다. 읽어보는 것이 백 마디 설명보다 낫습니다.

삶의 즐거움을 모르는 놈이
죽음의 즐거움을 알겠느냐

어차피 한 마리
기는 벌레가 아니더냐

이다음 숲에서 사는
새의 먹이로 가야겠다

— 조오현, 〈적멸을 위하여〉 전문

나아갈 길이 없다
둘러봐야 사방은 허공 끝없는 낭떠러지
우습다
내 평생 헤매어 찾아온 곳이 절벽이라니

끝내 삶도 죽음도 내던져야 할 이 절벽에
마냥 어지러이 떠다니는 아지랑이들

걸레스님 중광, 조오현 스님, 이근배 시인

우습다

내 평생 붙자고 살아온 것이 아지랑이더란 말이냐

— 조오현, 〈아지랑이〉 전문

무산스님은 그런 깨달음을 통해 사람도 하루살이와 비슷한 삶을 사는 것이라고 했습니다. 〈아득한 성자〉라는 시는 시인으로 살다 입적한 스님의 삶을 가장 잘 나타내 줍니다. 무산스님은 생전에 가람시조문학상과 정지용문학상 및 공초문학상을 받으셨습니다. 스님으로뿐만 아니라 시인으로서도 수준 높은 작품을 많이 남기신 것에 대한 당연한 평가입니다.

하루라는 오늘

오늘이라는 이 하루에

뜨는 해도 다 보고
지는 해도 다 보았다고

더 이상 더 볼 것 없다고
알 까고 죽는 하루살이 떼

죽을 때가 지났는데도
나는 살아 있지만
그 어느 날 그 하루도 산 것 같지 않고 보면

천년을 산다고 해도
성자는
아득한 하루살이 떼

— 조오현, 〈아득한 성자〉 전문

불교사상가이자 위대한 시인
무산 조오현

나는 무산스님이 입적하기 나흘 전 부처님오신날에 직접 만났습니다. 그렇게 갑자기 돌아가실 줄은 상상도 하지 못했습니다. 줄기세포로 한때 유명했던 황우석 박사가 무산스님을 백수연白壽宴하실 때까지 건강하게 모실 거라고 했습니다. 하지만 무산스님은 담배를 많이 피우고 약주도 많이 하셔서 기관지암에 걸렸습니다. 돌아가시기 전에 황우석 교수의 말을 듣고 경희대병원에 가서 수술을 하셨는데, 그로 인해서 입적이 빨라지신 것 아닌가 하는 것이 저의 개인적 아쉬움입니다.

무산스님은 2018년 5월26일(음 4월12일) 오후5시에 입적하셨습니다. 입적하시기 전에 남기신 열반송은 다음과 같습니다.

> 천방지축天方地軸 기고만장氣高萬丈
> 허장성세虛張聲勢로 살다보니,
> 온 몸에 털이 나고,
> 이마에 뿔이 돋는구나
> 억!

— 조오현, 〈열반송〉 전문

5일장으로 치러진 무산스님 영결식 때 나는 헌시를 직접 지어 낭독했습니다. 50여년을 가깝게 모신 인연 덕분으로 일반인으로는 유일하게 3명의 호상護喪을 담당했습니다. 헌시가 좀 길기는 합니다만, 문학인으로서 무산스님의 삶을 요약한 것이기에 모두 소개하도록 하겠습니다. 저의 헌시가 무산스님의 문학과 삶을 올바르게 평가하는 자료로 활용되기를 바랄뿐입니다.

무산 조오현 스님의 다비식, 2018년

더 높은 극락보전에 오르시어 불멸의 사리탑 지으소서
-대한불교조계종기본선원 조실 설악단 무산 조오현 대종사 열반에 올리는 게송/ 이근배

하늘이 흐립니다
일월日月이 눈을 감고
이 나라 일천육백 년 불국토佛國土를 밝혀오던
원광圓光이 꺼지고 있습니다
국사國師이신 큰스님께서 열반하심에
설악 동해가 백두대간을 두 손에 받쳐 들고
백팔배를 올리며 통곡으로

무산 큰스님의 열반송을 염송하고 있습니다

그렇습니다

무산 큰스님은 이 나라 불교사와 현대문학사에

돈오점수頓悟漸修를 이루신 다만 한 분의 크고 높으신

대종사大宗師가 아니옵고

누천년 조계법맥曺溪法脈을 일으켜 세우신 대종이시며

민족의 정체성 담아낸

겨레시 시조를 창작으로 원력으로 중흥시킨

그대로 한국시조문학사이십니다

대종사께서는 저 엄혹한 항일기에 태어나시어

부처님의 점지로 어린 나이에 입산득도入山得度하시고

장경藏經을 모두 독파하시니

수행정진하시매 대오온축大悟蘊蓄이

산을 짓고 바다를 이루었습니다

한편으로 대종사께서는

저 원효로부터 내려오는

불사상佛思想을 불립문자로 갈파하시니

지눌知訥 나옹懶翁을 잇는

선시禪詩를 현대시로 개창하시고

바로 만해 가람 노산鷺山의 시적 승화를 뛰어넘는

새 경지를 창조하셨습니다

올해는 시수詩壽 반백 년을 맞는 해이요

첫 사화집 〈심우도尋牛圖〉를 상재하신지
마흔 해가 되옵니다
그 첫 사화집을 제 손으로 꾸며드릴 때
참으로 외람되게도
제게 발문을 쓰라는 말씀을 거역하지 못하고
몇 자 올렸사온데
까막눈인 제가 읽기에도 우리 문학사의
"하나의 경이"요 "희대의 광석"이라 받쳤었지요
돌이켜보니 〈심우도〉는 이 땅의 자유시, 시조를 통털어
하나의 개벽이었고 신천지였습니다
이 위에 만해께서 백담사에서
〈님의 침묵〉을 지으신 법연을 떠받들어
'만해기념관' '만해축전' '만해대상' '만해마을' 등
대불사를 잇달아 일으키시고
『유심』을 문학지로 복간하셨으며
'현대불교문학상' '유심상' '한국시조대상' 등을 제정
후학들의 창작 지원 등
오늘의 문학 불꽃을 피우는데
손수 기름이 되셨습니다
아아, 무량한 사랑이옵시고 백세의 스승이신 무산 큰스님!
바로 여드레 전 초파일 아침 큰절 드릴 때
손잡아 주시며 "사천 이것이 마지막이구나"

그 말씀은 어찌 아니하셨습니까?

한 번만 더 존안을 뵈옵고

손 한 번 더 잡아보고 싶습니다

이제 어느 누가 계시어

제게 '현대시조백년제'를 맡겨주시고

〈한국대표명시선100〉을 펴내게 해 주시고

'만해대상문학상' '유심상' '현대불교문학상'을 내리시겠습니까

이 티끌세상 홀로 짐 지셨던

번뇌를 모두 사르시고

이제 큰 스님이 떠나신 이 천지 적막을

어느 누가 깨치겠으며

동안거 하안거 법회 때

사자좌師子座에서 주장자拄杖子를 치시던

그 높은 법문 그 천둥 같은 사자후獅子吼를

어디서 다시 들을 수 있겠습니까

저희 사문沙門들의 삶의 길을 깨우쳐주신

백세의 스승이시며 어버이시며

친구이시며 연인이셨던

오직 한 분! 무산 큰 스님!

사랑하고 행복했습니다 행복하고 행복했습니다

너무너무 은혜로웠습니다

부디 저 높디높은 극락보전에 오르시어

인류의 평화 겨레의 홍복을 만대에 누리도록 발원하는

불멸의 사리탑을 지으소서

못 다 문자로 남기신 오도송悟道頌을 금자탑金字塔으로 올리소서

왕생회향往生廻向하소서

불기2562년 5월30일

사문 학림鶴林 돈수 삼배 곡만哭輓

28

이어령은
한 시대 새벽을 깨운
'빛의 붓'이었다

감성이 풍부한 사람은 똑같은 것을 보고서도
남들이 보지 못하는 것을 이끌어냅니다.
지성이 높은 사람은 풍부한 감성으로 모은 여러 아이디어를
하나로 묶어 사회를 이끌어갈 수 있는 시대정신을
만들어내고요. 감성이 많은 사람은 문학 및 예술을 하고
지성이 깊은 사람은 철학자와 사상가가 됩니다,
감성과 지성을 겸비한 사람은
시대를 일깨우는 선각자가 되고요.
약관 때부터 '우상의 파괴'로 한국문단에 경고장을 날린
이어령 선생은 지성과 감성을 함께 갖춰
20세기 한국을 깨운 사상가였습니다.
일제강점기에 태어나 6.25전쟁과 4.19혁명 및
군사독재와 민주화를 거칠 때마다
한국의 새로운 방향을 제시했습니다.

1966년 이어령의 에세이집 『하나의 나뭇잎이 흔들릴 때』가 나왔을 때는, 말하자면 우리나라 대학생들이 『사상계』 같은 책을 옆구리에 끼고 다녔습니다. 요즘은 잡지 끼고 다니는 사람이 없지만, 그때는 『현대문학』 등을 비롯한 문학지들의 독자들이 많았어요. 그래서 운영이 됐지요. 그래서 1972년에는 『문학사상』을 창간할 수 있는 여건이 됐어요.

이어령 선생은 결혼할 당시에 셋방살이를 했습니다. 정식 교수가 되기 전에 시간 강사를 할 때니까요. 그러다 이대 교수가 되고 조선일보 논설위원과 중앙일보 논설위원도 했지요. 당시 조선일보사에서 '만물상'이라는 칼럼을 담당했어요.

아 참, 이야기를 본격적으로 하기에 앞서, 내가 이어령 선생께서 2022년 돌아가셨을 때 영결식장에서 낭독한 헌시를 소개하는 게 좋겠네요. 이어령 선생의 일생과 나와의 관계를 표현하고 있으니까요.

한 시대의 새벽을 깨운 빛의 붓,
그 생각과 말씀 천상에서 밝히소서
-고 이어령 선생님 영전에 올립니다

이 땅의 흰옷의 백성들
독립 만세 산천을 흔들던 삼월입니다
남녘에서는 동백이며 매화 다투어
꽃소식이 올라오는 이 나라의 봄입니다

이어령 선생님

백천 번은 아니라도 새 생명이 신명으로 일어서는

열 번쯤의 봄이라도 더 기다리시라 했는데

어찌 이리 황망하게 떠나시는 것입니까

머리와 가슴 손끝에까지

산처럼 쌓이고 바다처럼 넘치는

생각과 말씀 그 첫 줄도 다 못 적으시고

어찌 붓을 놓으시는 것입니까

선생님은 처음 이 땅에 오실 때부터

훈민정음의 나라, 금속활자의 나라

팔만대장경의 나라, 고려청자 조선백자 나라의

정신문화 예술창조에 뜻을 입히고

생각을 깎고 다듬어서 인류 역사 위에

드높이 올려세우라는 소명을 받고 오셨습니다

돌잡이로 책을 잡고

여섯 살에 몽당연필로 동화를 써

이미 "천재"의 이름을 얻으셨다지요

어린 날부터 읽은 세계문학을 바탕으로

대학에서는 난해하다는 이상李箱의 시를 쉽게 풀어내시고

달팽이껍데기 같은 한국문학의 낡은 권위에 도전

스물세 살에 쓴 "우상의 파괴"는

케케묵은 천장을 깨트리는 폭발음이었습니다

그로부터 번뜩이는 감성, 꿈틀거리는 레토릭은
시와 소설과 평론과 에세이에서
모국의 새 패러다임을 세우는 혁명이었고
개벽이었고 문체반정文體反正이었습니다
〈흙 속에 저 바람 속에〉
〈하나의 나뭇잎이 흔들릴 때〉…
저 60년대 비로소 문학책이 베스트셀러를
기록하게 되었었지요
강단에서의 명강의와 신지식에 목마른 이들에게
명연설은 이 땅의 젊은이들에게
새로운 우상으로 떠올랐습니다
저 섬뜩한 반공법의 칼날이
소설 〈분지糞地〉의 목을 겨눌 때는
〈장미나무뿌리〉로 맞서 싸웠지요
분단의 나라에서 냉전의 벽을 깨뜨리는
서울올림픽의 한 마당을 가로지르는
굴렁쇠 소년이 바로 선생님의 모습이었고
새천년의 아침에 북소리로 띄운 해는
이 나라 5천 년 역사의 눈부신 새 아침이었습니다
선생님은 이 땅의 한 시대의 어둠을 새벽으로 이끈
선각이시며 실천가이셨습니다
붓의 시대에서 오늘의 AI에 이르기까지

이어령 전 문화부장관 영결식장에서 조시를 읽는 이근배 시인

선생님의 혜안은 먼 미래를 앞서 내다보셨고
새 이론의 창출은 어김없이 실용화되었습니다
어찌 이루 선생의 사봉필해詞峰筆海를 헤아리겠으며
한우충동汗牛充棟의 저술의 한 줄이라도 읽겠습니까
선생님은 대한민국 초대 문화부 장관으로
한예종을 비롯한 문화 대역사大役事를 이루셨으며
20세기 한국의 뉴 르네상스를 떠받친
메디치로 영원히 새겨질 것입니다
이어령 선생님!
선생님은 문단에 첫걸음 떼는 철부지 저를
손잡아 주시고 거두어주셨습니다

〈이어령 전작집〉을 제게 맡겨 장정 편집 출판에서
올해 50주년을 맞는 〈문학사상〉 창간을 돕는 일에서
창조학교 멘토로, 예술원 회원으로, 회장으로
오늘의 제가 있도록 키워주셨습니다
지난해는 편찮으신 몸으로
저의 '해와 달이 부르는 벼루의 용비어천가' 전시에 오시어
참으로 뜨거운 덕담도 해 주셨지요
예순 해토록 선생님이 제게 주신
그 가르침의 은혜를 어찌 잊겠습니까
선생님이 계시어 너무 행복했습니다
자랑스러웠습니다, 감사합니다. 라는 말로는
안 되는 넘치는 사랑을 받았습니다
제가 선생님을 마지막 뵈온 것은
임종하시기 이틀 전이었지요
손을 잡은 저에게 겨우 "이근배 병풍" 하시며
선생님의 병상 바로 앞에 펼쳐놓은
글씨도 안되는 제가 쓴 가리개를 가리키셨지요
저는 북받치는 울음을 겨우 참고
문밖에 나오고서야 터뜨렸습니다
한국을 넘어 세계의 지성이요
시대를 넘어 만대의 스승이신
이어령 선생님!

선생님의 아호가 밤을 넘어선다는 뜻의
능소凌宵라 하였지요
계유생 닭띠여서 스스로 "새벽보다 먼저 오는
빛의 목소리"를 닭 그림 위에 쓰셨지요
부디 이제 하늘나라에 오르시어
이 땅의 한 시대의 정신문화를 일깨운
우주를 휘두르는 빛의 붓, 뇌성벽력의 그 생각과 말씀
천상에서 더 밝게 영원토록 펼치옵소서

2022년 3월2일
삼가 후학 이근배 울며 올립니다

〈어느 일몰의 시각엔가〉를 선뜻 내게 주어

이 헌시엔 나와 이어령 선생과의 인연뿐만 아니라 이어령 선생의 일생이 모두 들어가 있습니다. 이제부터 그분이 한국문단에서 한 일을 하나하나 집어보도록 하겠습니다. 내가 이어령 선생의 에세이집 〈어느 일몰의 시각엔가〉를 낼 때가 1967년이었습니다. 내가 문공부 신인문학상을 받고 '신춘문예를 마감'한 게 1964년이니까, 당시만 해도 나는 거의 신인 아닙니까? 그리고 이어령 선생의 고향이 충남 아산이라고는 해도, 나와 무슨 학연 지연 이런 게 별로 있을 분도 아닌데다, 내가 대학 교수나 기자도 아니었지요. 그런데도 1966년 가을, 조선일보 논설위원실로 에세이집 출판을 부탁하러 갔더니, 그냥 두 말도 없이 사인해주시더군요. 그때는 현암사와 삼중당 두 곳에서만 이어령 에세이집이 나왔어요. 이어령 선생 대학동기인 박명호라는 친구가 민음사를 할 땐데, 그런 쟁쟁한 곳에서도 이어령 선생의 책을 내려고 했을 텐데 말입니다.

내가 이어령 선생께서 돌아가실 때까지도 그 이유를 물어보지 못했는데…, 그 이유를 도대체 알 수가 없어요. 내가 당신 제자도 아니고 학교 다닐 때 무슨 특별한 것을 한 것도 없으며, 문단에서 이름을 날린다거나 제대로 된 직장도 없었고, 게다가 출판사가 아직 등록도 안 했고 사무실도 없었으며 전화도 놓지 않았을 땐데 말이에요.

코리아나호텔 자리에 빨간 벽돌로 지어진 조선일보 층계로 올라가 명함도 없이 "제가 친구와 함께 출판사를 시작하는 데 선생님 에세이집을 출판하려고 합니다" 하고 출판계약서를 내밀었는데 그냥 사인해주는 거예요. 그게 1966년 가을이었고, 휘문출판사 전무로 있던 내 친구 임인규가 나와서 사장을 맡기로 했었는데, 휘문출판사에서 1년만 더 있으라고 해서 나오지 못한 채, 나도 모르는 사람을 사장으로 내세우고 나는 편집장이 되었지요.

그런데 이어령 선생이 원고를 안 써주는 겁니다. 출판사 문을 열었는데 출간할 원고가 없으니 급하게 됐지요. 그때 이어령 선생이 조선일보에 '만물상'이라는 칼럼을 연재하고 있었어요. 그 '만물상' 스크랩을 통

이어령의 「어느 일몰의 시각엔가」 광고, 중앙출판공사 발행

째로 가져와서 후배들과 함께 이어령 선생이 쓴 칼럼만 골라내 책 원고로 만들었어요. '만물상'이 시사 칼럼이잖아요. 가령 코로나가 왔다든가 난방비가 많이 올랐다면 그와 관련된 글을 쓰지요. 그분은 독서량이 매우 많으니까 글 쓸 때 이곳저곳에서 인용해서 쓰거든요. 그래서 철 지난 사건과 관련된 사실을 빼고 이어령의 레토릭이 발휘돼서 아주 깔끔한 부분들만 골라내서 〈어느 일몰의 시각엔가〉라는 제목을 붙여 책을 냈지요. 이어령 이름 달고 나오니까 많이 팔렸어요.

중앙출판공사는 청마 유치환이 이영도 시인에게 보낸 편지를 모아서 〈사랑했으므로 행복하였네라〉라는 책을 냈고, 김남조 강원용 유달영 조병화 등에게서도 원고를 받아서 1년 동안 장사를 잘했어요. 그 이익금을 가지고 나와서 동화출판공사를 만들었습니다. 거기서 김광주 작가의 〈비호飛虎〉를 출간하고, 〈세계문학대전집〉도 내서 돈을 많이 벌었습니다. 내가 1966년에 이어령 선생을 만나 67년에 에세이집 〈어느 일몰의 시각엔가〉를 낸 뒤 〈비호〉 등으로 돈을 벌고 나서 1969년이 됐어요.

일거리를 찾다가 이어령을 잡으면 좋겠다고 생각했지요. 이제 이어령 선생도 나와 친해졌고 궁합이 잘 맞았거든요. 그래서 그동안 나온 책을 묶어 출간하자고 제안해서 6권짜리 전작집을 냈습니다. 그때는 '북 디자이너'가 없었어요. 그래서 〈이어령 전작집〉 북디자인을 내가 했어요. 에세이집이 인기를 끌던 1960년대에 이어령의 성가가 높았을 때니까 많이 팔렸지요. 〈이어령 전작집〉이 나오기 한 해 전인 1968년에 이어령과 김수영 시인 사이에 '참여-순수 논쟁'이 붙었던 것도 〈이어령 전작집〉 판매에 도움이 되었습니다.

이어령 선생은 친구가 거의 없었어요. 왜냐하면, 술을 마시거나 놀기 좋아하지 않았던 데다, 워낙 바쁘니까 친구를 만날 새가 없었기 때문입니다. 이대 교수와 여러 대학에서 강사를 하면서, 신문사 논설도 쓰고 방송 출연도 해야 했으니까요. 그렇게 바쁘게 생활하는 와중에 김수영 시인과 조선일보 지상에서 '순수-참여 논쟁'이 벌어졌는데, 김수영 시인이 1968년 6월에 교통사고로 갑자기 서거했지요. 영결식은 지금의 세종문화회관 자리가 당시에는 시민회관이었는데, 그 시민회관 마당에서 열렸습니다.

그때 이어령 선생이 이런 말을 하더군요. "내리가시가 왔는데 오리가시를 할 수 없게 됐다"고요. '내리가시 오리가시'란 '섯다' 하면서 판돈을 걸 때 쓰는 말인데, 자기가 쥐고 있는 패가 자신 있다고 상대방에게 보이기 위해, "만원 받고 2만원 더" 하는 식으로 베팅을 하는 거예요. 상대가 세게 나올 때 자신이 없으면 죽거나 '콜'(받기만 하고 패를 확인하는 것)로 끝나지만 자신 있으면 올려치는 거지요. 김수영 시인이 반론을 제기해서 이어령 선생이 다시 반론을 하려고 하는데 돌아가셔서 안타깝다는 그런 얘기였지요. 그만큼 김수영 시인하고 친했다는 얘기겠지요.

아무튼 북창동 삼성인쇄소 건물 5층에 동화출판공사를 차리고 〈이어령 전작집〉 출간에 착수했어요. 그 건물 근처에 미국문화원USIS 공보관이 있어서 시 낭송을 하던 곳이었지요. 또 그 건물에 '밀다원'이란 다방이 생겼어요. 김동리 선생이 부산 피난 시절에 쓴 소설 '밀다원 시대'와 같은 밀다원이었지요.

이어령 선생이 거의 매일 출판사에 들렀어요. 드러내놓고 내색은 하지 않았지만, 책 만드는 과정을 확인한 것입니다. 그때 둘이서 짜장면이나 잡탕밥 같은 거 시켜 먹고 그랬는데, 한 번은 "이근배 씨 밥 먹으면서 울어본 일이 있어?"라고 묻더군요. '눈물 젖은 빵 얘기를 하는구나'라고 생각하면서도 못 들은 척하면서 "어려서 울면서 밥 안 먹나요?" 그랬더니, "아니 그런 거 말고, 자기도 어렸을 때 그렇게 눈물 젖은 빵을 먹었노라"는 얘기를 하더군요.

이어령 선생은 그때 담배를 피웠는데 담배 갑이 육각형으로 된 게 있었어요. 담배를 거꾸로 물고 성냥불을 켜는데 몇 번씩 그어도 불이 붙지 않는 겁니다. 그만큼 당신 얘기에 열중하던 모습이 지금도 눈에 선해요. 그런데 이분이 재밌는 게 하나 있어요. 자기가 구상하고 있는 소설이나 희곡 같은 것을 나에게 얘기하는 거예요. 얼개를 얘기하면서 플롯과 스토리를 구체화시키는 것이지요. 머리가 아주 좋으니까요.

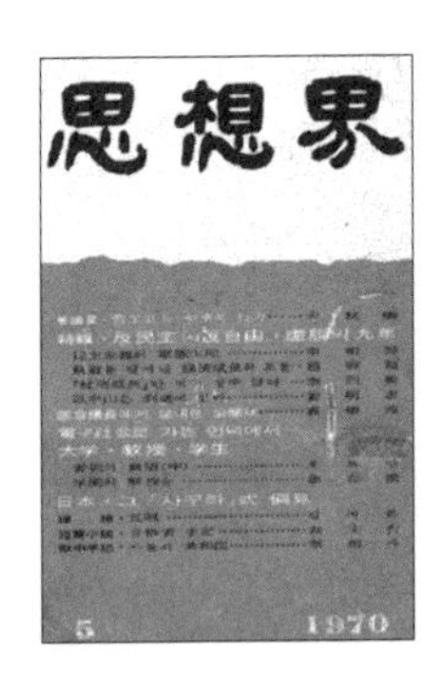

김지하 담시〈오적〉이 실린『사상계』지면

그때 내 친구이기도 한 김승옥 소설가도 가끔 놀러 왔습니다. 술 마시러 오는 거지요. 김지하 김현 등도 가끔 술 사달라면서 들렀지요. 당시는 내가 동화출판사의 공신이었으니까 월급을 넉넉히 받았거든요. 1970년 어느 날 김지하가 와서 술 먹고 가서 사흘 후에 잡혀가더라고요. 『사상계』에 발표한 시 〈오적五賊〉 때문이었지요. 〈오적〉은 앞에서 소개했으니, 지금은 앞부분만 낭송해보겠습니다.

> 시를 쓰되 좀스럽게 쓰지 말고 똑 이렇게 쓰랏다
> 내 어쩌다 붓끝이 험한 죄로 칠전에 끌려가
> 볼기를 맞은 지도 하로 오래라 삭신이 근질근질
> 방정맞은 조동아리 손목댕이 오물오물 수물수물
> 뭐든 자꾸 쓰고 싶어 견딜 수가 없으니, 에라 모르것다
> 볼기가 확확 불이 나게 맞을 때는 맞더라도
> 내 별별 이상한 도둑 이야길 하나 쓰것다
>
> — 김지하, 〈오적〉 앞부분

『문학사상』 창간호 표지에 이상 초상화가 들어간 것은

이어령 선생이 1972년에 『문학사상』을 창간했습니다. 삼성출판사에서 『독서신문』을 만든 뒤 홍보하기 위해, 이어령 선생이 참여하는 전국순회강연회를 했는데요. 강연회 때마다 사람들이 인산인해처럼 몰려드는 것을 보고, 이어령 선생은 '잡지를 만들면 성공할 것'이라고 판단한 것이지요. 강연회를 갔다 와서 나한테 "이근배 씨, 잡지 해, 잡지!" 그러시더라고요. 그때는 내가 잡지 할 수 있는 돈이 있었어요. 친구 임인규와 함께 동화출판공사를 하면서, 내가 아이디어를 낸 기획들이 백발백중해서 돈을 많이 벌었거든요.

게다가 이어령 선생은 나를 무척 신뢰했어요. 〈이어령 전작집〉을 출판하면서 인세를 꼬박꼬박 챙겨드렸거든요. 일부 출판사에서는 저자와 인지문제 같은 갈등을 일으키기도 했는데, 동화출판공사에서는 그런 짓을 전혀 하지 않았습니다. 당시 나의 월급이 10만원이었는데 인세로 매월 그 몇 배를 보내드렸지요. 그 돈으로 평창동에 집을 지었지요. 그래서 나한테 잡지를 하자고 권유한 것이지요. 하지만 나는 이상하게 잡지가 하고 싶지 않았어요. 그래서 이어령 선생께서 직접 『문학사상』을 창간한 것이지요. 창간할 때 제호題號를 정하고 잡지사 등록하는데 내가 많은 역할을 했지요. 창간호에 제 시가 실리고 그랬어요.

『문학사상』 창간호 표지에 구본웅 화가가 그린 '이상 초상화'가 들어갔어요. 왜 창간호에 이상 초상화가 들어갔느냐 하면, 이어령 선생이

대학원 다닐 때 논문을 이상으로 쓴 인연 때문입니다. 이어령 선생은 늘 "이상처럼 쉬운 시가 없다"고 하셨지요. 우리에게는 난수표 같은 시인데도, "너무 난해하다고 하지 마라"는 거였지요. 자기는 이상의 시를 대학생 때 풀었고, 우리나라의 많은 시인과 작가들이 있는데, 기성 작가들의 작품은 정통성을 벗어나지 못하고 있는데 그 유리천장을 깨는 작가가 이상이라고 강조했습니다. 이상은 건축기사인데 시를 썼고, 조선중앙일보에 〈오감도〉라는 시를 15회나 연재했지요. 당시 조선중앙일보 문예부장이던 이태준 소설가는 안주머니에 사표를 넣고 다니면서 〈오감도〉를 연재했다고 합니다. 독자들의 항의가 빗발쳐 중간에 중단해야 했지만요. 이어령이 이상 연구를 택한 것은, 이상한테 꽂힌 거지요. 그래서 『문학사상』 창간호에 이상 초상화를 넣었고, 나중에 '이상문학상'을 만들었지요.

『문학사상』에서 신인상을 뽑았는데 제1회 수상자가 송수권 시인이었어요. 그때 심사위원이 박두진 이어령 이근배 셋이었어요. 등단한 지 10년 남짓한 나를 심사위원에 넣었을 정도로 이어령 선생이 나를 편애했던 겁니다. 그렇게 『문학사상』을 운영하다가 나중에 임홍빈이라는 분에게 넘겼는데, 이유가 있었어요. 이어령 선생에게 이서령이라는 바로 위 형이 있었는데, 출판사를 하다가 빚을 졌는데 그 빚을 갚아주기 위해 『문학사상』을 넘긴 거지요. 임홍빈 씨는 한국일보 출신의 언론인이었는데 문학지 하는 게 꿈이었어요. 그래서 의기투합 돼서 넘긴 것이지요.

이어령 선생은 김승옥 소설가를 무척 좋아했어요. 『문학사상』을 창

영인문학관

간한 지 5년 지나서 '이상문학상'을 만들었는데, 제1회 수상자가 누구냐 하면, 바로 김승옥입니다. 이어령 선생은 제1회 이상문학상을 김승옥에게 주고 싶었는데, 김승옥이 소설을 쓰지 않고 있었어요. 그래서 억지로 〈서울 달빛 0장〉을 쓰게 해서 그것으로 상을 줬지요. 0장은 '서울 달빛' 시리즈로 1 2 3 4 장으로 이어져야 하는데, 0장 하나로 끝났지요. 이어령 선생이 후배들을 그렇게 아꼈지요.

김승옥은 그때 소설을 안 쓰고 부도만 내고 그랬는데, 나도 김승옥에게 많이 투자했어요. 내가 김승옥에게 소설 쓰라고 호텔을 잡아주고 돈도 주고 했는데, 한 달쯤 지나서 아무런 말 한 마디 없이 가버렸지요. 2회 수상자는 이청준(수상작 〈잔인한 도시〉) 소설가인데, 김승옥 작가와는 서울대 60학번 동기동창이었습니다.

이어령 선생은 늘 남이 생각하지 못하는 생각을 하고, 남보다 한 발 앞서 나갔습니다. '영인문학관'도 그 중의 하나입니다. 1970년쯤 『주간한국』에서 이어령 선생을 인터뷰했어요. 박성룡 시인이 기사를 썼는데, 문학관을 세우겠다는 얘기였지요. 이와 관련된 것으로 프레스센터에서 '춘원 이광수 유품전'을 열었습니다. 이광수가 쓰던 안경과 초상화 및 작품들을 전시한 것이지요.

그때 이런 일화도 있었습니다. 육영수 여사가 "문학을 공부하고 싶은데 선생으로 누가 좋겠느냐"고 딸인 박근혜에게 물으니까 "이어령이 좋겠습니다"라고 그랬다고 합니다. 육영수 여사가 불러서 청와대에 간 이어령 선생은 "영광입니다만, 제가 대학교 강의와 신문사 논설위원 등으로 못할 것 같습니다"라며 사양했다고 합니다. 그 자리에 박목월 시인이 들어간 거지요. 당시 박목월 시인 등이 주도해서 프레스센터에서 '새마을시화전'을 열었습니다. 육영수 여사가 새마을시화전을 구경하러 왔다가 '이광수 유품전'도 열린다고 하니까 보겠다고 해서, 길 건너 조선일보에 있던 이어령 선생을 갑자기 불러 왔지요. 와 보니 육영수 여사가 반대로 보고 있더라는 겁니다. 이어령 선생이 육영수 여사의 옷자락을 잡으며 이쪽부터 보셔야 한다고 하니까, 경호원이 육영수 여사 모르게 이어령 손을 내리쳤다고 합니다. 지금 영인寧仁문학관도 결국은 그때부터 꿈꿨던 아이디어를 실현시킨 것이지요.

아이디어와 쓰고 싶은 것 많았던 이 시대의 사상가

이어령 선생은 아이디어가 아주 많았습니다. 언제 어느 때든 아이디어가 백출했지요. 88서울올림픽 때 어린아이가 굴렁쇠를 굴리게 한 것이 대표적이라고 할 수 있지요. 새천년 때도 그랬고, 때와 장소에 맞는 아이디어를 많이 제공했습니다. 그분이 중앙일보의 논설위원 고문실에 있을 때 가 보면 만나려고 하는 사람들이 매일 줄을 섰습니다. 문화부는 물론 복지부 농림수산부와 지방자치단체에서 아이디어를 구할 때 이어령 선생께 아이디어를 구하기 때문이었지요.

이어령 선생이 문화부 장관을 할 때 한예종을 설립했고 문화일보도 만들었습니다. 요즘은 BTS가 한류를 확산시키는 데 크게 기여하고 있지만, 한예종도 큰 역할을 하고 있잖습니까, 이어령 장관이 정주영 현대그룹 회장을 만나 문화신문 하나 만들라고 권유했습니다. 문화에만 전념하는, 문학 예술 영화 음악 등만 다루는 '문화신문'을 만들라며 노태우 대통령한테 얘기해서 신문사 등록해준 거거든요. 그런데 『문화일보』로 달고 그냥 종합일간지를 만들었지요.

이어령 선생은 또 무엇이든지 다 하고 싶어 했어요. 대학교수 논설위원 TV출연은 물론 소설 시 희곡 시나리오 평론 등, 모든 것을 하려고 했지요. 어렸을 때부터 책을 많이 읽은 덕분이겠지요. 이어령 선생 집안은 아주 교육적이었다고 합니다. 큰 형이 학교 선생이었는데, 형을 따라서 온양 공주 부여 등을 다니면서 학교를 다녔지요. 결국 부여고등학교를 졸업했는데, 나중에 공주고에서 명예졸업장을 줬다고 합니다.

나는 이어령 선생 사랑을 많이 받았어요. 이어령 선생은 내가 대한민국예술원 회원이 되고 회장될 때도 많이 신경 써주시고 특별한 애정이 있었습니다. 이어령 선생하고만 가까웠을 뿐만 아니라 부인인 강인숙 선생과도 가족처럼 가까웠습니다. 이어령 선생이 돌아가시기 전날, 강인숙 여사가 나를 불렀어요. 이어령 선생의 임종이 임박했다면서 아들 며느리 손자 등이 다 와 있더군요. 강 여사가 나를 부른 것은, 이어령 선생이 "나 죽으면 부고도 내지 말고 조용히 가족장으로 해달라"고 했는데, 그걸 말려달라는 거였어요. 이어령 선생이 평소에 내 말은 좀 들으니까 설득해달라는 것이었지요.

나는 어른들을 많이 모셨어도 그분들을 이용해서 내가 뭔가 이익을 챙긴 적은 없습니다. 그러니까 선생님께 내 말을 좀 믿으시라고 했지요. 그날도 말을 제대로 하지 못한 채 내 손을 잡고 '이근배 병풍' 그러시더라고요. 병상 발치에 내가 쓴 병풍을 쳐 놓고 있었는데, 들릴 듯 말 듯 "이근배 병풍"하시며 가리키시는 것이었어요. 그게 마지막 말씀이었지요. 그 이틀 뒤인 2022년 2월26일 토요일 낮 12시반에 돌아가셨어요. 빈소가 마련된 서울대병원에 가서 '대한민국 문화장'으로 하면 좋겠다고 했어요.

이어령 선생이 문화부 장관 할 때 비서하던 신현웅 웅진문화재단 이사장께 부탁해서 문광부에 알아봐 달라고 하니까, 문화장은 어렵고 문화관광부장은 한 번 생각해 볼 수 있겠다고 하더군요. 황희 문광부 장관이 문상 와서 문화관광부장을 검토해보겠다고 한 뒤 그렇게 결정돼서 진행한 것입니다. 강인숙 선생도 고마워하셨어요. 언론계 출신 지인이 "왜 가족장으로 조용히 장례를 치르라는 고인의 뜻을 받아들이지 않고 일을 벌이냐?"고 했고, 아들도 처음에는 가족장으로 하겠다고 했지만, 나중에는 문광부장을 받아들였습니다.

지금 '이어령 선생 기념사업회'가 결성됐고 24권짜리 이어령 전집이 21세기북스에서 나왔습니다. 이어령 선생과 가까웠던 문인들과 문화 언론계 인사들이 쓴 추모사 등을 포함된 것입니다. 나도 이어령 선생과 인연을 썼고요. 1주기 행사가 2023년 2월24일에 영결식을 올렸던 국립중앙도서관 국제회의장에서 열렸습니다.

이어령 선생은 100년에 한 명 나올까 말까 한 분입니다. 우리 문단에 머리 좋은 사람들도 있고 훌륭한 분도 있지만, 그분처럼 발상 자체가 보통사람들이 생각할 수 없을 정도로 뛰어난 사람은 매우 드뭅니다. 다

이어령 전문화부장관의 영결식은 문화체육관광부장으로 지냈다

른 사람들보다 늘 한 수 앞을 내다봤지요. 88서울올림픽 때 그 어느 누가 굴렁쇠 굴리는 것을 생각하겠느냐고요. 그렇게 어마어마한 올림픽 스타디움에서, 그 어린 어린이를 등장시킨 것…

이어령 선생은 한국의 콜린 윌슨이라고 할 수 있습니다. 콜린 윌슨(1931~2013)은 영국의 저술가로 7살 때부터 특별한 교육을 받지 않은 채 오로지 독서를 통해서만 집필활동을 한 사람입니다. 그는 1956년에 문학비평서 〈아웃사이더〉를 출간해 영국을 뒤흔든 베스트셀러 작가가 됐지요. 이어령 선생도 보통사람을 훨씬 뛰어넘는 상상력으로 감성과 지성을 아우른 사상가입니다. 우리가 지성하면 어떤 학문적인 깊이를 생각하는 것이고 감성이라고 하는 것은 예술적 능력인데, 이어령 선생은 양성兩性 뛰어난 분이지요. 이분은 소설을 써도 되고 시도 잘 쓰셨어요.

새벽보다 먼저 오는 빛의 목소리,
천재 이어령

이어령 선생은 레토릭이 반짝반짝하는 문장가입니다. 그분이 닭띠인데 호가 능소凌宵입니다. 이종상 화백이 도자기에다가 닭을 그렸는데, 이어령 선생이 거기에 "새벽보다 먼저 오는 빛의 목소리"라고 썼지요. '빛의 목소리' 그게 뭐냐 하면 닭은 닭이 울어야 새벽이 오잖아요. 이런 말은 누구나 쉽게 할 수 있는 게 아니지요. 이어령 선생은 아마도 어렸을 때 새벽에 닭 우는 소리를 많이 들었을 거예요.

그분은 어렸을 때 일본말로 된 세계문학전집을 모두 독파했을 겁니다. 그래서 이상에게 꽂힐 정도의 촉각을 갖게 된 겁니다. 이어령 선생의 촉각은 그러니까 감성과 지성을 함께 갖춘, 범이 날개를 단 것처럼, 감성 위에 지성을 입혀 한국이 무엇인가를 깨운 사람이라고 할 수 있습니다. 김동리 선생이 소설을 썼고 서정주가 시를 썼다면 이어령은 한국의 정신과 사상을 발굴했다고 할 수 있는 거지요. 한 마디로 20세기 한국의 감성과 지성을 깨우친 사람이었습니다.

이어령 선생은 한국에서 태어나서 그렇지, 만약 영국이나 프랑스 등에서 태어났으면 분명히 노벨문학상을 받았을 겁니다. 한국이 아니라 다른 곳에서 태어났으면 오로지 소설에 집중했을 테니까요. 이어령 선생이 참 아까운 것은, 하나만 했으면, 평론보다도 소설에 매진했으면 더욱 성공했을 것이라는 사실입니다.

이어령 선생의 놀라운 점은 풍부한 감성입니다. 감성이라는 게 어떤 건인지를 알려주는 에피소드가 있습니다. 미당 서정주 선생이 노르웨이에 갔을 때 여자가 애를 안고 스케이트 타는 거예요. 보통사람들은 "애를 안고 스케이트를 타네, 참 신기하다"라고 하면 끝인데 미당은 '선녀와 나무꾼'을 연결시켜 시를 썼지요. 이게 바로 시적 감성이거든요.

이어령 선생도 뭔가 하나를 보면 색다른 것을 연상해 냅니다. 씨가 있으면 우리는 씨만 보는데, 씨에서 꽃이 피고 열매를 맺는 것까지 보는 것, 그게 감성이지요. 그러니까 어떤 현상 그 자체가 아니라 현상의 이전과 이후까지도 내다보고 풀이해 내는 것, 그게 감성의 힘이지요.

29

'감성의 천재' 고은

유명세라는 게 있습니다.
한국 문인 가운데 가장 노벨상에 가깝게 갔던 것으로
평가받는 원로작가 고은 시인도 유명세를 비싸게 치렀습니다.
고은 시인은 1958년 『현대문학』에서
서정주 시인의 추천을 받아 등단했지요. 이후 65년 동안
시집 100여 권과 소설 및 수필집도 다수 출간했습니다.
유신독재 때는 민주화를 위해 감옥행도 마다하지 않은,
양심적 지식인이란 평가도 받았고요.
하지만 폭음과 거침없는 행동으로 원로 문인의 발목이
잡혔습니다. 5년 전부터 거세게 밀려왔던 '미투' 물결에
그도 휘청거렸지요. 진정성 담은 사과가
그렇게 힘든 것일까요. 21세기는 공감의 시대라는데….

1958년 서정주 시인의 추천으로 등단

고은 시인은 본명이 고은태高銀泰이고, 1933년 8월1일 전북 옥구군 미룡리(현 군산시 구암동)에서 태어났습니다. 호는 일초一超고요. 군산에서 중학교에 다니다 6.25전쟁을 만나 1951년에 입산해 승려가 됐지요. 조계종 초대 종정을 지낸 효봉 스님의 제자로 활동했습니다.

서정주 시인이 고은을 전격적으로 추천완료해 준 것은 〈폐결핵〉이란 시를 읽고서입니다. 고은의 친구 나병재가 한국시인협회 기관지인 『현대시』 제1집에 〈폐결핵〉을 천거해 실렸는데, 서정주가 이 시를 본 것이지요. 〈폐결핵〉이 사실상 고은의 등단작인데, 그는 이 시로 단번에 유명해집니다. 그 시가 참 좋거든요.

1

누님이 와서 이마맡에 앉고
외로운 파스 하이드라지드병 속에
들어있는 정서情緖를 보고 있다
뜨락의 목련이 쪼개어지고 있다
한 번의 긴 숨이 창 너머 하늘로 삭아가버린다
오늘, 슬픈 하루의 오후에도
늑골에서 두근거리는 신神이
어딘가의 머나먼 곳으로 간다

지금은 거울에 담겨진 기도와
소름조차 말라버린 얼굴
모든 것은 이렇게 두려웁고나
기침은 누님의 간음,
한 겨를의 실크빛 연애에도
나의 시달리는 홑이불의 일요일을
누님이 그렇게 보고 있다
언제나 오는 것은 없고 떠나는 것뿐
누님이 치마 끝을 매만지며
화장 얼굴의 땀을 닦아내린다

2

형수는 형의 얘기를 해준다
형수의 묵은 젖을 빨으며
고향의 병풍 아래로 유혹된다
그분보다도 이미 아는 형의 반생애,
나는 차라리 모르는 척하고 눈을 감는다
항상 기旗 아래 있는 영웅이 떠오르며
그 영웅을 잠재우는 미인이 떠오르며
형수에게 넓은 농지에 대하여 물어보려 한다
내가 창조한 것은 누가 이을까
쓸쓸하게 고개에 녹아가는

눈허리의 명암明暗을 씻고 그분은 나를 본다
작은 카나리아 핏방울을 혀에 구울리며
자고 싶도록 밤이 간다
내가 사는 것만이 사는 것이다
그리고 형의 사후를 잊어야 한다
얼마나 많은 끝이 또 하나 지나가는가
형수는 밤의 부엌 램프를
내 기침 소리에 맡기고 간다

— 고은, 〈폐결핵〉 전문

신경림 시인은 이 시에 대해 "두 연으로 이루어진 이 화사한 분위기의 시를 읽으며 우리는 무언가 조마조마해지는 느낌을 어쩌지 못한다. 근친상간의 냄새 때문이다. 고은 특유의 현란한 언어습관이 그렇게 보이게 할 뿐이다. 차라리 이 시의 즐거움을 에로티시즘에서 찾는 것이 더 바른 시 읽기가 될는지도 모른다"고 평한 적이 있습니다.

고은은 시인으로 등단한 뒤에도 승려 생활을 더 했습니다. 1960년에 불교신문이 창간됐을 때는 법정 스님과 함께 주필로 활동했고요. 효봉 스님의 제자였으니 활동하는 데 상당히 도움받았을 겁니다. 효봉 스님은 1962년에 통합된 조계종의 초대 종정으로 취임했으니까요. 바로 그 해에 고은 시인이 환속했습니다. 환속한 이유는 고은 시인의 설명과 일반적으로 알려진 것과 엇갈립니다만, 말하지 못할 속사정이 있었던 것 아닌가 하고 생각합니다.

일초 스님 시절의 고은

내가 고은 시인과 본격적으로 가깝게 지낸 것은 1960년대 중반부터였습니다. 고은 시인이 환속한 지 3년쯤 지난 1965년쯤이었을 겁니다. 환속한 뒤 일정한 직업이 없었던 고은 시인을 명동에서 자주 만나 술을 사 주고 그랬습니다.

내가 1967년 중앙출판공사 주간을 거쳐 1968년에 동화출판공사 주간이 됐습니다. 그때 편집장이 신경림 시인이었지요. 일상적인 업무는 신 편집장이 다 하고, 나는 밖으로 돌아다니며 일을 했습니다. 고은 시인이 동화출판공사 사무실에 자주 놀러 왔습니다. 내 책상은 거의 고은 책상이나 다름없었지요. 나 고은 신경림, 이렇게 셋이서 자주 어울렸습니다.

그때 재밌는 에피소드가 있습니다. 현재도 활동하고 있는 여성 시인이라서 실명을 밝히기는 어려운데…, 어느 날 A 시인이 내 자리로 전화를 했는데 나는 외출 중이었습니다. 내 자리에 앉아 있던 고은 시인이 그 전화를 받았더니, 사무실 부근 다방에서 기다리고 있다고 하더랍니다. 고은 시인이 거기에 가 보고 깜짝 놀랐습니다. A 시인이 서정주 시인의 친필사인이 있는 〈서정주 시집〉을 읽고 있었기 때문입니다. 그렇게 안면을 튼 뒤 고은 시인이 최인훈 소설가와 함께 A 시인의 집으로 찾아갔다고 합니다. 초인종을 누르자 A 시인의 어머니께서 나오시더니, 다시는 오지 말라며 구정물을 뿌렸답니다. 동작 빠른 고은 시인은 얼른 피했고, 최인훈 소설가가 고스란히 구정물 세례를 받았습니다.

첫 시집 〈피안감성〉으로 문단의 주목 받다

고은 첫시집 〈피안감성〉

고은 시인의 첫 시집은 1960년에 나온 〈피안감성〉(청우출판사)입니다. 원래는 〈불나비〉라는 시집을 낼 예정이었습니다. 신문에 출판예고 광고까지 나갔는데 인쇄소 화재로 원고가 모두 불타 버렸답니다. 시간이 흐른 뒤 다시 만든 〈피안감성〉은 유미적이고 탐미적인 시 40여 편을 실었습니다. 1950년대에 겪은 전쟁과 그 이후 폐허가 된 한국 사회를 그리고 있습니다. 데뷔작인 〈눈길〉도 포함됐습니다.

온 겨울을 떠돌고 와

여기 있는 낯선 지역을 바라보노라

나의 마음 속에 처음으로

눈 내리는 풍경.

세상은 지금 묵념의 가장자리

지나온 어느 나라에도 없었던

설레이는 평화로서 덮이노라.

바라보노라. 온갖 것의

보이지 않은 움직임을.

눈 내리는 하늘은 무엇인가

내리는 눈 사이로

귀 귀울여 들리나니 대지의 고백.

나는 처음으로 귀를 가졌노라.

나의 마음은 밖에서는 눈길

안에서는 어둠이노라.

온 겨울의 누리를 떠돌다가

이제 와 위대한 적막을 지킴으로써

쌓이는 눈더미 앞에

나의 마음은 어둠이노라

— 고은, 〈눈길〉 전문

고은 시인은 군산고보(현 군산고)를 다니다 6.25전쟁이 일어나 중퇴했다는 것이 공식 기록입니다. 하지만 제가 알기로는 중학교를 제대로 다니지 못했습니다. 그럼에도 효봉 스님, 서정주 김관식 박희진 시인 등과 교류하면서 대한민국의 대표 시인으로 성장했습니다. 시집과 소설 및 수필 등의 저서를 백수십 권을 냈지요. 참으로 특별한 문학적 재주가 있다고 할 수 있습니다. '감성의 황제'로 통했지요.

고은 시인은 환속한 뒤, 1963년에 제주도로 가서 1968년까지 4년 남짓 살았습니다. 목포에서 제주도로 가는 배에서 세 번째 자살을 시도했다고 합니다. 자신을 수장시키려고 큰 돌과 밧줄을 가방에 숨기고 탔는데, 술을 많이 마시고 잠들었다가 깨어나 보니 제주에 도착했습니다. 제주도에 사는 동안 '가짜 고은 사건'이 터졌는데, 고은을 사칭한 사기꾼이 그 지역 유력자의 딸과 결혼을 했다는 겁니다. 일종의 유명세를 치른 것으로 볼 수 있습니다.

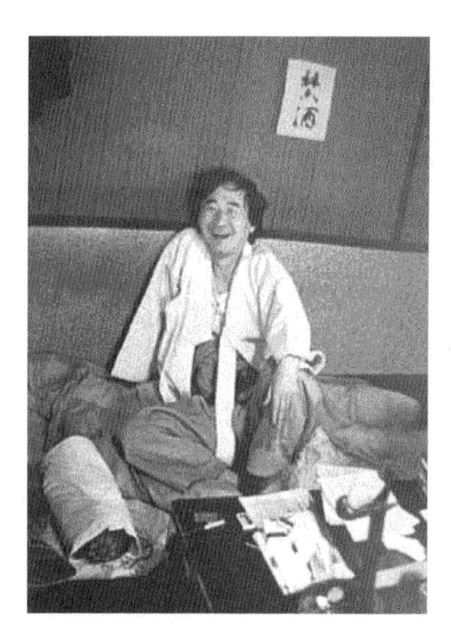

환속 후 젊은 날의 고은.
"황음의 시절이었다"고 자서전에 썼다

제주도 생활을 마친 고은은 1968년에 수필집 〈성聖·고은高銀-인간은 슬프려고 태어났다〉(문성출판사)를 출간했습니다. 이 수필집 제목에서 알 수 있듯, 고은이라는 자신의 이름 앞에 성聖을 붙임으로써 스스로를 신격화했지요. 1970년에 〈세노야〉라를 시집을 펴낸 뒤 한동안 작품활동을 하지 않았습니다.

그는 원고청탁을 하면 거절하지 않았습니다. 시면 시, 소설이면 소설, 수필이면 수필을 거침없이 썼지요. 내가 『한국문학』을 할 때 고은 시인의 원고를 많이 받았습니다. 김승옥 소설가 등과 함께, 인간적으로도 매우 가깝게 지냈지요. 1977년 7월에 고은의 장편소설 〈산산이 부서질 때〉를 한국문학에서 출간한 것도 그런 인연에 따른 것이었습니다.

『한국문학』 얘기가 나오니, 고은과 간접적으로 관련되는 김성동의 중편소설 〈만다라〉가 생각납니다. 『한국문학』에서 작품공모를 했는데, 어느 날 바둑의 고수 김인(1943~2021) 9단이 사무실로 찾아왔습니다. 그러면서 "김성동金聖東(1947~2022) 씨가 〈만다라〉라는 작품을 응모했는데 당선시키면 안 되겠느냐?"는 거였습니다. 얼굴도 모르는 사람의 작품을 당선시켜달라고 하니, 속으로 기분 나빴습니다. 내색하지 않고 심사를 맡은 홍기삼 평론가에게 응모작을 넘겼지요.

홍기삼 평론가가 〈만다라〉를 읽은 뒤, 흥분해서 말하더군요. "소설의 고은이 나타났다!"고요. 이런 멘트 한 마디가 당시 시단에서 고은의 위치가 어느 정도인지를 짐작할 수 있게 합니다. 함께 심사를 맡았던 김동리 최인훈 김승옥 소설가도 〈만다라〉를 당선시키는데 아무런 이견을 달지 않았습니다. 김성동 소설가는 〈만다라〉를 장편소설로 개작해 한국문학에서 1978년에 출판했습니다. 당시 박병서 동아일보 기자가 서평을 멋지게 써서 베스트셀러가 되는 데 많은 도움이 됐지요. 임권택 감독이 1981년에 영화로 만들었고요. 법운 역은 안성기, 지산 역은 전무송이 열연해 많은 인기를 끌었습니다.

문학과지성에서 창작과비평으로 옮겨 민주화투쟁

고은은 등단한 뒤 주로 『문학과지성』 쪽에서 활동한 '문지파'였습니다. 서정시를 주로 썼다는 말입니다. 그런데 1974년에 민음사에서 시집 〈문의마을에 가서〉를 내면서 저항시인으로 변신합니다. 문지파에서 『창작과비평』의 '창비파'로 바뀐 것입니다. 그는 이러한 자신의 변화에 대해 "이쪽으로 흐르던 물이 다른 쪽으로 급격하게 돌아서 흐르기 시작한 것"이라고 밝힌 적이 있습니다. 시 〈문의마을에 가서〉는 그의 변화를 보여주는 중요한 시이니까, 반드시 읽어봐야 합니다.

> 겨울 문의에 가서 보았다.
> 거기까지 닿은 길이
> 몇 갈래의 길과
> 가까스로 만나는 것을,
> 죽음은 죽음만큼 길이 적막하기를 바란다.
> 마른 소리로 한 번씩 귀를 닫고
> 길들은 저마다 추운 쪽으로 벋는구나.
> 그러나 삶은 길에서 돌아가 잠든 마을에 재를 날리고
> 문득 팔짱 끼어서
> 먼 산이 너무 가깝구나
> 눈이여 죽음을 덮고 또 무엇을 덮겠는가.

김규동, 고은, 백낙청 - 진보적 한국문인 3인방이다

겨울 문의에 가서 보았다.

죽음이 삶을 껴안은 채

한 죽음을 무덤으로 받는 것을

끝까지 사절하다가 죽음은 인기척을 듣고

저만큼 가서 뒤를 돌아다본다.

모든 것은 낮아서

이 세상에 눈이 내리고

아무리 돌을 던져도 죽음에 맞지 않는다.

겨울 문의여 눈이 죽음을 덮고 또 무엇을 덮겠느냐.

— 고은, 〈문의마을에 가서〉 전문

문의文義는 충북 청원군에 대청호를 끼고 있는 마을입니다. 신동문辛

김남주 문학의 밤

東門(1928~1993)시인이 모친상을 당했을 때, 고은 시인이 가서 지은 것입니다. 고은은 〈문의마을에 가서〉를 출간한 그해 11월에 '자유실천문인협의회'를 창설하는 데 주도적 역할을 했습니다. 그때부터 유신체제를 반대하는 저항 시인으로 이름을 날렸지요. 1980년에는 '김대중 내란음모 사건'에 연루됐다는 혐의로 투옥되기도 했습니다. 그 이후 민족문학작가회의(1987년 9월)와 한국민족예술인총연합 의장(1988월12월), 한국문학예술대학원장(1991년) 등을 맡았습니다. 이른바 진보문학 계열의 대부로 활동한 것이지요.

고은 시인은 2014년에 제22회 공초문학상을 받았습니다. 2013년에 창비에서 출간된 시집 〈무제시편〉에 나오는 〈무제시편11〉이 수상작이었습니다. 〈무제시편11〉을 감상하는 것도 의미가 있을 것입니다.

오늘 오만불손의 묵언이던 애가 모처럼 입을 연다

나의 고독은
태양의 고독을 안다
그 불타는 고독 이외에는
아무것도 용납하지 않는 고독을 안다

나의 고독은
명왕성의 고독을 안다
그 만겁 빙벽의 고독을 안다
그 혹한의 침묵 이외에는
어떤 것도 필요 없는 고독을 안다

오늘밤은 상심의 내가 우주의 눈물을 흘리는 밤이다

나의 고독은
토성 및 토성 고리의 고독이다
그렇지 않고서야 나도 토성도 허망이다

고은, 〈무제시편11〉 전문

고은의 호가 일초一超라서 공초空超와 통하는 점도 많았습니다. 그동안 시단에서의 공적도 많아서 '공초문학상'을 진작에 받았어야 했는데

고은 시인과 이상화 중앙대 교수의 결혼식

많이 늦었지요. 후배 시인인 신달자 정호승 도종환 등이 이미 받은 뒤였거든요. 게다가 당시는 고은의 노벨문학상 수상 가능성이 그 어느 때보다 높은 것으로 예상됐습니다. TV 등에서 미리 인터뷰해서 기사를 만들어놓았을 정도였으니까요.

공초문학상 수상자로 결정한 뒤 전화를 하니, 영국에서 받더군요. “일초 선생, 이번에 공초문학상을 받으시지요”했더니, 한참 말이 없더군요. 이윽고 “에이~ 그럽시다!” 그러더군요. 공초문학상은 상금도 적은 데다, 이미 수상 기회는 지나갔다고 여기고 있었는데, 나와의 관계를 생각해서 어렵게 수락한 것으로 생각합니다. 나로서는 미안하고, 고마운 일이었습니다.

구순을 넘긴 고은 시인의 문학적 과제

고은 시인은 문학적으로 평범한 사람이 아닙니다. 아주 특별한 작가입니다. 그는 한국 작가 가운데 노벨문학상에 가장 가깝게 근접한 사람 중의 한 분이라고 할 수 있습니다.

나는 고은 시인에게서 "시집 출간을 축하한다"는 축사 원고를 두 번이나 받았습니다. 처음 받았을 때는 시집 출간이 늦어져 실을 수 없었고, 두 번째 받았을 때는 고은 시인이 내란음모혐의로 감옥에 있을 때라서 쓰기 힘들었습니다. 세월이 많이 흐르면서 원고 두 편을 모두 잃어버렸습니다. 고은 시인께는 참으로 송구한 일입니다.

고은 시인은 1933년 8월1일 태어났습니다. 2023년이 구순이었지요. '미투' 사건만 없었으면 구순기념 문학잔치를 크게 했을 텐데, 참으로 안타깝습니다. 그래도 가까운 지인들이 모여 축하모임을 열었습니다. 시인도 사람이라서 실수를 하고 잘못을 저지를 수 있습니다. 그렇더라도 시인이 남긴 문학은 계속 살아남을 것입니다.

고은 장편서사시집 〈청〉, 2023

고은 시인은 1987년에 쓴 문화기행집 〈절을 찾아서〉(책세상) 서문에서 "흔한 질문 가운데 나의 입산에 대한 질문이 있다. 그것은 나의 하산-환속-에 대한 질문과 함께 나를 궁하게 만든다. 어떤 일에나 동기와 이유가 있기 마련이다. 그러나 어떤 일에나 해와 달처럼 분명한 동기와 이유가 있는 것도 아니다. 이럴 경우 우리는 운명이라는 말에 커다란 유혹을 받게 된다"고 썼습니다.

그의 말을 빌리자면 최근의 상황은 그의 운명일지 모릅니다. '감성의 황제'인 고은 시인이 고통의 터널을 슬기롭게 이겨내고, 문학성 높은 초기 시 같은 작품을 많이 선보이기를 기대합니다.

30

‘한국의 사포’ 사랑의 시인 김남조

“살아 있을 때 끼니때마다 남의 밥을 뺏어 먹던 사람이
죽어서 천당에 갔단다. 늘 밥을 뺏겼던 사람들이
어이가 없어서 염라대왕에게 가서 따졌다는 거야.
평생 남의 밥을 뺏어 먹은 나쁜 사람을
지옥에 보내지 않고 천당에 보냈느냐고 말이야.
그러자 염라대왕이 이렇게 말했다네.
그 사람은 그렇게 많이 먹었어도 늘 굶는 것과 같았단다.
나는 아직도 배가 고프거든….”

2023년 10월10일 귀천한 김남조 시인은 시집 19권,
수필집 11권, 콩트집 1권, 윤동주 연구 논문 등을 남겼습니다.
70여 년 동안 1000여 편의 시를 남겼고
국어교과서에도 시가 실려,
‘한국의 사포’ ‘교과서시인’이라고 불렸지요.
무엇보다도 ‘사랑의 시인’으로 통했습니다.
시와 기독교와 연애로 크게 사신 분이었습니다.

고원 시인이 무릎 꿇어 키스 바친 김남조 시인

내가 김남조金南祚(1927~2023) 시인을 처음 본 것은 1958년 3월 봄이었습니다. 서울시청 옆에 있던 미국문화원USIS 빌딩 3층에서 김광섭 시인이 주도하는 한국자유문학자협회 주최로 연 시 낭송회에서였습니다.

당시 나는 대학 1학년 학생인데다 등단도 하기 전이라 김남조 시인과 정식으로 인사를 나누지는 못했지요. 그런데 그날 나는 깜짝 놀랄 광경을 목격했습니다(이근배 시인은 그날 모습을 직접 몸으로 제스처를 하며 말을 이었다).

영화에서 보면 남자 주인공이 여자 주인공에게 사랑을 고백할 때, 오른손을 왼쪽 어깨 쪽으로 올렸다가 우아하게 오른쪽 아래로 내리며 허리를 낮추고 무릎을 굽힌 다음, 여자 주인공의 얼굴을 바라보며 오른손으로 여자 주인공의 오른손을 살며시 잡은 뒤 손등에 키스하는 장면이 나오잖아요. 바로 그런 장면이 눈앞에서 생생하게 펼쳐진 겁니다. 그날 남자 주인공이 고원 시인이었고, 여자 주인공은 김남조 시인이었습니다.

고원高源(1925~2008) 시인은 충북 영동에서 태어나 전주고를 졸업한 뒤 1945년에 혜화전문학교 문학과에 입학했습니다. 당시 혜화전문학교에서는 김기림 양주동 김광섭 피천득 등 쟁쟁한 문인들이 가르치고 있어, 전국에서 문학청년들이 많이 모여들었습니다. 그는 혜화전문을 졸업한 뒤 동국대 영문학과에 편입했지만, 6.25전쟁으로 제대로 학교

나이를 먹을수록 더 아름답다는
평을 들은 김남조 시인

를 제대로 다니지 못한 채 58년에야 졸업했습니다. 다만, 1952년 12월 피난지 부산에서 장호 이민영과 함께 3인 시집 〈시간표 없는 정거장〉을 간행하며 시인으로 활동하기 시작했습니다.

양주동 박사가 "나는 국보급 천재다. 나를 이을 문단의 인재는 없다. 글쎄, 고원이라면 내 뒤를 이을 수 있을지 모르지…"라고 했고, 피천득 수필가는 "고원이야말로 청출어람이다. 나는 그의 스승이지만 도저히 고원을 따라갈 수는 없다"는 말을 자주 했다고 할 정도로 고원은 뛰어난 문사文士였습니다. 1954년에 시 잡지 『시작』을 창간해 56년까지 주간을 지냈고, 시집 〈이율의 항변〉 〈태양의 연가〉 〈눈으로 약속한 시간에〉 등을 출간하면서 인기를 많이 끌었습니다. 1964년 미국으로 유학간 뒤 라베른대학교와 캘리포니아대학에서 교수를 지내다 미국에서 돌아가셨지요.

그런 고원 시인이 김남조 시인 앞에서 무릎을 꿇고 오른손에 키스하는 모습을 보고 깜짝 놀랐습니다. 김남조 시인은 1955년에 김세중 조각가와 이미 결혼했지만, 눈에 띄는 미모로 뭇 시인들의 사랑을 듬뿍 받고 있었습니다. 시인들은 참으로 자유분방하다는 생각한 것이 마치 어제처럼 생생합니다.

〈시간의 은모래〉로 사랑받아

내가 김남조 시인과 좋은 관계를 맺은 것은 〈시간의 은銀모래〉(중앙출판공사, 1968)를 출간하고부터입니다. 그때까지의 상황을 좀 설명하자면, 나는 1958년부터 명동에서 거의 살다시피 했습니다. 내가 거처하던 삼촌 댁이 남대문시장 부근이어서 명동이 가까웠기 때문이었습니다.

당시 명동에서 '갈채'는 한국문학가협회 소속 문인들이 주로 드나들었고, '동방싸롱'은 한국자유문학자협회 문인들의 아지트였습니다.

시집 〈시간의 은모래〉

나는 한국문학가협회 문인들과 안면이 많았지만 동방싸롱에도 자주 갔습니다. 김남조 시인도 동방싸롱에 자주 왔고요. 다만 돌체음악실은 동방싸롱과 갈채보다 훨씬 더 많은 문학예술인들로 북적댔습니다. 기성 작가들뿐만 아니라 문학을 지망하는 대학생과 고등학생들도 많았습니다. 풍문여고 2학년생이던 손숙도 돌체에서 만났으니까요. 그야말로 음악가와 미술가들의 아지트였지요.

당시 돌체음악실의 입장료는 200환(20원)이었습니다. 나는 그 돈이 없어서 입구에 모자를 벗어놓고 사람을 찾는 시늉을 하면서 안에 머물렀습니다. 입구에는 '미스 이마빡'이란 별명을 가진 여성이 표를 받았는데, 평일에는 눈을 감아줬지만 토요일과 일요일에는 '찍어냄'을 당했습니다. 통로에 간이의자까지 놓을 정도로 손님이 많으니까, 입장료를 내지 않은 사람들은 솎아서 쫓아낸 것입니다.

나는 전에도 말했던 것처럼, 1964년 문공부 신인상 공모에서 〈노래여 노래여〉로 특상을 받은 뒤에 '신춘문예 투고 벽癖'을 일단락했습니다. 그때 권용태權龍太(1937~) 시인이 『주간예술』을 창간하고 함께 일하자고 했습니다. 당시 『주간한국』이 엄청나게 팔리던 시절이었는데, 권 시인이 돈 대는 물주를 찾아 편집국장을 맡은 것입니다. 나는 편집차장을 맡았고, 박봉우 시인이 직원이었습니다.

권용태 시인은 경남 김해 출신으로 중앙대학교를 졸업하고 동 대학원 석사과정을 수료한 시인입니다. 1958년 『자유문학』에 시 〈바람에게〉 〈산〉 〈기旗〉 등이 추천돼 등단했습니다. 권 시인은 2023년 10월27일, 한국문단 전체를 망라하는 '서울문학광장'이 창립됐을 때 초대 이사장으로 선출될 정도로 원로시인입니다. 박봉우朴鳳宇(1934~1990) 시인은 전남 광주 출신으로 광주고와 전남대 정치학과를 졸업하고, 1956년 조선일보 신춘문예에 시 〈휴전선〉이 당선돼 등단했지요.

김관식金冠植(1934~1970) 천상병千祥炳(1930~1993)과 함께 한국 시단의 3대 기인으로 불리기도 했습니다.

당시 문학잡지는 월급을 제대로 주지 못했습니다. 점심값 정도만 겨우 챙겨줄 정도이니, 하숙비를 낼 수가 없어서 늘 거짓말을 해야 했습니다. 어쩔 수 없이 사기꾼이 되는 것이지요. 요즘처럼 아르바이트를 할 곳도 없었습니다. 한두 달 버티다 그만두면 다른 사람이 그 자리를 찾아 들어갔다가 또 그만두는 악순환이 반복되던 시절입니다. 그나마 『주간예술』은 얼마 되지 않아 문을 닫았습니다. 그래서 명동의 송원기원에서 바둑을 두며 지냈습니다.

1966년 가을 어느 날이었습니다. 송원기원에서 바둑 두고 있는데, 누군가 다가오더니 내 어깨를 툭 치는 거였어요. 기분이 상해서 돌아보니 임인규林仁圭(1939~2015)가 서 있었습니다. 임인규는 나와 당진중학교 동기동창입니다. 나는 송산국민학교를 다녔고 그는 당진국민학교를 다녔는데, 국민학교 때 공부를 잘해서 1년 앞당겨 조기졸업했지만 집안이 어려워서 1년 늦게 중학교에 입학해 동기동창이 됐지요. 당진상고에 들어갈 때 그가 6등, 내가 8등을 했는데, 그 친구는 1학년 1학기 끝날 때쯤 행방불명됐습니다. 누나가 당진경찰서 전화교환수로 일하면서 가계를 꾸렸는데, 학교 다닐 형편이 되지 못하자 그냥 사라진 것입니다.

임인규는 무작정 상경해서 구멍가게에 건빵 박하사탕 눈깔사탕 같은 것을 공급하고 수금하는 일을 하면서, 균명고(현 환일고) 야간에 다녔다고 합니다. 뒤에 문양사라는 출판사에서 사환으로 일했는데, 문양사는 나중에 휘문출판사가 되어 안국동 네거리에 멋진 사옥도 지었습니다. 휘문출판사 이명휘 사장이 똑똑하고 믿을 만하며 영업도 잘하는 임인규를 전무로 승진시켰습니다. 나는 문양사 때부터 그 친구를 찾아다녔는데, 그 친구는 내가 전화도 없고 해서 자주 가는 기원으로 찾아 왔어요.

고향친구 임인규, 동화출판공사 사장

임인규가 그러는 거예요. “누가 자금을 대서 출판사를 만들 예정인데, 출판할 아이디어가 없느냐?”고요, 그래서 “요즘 에세이집이 잘 나가니까, 단행본으로 낸 뒤 전집으로 묶으면 좋겠다”고 했지요. 그랬더니 “출판할 사람 명단을 가져오라”고 하더군요. 이어령 김남조 조병화 강원용 등 10여 명의 명단을 줬더니 “계약금 줄 테니 전부 계약을 따오라”는 거였습니다.

나는 햇병아리였고 출판사 이름도, 전화도 없이 당시 최고 필자들과 출판계약서를 맺는다는 것은 정말 불가능한 일이었습니다. 참 힘든 일이었지만 나는 새로 서는 출판사의 편집장이 된다는 생각에 겁도 없이 한 번 해보겠다고 대답했지요. 그렇게 이어령 김남조 등 당대 이름 높은 문인들과의 인연이 시작되었어요.

그 뒤 중앙출판공사 편집장으로 ‘맨땅에 헤딩’하면서 계약을 따내서 첫 출판한 것이 이영도 시인과 유치환 시인의 사랑편지를 묶은 〈사랑하였으므로 행복하였네라〉였습니다. 그 책이 대박이 났지요. 이어서 이어령 선생의 〈어느 일몰의 시간에선가〉, 김남조 시인의 〈시간의 은모래〉와 조병화 유달영 강원용 등의 책을 내서 1년 동안 많은 수익을 냈습니다. 김남조 시인의 책을 낸 뒤에 김 시인 집에 가서 식사도 하면서 자녀들과도 가깝게 지내게 되었습니다.

1년 뒤 임인규가 휘문출판사를 나와 동화출판공사를 설립했습니다. 중앙출판공사 이익금을 한양제본과 나눈 돈으로 설립자금을 충당했지요. 나는 동화출판공사 주간이 돼서 김광주 작가의 〈비호〉를 출판해 대박을 터트렸습니다. 나는 김광주 작가를 알지 못했지만, 조병화 시인께서 도움을 주셔서 계약을 따낼 수 있었습니다. 지금 종각 네거리 영풍문고에 있던 금문다방에서 조병화 시인과 김광주 작가를 만났는데, 조병화 시인께서 "비호, 근배 줘~"라고 하자, 김광주 작가가 "근배 줄게~"라고 하시더군요. 그 뒤 〈세계문학전집〉과 〈이어령 전집〉도 불티나게 팔렸습니다.

김남조 한국시인협회 회장으로 모셔

김남조 시인과 밀접한 관계를 맺은 것은 제24대 한국시인협회 회장을 선임할 때였습니다.

한국시인협회는 시문학의 발전과 시인의 공동이익을 옹호하기 위해 1957년 2월에 설립된 한국의 대표적인 시인 단체입니다. 5.16 군사정부 제6호 포고령으로 1962년 3월부터 65년 4월까지 해산됐을 때를 제외하고, 창립 초기에는 회장 임기가 1년이었으며 1~3대 회장은 유치환 시인이 맡았으며 조지훈 장만영 신석초 시인이 2년씩 회장을 역임했지요. 그러다가 박목월(1915~1978) 시인이 1969년부터 1978년 3월24일 갑자기 사망할 때까지 10~18대 회장을 지냈습니다.

박목월 회장 때 황금찬(1918~2017) 시인이 심의위원장(수석부회장)이서 차기 회장이 될 것으로 예상했는데, 정한모(1923~1991) 시인이 회장에 취임해 3년 동안(19~22대) 재임했습니다. 황금찬 시인은 순하고 사람 좋고 해서, 회장 하겠다고 적극적으로 나서지 않은 것으로 보입니다. 황금찬 시인은 결국 한국시인협회 회장을 하지 않았습니다.

정한모 회장에 이어 조병화(1921~2003) 시인이 1982년 23대 회장으로 취임한 뒤 임기 2년, 단임제로 바꾸고 회장 선출도 평의원 회의에서 후보를 추천하고 총회에서 인준하는 식으로 바꾸었습니다. 임기를 마

박목월 선생 탄생 100주년 기념식에 참석한 역대 한국시인협회 회장단

친 조병화 시인은 차기 회장으로 김종길(1926~2017) 시인, 사무국장으로 허영자(1938~) 시인을 내정했습니다. 사실상 회장 선출 결정권을 쥔 평의원 회의는 전직 회장들로 구성되지만, 현직 회장의 입김이 센 것이 현실이었으니까요.

그런데 김남조 시인이 투표로 선출하자고 나섰습니다. 김종길 시인은 1947년 경향신문 신춘문예에 시 〈문〉이 입선해 등단했고, 김남조 시인은 1948년 연합신문에 시 〈잔상殘像〉, 『서울대학교시보』에 시 〈성수星宿〉 등을 발표하며 시작詩作 활동을 시작했습니다. 김종길 시인이 김남조 시인보다 1년 먼저 등단했고, 나이도 한 살 많은 데다 현직 회장이 내정했으니 당연히 받아들여야 하는 게 당시의 관행이었습니다.

그런데 김남조 시인이 관행을 거부하고 '법대로'를 주장한 것입니다. 김남조 시인이 이렇게 주장한 것은 사연이 있었습니다. 바로 직전에 여류문학인회 회장 선출에서 홍윤숙洪允淑(1925~2015) 시인과 경쟁하다 김남조 시인이 졌습니다. 홍윤숙 시인은 황해도 연백 출신으로 동덕여자사범과 경성여자사범을 거쳐 서울대 교육학과 재학 중에 6.25전쟁으로 중퇴했습니다. 1947년 『문예신보』에 시 〈가을〉이, 1948년 『신천지』에 시 〈낙엽의 노래〉를 발표하며 등단했고, 1958년 조선일보 신춘문예에 희곡 〈원정〉이 당선됐습니다.

당시 여류문학인회 회장은 등단 순으로 맡는 게 관행이었는데, 김남조 시인은 자신이 홍윤숙 시인보다 먼저 등단했다고 주장했지요. 홍윤숙과 김남조가 치열한 경쟁을 벌이자, 손소희(1917~1987) 한무숙(1918~1993) 등 원로작가들이 홍윤숙 시인의 등단이 앞선다고 해서, 홍윤숙 시인이 회장으로 확정됐습니다. 이때 두 사람 사이에 감정의 앙금이 쌓여 그 뒤에도 관계가 좋지 않았지요.

매사에 지기 싫어하는 김남조 시인은 여류문학인회 회장에서 물먹었으니, 반드시 한국시인협회 회장이 돼야겠다고 결심하고 일전을 불사한 것입니다. 그때 내가 김남조 시인을 지지했습니다. 김남조 시인이 김종길 시인보다 젊은 시인들의 지지를 받았거든요. 김남조 시인이 24대 회장이 됐고, 김종길 시인은 김춘수 회장 다음에 26대 회장이 됐습니다. 홍윤숙 시인은 27대 회장을 역임했고요.

김남조 시인의
가장 큰 선물

김남조 시인과 좋았던 관계는 2001년 말, 제33대 한국시인협회장 선출 때 약간 금이 생겼습니다. 김남조 시인은 24대 한국시인협회장을 지낸 이후, 후임 회장을 선임할 때마다 영향력을 행사하려고 했습니다. 32대 회장이 허영자 시인이었고 심사위원장이 오세영(1942~) 시인이었는데, 김남조 시인이 오세영 시인에게 33대 회장을 시켜주겠다고 약속했다는 소문이 들리더군요. 김남조 시인이 30대 회장을 지낸 성찬경(1930~2013) 시인한테 전화 걸어서 1시간 동안이나 오세영 시인에게 투표하라고 설득했다는 소리도 들렸고요. 그런데 성 시인은 내 편이었어요. 당진 송산초등학교 5학년 때 내가 반장이고 성 시인 부인이 부반장으로 동기동창이었던 사실을, 김남조 시인은 그것을 몰랐던 거지요.

김남조 선생은 나를 만나서 오세영으로 결정했으니 한 번 만 참으라 했지요. 나는 속이 상했지만 가만히 있었는데, 60년대 시인들이 들고 일어났어요. 특히 정진규(1939~2017) 시인이 저를 지원했습니다. 인사동에 있는 한정식 집 '선천'에서 이근배 시인이 차기 회장이 돼야 한다고 쿠데타를 일으킬 정도였습니다. 상황이 나에게 유리하게 되자, 김남조 시인이 오세영 시인에게 이번에 양보하고 다음에 하라고 설득했던 모양입니다. 하지만 나는 후임으로 김종해(1941~) 시인을 밀었고, 오세영 시인은 그 다음, 35대 회장이 됐지요.

사실 오세영 시인은 1942년에 전남 영광에서 태어나 1968년 '현대문학'에 시 〈잠 깨는 추상〉이 추천완료돼 등단했습니다. 나보다 나이도 어리고 등단도 한참 뒤였는데, 김남조 시인이 사실관계를 잘 몰랐던 것 같습니다. 이 일로 인해 나와 오세영 시인이 한동안 서먹서먹했지만, 지금은 아주 가깝게 지내고 있습니다.

나는 아마도 김남조 시인과 가장 가깝게 지낸 사람 중 한 명일 것입니다. 김남조 시인이 언젠가 나에게 시를 한 편 보내주었습니다. 벌써 20~30년 된 일이라서 지금 그 내용을 정확히 기억할 수 없습니다만, 그 시를 받고 내가 편지 형태로 답시를 썼습니다. 2004년 3월에 출간된 내 시집 〈사람들이 새가 되고 싶은 까닭을 안다〉(문학세계사)에 실린 〈서법書法 연구-김남조 선생께〉라는 시입니다. 좀 길지만, 소천하신 김남조 시인의 명복을 빈다는 뜻에서 소개합니다.

제게 벽옥소연碧玉小硯 하나가 있습니다. 지난해 여름 백두산 가던 길에 만주땅 장춘長春의 한 골동품가게에서 우연히 눈이 맞았었습니다. 여섯 살짜리의 손바닥 크기만한 이 비색翡色의 돌벼루는 그 길로 곧장 저를 따라나섰습니다. 그런데 어쩐 일입니까? 천지天池에 올라가 보니 꿈속처럼 아득한 그 물빛 속에 이 벼루의 빛깔도 들어 있는 것이었습니다.

아직도 제 눈 속에 가득한 천지의 물빛을 이 돌은 불을 켜고 있습니다. 명나라 때 어느 큰 선비집 글 잘하는 며느리의 비녀와 짝지었을 법한 벽옥소연 많은 세월 먹과 붓 끝에 살이 닳았어도 속으로는 끓어 넘치는 매운 맛이 배어나옵니다. 얼마나 오랫동안 물을 만나지 못했던지 목말라 칭얼대는 소리가 자꾸 들려옵니다.

백자연적의 물을 따르고 먹을 갈아야겠는데 붓을 잡는 법을 알지 못합니다. 하물며 획을 긋는 일이야 어찌 할 수 있겠습니까. 〈사랑초서草書〉를 읽으면서 또다시 천지의 물빛같이 아득함을 느낄 뿐입니다. 전예해행초篆隸楷行草… 글씨의 마지막까지 간 흘림의 사랑…

봉은사에 내걸린 추사秋史의 '판전板殿' 두 글자를 보고 성찬경 시인은 벼락 맞은 듯한 전율을 시로 썼습니다. 볼 줄도 쓸 줄도 모르는 채 치매로 사는 제가 부끄럽습니다.

이제라도 눈을 떠서 붓 잡는 법부터 배울까 합니다. 법法을 읽을 줄 아는 눈과 이 나라 큰 어른들 말씀을 들을 줄 아는 귀도 열어야겠습니다. 지금부터라도 이 벽옥소연에 먹을 갈아 사랑땜을 하는 날을 맞을 수 있을런지요.
아득하고 아득할 뿐입니다.

— 이근배, 〈서법書法 연구-김남조 선생께〉 전문

김남조를 '사랑의 시인'으로 자리매김하도록 만든 시집 〈사랑초서草書〉

내 시에 나오는 '사랑초서'는 김남조 시인이 1974년 10월에 제8시집으로 낸 〈사랑 초서草書〉를 가리킵니다. 〈사랑 초서〉에는 다섯 행 안팎의 짧은 시 102편이 연작시 형태로 실려 있습니다. "사랑하지 않으면/ 착한 여자가 못된다/ 소망하는 여자도 못된다/ 사랑하면/ 우물곁에 목말라 죽는/ 그녀 된다"로 시작해 "내 영혼이/ 주님께 단맛 드리게 하옵소서/ 지고의 성총은/ 이것으로 받고자 하옵니다"로 끝납니다. 남녀 간의 사랑과 사람과 사람의 사랑 및 절대자에 대한 사랑을 짧고 쉽고 간결한 시어로 노래한 연작시는 아마도 전무후무할 것입니다.

우리나라의 대표적
'사랑의 시인' 김남조

김남조 시인은 시를 정말 잘 썼습니다. 그가 남긴 1000여 편의 시 모두가 좋지만 제6시집 〈겨울바다〉에 실린 시 〈겨울바다〉는 정말 좋습니다.

겨울 바다에 가 보았지
미지의 새
보고 싶던 새들은 죽고 없었네

그대 생각을 했건만도
매운 해풍에
그 진실마저 눈물져 얼어 버리고

허무의
불
물이랑 위에 불붙어 있었네

나를 가르치는 건
언제나
시간…

끄덕이며 끄덕이며 겨울 바다에 섰었네

남은 날은
적지만

기도를 끝낸 다음
더욱 뜨거운 기도의 문이 열리는
그런 영혼을 갖게 하소서

남은 날은
적지만

겨울 바다에 가 보았지
인고의 물이
수심 속에 기둥을 이루고 있었네

— 김남조, 〈겨울바다〉 전문

이 시는 국어 교과서에도 실리고 수능 문제로도 출제돼 매우 유명합니다. 불혹不惑에서 지천명知天命으로 넘어가는 시기에 쓴 이 시는 지나온 삶과 앞으로 살 날들을 되돌아보고 생각하게 하는 명시입니다. "미지의 새/ 보고 싶던 새들은 죽고 없었네", "매운 해풍에/ 그 진실마저 눈물져 얼어 버리고"만 힘든 시기에도 "나를 가르치는 건/ 언제나/ 시간…"임을 깨달아 "남은 날은/ 적지만" "인고의 물이/ 수심 속에 기둥을 이루고 있었네"라며 어려움을 이겨내고 희망을 찾겠다는 의지를 다짐하고 있습니다. 나는 이 시를 읽고 외우며 김남조 시인의 굳센 시 정신을 생각하곤 했습니다.

김남조 시인은 어렸을 때 매우 힘들었습니다. 일제강점기 때 우리말을 쓸 수도 없었고, 감수성 강한 중, 고등학교를 일본에서 다니며 깊은 외로움에 시달렸습니다. 광복된 뒤 6.25전쟁으로 수많은 죽음을 지켜봐야 했지요. 그런 외로움과 고통을 겪으면서 1953년에 첫 시집 〈목숨〉을 출간했습니다. 〈목숨〉의 표제시 〈목숨〉은 김남조 시인의 70여 년 시작생활을 잘 보여준다고 생각됩니다. 우리가 꼭 읽어봐야 할 시입니다.

아직 목숨을 목숨이라고 할 수 있는가
꼭 눈을 뽑힌 것처럼 불쌍한
산과 가축과 신작로와 정든 장독까지

누구 가랑잎 아닌 사람이 없고
누구 살고싶지 않은 사람이 없고
불 붙은 서울에서
금방 오무려 연꽃처럼 죽어갈 지구를 붙잡고
살면서 배운 가장 욕심 없는
기도를 올렸읍니다

반만년 유구한 세월에

가슴 틀어박고 매아미처럼 목태우다 태우다 끝내 헛되이

숨져간 이건 그 모두 하늘이 낸 선천先天의 벌족罰族이더라도

돌멩이처럼 어느 산야에고 굴러 그래도 죽지만 않는

그러한 목숨이 갖고 싶었읍니다

— 김남조, 〈목숨〉 전문

김남조 시인의 〈목숨〉을 읽으니 김 시인의 남편 관련 얘기를 하나 해야겠네요. 김세중(1928~1986) 조각가가 김남조 시인의 남편인데요, 6.25전쟁 때 마산으로 피난 갔을 때 성지여고 교사를 하면서 만났습니다. 김남조 시인은 국어교사로 연극을 지도했고, 김세중 조각가는 미술교사로 연극무대 그림과 무대장치 등을 도와주면서 사랑을 키웠다고 합니다. 둘은 1955년 2월 중림동성당에서 화촉을 밝혔습니다.

김남조 첫시집 〈목숨〉, 1953년

김세중 조각가는 1968년 4월27일 광화문에 세워진 이순신 장군 동상을 만들었지요. 광화문이라면 훈민정음을 창제한 세종대왕 동상이 서야 마땅할 텐데, 이순신 장군 동상이 서게 된 것은 노산 이은상(1903~1982) 선생의 역할이 컸습니다. 박정희 대통령의 멘토 역할을 하던 노산이 "박정희 대통령은 군인 출신이고 이순신 장군은 국난극복의 상징이니 광화문에 이순신

장군 동상을 세우시라"고 권했답니다. 박 대통령이 그 말을 받아 김현옥(1926~1997) 당시 서울시장에게 지시했고, 김세중 조각가가 이를 맡았습니다. 처음에는 작게 만들었다가 퇴짜 맞고 두 번째로 만든 동상이 지금 광화문광장에 있는 이순신 장군 동상입니다. 서울대 미대 교수였던 김세중 조각가는 국립현대미술관장을 맡아 미술관 건립을 위해 과로하다 완공 직전 쓰러져 사망했습니다.

김남조, 마지막까지 "배 곯았다"

김남조 시인은 시도 잘 쓰셨고, 기독교 신앙도 투철하셨으며, 문학단체장을 두루 거치고 문학상도 많이 받으셨습니다. 시를 1000여 편 쓰고 시집을 19권 출간했으며, 자유문인협회상을 비롯, 오월문예상 대한민국문화예술상, 지용상, 국민훈장 모란장광 은관문화훈장 및 만해대상 등도 받았습니다. 다른 사람들 눈으로 보면 누릴만한 것 거의 모두 누리신 분이지요. 하지만 김남조 시인은 시 관련 일을 모두 스스로 해야 한다고 생각하셨습니다. 특히 한국시인협회 관련 일은 마지막까지 챙기려고 했습니다.

김남조 시인의 제자 중 한 사람이 "시 단체 일에 그만 관여하시고, 이제 그만 내려놓으세요!"라고 간곡하게 말씀드린 적이 있다고 합니다. 그러자 김남조 시인은 "내가 그렇게 보이냐?"며 반문하고는 다음과 같이 대답했다고 합니다.

"살아있을 때 끼니때마다 남의 밥을 뺏어 먹던 사람이 죽어서 천당에 갔단다. 늘 밥을 뺏겼던 사람들이 어이가 없어서 염라대왕에게 가서 따졌다는 거야. 평생 남의 밥을 뺏어 먹은 나쁜 사람을 지옥에 보내지 않고 천당에 보냈느냐고 말이야. 그러자 염라대왕이 이렇게 말했다네. 그 사람은 그렇게 많이 먹었어도 늘 굶는 것과 같았단다. 나는 아직도 배가 고프거든…."

김남조 시인은 1983년 섣달 그믐날에 엉덩이뼈를 크게 다쳐, 평생 걸음걸이가 불편했습니다.

김남조 시인이 그날 전숙희(1919~2010) 소설가와 함께 압구정동 현대아파트에 사는 모윤숙(1910~1990) 시인에게 세배하러 갔는데, 빙판에서 미끄러져 넘어졌습니다. 섣달 그믐날이라 병원이 모두 문을 닫아 집에서 끙끙 앓다가 1월4일에야 병원에 갔는데, 뼈가 부러지고 일부는 부서지기까지 해서 완치할 수 없었다고 합니다. 김남조 시인이 입원했다는 소식을 듣고 병문안을 갔는데, 김종필(1926~2018) 전 총리와 정주영(1915~2001) 현대그룹 창업자가 보낸 꽃바구니가 있더군요. 그때 김남조 시인이 그러더군요. "그리움, 사랑도 좋지만 아프지 않은 게 최고라고요."

그렇게 몸이 불편했으면서도, 김남조 시인은 마지막까지 한국시인협회 행사에는 거의 빠짐없이 참석했습니다. 이어령 선생 장례식은 물론 가까운 시인의 시집출판기념회에도 참석했지요. 그저 참석하는 것만이 아니라 선배 원로시인으로서 축사를 꼬박꼬박 준비해서 말하곤 했습니다. 또한 서울시인협회가 2017년에 주최한 '윤동주 100년의 해' 선포식에 참석하셔서 "윤동주를 사랑하세요"라는 의미의 축사를 하기도 했습니다.

가톨릭시인들 공동시집
〈내 안에 너 있으리라〉,
2021

김남조 시인과는 수백 번 함께 행사에 참여했는데, 2021년 11월18일, 당진의 솔뫼성지에서 시집 〈내 안에 너 있으리라〉(시인생각, 2021) 출판기념회가 생생하게 기억됩니다. 솔뫼성지는 한국에서 처음으로 신부가 된 김대건 신부의 생가 부근에 조성된 성지입니다. 〈내 안에 너 있으리라〉는 김대건 신부의 탄생 200주년을 기념하기 위해 김남조 이근배 허영자 김종해 신달자 나

충남 당진 '솔뫼성지'에서 열린 〈내 안에 너 있으리라〉 출판기념회

태주 유자효 정호승 등 시인 72명이 함께 참여해 만든 시집입니다.

김남조 시인은 그때 95세의 고령인데다 몸도 불편해 휠체어에 앉았음에도 불구하고 60, 70대보다 더욱 정정하게 자작시를 낭독했습니다. 점심 식사 때에는 "내가 95살인데 다른 사람들이 자꾸 94살이라 한다"고 해서 많은 사람들의 웃음을 자아냈습니다. 그렇게 건강해서 백세는 너끈하게 넘길 것으로 여겼는데, 2023년 10월10일에 97세로 눈을 감으셨습니다. 73년 동안 시로 우리들 가슴에 사랑을 남겨놓고 떠나신 김남조 시인의 시 〈그대 있음에〉로 그분의 명복을 빕니다.

그대의 근심 있는 곳에
나를 불러 손잡게 하라
큰 기쁨과 조용한 갈망이
그대 있음에
내 마음에 자라거늘
오, 그리움이여
그대 있음에 내가 있네
나를 불러 손잡게 해

그대의 사랑 문을 열 때
내가 있어 그 빛에 살게 해
사는 것의 의롭고 고단함
그대 있음에

삶의 뜻을 배우니

오, 그리움이여

그대 있음에 내가 있네

나를 불러 그 빛에 살게 해

— 김남조, 〈그대 있음에〉 전문

김남조 선생은 1986년 김세중 선생이 타계한 후, 김세중기념사업회를 설립하고, 김세중조각상, 김세중청년조각상, 한국미술저작출판상 등을 제정해 부군을 기리는 사업에 혼신의 힘을 기울였습니다.

김남조 시인은 평소에 "나는 문학 공부를 한 적이 없는데도 시대가 스승이었고, 역사적 사건들이 시를 쓰도록 내 마음을 움직였다"고 했습니다. 또 "시를 쓴다는 것은 타고난 재능도 있겠지만, 대부분의 위대한 작가는 돌을 쪼듯이 작품들을 끊임없이 고친다. 창작의 원동력은 절실함에서 오고, 그 절실함으로 인해 새로운 세계를 볼 수 있다"고도 했습니다. 한국시단의 큰 시인, 김남조 시인이 떠난 뒤에 그분이 남긴 말들이 더욱 가슴 깊이 새겨집니다.

31

시 쓰기는 뒷전, 평생 옛 벼루에 홀렸다

벼루는 종이 붓 먹과 함께 문방사우文房四友의 하나로서,
그 중의 으뜸으로 여깁니다. 나는 지난 50여년 동안
한국 중국 일본 등을 돌아다니며 벼루를 모았습니다.
때로는 "미쳤다"는 소리를 들었지만, 연벽묵치硯癖墨痴의
전통을 되살리려고 발품 눈품 돈품을 팔았지요.
나라 박물관도 하지 못하는 일을 혼자 하면서
벼루 1000여 점을 수집했습니다.
정성이 지극하면 하늘도 감동하게 마련이었습니다.
15세기 한글이 새겨진 '니가완은대월' 벼루와
15세기 생활풍속이 조각된 '농경풍속도일월연' 벼루는
문화재로 신청할 계획입니다.

'위원화초석일월연'은
신이 빚은 신품

종이 붓 먹 벼루, 즉 지필묵연紙筆墨硯을 문방사우文房四友라고 합니다. 글방에서 함께 하는 네 벗이라는 뜻입니다. 다른 말로는 글방의 네 가지 보물이라는 뜻으로 문방사보文房四寶라고도 부르지요. 이 중에서 가장 중요한 것은 벼루입니다. 종이는 한 번 쓰면 두 번 쓰기 어렵고, 먹은 갈아 없어지면 더 쓸 수 없으며, 붓도 오래 쓰면 붓털이 닳고 빠져 오래 사용할 수 없는 반면, 벼루는 대를 이어가며 수백 년을 쓸 수 있기 때문입니다. 게다가 벼루는 가장자리를 품위 있게 장식해서 소장품으로서의 가치도 갖고 있습니다.

추사秋史 김정희金正喜(1786~1856)도 〈서론書論〉의 첫머리에서 좋은 글씨를 쓰려면 좋은 벼루가 있어야 한다고 썼습니다. 벼루는 문방사우 가운데 으뜸이라고 한 셈입니다. "단계석端溪石이나 흡주석歙州石이 아니면 남포오석藍浦烏石이나 수침석水沈石이면 족하다"고 했습니다. 예부터 선비들은 다른 물질적인 것을 받는 것을 욕됨으로 여겼지만, 좋은 벼루 받는 것은 자랑으로 여겼습니다. 손님이 오면 안상案上에 놓인 벼루에 대해 이야기꽃을 피우곤 했습니다. 벼루집과 벼루에 새겨진 아름다운 조각과 벼루 뒷면에 새겨진 명銘이 주된 화제였습니다.

한국에는 '위원화초석渭原花草石'이란 멋진 벼루가 있습니다. 위원은 압록강의 한 지류인 위원강을 가리키고, 화초석은 파란 풀색과 붉은 자색을 가진 돌을 꽃으로 견준 말입니다. 1392년에 조선을 세운 태조 이성계는 액정서掖庭署에 "송宋과 명明의 벼루에 뒤지지 않는 벼루를 만들라"고 명령합니다. 액정서는 궁궐에 필요한 용품을 공급하는 부서지요. 명령을 받은 벼루 장인들은 벼루를 만들기 좋은 돌을 찾아 전국 방방곡곡을 샅샅이 뒤진 끝에 위원강에서 화초석을 발견했습니다. 녹두색과 팥색이 시루떡처럼 켜켜이 쌓인 돌로, 강바닥에 있는 수침석水沈石입니다.

벼루로 만들기에 안성맞춤인 돌을 찾은 벼루 장인은 벼루 가장자리에 우리의 생활을 새겼습니다. '농경풍속도일월연農耕風俗圖日月硯'이 바로 그 벼루입니다. 이 벼루는 마치 일식日蝕을 하듯, 해가 달을 품는 연면硯面(먹을 가는 벼루 바닥)과 연지硯池(간 먹물이 고여있는 곳)의 원광圓光의 바깥에 우리의 옛날 생활상을 담고 있습니다. 아래쪽에 농부가 쟁기로 밭을 가는데 소 등에는 아이가 타고 있고 그 옆에서 아녀자들은 씨를 뿌리고 있습니다. 소 등을 탄 아이 바로 위에는 선비가 낚시하고, 연꽃 사이로 물오리가 한가롭게 헤엄치고 있습니다. 위쪽에는 나귀 타고 가는 신랑 뒤를 새댁이 따라가고, 그 옆에서 도롱이를 쓰고 일하던 사람이 술잔을 들며 쉬고 있습니다. 그 바로 위에는 원숭이가 머루를 따려고 손을 내밀고 있고요. 소나무 대나무 떡갈나무 숲 사이에 집과 정자가 보입니다. 이 벼루를 보고 시 〈달은 해를 물고〉를 지었습니다.

돌로 태어나려면
꽃도 되고 풀도 되는

압록鴨綠 물을 먹고 자란
위원화초석渭原花草石을 닮아야지

북 농사 기름진 텃밭
일월연日月硯으로 뽑혀 살게

달은 왜 해를 물고 있어
아니 해가 달을 물었나

하늘이 내린 솜씨
천지창조가 여기 있구나

아무렴 저 역성혁명 때
우리네 살림도 담아야지

산이거나 나무거나
꽃이거나 뭇 짐승이거나

세상에 좋고 이쁜 것
다 불러 살아가는

높고 먼 우주경영의

새 하늘이 뜨고 있다

— 이근배, 〈달은 해를 물고〉 전문

이 벼루를 보면 볼수록 신품神品이라는 생각이 듭니다. 돌에 이렇게 정교한 그림을 조각하는 것은 사람이 하기는 불가능할 것으로 보일 정도입니다. 단순한 조각이 아니라 전체 구도를 고려한 디자인이 들어가 있고, 한쪽에서 실수하면 전체를 다시 조각해야 하니까 엄청난 집중력이 필요했을 것입니다. 벼루에 조각된 것을 숨은 그림 찾듯 하나하나 음미하다 보면 몇 시간이 훌쩍 흘러갑니다. 이런 벼루는 중국의 단계석이나 흡주석으로는 할 수 없는, 중국인은 흉내 낼 수 없는 것입니다. 조선이 독자적으로 개발한 것으로, 당시 조선의 높은 문화예술의 품격品格을 드러내고 있습니다.

하늘이 도와 '니가완은대월' 벼루를 얻다

내가 '위원화초석 농경풍속도일월연'을 손에 넣은 것은 신이 도왔다고 할 수 있습니다.

1990년대 말로 기억됩니다. 인사동의 골동품점인 '고도사古都舍'에서 연락이 왔습니다. 위원화초석 벼루 20여점이 매물로 나왔다는 겁니다. 만사 제쳐놓고 서둘러 갔더니 20여 점을 한꺼번에 묶음으로만 판

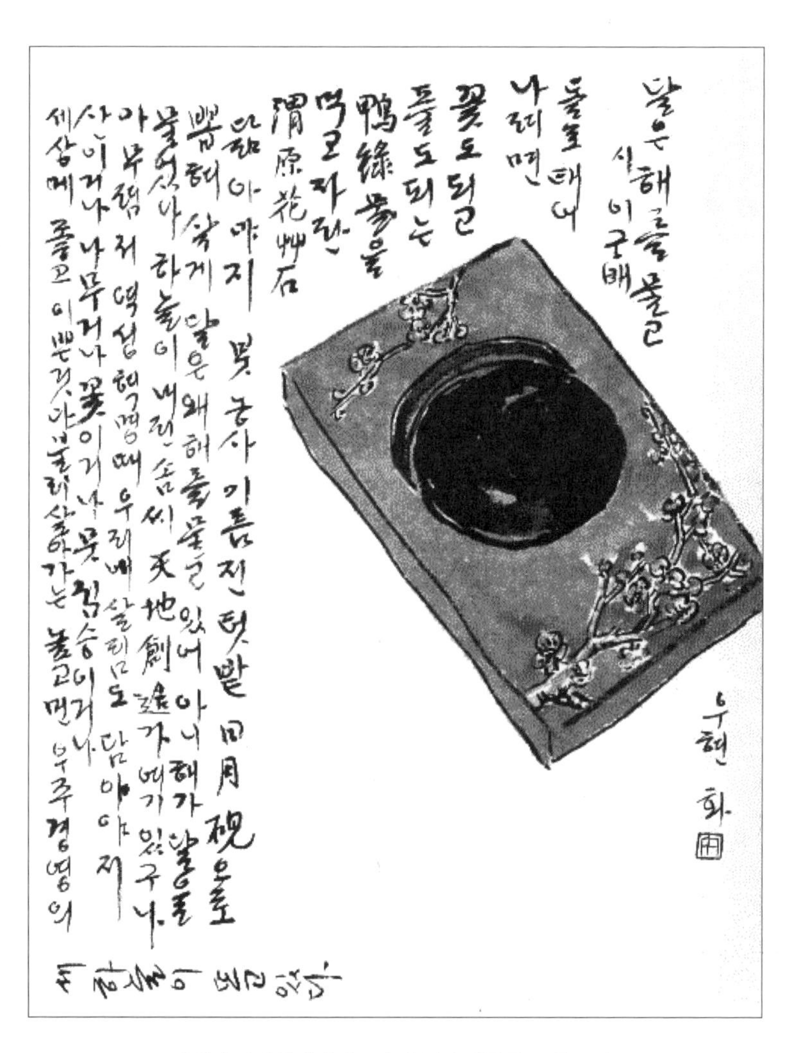

우현 송영방 화백이 이근배 시 〈달은 해를 물고〉를 쓰다

다는 것이었습니다. 부르는 값은 3억원이 넘었습니다. 권도홍 선생께서 이 벼루 하나만 사겠다고 했지만 거절했다고 하더군요. 그때 마침 위원화초석에 대해 좋지 않은 기사가 났어요. 중국에서 그럴듯한 가짜를 만들고 있고, 만드는 곳을 안다는 말이 부풀어지고 있었지요. 위원화초석 벼루를 직접 보지 않아 잘 모르니까 만들어 낸 모함이었습니다. 그래서 값이 떨어졌어요. 나는 이 벼루를 보는 순간, 너무 아름다워서 안 살 수가 없었습니다. 그런 모함 덕분으로 3분의 1 가격 수준에 살 수 있었습니다.

이성계가 조선을 세우고 액정서를 세워 위원화초석벼루를 만든 것은 두 가지 목적이 있었습니다. 하나는 왕실에서 쓰는 것이고, 다른 하나는 건국공신들에게 선물하는 것이었지요. 그때 맹사성孟思誠(1360~1438)에게 하사한 벼루(국가민속문화재 제225호)와 황희黃喜(1363~1452) 정승에게 하사한 벼루(경상북도 유형문화재 제12호)가 유명합니다. 퇴계 이황李滉(1501~1570)이 소장했던 벼루도 도산서원에 남아 있고요. 하지만 그 숫자는 매우 적습니다. 여기에는 아픈 역사가 있습니다.

1592년에 임진왜란이 일어났어요. 1597년에 정유재란이 다시 일어나 1598년까지 이어진 큰 전쟁이었지요. 왜적倭敵은 후퇴하면서 위원화초석 벼루를 싹 쓸어갔습니다. 그것도 모자라 겨우 한두 명이었을 벼루 장인匠人도 끌고 갔지요. 그래서 위원화초석 벼루의 명맥이 끊어졌습니다. 200여년 뒤에 태어난 김정희金正喜(1786~1856)도 위원화초석 벼루를 알지 못했으니까요. 참으로 안타까운 일입니다.

내가 일본에서 사무라이가 칼 차고 낚시하는 모습을 조각한 벼루를 본 적이 있습니다. 돌은 위원화초석이 아니라 일본 돌이었지만, 그런 벼루를 만들었다는 것은, 조선의 벼루 장인을 끌어간 반증이라고 볼 수 있습니다. 아쉽게도 그 벼루의 사진을 찍지 못했네요.

왜에게 그렇게 빼앗겼던 위원화초석 벼루를 내가 많이 수집했습니다. 내가 시인으로 등단한 지 60년이 되는 2021년 6월11일부터 27일까지 평창동의 '가나아트센터'에서 〈해와 달이 부르는 벼루의 용비어천가〉라는 전시회를 열었습니다. 그 전시회는 단군조선부터 해 돋는 동방의 나라의 신상神像이었고 구원이었던 '위원화초석일월연'을 사상 최대로 선보였다는 점에서 획기적이었습니다. 조선왕조 개국과 액정서 설립 629주년에 열렸다는 점도 뜻 깊었고요.

이근배 시인 벼루 소장전
"해와 달이 부르는 벼루의 용비어천가" 2021

그때 '농경풍속도일월연'과 함께 관객의 눈길을 모은 벼루가 '니가완은대월' 벼루입니다. 이 벼루는 일본에서 우연히 구입했는데, 세종대왕이 창제해 1446년에 반포한 〈훈민정음〉 글자로 벼루 가장자리를 장식한 게 특징입니다. 훈민정음이 창제된 뒤 한글을 디자인한 가장 오래되고 완벽한 예술작품이지요. 이 벼루를 손에 얻은 뒤 한글학자와 역사학자 여러분을 초청해 '니가완은대월'이 무슨 뜻인지, 해석을 의뢰했습니다. 그 결과 '니가완'은 '이가완李家玩'으로, '은대월'은 조선시대 승정원承政院의 다른 이름인 '은대銀臺에 비친 달'로 해석됐습니다. '은대'는 태종 원년인 1401에 설치된 승정원으로 지금의 대통령비서실입니다. 종합하면 '이씨네가 보배롭게 사랑하는 승정원의 달 벼루'가 됩니다.

2024년은 한글이 반포된 지 578년 되는 해입니다. 벼루는 글쓰기의 대표적 도구이자 정신문화의 상징이고요. 벼루를 한글로 디자인한 것도 놀라운데, 벼루의 나이가 한글의 나이만큼 오래되었으니 벼루 역사뿐만 아니라 한국 역사에서도 매우 중요한 문화재라고 할 수 있습니다. 그래서 '니가완은대월' 벼루와 '농경풍속도일월연' 벼루를 문화재로 신청할 예정입니다.

요즘 분청粉靑사기로 유명한 '분장회청사기'는 한 때 일본인들이 미시마三島라고 불렀고, 작가 이름이 없다고 해서 홀대받았던 민화民畵도 새롭게 조명되고 있습니다. 혜곡兮谷 최순우崔淳雨(1916~1984) 전 국립중앙박물관장은 민화를 수집해 국내외에서 전시하는 조자용趙子庸(1926~2000) 씨를 보고 "(나라)박물관이 못하는 것을 한 구안具眼이 좋은 일했다"고 말한 적이 있습니다. 〈니가완은대월〉 벼루와 〈농경풍속도

'니가완은대월' 연

일월연〉 벼루가 문화재로 지정되면 혜곡의 말이 나에게도 적용될 것입니다.

'정조대왕사은연'이
내게로 오다

내가 벼루에 관심 가진 것은 어렸을 때부터였습니다. 전에도 말한 것처럼 내 외할아버지는 장후재 학사이시고, 외삼촌은 글씨를 잘 써 9살 때 조선총독 앞에 가서 상을 받을 정도였습니다. 외삼촌에게 글씨를 배우면서 글씨 잘 쓰는 방법을 물으니까 단계석 벼루를 하나 마련하라고 하더군요. 인사동 골동품 가게에 가서 단계벼루를 찾으니까 아는 사람이 없었습니다. 그런데 1973년 6월에 창덕궁에서 '명연전名硯展'이 열렸습니다. 그곳에 출품된 단계석 벼루를 보니 환장하겠더군요.

통문관通文館 이겸로李謙魯(1909~2006) 사장에게 부탁했더니 하나를 소개해주었습니다. 청淸의 대학자 완원阮元(1764~1849)의 명銘이 새겨진 단계벼루였습니다. 완원은 추사 김정희가 24세 때 연경에 가서 만났던 학자입니다. 추사는 완원을 존경해서 자신의 호를 완당阮堂으로 지었습니다. 그런 사람의 명이 새겨진 단계석벼루이다 보니 가격이 100만 원이나 됐습니다. 1973년은 내가 230만 원짜리 집을 처음 장만했을 때입니다. 50평짜리 단독주택 값이 230만 원인데 벼루 하나 값이 100만 원이라니…. 돈도 없었지만 사야겠다고 마음먹고 친구인 임인규 사장에게 빌려달라고 부탁했습니다. "뭐 하려고 돈이 필요하냐"고 물어서 "벼루 사려고 한다"고 했더니 "미쳤구나!"라고 하면서도 선뜻 "경리과에 가 보라"라고 했습니다. 참 고마운 친구였지요. 그 벼루는 몇 년 뒤 『한국문학』이 어려워졌을 때 울음을 머금고 팔았습니다.

내가 벼루를 본격적으로 수집하기 시작한 것은 1989년부터였습니다. 1988년 10월 서울올림픽이 끝난 뒤 중국에 처음 갔을 때지요. 그때부터 벼루를 구하기 위해 중국에 50번 넘게 다녀왔습니다. 한국도 주말마다 고속버스를 타고 전국 방방곡곡을 돌아다녔고요. 1990년대 초까지만 해도 중국에 가면 1000달러 정도로 좋은 벼루를 살 수 있었습니다. 값도 쌌고 벼루도 많았지요. 요즘은 매물로 나오는 벼루가 거의 없고, 가격도 엄청 비싸졌습니다. 그렇게 모은 벼루가 1000여 점 됩니다.

소장품 가운데 가장 자랑스럽게 여기는 것은 정조正祖가 그의 스승이었던 뇌연雷淵 남유용南有容에게 하사한 '정조대왕사은연'입니다. 이 벼루는 1973년 6월16일부터 7월16일까지 창덕궁에서 열린 '명연전'에서 '벼루 중의 벼루'로 눈길을 끌었던 것입니다. 당시 김종학金宗學(1937~)

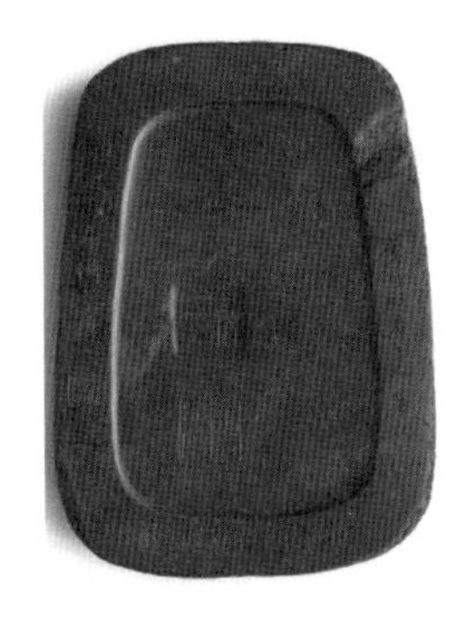

'정조대왕 사은' 연(왼쪽)과 『월간문화재』 벼루 특집호

화가가 소장하던 벼루입니다. 『월간 문화재』(1973년 6월호, 통권 19호)가 '고연백선古硯百選'이란 주제로 '명연전'을 대서특필하면서 이 벼루를 표지로 내세웠을 정도였습니다.

이 벼루는 청 건륭제乾隆帝(1711~1799)의 11번째 왕자인 성친왕成親王(1752~1824)이 쓰던 것입니다. 단계석으로 만들어진 중국 벼루지요. 이 벼루가 어떤 경로를 거쳐 조선으로 건너왔는지에 대한 자세한 자료는 없습니다. 다만 벼루 뒷면에 '成親王'이라는 명銘과 정조의 호인 '만천명월주인萬川明月主人'과 '南有容' 등이 새겨져 있어, 정조가 스승인 뇌연 남유용에게 하사한 벼루라는 것을 알 수 있습니다.

이 벼루는 김종학 화가가 소장했을 때는 '취도연翠濤硯'으로 불렸던 것 같습니다. 『월간 문화재』 표지에 '翠濤硯·金宗學氏 소장所藏'이란 부제가 붙어있으니까요. 김종학 씨는 이 벼루를 이병철 회장의 둘째 아들인 이창희李昌熙(1933~1991) 새한미디어 회장에게 팔았다고 합니다. 미국으로 유학 가기 위한 자금을 마련하기 위해서였던 듯합니다. 그런데 잘 나가던 새한미디어가 IMF외환위기가 발생한 직후에 경영난에 빠졌고 2000년에 워크아웃에 들어가 이창희 일가는 경영권을 내놓았습니다. 이 과정에서 이 벼루가 인사동에 있는 한미경(한국미술경매주식회사)에 경매로 나왔습니다. 내가 그 경매에 참가해 품에 안았지요. 당시 언론인 권도홍(1932-2022) 씨를 비롯한 많은 사람이 경매에 나섰는데, 3000만 원이란 거금을 감당할 수 없어 내 손에 들어왔습니다. 1973년에 처음 본 뒤 27여 년 만에 새 주인을 찾은 것입니다. 나는 그때의 감격을 시 〈어느 날 만천명월주인이 내게 와서〉로 남겼습니다.

요즘 신문에서 정조正祖 이야기가 한창이다
신하에게 보낸 편지에
막말을 썼다느니 독살이 아니라느니
사도세자의 아들로 태어나
왕위에 오르기까지 권력의 작두날에 섰던
그는 스스로 만천명월주인이라고
호를 짓고 그 까닭을 글로 남겼다
—지상의 강에 뜬 달이 모두 자기 것이라고?
내 속 빈 머리로는 우주적 생각을
알아들을 길 없거니와
내가 그를 떨쳐버릴 수 없는 것은
그가 아버지의 사부師傅였고
자신의 어릴 적 보양관이자 스승이었던

뇌연雷淵 남유용南有容에게
청나라 궁실에서 온 벼루에다
그 호를 새겨 바친 것이
어느 날 뜻밖에도 내게 찾아온 것이다
서른여섯 해 전 창덕궁에서
명연전名硯展이 열렸을 때
왕실이며 명문거족들이 다투어 자랑하던
나라 안의 잘난 고연古硯들이 모두 나왔을 때
눈 밝은 이들이 가리고 골라서
으뜸의 으뜸으로 뽑았던 그 벼루
단계석에 박힌 구욕안鸜鵒眼이며
용문이며 온갖 위엄을 모두 갖춘
먹을 갈기에도 붓을 대기에도
선뜻 손이 나가지 않는 어명연御銘硯이
때때로 강물 소리도 내고
수천수만의 달로 떠오르기도 하여
밤이면 나는 모르는 땅으로 끌려 다니기도 하고
어지러운 꿈에 빠져 허우적거리며
날마다 조금씩 넋을 잃어가고 있는 것이다

— 이근배, 〈어느 날 만천명월주인萬川明月主人이 내게 와서〉 전문

중국벼루의 왕중왕
'주이존명연'

중국의 단계석 벼루 가운데는 '주이존명연朱彝尊銘硯'이 마음에 갑니다. 이 벼루는 청나라 초기에 유명했던 학자, 주이존朱彝尊(1629~1709)의 명銘이 새겨진 벼루입니다. 그는 시에 뛰어났던 왕사정王士禎(1634~1711)과 함께 '남주북왕南朱北王'이라고 불릴 정도로 유명했습니다. 남주북왕은 남쪽에는 저장성 출신의 주이존이 있고 북쪽에는 산동성 출신의 왕사정이 훌륭하다는 뜻이지요.

이 벼루는 내가 20년쯤 전에 중국에 갔을 때 봤습니다. 당시 이 벼루는 10만 달러를 달라고 했지요. 그때 갖고 간 돈이 3만 달러여서 흥정을 했지만, 10만 달러 아래로는 절대 팔지 않겠다고 해서 못 사고 돌아왔습니다. 그런데 2년쯤 뒤에 다시 갔을 때 그 벼루가 다시 매물로 나왔습니다. 아마도 회사가 아니라 개인이 소장하던 것이었나 봅니다. 그때 6만 달러인가를 주고 샀습니다. 이 벼루를 한국의 벼루 전문가 권도홍 선생께 보여줬더니 "이런 벼루는 사진으로도 실물로도 본 적이 없다"고 하더군요.

중국 벼루는 그 정도로 하고, '위원화초석' 벼루 가운데 눈에 띄는 게 하나 있어요. 16세기 중엽에 만들어진 '십일하동연十一河童硯'이 바로 그 벼루입니다. 이 벼루는 윗부분에 어린아이 11명을 살아 있는 표정으로 그려놓았습니다. 나는 이 벼루를 보고, 이중섭李仲燮(1916~1956) 화가가 그때 살았던 것 아닌가 하는 생각이 들었습니다. 그 느낌을 시 〈하동河

童〉으로 적어놓았습니다.

> 우리나라의 벼루들은 압록강 기슭의 위원渭原에서 나오는 화초석花草石이 으뜸인데요, 녹두색과 팥색이 시루떡처럼 켜켜이 층을 이뤄서 마치 풀과 꽃이 어우러지는 것 같대서 이름도 화초석인데요, 거기 먹을 가는 돌에다 우리네 사는 모습이며 우주만물을 모두 새겨놓았는데요, 그 조각들은 사람의 솜씨가 아니라 귀신의 짓거리라고 밖에는 볼 수 없는데요, 내가 가진 그것들 중의 하나에는 열한 명의 아이들이 냇가에서 벌거숭이로 모여서 놀고 있었는데요, 삼백 년쯤 전에도 이중섭李仲燮이 살고 있었던 것인지? 고추 뻗치고 오줌 싸는 놈, 발버둥 치고 앉아서 우는 놈, 개헤엄치고 물장구치는 놈, 씨름 한판 붙자고 덤벼드는 놈, 고녀석들 얼굴표정이며 손발의 놀림이 살아서 팔딱거리는데요, 자세히 들여다보면 어린 날 동네 아이들과 냇가에서 멱감던 내가 그 속에 있는 것인데요, 물가에는 가지 말거라. 외동아들 행여 명이 짧을까 걱정하시던 어머니의 목소리도 들리는데요, 어머니 세상 뜨신 지금도 나는 어머니의 말씀 안 듣고 세상의 깊은 물 속에서 개헤엄으로 허우적거리고만 있는 것인데요
>
> — 이근배, 〈하동河童〉 전문

안중근安重根(1879~1910) 의사께서 요녕성 여순감옥에서 쓰셨던 벼루 '안중근인내명연安重根忍耐銘硯'도 소장하고 있습니다. 벼루 뒷면에 한자

로 '인내忍耐 경술庚戌 3월 어여순옥於旅順獄 안중근安重根'이라고 쓰여 있습니다. 이 벼루를 볼 때마다 여순감옥에서 유묵遺墨을 남긴 안 의사의 충절을 생각합니다.

'위원화초석'과 함께 유명한 벼룻돌이, 추사도 언급했던 남포오석藍浦烏石입니다. 남포는 충남 보령에 있는 지역 이름이고, 오석은 까마귀처럼 검은색이 나는 돌입니다. 남포오석으로 만들어진 벼루도 많이 갖고 있는데, 그 중 '십장생회문연十長生回文硯'이 좋습니다. 이 벼루는 이름 그대로 십장생인 해 산 물 돌 구름 소나무 불로초 거북 두루미 사슴을 정교하게 조각한 벼루입니다. 나는 이 벼루를 닦으며 시 〈벼루를 닦으며〉를 썼습니다.

어느 불구덩이에서 용암이 흘러
이 많은 물결을 타고
다듬어진 돌이겠느냐
소疏를 올리던 서릿발 같은 마음이
돌에 갈려 패어졌거니
누더기 져 검게 풀리는 먹물은
바로 역사의 찌꺼기구나
썩고 무너지던 왕조에서도
먹을 갈아서 한지를 적시던 곧은 뜻은
살아서 돌에 배어서
이 풀리는 물소리에 들려오거니

문득 눈을 들어 나는 말하겠네

오늘도 썩지 않는 마음

온전한 자유 하나를

— 이근배, 〈벼루를 닦으며〉 전문

옛 선비의 연벽묵치 전통을 잇는다

"벼루에 미치고 먹에 바보가 된다"는 연벽묵치硯癖墨痴는 우리의 좋은 문화전통입니다. 김생 한석봉 김정희를 잇는 분들은 한결같이 연벽묵치의 멋을 지녔습니다. 북송 때 글씨로 이름을 날렸던 미불米芾(1051~1107)은 미치米痴로 불릴 정도였습니다. 우리나라에는 고려청자나 조선백자, 그리고 미술품을 수집하는 사람이 많이 있지만, 벼루를 모으는 사람은 거의 없습니다. 벼루 전시를 한 사람은 나 한 사람뿐일 정도입니다.

나는 어쩌다가 연벽硯癖이라는 고약한 귀신에 붙들렸는지?, 글을 씁네 하고 헛된 이름이라도 걸렸으니 시벽詩癖이니 서벽書癖 쯤에 걸렸더라면 이처럼 헛되지는 않았을 것을, 하고 옛 선비들이 안상案上 위에 놓고 학문을 익히고 시문을 경작하던 벼루라는 물건에 그만 넋을 빼앗긴 것을 스스로 꾸짖을 때가 한두 번이 아니었습니다.

무슨 살煞이 끼었는지 모르겠습니다. 시 쓰기는 뒷전이고 옛 벼루에 홀려 좋은 때를 다 놓쳤지요. 옥편을 찾아보니 벼루를 '연전硯田'이라고 하더군요. 논밭이 있어야 농사를 짓듯, 벼루는 글 농사의 경작지라는 뜻입니다. 혜산兮山 박두진朴斗鎭(1916~1998) 시인은 〈수석열전〉이란 글에서 "돌에게 사상도 시도 얻었다"고 썼습니다. 수석은 대자연의 힘으로 형상을 빚고 깎고 다듬은, 사람의 손이 가지 않은 창조주의 작품이라는 점에서 벼루와는 다릅니다. 벼루는 사람이 손으로 조형과 그림, 글씨를 새긴 예술품이기기 때문입니다.

하지만 벼루는 틀림없이 시 쓰기에 도움이 됩니다. "시의 첫 줄은 신이 준다"는 폴 발레리의 말처럼, 벼루는 시인에게 시의 처음을 여는 자극을 주기 때문입니다. 벼루는 몇백 년 돌 속에 스며들고 찌든 먹 때를 물에 불려 씻노라면 역사가 흘러온 물소리가 시의 실마리를 끌고 올 때가 있습니다. 좁은 공간에 십장생을 비롯한 갖가지 동식물과 농사짓고 낚시하고 바둑 두고 글 읽고 뱃놀이하는 우리 풍속들을 보면서 내가 알지 못했던 말을 찾아낼 수 있습니다. 학덕과 예술이 높았던 선비들이 썼던 벼루를 보면서 그들이 벼루에 남겨 놓은 체취를 느끼는 것도 시적 상상력을 높이는 데 도움을 줍니다.

위원화초석 벼루는 고려의 수월관음도나 고려청자에서 드러난 한국인의 예술적 신기神機를 유감없이 보여준 명품입니다. 조그만 돌에다 이런 조각을 새긴다는 것은 미켈란젤로나 로댕도 하지 못했던 것입니다. 임진왜란으로 명맥이 끊겼던 위원화초석 벼루의 맥이 되살아나고 있습니다. K팝과 K드라마에서 시작된 한류韓流의 물결이 K푸드와 K뷰티를 이어 K벼루로 하늘 높이 날아오를 것으로 믿습니다. 나는 벼루를 소재로 〈벼루읽기〉라는 연작시 80여 편을 썼습니다. 그 가운데 한 편 〈신연神硯〉을 소개합니다.

> 한 오백년 전쯤 우리네 조상 가운데
> 신의 손을 빌린 사람이 아니고는
> 미켈란젤로도 로댕도 흉내 못 낼
> 벼루 장인들이 한 둘이 아니었다
> 저 백두에서 새어 나온 압록의 물결로
> 꽃빛깔 풀빛깔 켜를 이룬
> 위원화초석을
> 도려내 칼끝으로 새긴 해와 달,
> 삼라만상이며 농사일이며 세상살이 움직이는 조각이라니!
> 신연神硯이라고 밖에는 달리 이름 붙일 수 없는
> A3 크기의 벼루를 들여다보고 있노라면
> 불끈 백두대간의 힘줄이
> 내 몸속으로 솟아 둥둥 북소리를 내며
> 고려, 조선쪽으로 데리고 가는,
>
> — 이근배, 〈신연神硯〉 전문

32

대한민국예술원은 6.25전쟁 중에 태동했다

프랑스의 미테랑 전 대통령은 대통령보다
프랑스예술원회원을 더 명예롭게 생각했다고 합니다.
일본에서 대한민국예술원회원은
신분이 다른 사람으로 높게 평가받지요.
성찬경 시인은 프랑스를 방문했을 때
미술관에서 특별대우를 받은 적이 있습니다.
이호철 소설가도 청도靑島에서 대한민국예술원의 덕을 봤고요.
대한민국예술원은 6.25전쟁 중에 근거법인
문화보호법이 제정된 뒤 1954년 7월17일에 설립됐습니다.
대한민국예술원 70년의 역사는
한국문단역사와 함께 하고 있습니다.

김동리 소설가
대한민국예술원 설립의 산파

대한민국예술원은 1954년 7월17일에 설립됐습니다. 2024년이 70주년이지요. 대한민국예술원이 출범할 때 결정적 역할을 한 사람이 김동리金東里(1913~1995) 선생입니다. 김동리 선생은 그냥 한 분의 작가가 아니라, 위대한 작가이기도 하지만, 한 시대의 사상가입니다. 그분은 철학이 있고, 그 철학이 아주 독특합니다. 우리는 보통 문학을, 그냥 좋은 소설만 쓰고 좋은 시만 쓰면 되는 것으로 여깁니다. 하지만 김동리 선생은 우리 민족사 속에서 우리가 나아가야 할 길 같은 것을 문학적 지표나 정신적 지표라 생각하고 실천했습니다. 대한민국예술원 설립도 김동리 선생이기에 가능했다고 할 수 있습니다.

대한민국예술원 로고

김동리 선생이 대한민국예술원 출범에 산파産婆 역할을 한 과정은 다음과 같습니다. 김동리 선생은 대한민국예술원의 필요성을 절감하고 큰형 김범부金凡夫(1897~1966) 선생과 형의 동료 김동성 초대 공보처장을 설득했습니다. 김범부는 김동리의 형이지만, 나이가 열여섯 살 차이가 나서 부모 또는 스승과 같은 사람이었습니다. 그의 본명은 김정설鼎卨이고, 범부는 호입니다.

김범부는 불교와 주역 등을 깊이 연구했고, 〈화랑외사〉와 〈풍류정신〉 등을 저술한 학자이자 정치인이었습니다. 그는 열여섯 살 때 일제에 항거하는 격문을, 경주성 남문에 붙인 뒤 산으로 들어가 2년 정도 초막을 짓고 생활했다고 합니다. 열여덟 살인 1915년에, 안희제安熙濟(1885~1943)가 세운 백산상회의 장학생으로 일본 동양東洋대학 동양철학과에 유학했지요. 또 도쿄외국어대학교에서 영어와 독일어를 배우고, 동경대학과 경도京都대학에서 청강생으로 철학을 공부하다가 1925년에야 귀국했습니다.

귀국한 뒤에 불교중앙학림(현 동국대학교) 등에서 불교철학을 강의했고, 전국 사찰을 돌아다니며 불교철학을 연구했습니다. 그는 1941년 경남 사천군 다솔사多率寺에서 '해인사사건'으로 검거돼 1년간 옥고를 치렀습니다. 다솔사는 만해 한용운이 1917~18년에 머물며 독립선언서 초안을 작성했고, 최범술이 독립지하조직인 만당(卍黨)을 창당한 곳으로 유명한 곳입니다. 또 김동리 소설가가 스물두 살 때인 1934년 다솔사에 들어가 김범부 선생의 지도를 받고, 소설 〈등신불〉을 완성한 곳으로 알려졌습니다.

김동리는 큰형을 통해 서정주 시인과 만났습니다. 김범부는 주역 등 공부가 깊은 사람이었지요. 김동리 선생도 그런 형의 영향을 많이 받았는데, 김범부가 서정주를 소개해 주었습니다. 그래서 미당과 동리는 지금까지 문학사에서 떼어낼 수 없는 하나의 짝꿍이 된 겁니다. 김범부는 어떻게 서정주를 만나게 됐냐 하면, 서정주는 불교 쪽에 관심이 많아서 서로 통하는 게 있었던 것이지요.

김범부는 광복 뒤에 육군본부 정훈국 정훈과장으로 3년 동안 복무하고 1949년에 중령으로 예편했습니다. 1950년 제2대 총선에서 경남 동래군에서 무소속으로 당선돼 국회의원이 됐지요. 김동리는 국회의원이 된 형에게 대한민국예술원의 필요성을 역설했습니다.

"형님! 우리나라에도 예술원이 하루 빨리 생겨야 합니다."

"예술원? 그게 뭐하는 곳이고?"

"반만 년 동안 이어온 대한의 문화예술을 이어받아 발전시킨 사람들을 지원함으로써 대한민국의 문화예술을 더욱 발전시키는 곳이지요."

"그래? 다른 나라에도 있는 거가?"

"그럼요. 프랑스 영국 일본… 선진국들은 이미 다 있습니다."

"알았다. 니가 그렇게 역설하는 것을 보니 꼭 필요한 거 같구나. 내가 힘써 볼 꾸마!"

형제 사이에 이런 대화가 오갔습니다. 아우의 의견에 동의한 김범부 의원은 김동성金東成(1890~1969) 의원을 설득했습니다. 김동성 의원은 오하이오주립대 신문학과를 졸업한 뒤 동아일보와 조선일보 기자를 지낸 언론인이었습니다. 그는 1948년 8월4일부터 1949년 6월3일까지 초대 공보처장관을 지냈지요. 제2대 총선 때 개성시에서 무소속으로 출마해 국회의원으로 당선됐습니다.

김범부 의원과 김동성 의원은 의기투합해서 예술원 건립을 위한 법을 만드는데 노력했습니다. 하지만 전쟁 통이라 쉽지 않았습니다. 안 그렇겠어요? 1950년에 일어난 6.25전쟁이 1951년 하반기부터 소강국면에 들어갔지만, 결과가 어떻게 될지 불확실한 시기였잖아요. 당장 먹고 살기도 어려운 판에 예술원을 만들어야 한다고 하니 정신 나간 것으로 오해받기도 했을 겁니다. 하지만 두 사람의 끈질긴 노력으로 1952년

8월7일에 「문화보호법」이 제정됐습니다. 대한민국예술원이 설립될 수 있는 모법, 즉 근거법이 마련된 것입니다. 문화보호법에 따라 전쟁이 끝난 뒤인 1954년 7월17일에 대한민국예술원이 출범했습니다.

초대회장 고희동, 2~17대 회장 박종화, 18~19대 회장 김동리

출범 때 대한민국예술원 회원은 25명이었습니다. 문화인 443명이 참여해 일반회원 25명을 뽑았지요. 일반회원이 추천한 추천회원 10명과 대통령이 임명한 임원회원 4명이 있어 39명이었지만, 실질적으로는 25명으로 보는 게 맞습니다. 초대회장은 대한민국 제1호 서양화가 춘곡春谷 고희동高羲東(1886~1965)이 추대됐습니다. 당시 34세 젊은이였던 조연현도 초대회원으로 뽑혀 문단에서 깜짝 놀랐다고 합니다. 김광섭 모윤숙 백 철 등도 뽑히지 않았으니까요. 박종화 김동리 서정주 등, 한국문학가협회 등과 함께 조연현도 포함된 것입니다. 조연현은 1973년 한국문인협회 이사장 선거 때, 서정주 측과 연합해 김동리에 역전승을 거두기도 했습니다.

고희동 초대회장은 1909년 동경미술학교 서양학과에 입학한 뒤 1915년 귀국해서 '서화협회書畫協會'에 참여했습니다. 서화협회는 처음 만들어진 한국인 서화가들의 모임이자 근대적 의미의 미술단체였습니다. 초대 회장은 안중식安中植(1861~1919)이었고 고희동은 총무를 맡았지요. '부채를 든 자화상' '금강산진주담폭포' 등을 그리며, 전통 한국화와 서양화를 융합하는 데 노력한 것으로 평가받고 있습니다. 창덕궁 옆 원서동 빨래터 부근에 그가 살던 고택古宅이 남아 있어, 그의 작품을 감상할 수 있지요.

2대 회장은 월탄月灘 박종화朴鍾和(1901~1981) 선생이었습니다. 월탄은 한국근대문학을 대표하는 소설가이자 시인입니다. 1920년에 휘문고보(현 휘문고)를 졸업한 뒤 시 전문지 『장미촌』에 시 〈오뇌의 청춘〉 〈우유빛 거리〉를 발표하며 등단했지요. 1922년에 창간된 『백조』에 홍사용 박영희 등과 함께 참여해 '백조파'로 활약했습니다. 그는 1924년에 첫 시집 〈흑방비곡〉과 1946년에 출간한 시집 〈청자부〉을 냈지만, 한국역사와 문화유산에 관심을 기울이면서 시인을 접고 소설가로 활동했습니다. 조선총독부 기관지였던 〈매일신보〉에 1936년 3월20일부터 12월29일까지 〈금삼의 피〉를 연재했습니다. 연재가 끝난 뒤 박문서관에서 1938년에 단행본으로 출간됐지요. 〈다정불심〉도 1940년 매일신보에 연재한 뒤 1942년 단행본으로 나온 것입니다. 광복 뒤에도 〈여인천하〉(1959) 〈자고 가는 저 구름아〉(1962) 〈양녕대군〉(1966) 〈세종대왕〉(1969) 등의 역사소설을 썼습니다.

그의 〈금삼의 피〉는 1962년 신상옥 감독에 의해 〈연산군〉과 〈폭군연산군〉이라는 2부작 영화와 1987년 이혁수 감독의 〈연산군〉 영화로 만들어졌고, 〈다정불심〉은 1967년 신상옥 감독이 영화로 만들었습니다. 〈세종대왕〉은 KBS역사드라마 〈용의눈물〉로, 〈여인천하〉는 SBS의 대하사극 〈여인천하〉로, 〈자고 가는 저 구름아〉는 SBS의 〈왕의 여자〉로

극화되었고요. 그가 번역한 〈삼국지〉도 엄청난 인기를 끌었습니다.

2대 예술원 회장
월탄 박종화

월탄과 관련된 얘기가 하나 더 있습니다. 바로 소설가 빙허憑虛 현진건玄鎭健(1900~1943)과 사돈을 맺은 것입니다. 월탄은 빙허의 딸 현화수를 며느리, 그러니까 외아들 박돈수의 처로 삼았습니다. 이는 월탄과 빙허의 젊은 시절 약속에 따른 것입니다. 다만 월탄의 배려가 있었던 것으로 보입니다. 당시 빙허는 일제의 한글사용금지에 항의해 절필한 상태여서, 경제적으로 매우 어려웠습니다. 부암동 집을 팔고 제기동의 낡은 집으로 이사해 궁핍한 생활을 하고 있었지요. 월탄은 혼인 전에 빙허 집에 돈을 보내주고, 혼인 비용도 조용히 대줬다고 합니다. 빙허는 딸을 시집보내고 두 달 뒤에 사망했고, 빙허의 부인도 이듬해 귀천했습니다. 월탄이 살던 한옥이 종로구 평창동 128-1번지에 남아 있습니다. 이 한옥은 종로구 충신동에 있었는데, 월탄이 1975년 평창동으로 이사하면서 원형 그대로 옮겼지요. 2004년에 등록문화재 89호로 지정됐습니다.

월탄은 고희동 회장에 이어 1955년 7월10일, 2대 회장으로 취임한 뒤 1981년 8월25일까지 26년 동안 17대 회장까지 역임했습니다. 그는 1981년 1월13일 별세했지만, 곧바로 후임 회장을 선출하지 않았습니다. 문학계 원로에 대한 추모 기간을 가진 뒤 18대 김동리 회장이 1981년 8월26일에 취임했습니다. 대한민국예술원의 산파 역할을 한 뒤 세

대한민국예술원 역대 회장 사진이 대한민국 예술원장실에 걸려 있다

번째로 회장을 맡은 것입니다. 그는 1984년 11월24일까지 19대 회장까지 역임했지요. 김동리 회장 이후부터는 2년 임기에 1번 연임하는 관행이 정착됐습니다.

경북 경주에서 태어난 김동리 회장의 본명은 김시종金始鍾입니다. 그는 나중에 '시종'이란 이름을 백수남白秀男(1944~) 소설가에게 주었지요. 백수남은 그때부터 백시종으로 활동하고 있습니다.

김동리 회장은 1935년 중앙일보 신춘문예에 〈화랑의 후예〉가 당선되고, 1936년 동아일보 신춘문예에 〈산화〉가 당선돼 등단했습니다. 〈무녀도〉(1936)와 〈황토기〉(1939) 등을 발표했으며, 유진오兪鎭午(1906~1987)와 '순수논쟁'을 벌이기도 했습니다. 광복 직후에는 우파진영을 대표하는 평론가로 활동하며 '한국청년문학가협회'를 만드는 데 주도적 역할을 했고요. 1953년부터 서라벌예술대학 문예창작과 교수로 재직했고, 내가 서라벌예대에 다닐 때 스승으로 모셨습니다. 그는

1954년 대한민국예술원 초대회원으로 선임됐고, 1970년에는 한국문인협회 이사장으로 취임했습니다.

하늘의 별 따기보다 어려운 대한민국예술원 회원

대한민국예술원의 정원은 100명입니다. 회장과 부회장이 각각 1명이고, 문학 미술 음악 연극-영화-무용 등 4개 분과로 구성됩니다. 분과별 정원은 문학 28명, 미술 25명, 음악 22명, 연극-영화-무용 25명입니다. 현재 인원은 문학 23명, 미술 18명, 음악 20명, 연극 23명 등으로 84명입니다. 2024년 6월27일에 문학분과 김광규 시인, 미술분과 홍석창 조정현 김형대 이철주, 연극-영화-무용분과 이강백 신구(본명 신순기) 안성기 김긍수 씨가 새 회원으로 선임된 결과입니다. 하지만 2024년에 신경림 시인 등 몇 분이 돌아가셔서 충원이 더 돼야 합니다.

예술원 회원이 되려면 대한민국 국민으로서 예술경력이 30년 이상이며 예술발전에 공적이 현저해야 합니다. 신규 회원은, 기존 회원과 예술원이 지정하는 해당 분야 예술단체가 추천한 사람 가운데, 회원심사위원회의의 심사를 거쳐, 회원총회의 의결로 선출됩니다. 총회의 회원 투표에서 3분의 2가 찬성해야 회원이 될 수 있습니다. 현재 우리나라에서 예술인이 수십만 명이나 됩니다. 문학분과는 소설 시 평론 희곡 수필 등이 있고, 시인만 3만 명이 넘을 것이라는 추정이 있습니다. 미술

분과에는 한국화와 서양화를 포함하는 회화와 서예, 조각 건축 공예 사진 등으로 나뉩니다. 이를 뚫고 예술원 회원이 되는 것은 그야말로 하늘에 있는 별을 따는 것처럼 어려운 일입니다.

그래서 여러 번 재수해서 예술원 회원이 되는 사람이 적지 않습니다. 김병기金秉騏(1916~2022) 서양화가는 여러 번 도전해서 102살에 예술원 회원이 됐다가 106세에 작고했습니다. 프랑스 예술문화기사훈장을 받은 피아니스트 백건우와 물방울 화가로 유명한 김창열도 예술원회원을 신청했다가 떨어진 적이 있습니다. 소설 〈객주〉를 쓴 김주영 소설가는 여러 번 떨어진 끝에 회원이 됐고요. 시인 중에도 여러 번 시도했지만, 아직도 회원이 되지 않은 시인이 있을 정도입니다.

일부에서 "예술적 성과가 뛰어난 사람보다, 모나지 않아 적敵이 적은 사람이 예술원 회원이 되는 경향이 있어 예술원 회원과정을 개선해야 한다"는 지적이 있는 것도 사실입니다. 어느 정도 타당한 지적이라고도 할 수 있습니다. 다만 예술인 스스로도 반성할 점도 있다고 생각합니다.

최고령 대한민국예술원 회원 김병기 화백, 102세에 선임

올해 70주년을 맞는 대한민국예술원 회장은 20명이 역임했습니다. 이중 미술인이 7명으로 가장 많습니다. 고희동(초대) 류경채(22,23대) 이대원(26) 이준(31,32대) 권순형(34대) 민병갑(37대) 유희영(40대) 회장이 그들입니다.

문학인은 6명입니다. 박종화(2~17대) 김동리(18.19대) 정한숙(24대) 조병화(27,28대) 유종호(36

대) 이근배(39) 회장입니다. 이중 박종화 김동리 정한숙은 소설가이며 조병화 이근배는 시인, 유종호는 평론가입니다. 쟁쟁한 시인들 가운데 대한민국예술원 회장을 역임한 사람은 단 2명입니다. 제가 조병화 시인에 이어 두 번째가 되었다는 것은 대단한 영광이지요. 1991년 7월22일에 24대 회장으로 취임한 정한숙鄭漢淑 소설가가 그해 12월19일 갑자기 사임했습니다. 그뒤부터 대한민국예술원 회장의 임기가 12월20일부터 2년 뒤 12월19일로 바뀌었습니다.

연극-영화-무용인은 4명입니다. 이해랑(20,21대) 차범석(29,30대) 김수용(33대) 김정옥(35대) 회장이지요. 음악인은 3명입니다. 김성태(25대) 나덕성(38대) 41대 신수정 현회장입니다. 연극-영화-무용인과 음악인의 회장이 상대적으로 적지만, 최근에는 선임이 늘어서 점차 균형을 맞춰갈 것으로 예상됩니다. 음악인이나 연극-영화-무용인은 공연을 함께 하는 경우가 많아서인지, 서로 유대관계가 좋습니다. 지인이 회장으로 출마하면 서로 밀어주는 분위기가 자연스럽게 만들어져 있는 겁니다. 미술인들도 품앗이처럼 서로 전시회장을 찾으며 친한 관계를 이어갑니다.

반면 문학인들은 그렇지 못합니다. 시인이든 소설가든 대부분 단독으로 활동합니다. 문학인 가운데 회장으로 출마해도 평소에 친밀한 관계가 없어 지지를 부탁하기도 쑥스럽고, 부탁해도 지지하지 않는 경우가 생깁니다. 김우창 평론가(고려대학교 명예교수)는 회장에 두 번 나왔는데 지지표가 많지 않아 당선되지 못했습니다. 그는 2017년에 〈궁핍한 시대의 시인〉 〈문학의 경계와 지평〉 등 19권으로 된 '김우창 전집'을 출간했습니다. 2022년에는 최고등급 문화훈장인 금관문화훈장도 수훈했고요. "김우창 비판은 학계의 금기"라는 주장이 있을 정도로 그의 위상의 확고합니다. 그런데도 예술원 회장은 하지 못했습니다. 성찬경 시인과 이호철 소설가, 김종길 시인도 예술원 회장에 도전했지만 실패했습니다.

나는 경쟁상대보다 두 배 이상 많은 표를 얻어 회장으로 당선됐습니다. 무기명 비밀투표라서 정확히는 알 수 없지만, 문학분과 회원들은 거의 모두 지지해준 것으로 생각합니다. 고마운 일이지요. 민병갑 화가와 김성욱 영화감독 등 다른 분과 원로들과 이전부터 가깝게 지낸 것도 도움이 됐습니다. 예술원 회장을 하려면 문학과 예술의 다양한 분야에서 적극적으로 활동하는 것이 중요합니다.

대한민국예술원 회원은
정부가 예우하는 최고의 명예직

편운片雲 조병화趙炳華(1921~2003) 시인이 1995년 12월20일에 예술원 27대 회장으로 취임했습니다. 편운은 경기도 안성에서 태어나 경성사범을 졸업하고 일본 동경고등사범학교 이과에 입학해 물리와 화학을 전공했습니다. 광복 직전인 1945년 6월에 귀국해 경성사범과 제물포고 및 서울고에서 교편을 잡았습니다. 이후 중앙대와 이화여대 강사를 거쳐 1959년부터 1980년까지 경희대 국문과 교수를 지내다 인하대로 옮겨 1984년에 정년퇴직했지요.

첫 시인 예술원 회장
조병화 시인

그는 1949년에 시집 〈버리고 싶은 유산〉을 출간해 등단했습니다. 이후 〈하루만의 위안〉(1950) 〈오산 인터체인지〉(1971) 〈해가 뜨고 해가 지고〉(1985) 〈헤어지는 연습을 하며〉(1998) 등 거의 해마다 시집을 낸 것으로 유명합니다. 시집을 가장 많이 낸 시인으로 알려지고 있을 정도입니다. 삶과 죽음과 인생의 본질을 쉬운 일상의 언어로 시를 씀으로써 '시집은 안 팔린다'는 상식을 무너뜨리기도 했지요. 그림도 잘 그려 개인전을 15차례나 열었습니다. 참으로 다재다능한 문학예술인이었습니다.

이수성李壽成(1939~) 서울대 총장이 1995년 12월18일에 국무총리로 취임했습니다. 조병화 시인이 예술원회장으로 취임하기 바로 이틀 전입니다. 이수성 총리는 조병화 회장의 서울고 제자입니다. 조병화 회장이 이수성 총리를 예방해서 그동안 예술원의 숙원사업을 해결했습니다. 예술원 회원에게 매월 60만원 지급하던 것을 100만원으로 올린 것입니다. 오랫동안 동결돼 있던 것을 한 번에 66.7%나 늘린 것이지요. 조병화 회장은 그 덕분으로 연임할 수 있었을지 모릅니다.

예술원 회원은 종신제입니다. 그전까지는 4년 임기에 연임이 가능하다는 규정이 있었는데, 내가 회장할 때인 2021년 5월에 종신제로 규정을 바꿨습니다. 2021년 5월18일부터 시행된 "예술원 회원의 임기는 평생 동안으로 한다"는 대한민국예술원법 제6조 1항이 그것입니다. 예술원 회원은 「대한민국예술원법」에 의해 "예술창작에 현저한 공적이 있는 예술가를 우대, 지원받는데" 4년마다 선거해서 뽑는다는 것은 법의 취지에 맞지 않기 때문입니다. 대한민국예술원법은 문화보호법이 1988년에 개정돼 만들진 법입니다.

지난 21대 국회 때 일부 민주당 의원들이 '예술원 회원 임기를 4년에 연임 가능'으로 바꾸려는 법안을 냈습니다. 하지만 상임위원회에도 상정되지 못한 채 폐기됐지요. 예술원 회원은 정부가 예우하는 명예직인데, 종신제를 하는 게 맞습니다. 일본과 프랑스 등 대부분의 국가에서 예술원 회원은 종신제를 채택하고 있고요.

예술원 회원에게 매월 지급되는 지원금은 이명박 대통령 때 180만 원으로 늘어났습니다. 지금도 180만 원입니다. 예술원 회원은 5000년 역사를 지닌 대한민국의 문화예술을 발전시키는 데 커다란 역할을 한 사람들입니다. 그래서 국가가 법으로 예술원을 만들고 예술원 회원을 보호하고 지원합니다. 예술원 회원은 대한민국을 대표하는 국격國格을 갖고 있다고도 할 수 있는 것입니다. 그래서 미테랑 프랑스 대통령이 대통령보다 예술원회원이 더 영예롭다고 말한 것입니다.

실제로 대한민국예술원 회원은 해외에서도 대우를 받고 있습니다. 성찬경 시인이 유럽으로 여행을 떠났을 때 겪은 일입니다. 유명한 미술관에 갔는데, 마침 월요일이라서 휴관이었다고 합니다. 그 미술관에 소장된 작품을 꼭 보고 싶은데 일정상 다시 방문하기는 어려운 상황이었습니다. 문득 미테랑 대통령의 어록이 생각나서, "대한민국예술원 회원"이라고 했더니 미술관을 열어줬다고 합니다. 이호철 소설가도 중국

이근배 시인과 박정자 연극배우가 대한민국예술원 창립 70주년 축시 낭독

에서 예술원 회원의 혜택을 보았습니다. 청도靑島에 갔다가 교통사고를 당했는데, 예술원 회원이라고 하니까 대우가 완전히 달라졌다는 것이지요.

2024년 9월에 대한민국예술원 창립 70주년 기념식이 열렸습니다. 그 자리에서 내가 축시를 지어 낭독했지요.

해 돋는 동방의 빛의 나라 이 영광의 땅에
하늘이 내려준 눈부신 재능을 온몸에 받아
타오르는 예술혼으로 우뚝 일어선 한겨레였다

오랜 반만년역사 억세게 일으켜 세우며
글 짓고 그림 그리며 그릇 굽고 노래하며 춤추고

● 대한민국예술원은 6.25전쟁 중에 태동했다

신명 나는 광대놀이에 온 백성 하나 되어
슬기롭고 아름답고 행복한 삶을 누려왔었다

우러러보라, 저 고구려의 광개토왕비며 담징이며
백제의 무령왕릉이며 서동이며
신라의 석굴암이며 원효며 솔거며 김생이며
고려청자며 김부식이며 이규보며
조선백자며 세종이며 안견이며 이황이며
신사임당이며 이이며 허균이며 김홍도며 김정희며
은하수처럼 넘쳐나는 크고 위대한 문인, 화백, 가객들이
세상을 바꾸어놓는 헤아릴 수 없는
독보적 창조문화의 영원한 보배들을 어찌 다 이르겠는가

마침내 대한민국이 새 나라를 활짝 열었으나
국토 나뉘고 형제도 갈려 동족상쟁이 일어나
한 치 앞도 모르는 절체절명의 위기일 때
천구백오십이 년 팔월 초이렛날
국회는 부산에 피난 와서 문화보호법을 공표한다.
보아라, 이 나라는 참혹한 전쟁의 포화 속에서도
—'위대한 국가의 초석은 위대한 예술의 창조에 있다. 고
인류 앞에 헌법으로 선포하고 있지 않은가?

이로써 천구백오십사년 칠월 십칠일
대한민국예술원이 스물다섯 명 대표 예술인들로 창립하니
오늘 문학, 미술, 음악, 연극, 영화, 무용 여섯 분과에서
종신회원 일백 인의 예술인들이
일흔 해토록 나라 안팎으로 이름 떨쳐왔어라

높고 넓고 깊은 이 땅의 역사며
겨레의 혼불이며 사랑이며
산과 산 물과 물 흙과 흙의 거룩한 삶의 뿌리며
하늘도 눈을 감는 귀신도 웃기고 울리는
빼어나고 용솟음치고 훨훨 날아오르는
온 우주에 바치는 예술 창작에 신명을 바쳤어라

일어서라
이제 세계는 한글의 위대함에 머리 굽히고
예술 한국의 솟아오르는 혼불에
마음을 태우고 있나니
온 인류와 함께 온 겨레와 함께
이 자랑스러운 대한민국예술원의 깃발을
높이 들고 먼 미래로 떨쳐나가리라.

— 이근배, 〈지구촌 하늘 높이 대한민국이 솟아오른다
-대한민국예술원 창립 70주년에 올려〉 전문

• 대한민국예술원은 6.25전쟁 중에 태동했다

대한민국예술원
회장실로 찾아온
아들과 함께

예술원장실에서
손자와 함께

70년 역사에 걸맞게 예술원이 더욱 발전하기를 기원합니다. 문학예술인 여러분들도 대한민국 문학이 노벨문학상을 받고, 미술 음악 연극 영화 무용 등에서도 한류가 더욱 확산되도록 노력해서 영예로운 대한민국예술원 회원이 되는 꿈을 가꾸면 좋겠습니다.

33

인류의 심금을
울릴 수 있는
위대한 시를 쓰고 싶다

"살다가 보면 넘어지지 않을 곳에서/넘어질 때가 있다//
사랑을 말하지 않을 곳에서/ 사랑을 말할 때가 있다//
눈물을 보이지 않을 곳에서/ 눈물을 보일 때가 있다//
살다가 보면 사랑하는 사람을/
사랑하지 않기 위해서 떠나보낼 때가 있다//
떠나보내지 않을 것을 떠나보내고/
어둠 속에 갇혀 짐승스런 시간을/ 살 때가 있다// 살다가 보면"
나의 시 〈살다가 보면〉 전문입니다.
'신춘문예 10관왕'이란 전무후무한 기록과
한국시인협회 회장과 대한민국예술원 회장을 역임하고
각종 문학상과 은관문화훈장을 받은 나도
"살다가 보면 눈물을 보일 때가 있"었겠지요.
64년 동안 좋은 시를 많이 썼지만,
지금도 인류의 심금을 울릴 수 있는
'위대한 시'를 쓰기 위해 고민하고 있습니다.

나는 왜 64년 동안
시를 쓰고 있는가?

조선 중기에 면앙정俛仰亭 송순宋純(1493~1582)이 87세 때 회방연을 열었습니다. 회방연回榜宴이란 과거에 급제한 지 예순 돌이 되는 것을 기념하는 잔치입니다. 그때는 환갑을 넘기는 사람이 드물었는데, 과거에 합격한 지 60년이 넘도록 살았으니 대단한 일이었지요. 조선시대를 통틀어 4명만이 회방연을 지냈을 정도였으니까요. 당시 왕이었던 선조는 어사화御賜花와 술(선온宣醞)을 내려 축하했고, 정철鄭澈(1536~1593)과 고경명高敬命(1533~1592)을 비롯한 제자들이 송순을 태운 죽여竹輿를 직접 멨다고 합니다. 죽여는 대나무로 만든 가마지요. 가마는 하인들이 메는 것인데, 당대의 양반 학자들이 스승의 회방연을 축하하기 위해 직접 가마까지 멘 것입니다.

나는 2021년이 '회방연'이었습니다. 1961년에 경향신문과 서울신문 및 조선일보 신춘문예에서 당선됐으니 말입니다. 송순의 회방연과는 비교할 수 없겠지만, 시를 64년 동안이나 쓰고 있다는 것은 예전에는 잘 없던 일이지요.

나는 '신춘문예 6관왕'이란 공식 기록을 갖고 있습니다. 1964년 신춘문예 때, 동아일보에서 시 〈꽃과 왕령〉과 한국일보에서 시 〈북위선〉이 동시에 당선됐습니다. 그때 두 신문 심사위원과 협의해서 내가 한국일보 당선을 선택했기 때문에 '실제적으로는 7관왕'입니다. 또 1963년의 문공부신인예술상 수석상(시와 시조 동시 수상)과 1964년 문공부신인예술상 특별상을 포함하면 '사실상 10관왕'이지요.

나는 64년 동안 시를 쓰면서 한국시인협회 회장을 역임했고 대한민국예술원 회장도 지냈습니다. 1954년에 출범한 대한민국예술원 70년 역사에서 시인이 회장을 지낸 것은 조병화趙炳華(1921~2003) 시인과 나, 단 두 명뿐입니다. 만해문학대상 정지용문학상 심훈문학대상 등 상도 많이 받았습니다. 은관문화훈장도 수훈했고요.

내가 지난 64년 동안 시 쓰면서 얻은 성과를 얘기하는 것은, 자랑하려는 게 아닙니다. 64년 동안 시를 썼지만, 나는 왜 시를 쓰는지를 반성하고 앞으로 어떤 시를 써야 할지를 다짐하기 위해 정리해본 것입니다.

나는 김춘수金春洙(1922~2004) 시인이 한 말을 평생 화두로 삼고 있습

은관문화훈장 수훈식, 2011년

이근배 시인이 받은 '은관문화훈장'

니다. 바로 "우리나라에 좋은 시는 많으나 위대한 시는 없다"는 지적입니다. 한국인이나 외국 사람이 나에게 "한국에서 노벨문학상을 받을 만한 시인이 누구냐?"라고 묻는다면, 떠오르는 시인이 없습니다.

우리나라는 시인이 3만 명이 넘고 매일 시집이 수십 권씩 쏟아져 나옵니다. 과연 시의 나라, 시인의 천국이라고 할 수 있습니다. 그런데 노벨문학상을 받을 만한 시인이 과연 있느냐 하는 질문이 나오면, 대답하지 못하고 쭈뼛거립니다. 시인이 500명 정도 모여 있는 곳에서 "우리나라에서 노벨문학상을 받을 가능성이 있는 시인의 이름을 써 주세요"라고 했을 때, 100표를 받는 시인조차 없는 게 현실입니다.

한국에 좋은 시인은 있어도 위대한 시인은 없다

한국은 시와 소설을 쓸 수 있는 글감이 매우 풍부한 나라입니다. 일본제국주의에게 주권을 빼앗긴 뒤 36년 동안, 엄혹한 시대를 지내면서

줄기차게 싸웠습니다. 광복했지만 곧바로 분단되었고, 동족상잔의 전쟁까지 치렀습니다. 독재에 항거한 4.19와 보릿고개를 이겨낸 산업화를 이뤘습니다. 산업화와 민주화를 동시에 이룬 '한강의 기적'으로 세계 10대 강국으로 우뚝 서고 있습니다.

그런데도 '위대한 시'가 나오지 않고 있습니다. 이유가 무엇일까요?

최인훈의 장편소설 〈광장〉은 4.19와 5.16 사이에 나왔습니다. 1960년 10월15일에 발행된 잡지 『새벽』 11월호에 실렸고, 단행본은 1961년 2월5일 정향사에서 초판이 발행됐습니다. 4.19혁명으로 독재가 무너진 뒤 '사상의 자유'가 펼쳐진 덕분에 〈광장〉이 나올 수 있었던 겁니다. 1년 정도 반짝, 창작의 자유가 있었고, 그 짧은 틈에 〈광장〉이란 작품이 등장한 것입니다.

나는 우리나라에 창작의 자유가 완전하다고 말하지 못합니다. 표면상 창작의 자유가 보장돼 있습니다. 하지만 실제로는 창작의 자유가 매우 제한돼 있는 게 불편한 진실입니다. 시인이나 소설가가 쓰고 싶은 것을 마음대로 쓸 수 없다는 얘기입니다. 항일투쟁과 이데올로기 대립과 6.25전쟁과 산업화와 민주화 과정에서 일어난 일에 대해 자유롭게 쓸 수 없는, 보이지 않는 제한이 많은 게 현실입니다. 그런 일들에 대해 철저하게 파고들어, 처절하게 쓸 수 없으니까, 써야 할 시나 소설을 덮어놓은 채 기다리고 있는 것입니다. 그러니까 '위대한 시가 없다'는 한탄이 나오고, 노벨문학상을 받을 만한 작가가 등장하지 못하는 것입니다.

물론 박경리 선생의 〈토지〉 같은 대단한 작품이 있습니다. 하지만 그

것은 과거에 대한 묘사일 뿐, 현재에 대해 본격적으로 쓴 것은 아닙니다. 정치와 사회적으로 아무런 걸림돌이 없이 쓸 수 있어야 '위대한 시'가 나오고 노벨문학상에도 다가서는 작품이 나올 것입니다. 문학은 종교와 사상과 이데올로기와 정치 등을 모두 뛰어넘어 거침없이 쓸 수 있을 때 진정한 꽃을 피웁니다. 문학이 정치와 이데올로기 아래에 있는 '사회주의 문학'이 갈수록 퇴보하는 것은 바로 그런 이유입니다.

내가 쓴 〈대백두大白頭에 바친다〉는 시를 예로 들겠습니다. 내 작품이기는 하지만 몇 몇 대목은 독자들의 가슴에 닿았다고 할 수 있습니다. "내 나라는 반도가 아니다/ 압록강과 두만강은 끝이 아니라 시작이다"는 부분과 "내 다시 오리라/ 통일이 오는 날 다시 와서/ 참았던 불덩이 같은 울음 터뜨리리라/ 겨레 함께 껴안고/ 더덩실 춤추며 날아오르리라"는 등이 구절이 그렇습니다."

이근배 자작시 낭독〈용비어천가〉

〈대백두에 바친다〉는 내가 1989년 광복절 날, 대한민국 시인으로는 처음으로 백두산 천지를 근참覲參하고 쓴 시입니다. 1989년이라면 우리가 중국과 수교를 맺기 3년 전입니다. 지금은 인천공항에서 연길延吉이나 장춘長春 가는 비행기가 있어 쉽게 갈 수 있지요. 하지만 그때는 김포공항에서 홍콩으로 갔다가 상해와 북경을 거쳐 연길로 가는 아주 길고 긴 여정을 거쳐야, 비로소 백두산에 갈 수 있었습니다. 김주영 김원일 소설가와 김종철 시인 및 이은방 시조시인 등 10명이 함께 갔지요. 〈대백두에 바친다〉 전문은 길기 때문에 제1연만 소개하겠습니다.

〈대백두에 바친다〉

> 외치노라
> 하늘이란 하늘이 모두 모여들고
> 햇빛이 죽을 힘을 다해 밝은 거울로 비춰주는
> 이 대백두의 묏부리에 올라
> 비로소 배달겨레의 모습을 보게 되었노라
> 내 청맹과니로 살아왔거니
> 나를 낳은 내 나라의 산자락 하나
> 물줄기 하나 읽을 줄 몰랐더니
> 백두의 큰 품 안에 들고서야
> 목청을 열어 울게 되었노라

보라

바람과 구름을 멀리 보내고

눈과 비 뿌린 흔적 하나 없이

홀로 우뚝 솟고 홀로 넉넉하며 홀로 빛을 모으는

백두의 얼굴, 백두의 가슴, 백두의 팔과 다리를

이 겨레를 낳고 기른 살과 뼈마디마다

나를 불태워 한 줌 흙으로 받아들인다

어머니의 어머니, 할아버지의 할아버지를 낳은

태胎로 돌아와서

자랑스러운 내 나라 만년 역사의 숨소리를 듣는다

맨 처음 땅을 덮는 불이었다가

물을 빚어 나무와 풀과 날것들에게

목숨을 준 창조의 신神 백두

동으로 서로 남으로 북으로

산을 짓고 강을 깎아

한 나라 한 겨레의 영원한 보금자리를 닦았거니

환웅 님 세우신 신시神市

단군님 일으키신 조선의 크고 밝음이

오늘토록 줄기차게 뻗어내리고 있지 않느냐

거룩하고 거룩하다

천문봉에 올라 엎드려 절하고

우러르는 천지의 모습

하늘도 눈을 뜨지 못하는
저 깊고 푸른 빛의 소용돌이
바로 이것이다
이 겨레 으뜸으로만 살아야 하는 까닭
누만대累萬代가 흘러도 나날이 새로운 빛으로만
목숨을 얻을 수 있는 까닭
오 오 불의 불, 물의 물, 빛의 빛, 힘의 힘
시간도 여기서 태어난다
그렇다 천지를 어찌 다 헤아릴 수 있으랴
나도 다만 한순간의 불티일 뿐
내가 어떻게 이 세상에 왔고
나라는 어디 있고 겨레는 누구인가를
아득히 꿈속처럼 뇌올 뿐
대백두 그 한없이 높고 한없이 깊은 말씀
어찌 다 이를 수 있으랴

— 이근배, 〈대백두에 바친다〉 제1연

〈대백두에 바친다〉는 내가 온 정신을 바짝 차려서 쓴 시입니다. 국토 분단과 이데올로기 같은 국가적 문제에서 도망가지 않고, 정면으로 마주 보며 썼습니다. 그런 점에서 부족한 점이 많지만, 우리 정치상황 속에서 겨우 꺼낸 소리였습니다.

나를 시인으로 키운 것은 아버지였다

1985년에 내가 『창작과비평』에 발표한 시 〈문〉이 있습니다. 이 시의 소재는 내가 국민학교 5학년 때 실제로 겪은 일입니다. 6.25전쟁이 일어났을 때였지요. 책을 읽고 숙제를 하다가 공책을 펴 놓은 채 잠이 들었나 봅니다. 한밤중에 대문을 걷어차는 소리가 들리더니, 문이 떨어져 나가고 군화를 신은 사람들이 손전등(전지)을 비추며 방안으로 들이닥쳤습니다. 공책에 군화 자국이 시커멓게 박혔지요.

내가 문을 잠그는 버릇은
문을 잠그며
빗장이 헐겁다고 생각하는 버릇은
한밤중 누가 문을 두드리고
문짝이 떨어져서
쏟아져 들어온 전지 불빛에
눈을 못 뜨던 버릇은
머리맡에 펼쳐진 공책에
검은 발자국이 찍히고
낯선 사람들이 돌아간 뒤
겨울 문풍지처럼 떨며
새우잠을 자던 버릇은

자다가도 문득문득 잠이 깨던 버릇은

내가 자라서도

죽을 때까지도 영영 버릴 수 없는

문을 못 믿는 이 버릇은

— 이근배, 〈문〉 전문

동아일보 고미석 기자가 2013년 6월15일 자 '고미석의 시로 여는 주말'이란 코너에 〈문〉에 대해서 쓴 기사가 있습니다. 그 기사 내용입니다.

> 이근배 시인의 〈문〉은 다름을 소화하지 못해 벌어졌던 섬뜩하고 오싹한 상황을 복기한다. 숱한 질곡의 역사 속에서 우리 민족의 영혼에 지울 수 없는 상처를 남긴 6.25가 배경이다. 시인은 독립운동을 했던 남로당원 아버지를 열 살 때 처음 보고 1년 남짓 같이 살다 전쟁이 나면서 헤어졌다. 군홧발로 문을 차고 들어온 사람들이 전짓불을 들이대고 집안을 뒤졌던 그때, 삶이 불안했던 그 세월이 '문을 못 믿는 버릇'으로 압축된 것이다. …한밤중 저벅저벅 다가온 발소리와 눈을 찌르는 전짓불이 남긴 상흔은 과거만의 일이 아니다. …아직도 내 존재를 위협하는 문에 떨고 있는 우리는 더 교묘하고 서슬 퍼런 전짓불의 추궁이 기다리는 사회를 만들었다. 무자비한 질문이 오늘도 여전히 계속되고 있다. "너는 누구 편이냐?"

고미석 기자의 글 마지막에 있는 질문, "너는 누구 편이냐?"는 아직도 우리들을 옥죄는 멍에입니다. 내가 국민학교 5학년 때 겪은 그 무서운 체험이, 나로 하여금 시를 쓰게 만든 원동력이었습니다. 하지만 "너는 누구 편이냐?"는 질문에 자유로울 수 없어 위대한 시를 쓰지 못하고 있는 실정입니다. 이것은 나뿐만 아니라 한국의 모든 시인과 소설가 등 작가들에게 해당되는 질문이지요.

〈북위선〉과 〈노래여 노래여〉

나는 할아버지 슬하에서 혼자 컸습니다. 아버지는 항일독립투쟁하면서 두 차례 투옥되고 집에는 거의 오지 못했습니다. 10살 때 마지막으로 본 뒤로, 아직까지 생사조차 모른 채 지내고 있지요. 아버지에 대한 그리움을 〈노을〉이란 시로 노래한 적이 있습니다.

어디 계셔요,

인공 때 집 떠나신 후
열한 살 어린 제게
편지 한 장 주시고는
소식 끊긴 아버지

오랜 가뭄 끝에

붉은 강철 빠져나가는

서녘 하늘은

콩깍지동에 숨겨놓은

아버지의 깃발이어요

보내라시던 옷과 구두

챙겨드리지 못하고

왈칵 뒤바뀐 세상에서

오늘토록 저녁해만 바라고 서 있어요

너무 늦은 이 답장

하늘 끝에다 쓰면

아버지

받아보시나요

— 이근배, 〈노을〉 전문

나는 국민학교와 중학교 다닐 때 할아버지께서 보시던 신문과 삼촌이 빌려온 책들을 읽으면서 지냈습니다. 그때부터 책 읽는 취미가 생겼지요. 국민학교 다닐 때 시와 위문편지를 쓰고, 웅변대회 나가서 상을 휩쓸곤 한 것도 책 읽기 덕분이었습니다.

당진중학교에 들어가서 문예반장을 했습니다. 그때 순성국민학교를 나온 안병돈과 서울서 피난 와서 당진국민학교를 졸업한 임인규, 그리고 송산국민학교를 나온 내가 문예반 3총사가 되어 지냈습니다. 안병돈은 〈삼국지〉를 다 읽어 '삼국지 박사'로 통했고, 임인규는 5학년을 월반해서 초등학교를 1년 일찍 졸업했는데, 집안 형편이 어려워 중학교에는 1년 늦게 들어와 함께 다녔습니다. 그런 벗들과 함께 문학에 대한 꿈을 키웠지요.

고등학교 1학년 때 소설을 쓰기 위해 가출했었고, 할아버지는 공주사대를 가라고 했지만, 동아일보에서 서라벌대학에서 문예창작장학생을 뽑는다는 광고를 보고 할아버지를 설득해 서라벌대학 문창과를 을류장학생으로 다녔습니다.

4.19혁명이 일어났고, 경무대(현 청와대) 앞에서 학생들이 총알을 맞고 쓰러지는 현장을 지켜본 뒤 고향에 내려가서 신춘문예 준비를 했지요. 그리곤 1961년에 경향신문(〈묘비명〉) 서울신문(〈벽〉) 조선일보(〈압록강〉) 신춘문예에 시조가 당선돼 한꺼번에 3관왕이 됐습니다. 1962년에도 동아일보에 시조 〈보신각종〉과 조선일보에 동시 〈달맞이꽃〉이 당선됐고요. 63년에는 제2회 문공부 신인예술상에 시 〈달빛 속 풍금〉과 시조 〈산하일기〉가 수석상을 받았습니다. 1964년은 문학계에서 나를 확실히 각인시킨 해였습니다. 한국일보에 시 〈북위선〉이 당선됐고, 문공부 신인예술상에 시 〈노래여 노래여〉가 특별상을 받았습니다.

〈북위선〉에 대한 심사평을 김종길 시인이 썼는데, 그 내용이 너무 좋았습니다. 한국일보는 사설에서도 〈북위선〉을 다뤘습니다. 그해 동아일보에서도 시 〈꽃과 왕령〉이 당선됐지만, 양보한 덕을 본 셈입니다.

〈북위선〉 제1연입니다.

> 서투른 병정은 가늠하고 있다
> 목탄으로 그린 태양의
> 검은 크레파스의, 꽃밭의, 지도의
> 눈이 내리는 저녁 어귀에서
> 병정은 싸늘한 시간 위에 서 있다
> 지금은 몇 도 선상인가
> 그리고 무수히 탄우彈雨가 내리던
> 그 달빛의 고지는 몇 도 부근이던가
> 가슴에는 뜨거운 포도주
> 한 줄기 눈물로 새김하는 자유의
> 피비린 향수鄕愁에 찢긴 모자
> 이슬이 맺히는 풀잎마다의 이유와
> 마냥 어둠의 표적을 노리는
> 병정의 가슴에 흐르는 빙하
> 그것은 얼어붙은 눈동자와
> 시방 날개를 잃는 벽이었던가
> 꽃이었던가
>
> — 이근배, 〈북위선北緯線〉, 제1연

나는 〈노래여 노래여〉의 덕을 톡톡히 봤습니다. 〈노래여 노래여〉는 원래 동인지 『신춘시』에 발표하려고 준비한 시였습니다. 당시 나는 영천에서 대신중학교 3학년에 다니는 이선규 학생하고 같은 하숙방을 쓰고 있었습니다. 어느 날 고향 후배인 이전영이 찾아와서 문공부 신인상에 응모하러 간다고 하더군요. 그래서 〈노래여 노래여〉를 이선규 이름으로 대신 내 달라고 부탁했는데, 그게 특별상을 받은 것이었습니다. 당시 심사를 맡았던 모윤숙 씨가 박수를 치면서 크게 읽으며 칭찬했다는 소리를 들었습니다. 〈노래여 노래여〉 제2연입니다.

차고 슬픈 자유의 저녁에
나는 달빛 목금木琴을 탄다
어느 날인가, 강가에서
연가의 꽃잎을 따서 띄워 보내고
바위처럼 캄캄히 돌아선 시간
그 미학의 물결 위에
영원처럼 오랜 조국을 탄주彈奏한다
노래여
바람 부는 세계의 내 안에서
눈물이 마른 나의 노래여
너는 알리라
저 피안의 기슭으로 배를 저어간
늙은 사공의 안부를
그 사공이 심은 비명碑銘의 나무와

거기 매어둔 피 묻은 전설을

그리고 노래여

흘러가는 강물의 어느 유역에서

풀리는 조국의 슬픔을

어둠이 내리는 저녁에

내가 띄우는 배의 의미를

노래여, 슬프도록 알리라

— 이근배, 〈노래여 노래여〉, 제2연

내가 시집 출간을
미뤘던 까닭

나는 1960년 서라벌대학을 마치면서 시집 〈사랑을 연주하는 꽃나무〉를 출간했습니다. 일종의 졸업기념 시집인데, 서정주 시인이 서문을 써 주었습니다. 그리고 두 번째 시집은 1981년에 나온 〈노래여 노래여〉입니다. 등단한 지 20년이 돼서야 시집을 낸 것입니다.

물론 그전에도 시집을 낼 기회는 있었습니다. 내가 동화출판공사 주간으로 있을 때인 1970년쯤이었어요, 한양제본 최천웅 사장이 '100만원 짜리 시집'을 내주겠다고 했습니다. 그때 일중 김충현 선생에게 제자題字를 받고 거의 출간 직전까지 진행했습니다. 하지만 갑자기 '부끄럽다'는 생각이 들어 출판을 포기했습니다. 아직 시집을 낼 정도의 시

첫시집 〈사랑을 연주하는 꽃나무〉와 시집 〈노래여 노래여〉,
〈사람들이 새가 우는 까닭은 안다〉

를 쓰지 못했다고 여겼던 것입니다.

그러다 1980년에 이화여대 정문 앞에 있던 민예극장에서 '현대시를 위한 실험무대'를 열었습니다. 시인들이 단막극을 위한 대본을 쓰고 배우들이 공연하는 행사였습니다. 그때 나는 〈처음부터 하나가 아니었던 두 개의 섬〉이란 대본을 썼지요. 정진규 김종해 이건청 강우식 이탄 김후란 허영자 이근배 등 시인 8명이 참여했습니다. 공연이 끝나고 뒤풀이할 때, 김종해 시인이 내가 아직 시집을 내지 않았다는 얘기를 듣고 시집을 출간해주겠다고 약속했습니다. 그렇게 해서 나온 시집이 〈노래여 노래여〉(문학세계사, 1981. 6.20)입니다.

그 뒤 1985년에 장편서사시집 〈한강〉을 출간했습니다. 이 시집은 한국일보에 1984년 1월부터 매주 한 번씩 꼬박 1년을 연재한 것을 모은 것입니다. 1965년 〈노래여 노래여〉로 인연을 맺은 김성우 편집국장의 배려 덕분이었습니다. 그리고 2004년에 〈사람들이 새가 되고 싶은 까닭을 안다〉, 2013년에 〈살다가 보면〉과 〈추사를 훔치다〉를 냈고, 2019년에 〈대백두에 바친다〉를 출간했습니다.

시를 본격적으로 쓰기 시작한 지 64년이나 되는 동안에 시집을 이렇게 적게 낸 것은 스스로 내 시가 부끄러웠기 때문이었습니다. 내가 붓글씨를 쓰고 벼루를 모으면서 추사秋史 김정희金正喜(1786~1856)를 존경하게 됐는데, 추사의 글에 이런 것이 있습니다. "소일저술자분지재少日

〈달은 해를 물고〉〈종소리는 끝없이 새벽을 깨운다〉〈사랑 앞에서는 돌도 운다〉

〈사랑 앞에서는 돌도 운다〉〈살다가 보면〉〈추사를 훔치다〉
이근배 시조집 〈동해바닷속 돌거북이 하는 말〉

이근배 시인 벼루 소장전 "해와 달이 부르는 벼루의 용비어천가" 2021

著述者焚之再", "젊었을 때 쓴 것을 두 번 불태웠다"는 뜻이지요.

추사는 또 평생 벗으로 지낸 이재彝齋 권돈인權敦仁(1783~1859)에게 보낸 편지에 다음과 같이 쓰기도 했습니다. "내 글씨는 아직 말하기에 부족함이 있지만, 나는 70평생에 벼루 10개를 갈아 바닥이 구멍 났고, 붓 일천 자루를 몽당붓으로 만들었다. 그래도 아직 간찰 쓰는 법을 맛보지 못한다吾書雖不足言 七十年 磨穿十研 禿盡千毫 未嘗一習簡札法"는 글입니다.

나는 추사의 이 글을 볼 때마다 스스로를 되돌아봅니다. '추사체秋史體'는 하루아침에 느닷없이 나온 게 아니라, "벼루를 10개나 구멍 내고 붓 천 자루를 몽당붓으로 만들" 만큼 피나는 노력이 뒷받침됐습니다. 그렇게 노력한 결과, 세상 사람들이 명필이라고 추켜세웠지만, 스스로는 많이 부족하다고 생각한 것입니다. 추사는 임종하기 사흘 전, 봉은사에 '판전板殿'이란 두 글자를 썼습니다. 화엄경 판을 보관할 전각을 짓고 그 전각에 붙인 현판 글씨지요. 추사는 방서傍書에 '칠십일과병중작七十一果病中作'이라고 썼습니다. "71세 된 과천 사람이 병중에 썼다"는 뜻입니다. 참으로 참스승으로 본받을 사표師表라고 할 수 있습니다.

인류에게 질문을 던질 수 있는 시를 어떻게 쓰나

시를 많이 쓰고 시집을 여러 권 내는 것도 중요합니다. 하지만 '좋은 시'를 쓰면서, 늘 '위대한 시'도 생각해야 합니다. 윤동주 시인은 살아 있을 때 시집을 한 권도 내지 못했습니다. 그래도 한국인은 물론 세계인들이 좋아하는 시를 많이 남겼습니다. 반면 시집을 수십 권 내 한국 사람들이 좋아하지만, 세계적으로는 그다지 이름을 날리지 못하는 시인도 많습니다.

나는 64년 동안 시를 쓰면서 늘 "왜 시를 쓰느냐?"를 자문하고 있습니다. 나 개인적인 문제를 넘어서, 우리 사회와 온 인류가 함께 고민해야 할 과제에 대해 시를 써야 한다는 화두입니다. 나는 죽기 전에 내 마음에 꼭 드는 시를 한 편이라도 쓰고 싶지만, 그게 마음처럼 가능하지는 않겠지요. 추사가 막바지에 '판전'을 쓰고 고개를 끄덕인 것처럼 말입니다. 한국이 겪은 주권강탈과 분단과 전쟁과 절대빈곤과 이데올로기 대립 등을 아우르는 시를 인류 앞에 던지는 것입니다.

우리는 한글이라는 매우 훌륭한 글을 갖고 있습니다. 그런 글로, 우리만이 겪은 독특한 체험을, 나만의 시어로 써야 한다고 생각만 하고 있습니다.

고은 시인이 2024년에 매우 두꺼운 〈청〉이란 책을 냈습니다. 효녀 심청을 다룬 것입니다. 심청에 대해 아주 대작을 쓴 것입니다. 다만 그런 소재도 좋지만, 나는 눈을 과거로 돌리지 말고, 현재와 미래를 향하는 것이 인류 앞에 던질 화두라고 생각합니다.

이근배 연보

1940 충남 당진군 송산면 삼월리에서 유학자인 경주이씨 이각현李覺鉉 공의 장남 항일독립유공자 이선준李先濬 공과 거유 안동장씨 장후재張厚載 학사의 셋째딸 순의順義 여사의 외동아들로 태어남. 원래 1939년 8월 29일에 태어났으나 1940년 3월 1일로 호적에 등록.

1946 송산국민학교 입학. 모국어 원년세대이자 한글둥이.

1949 초등학교 5학년. 아버지, 어머니, 두 누이가 돌아와 분가. 아버지 얼굴 처음 봄.

1950 6.25전쟁으로 할아버지 할머니가 피신하고 아버지는 아산으로 가서 행방불명.
5학년 통합반장으로 담임 전해관 선생 거부를 이상범 교장에게 직보.

1952 전국학력고사로 당진중학교 입학.

1953 중학교 2학년 무렵, 아버지가 보던 일본책 여백에다 펜촉으로 소설 쓰기 시작.

1955 고등학교 1학년 때 『동아일보』에 프랑스와즈 사강이 〈슬픔이여 안녕〉이라는 소설로 세계적인 베스트셀러가 되고 있다는 기사를 읽고 무작정 상경, 종로5가 삼촌 집으로 감. 할아버지의 호통으로 다시 귀향.

1958 당진상업고등학교 졸업.
서라벌 예술대학 문예창작과 문예장학생(을류장학생, 등록금 반액 면제)으로 입학.
김동리, 서정주 선생의 문하생으로 글짓기를 배우고, 공초 오상순 선생에게서 아호 사천沙泉을 받음.

1960 첫시집 『사랑을 연주하는 꽃나무』를 서정주 선생 서문으로 출간.

1961 경향신문 신춘문예에 시조 〈묘비명〉 당선.
서울신문 신춘문예 시조 〈벽〉 당선.
조선일보 신춘문예에 시조 〈압록강〉 가작.

1962 동아일보 신춘문예에 시조 〈보신각종〉 당선.
조선일보 신춘문예에 동시 〈달맞이꽃〉 당선.
조선일보 신춘문예에 시조 〈바위〉 가작.

1963 문화공보부 신인예술상 〈달빛 속의 풍금〉으로 시 부문 수석상.
문화공보부 신인예술상 〈산하일기〉로 시조 부문 수석상.

1964 한국일보 신춘문예에 시 〈북위선〉 당선.
문공부 신인예술상 문학부 특상, 시 〈노래여 노래여〉 수상.
『신춘시』(신춘문예 출신 시인들이 작품을 발표하기 위해 내기 시작한 시동인지),

박봉우 전경영 강인섭 권일송 윤삼하 박이도 이탄 조태일 강인한 강희근 박정만 김종철 이가림 등과 1969년까지 펴냄. 3선개헌 앞두고 보이지 않는 손의 겁박에 자진 폐간.
『주간예술』 창간 편집차장

1967 청년문학가협회를 김승옥, 염무웅, 김현, 조동일, 이탄, 김광협, 이성부, 임중빈 등과 결성, 총무 겸 대표간사를 맡음. 작품합평회 등 문단의 새 바람을 일으킴. 당시 『청맥』에 간사 몇몇이 베트남 파병 반대 논조의 글을 쓴 것이 빌미가 되어 통혁당 사건(1968. 8. 24. 중앙정보부 발표)에 연루됨. 그 바람에 대표 겸 총무간사로서 연행됐으나 『청맥』에 글을 쓰지 않아서 풀려남. 간사들과 협의하여 자진해산 결정.
황희 선생 17대손 만산滿山 공의 차녀 연숙蓮淑과 결혼.
중앙출판공사 편집장.
유치환 시인의 서거로 이영도에게 보낸 사랑의 편지를 『사랑했으므로 행복하였네라』로 첫 출판, 베스트셀러가 되다.

1968 동화출판공사 주간(~1976)
김광주 동아일보 연재소설 『비호』 『세계인문학대전집』 『한국미술전집』 『이어령 전작집』 등 출판.

1972 한국시인협회 상임위원.
한국문인협회 이사.
한국시조시인협회 부회장 피선.

1973 『문학사상』 『월간문학』 『민족과 문학』 『문학의 문학』 『유심』 『현대시학』 외 각 문예지 시, 시조 신인상 심사위원 역임.
국제 펜클럽 한국본부 이사.

한국문인협회 시조분과위원장 피선.

1974 11월18일 자유실천문인협의회 참여.
백낙청, 이호철, 고은, 김병익, 남정현 등과 중추 멤버로 활동.

1976 월간문예지 『한국문학』 발행인 및 주간(~1984).

1977 한국일보, 동아일보, 조선일보, 중앙일보, 문화일보, 서울신문, 대구매일, 불교신문, 농민신문 등 신춘문예 심사위원 역임.

1978 한국문학작가상, 정운시조문학상, 가람문학상, 중앙시조대상, 공초문학상, 지용상, 월하문학상, 고산문학상, 한국문학상, 한국시인협회상, 현대불교문학상, 유심상, 백수문학상, 만해대상 등 심사위원 역임.

1981 시집 『노래여 노래여』(문학세계사) 출간.
5월9일 한국문학협회 발족, 부이사장 임명.

1982 서울예술대학 문예창작과 시창작 강의(~1988).
시조집 『동해바다 속의 돌거북이 하는 말』(글밭) 출간.

1983 가람문학상 수상.
한국문인협회 부이사장 피선.

1984 장편서사시 〈한강〉 한국일보에 주 1회 1년 연재.

1986 올림픽스타디움 개막기념 칸타타 〈산하여, 아침이여〉 작시(백병동, 작곡, KBS 주최) 세종문화회관 공연.

1987 경향신문 민요기행 〈노래의 산하〉 연재(~1988).
한국문학 작가상 수상.
중앙시조대상 수상.

1988 서울올림픽 기념 칸타타 〈조용한 아침의 나라〉 제1부 작시(장일남 작곡, MBC 주최).

1989 4월 조병화 선생 등 30여 명 문인들이 소련 동구, 타슈겐트 등 적성국가 순방.
8월15일 「백두산 근참」을 기획 여행사와 협의해 미수교상태인 중국 홍콩 상해를 거쳐 8월13일 시인으로는 최초로 용정 윤동주 묘소 참배.
8월15일 백두산 천지에 오르다.

1989 기행문 〈소련, 동구를 가다〉 세계일보 연재

1990 동아일보 〈문단수첩〉 연재(~1991).
계간 『민족과 문학』 주간(~1992).
기행문 〈시가 있는 국토기행〉 중앙일보 연재(~1993).
「대백두에 바친다」 한국시인 최초로 백두산 근참시를 써서 기행문 「시가 있는 국토기행」 청탁을 받다.

1992 〈한시감상〉 문화일보 연재(1994).

1993 문학기행 〈러시아 문학산실〉 서울신문 연재.

1994 한국시조시인협회 회장 피선.
동학혁명 100주년 기념 서사시 〈동학의 함성을 찾아서〉 서울신문 연재.

1995 추계예술대학 문예창작과 현대시론 강의(~1996).
광복 50주년 기념 칸타타 〈대한민국〉 작시(나인용 작곡 KBS 주최).
6월 김동리 선생 영결식 조시 헌사.

1997 지용회 회장(~2010).
중앙대학교 국문과 현대시론 강의(~1998).
육당문학상 수상.
기행문집 『시가 있는 국토기행』(중앙M&B) 출간.

1998 재능대학 문예창작과 교수(~2004).

1999 공초(오상순) 숭모회 회장(~현재).
월하문학상 수상.

2000 1월~12월 중앙일보 〈시가 있는 아침〉 연재.
편운문학상 수상.

2002 사단법인 한국시인협회 회장 역임(~2004).
5월 현대불교문학상 수상.

2003 만해학교 교장(~2007).
1월~3월 중앙일보 〈남기고 싶은 이야기들〉 연재.

2004 한국시인협회 평의원(~현재).
4월 시집 『사람들이 새가 되고 싶은 까닭을 안다』(문학세계사) 출간.
10월 김상옥 선생 영결식 조시 헌사.

12월 시와 시학 작품상 수상.

2005 3월 신성대학교 석좌교수(~2017).

5월 제1회 태촌문화대상 수상.

2006 1월~12월 현대시조 100년 세계민족시대회 집행위원장.

(사)심훈상록수기념사업회 공동대표(~현재).

현대시조포럼 의장(~현재).

5월 시집 『종소리는 끝없이 새벽을 깨운다』(동학사) 출간.

7월 시조집 『달은 해를 물고』(태학사) 출간.

2007 계간 『문학의 문학』 주간(~2010).

8월 제5회 유심작품상.

2008 7월 대한민국예술원 회원(~현재).

활판 시선집 『사랑 앞에서는 돌도 운다』(시월) 출간.

5월 박경리 선생 영결식 장례위원 조시 헌사.

2009 10월 고산문학상 시조부문 수상.

2010 중앙대학교 예술대학 초빙교수(~현재).

8월 전숙희 선생 영결식 조시 헌사.

2011 2월 네이비문인클럽 회장(해군, ~현재).

3월 천안함 46용사 위령탑 비문 헌시(국방부).

6월 의병의 날 제정 「의병의 노래」 작사(행정안전부).

6.25전쟁 참전기념비 비문 헌시(파주시).

8월 15회 만해대상 문학부문 수상(노벨문학상 수상 작가 모옌과 공동수상).

10월14일 은관문화훈장 수훈.

2012 3월 만해대상 심사위원장.

간행물윤리위원장(~2015).

10월 군군의 노래 〈조국에 바친다〉(국방부).

백두대간 이화령 복원기념비 비문 헌시(행정안전부).

2013 2월 독도의 노래 〈독도만세〉 작시(경상북도).

6월 『한국대표명시선100』 주간 및 책임 편집.

8월 〈한국시백년대회〉 집행위원장.

12월 시집 『추사를 훔치다』(문학수첩) 출간.

2014 3월 신성대학교 박물관장(~2017. 6.).

3월 46회 한국시인협회상 수상.

제4회 이설주문학상 수상.

2015 2월 서울시인협회 명예회장(~현재)

5월 제27회 정지용문학상 수상.

12월 대한민국예술원 부회장(~2017).

2017 3월 한국시조대상 수상.

9월 제4회 심훈문학대상 수상.

2018 5월 무산 조오현 대종사 영결식 조시 헌사.

7월 대한민국예술원 문학분과 회장(~2019).

2019 10월 김윤식 선생 영결식 조시 헌사.

10월 중앙대학교 초빙교수.

세계한국작가대회 집행위원장(국제펜 한국본부).

대한민국예술원 회원 임기 4년에서 평생 회원으로 국회에서 바꾸는 데 기여.

12월 대한민국예술원 회장(~2021)

윤동주 해외문학탐사 기행단을 위한 특강(일본 교토, 후쿠오카, 중국 용정).

2021 10월 대한민국예술원 미술분과 회원 프랑스 파리 한국문화원 전시에 대표로 참가.

2022 2월 이어령 대한민국예술원 회원 영결식 준비.

영결식에서 조시 낭독.

12월 『우리나라 옛 벼루』 은평문화원 출간.

2023 3월 한국시인협회와 프랑스 시인협회 MOU차 대표단으로 프랑스 파리 참가.

2024 9월 2022년 10월부터 문학인신문(6회), 월간시인(20회)에 이근배 육성회고록 연재.

이근배 육성회고록

독립유공자의 아들,
모국어의 혼불로 시를 피우다

초판 인쇄 2024년 12월 2일
초판 발행 2024년 12월 10일

지은이 이근배
펴낸이 김상철
발행처 스타북스
등록번호 제300-2006-00104호
주소 서울시 종로구 종로 19 르메이에르종로타운 A동 907호
전화 02) 735-1312
팩스 02) 735-5501
이메일 starbooks22@naver.com

ISBN 979-11-5795-754-5 03810